Le Huitième Fléau

CÉDRIC BANNEL

Le Huitième Fléau

ÉDITIONS FRANCE LOISIRS

Édition du Club France Loisirs,
avec l'autorisation des Éditions Robert Laffont.

Éditions France Loisirs,
123, boulevard de Grenelle, Paris
www.franceloisirs.com

ISBN 2-7441-3328-0

Prologue
(1999)

La conférencière était assise sur l'estrade, dans le contre-jour, toisant l'assistance. Trois cents artistes, photographes et cadres de sociétés cinématographiques, la fine fleur de l'industrie britannique de l'image. Elle se leva dans un mouvement emphatique un peu grotesque.

— Mesdames, messieurs, je suis heureuse de vous accueillir à cette conférence. Nous allons parler des nouvelles tendances du cinéma dans le monde.

Elle se tut une seconde. Le fracas de la pluie qui s'abattait sans discontinuer sur Londres depuis le matin était assourdissant. Le ciel noir semblait prêt à fondre sur la ville comme une main qui la prendrait à la gorge et, dans la demi-pénombre, la grande salle d'apparat avait des allures de crypte. La conférencière frissonna et approcha encore un peu plus sa bouche trop rouge du micro.

— Je vous remercie d'être venus aussi nombreux malgré la pluie diluvienne. Et maintenant, je suis fière de laisser la parole au directeur général de la Vision Corporation. Elle se tourna vers son invité. La parole est à vous.

L'orateur, assis dans le public au bas de l'estrade, se déplia lentement, laissant son imperméable trempé sur le dossier de sa chaise, telle une peau morte abandonnée. Il s'avança en silence vers le pupitre où étaient installés deux micros.

— Mesdames, messieurs, je vous remercie à l'avance de votre attention. Comme vous le savez, la fréquentation des salles de cinéma traverse une période de croissance sans précédent. Parlons d'abord du contexte. Pendant les huit premières heures de mon discours, je vous parlerai du cinéma américain...

La salle éclata de rire. L'orateur masqua un sourire de contentement. Vieille habitude anglo-saxonne de commencer un discours par une blague qui permet de détendre l'atmosphère. Il appuya sur un bouton dissimulé dans le pupitre et une diapositive apparut sur l'écran derrière lui, projetée par un système électronique encastré dans le plafond. Elle montrait la hausse de la fréquentation dans les salles l'année précédente. Un autre clic et une seconde diapositive apparut, exposant l'évolution des profits des cinq principales majors du secteur. La Vision Corporation était en tête et quelques rires discrets fusèrent dans l'assistance.

Un clic et une troisième diapositive apparut sur l'écran. Un murmure parcourut la salle : au lieu du calendrier de sortie des prochains *blockbusters,* il n'y avait rien d'autre qu'un grand point d'interrogation rouge sur fond blanc.

« Encore une connerie du stagiaire », pensa l'orateur qui appuya sur le bouton, faisant apparaître une nouvelle diapositive sur l'écran.

Il y eut brusquement un silence glacial dans l'assistance, comme si toutes les personnes présentes étaient paralysées. Le conférencier tourna la tête vers l'écran et sentit ses cheveux se dresser.

La photographie d'un corps de femme emplissait

l'écran. Le cadavre était pendu par un fil de fer à ce qui semblait être la tringle d'un placard à vêtements, pauvre momie dans son sarcophage domestique. Reconnaissant enfin son épouse, l'orateur s'évanouit.

Patrick Morton, *Deputy Director*[1] de Scotland Yard, poussa un sifflement en découvrant l'immeuble de la clinique du Soleil. Il vérifia dans son agenda qu'il ne faisait pas erreur. C'était bien là. Juste derrière St. Paul, la grande église au cœur de la City. Le solide bâtiment en briques rouges et pierres blanches avait visiblement été récemment rénové. Les fenêtres étaient encadrées par un linteau de couleur crème. Tel quel, l'immeuble supportait bien la comparaison avec les orgueilleux sièges sociaux environnants. La plaque dorée qui annonçait la clinique brillait sous le soleil. Derrière l'appellation exotique se cachait l'établissement psychiatrique le plus célèbre de Grande-Bretagne. Il était dirigé par le professeur Francis Foster. L'homme que Morton venait voir. Depuis plus de deux mois, Morton était chargé de suivre l'enquête relative à une série de meurtres commis par un *serial killer.* N'ayant pu progresser par des moyens classiques, il avait décidé de tenter une ultime manœuvre.

Il s'avança dans le hall d'un pas qu'il voulait nonchalant, examinant la pièce dans laquelle il entrait. Il pensait trouver des murs blancs, du linoléum au sol et des dingues, l'écume aux lèvres, un peu partout. Au lieu de cela, il découvrit un grand hall élégant d'environ deux cents mètres carrés, dont tous les murs étaient recouverts de pierre de taille, avec une voûte romane semblable à celle d'un couvent. Le style de pièce qu'on

1. Directeur adjoint.

s'attendrait plus à voir dans une maison de couture française que dans une clinique psychiatrique. Il s'approcha de la réception où deux jeunes femmes, plutôt jolies, officiaient. Il ne sortit pas son insigne de police.

— Bonjour mesdames, je voudrais rencontrer le professeur Foster, s'il vous plaît.

— Avez-vous rendez-vous ? lui répondit la plus petite des deux, une rousse potelée au sourire charmant.

— Non. Dites-lui que je viens de la part de Greg Warp.

Le sourire s'estompa et la rousse lui jeta un regard désolé.

— Je suis désolée, *Sir,* dit-elle en insistant sur le dernier mot, mais le professeur Foster ne reçoit que sur rendez-vous. Laissez-moi votre carte et nous vous rappellerons.

Morton eut un léger sourire.

— Je me permets d'insister. Lorsqu'il saura de la part de qui je viens, je suis certain qu'il se fera un plaisir de me rencontrer sans attendre.

La rousse empoigna son téléphone, l'air contrarié. Comme toutes les réceptionnistes, elle avait horreur de l'imprévu et des importuns qui jouaient les gens importants. Celui-là aurait probablement rendez-vous dans un siècle ou deux... Elle passa tout de même le message à la secrétaire du professeur et s'apprêtait à confirmer à l'inconnu qu'il pouvait rentrer dans sa banlieue lorsqu'elle entendit, incrédule :

— Le professeur va le recevoir. Qu'il monte immédiatement.

Elle n'eut pas à donner la réponse car le visiteur l'avait entendue. Morton exhiba un sourire de triomphe, leva comiquement les deux mains, paumes vers le haut, et se dirigea vers l'ascenseur.

Les doigts couraient à toute vitesse sur le clavier de l'ordinateur, résonnant étrangement dans le grand bureau.

« *En théorie, le terme de déséquilibré mental désigne des malades bien définis. C'est un psychiatre français, Magiau, qui le premier employa cette expression.* »

On frappa à sa porte, mais le professeur Francis Foster était tout entier à sa tâche. Il ne releva pas la tête et ne salua pas Morton lorsque celui-ci entra dans son bureau. La secrétaire ferma la porte et Morton se retrouva tout bête au milieu de la pièce.

« *Avant lui, les psychiatres du* XIXe *siècle parlaient de manie, de mélancolie raisonnante, et bien sûr de folie. Tous ces termes cachaient une hésitation extrême ou une ignorance pour étiqueter avec précision les malades.* »

Morton examinait l'endroit avec attention : la même pierre de taille que dans l'entrée et la même voûte romane. Un mélange de meubles anciens en bois très foncé et de mobilier ultramoderne. « Pourquoi bosse-t-il dans un endroit pareil ? » s'interrogea Morton en dévisageant l'énigmatique professeur.

Il n'avait pas fini de formuler sa pensée que son hôte dit à voix haute, sans relever la tête :

— C'est d'abord parce que j'aime l'architecture romane et ensuite parce que c'est mieux pour mes malades.

Morton le regarda interloqué, et au même moment Francis Foster repoussa son clavier d'ordinateur, plongeant ses yeux noirs malicieux dans ceux du policier.

— Vous étiez en train de vous demander pourquoi je travaille dans ce décor plutôt que dans un bureau classique encombré de décorations et de diplômes, avec un méchant siège pour recevoir mes malades le moins longtemps possible. Et je vous réponds que j'aime l'architecture romane. Elle représente pour moi la forme la plus absolue de recherche et de beauté architecturales : sobriété, pureté, noblesse. Mais j'ai surtout remarqué que mes malades sont sensibles à la beauté. Les sortir d'un univers médicalisé, c'est déjà les traiter *différemment*. Croire en eux, leur marquer une forme de *respect* salutaire pour leur guérison. Me suis-je fait bien comprendre ?

Sans trop savoir pourquoi, Morton opina de la tête comme un enfant devant son instituteur.

— Vous venez de la part de Greg Warp. Je ne l'ai guère vu depuis l'année dernière. Vous êtes la première personne qu'il me recommande depuis près de cinq ans, continua le professeur. Cela doit être important.

Il le regarda deux secondes avec attention.

— Toutefois, je suis certain que vous n'êtes pas un de ses collègues de l'Imperial College[1].

— Pourquoi ? ne put s'empêcher de demander Morton.

— Vos mains. Votre attitude. Vous n'êtes pas un scientifique. Il eut un petit rire haut perché, presque féminin. Non, vous n'êtes ni un médecin ni un biologiste. Je suis certain que vous êtes policier. Je me trompe ?

Morton secoua la tête.

— Non.

— Vous vous dites : cet homme est un sorcier. Il devine mes pensées et m'a démasqué au moment où je suis entré.

Foster jeta un regard de renard à son visiteur. Puis il continua :

---

1. Célèbre université scientifique londonienne.

— Dans les faits, tout cela est pourtant très simple. Tous les policiers, je dis bien tous, ont la même attitude, monsieur Morton. Lorsqu'ils entrent dans une pièce, ils la conquièrent du regard. Ils se sentent les maîtres partout et irradient ce sentiment de puissance, sans s'en rendre compte. Et savez-vous pourquoi ?

Morton dut indiquer son ignorance d'un signe de tête.

Francis Foster se leva et, pour la première fois, Morton put l'examiner en détail. Une soixantaine d'années, petit, rond mais trapu, avec des yeux noirs prodigieusement intelligents. Ses cheveux blancs étaient coiffés en arrière et, ajoutés au costume en flanelle grise, lui donnaient l'air d'un grand-père respectable. Le professeur fit quelques pas en trottinant vers Morton, puis s'arrêta à deux mètres de lui et s'exclama :

— Parce que les policiers ont deux sexes, monsieur Morton !

Et il éclata de rire.

Morton resta debout, déconfit et interrogateur. Le professeur tendit le doigt vers son costume.

— Votre arme, monsieur Morton, bien calée sur votre hanche. Cette présence lourde, massive et rassurante. C'est comme un second sexe. Et lorsque vous l'enlevez en rentrant chez vous le soir, vous vous sentez déboussolé. C'est un peu comme si vous étiez castré. Cet appendice en acier est... il hésita sur le terme, *troublant,* au sens étymologique du mot.

Morton essaya de se remémorer tout ce qu'il venait d'entendre et dut convenir qu'il y avait du vrai là-dedans. Il cherchait désespérément une réplique brillante lorsque, grand seigneur, Francis Foster lui désigna un large canapé :

— Je vous en prie, asseyons-nous. Je suis certain que

vous avez quelque chose à me demander et je préfère être assis pour vous dire « non ».

Ils prirent place autour d'une table basse au design agressif, en bois clair et acier. Francis Foster avait l'expression amicale d'un alligator devant une gazelle et Morton se demanda brusquement s'il avait bien fait de venir à ce rendez-vous. Il allait parler, mais, une nouvelle fois, Foster le devança.

— Je pense que vous travaillez dans une division d'élite. Je parierais que vous êtes à la brigade criminelle et de niveau élevé. Il plissa le front de concentration. Très élevé. Je dirais... commandant, ou même mieux, superintendant ou directeur adjoint. Quel est votre grade ?

Morton balbutia une réponse indistincte, dans un souffle. Foster l'ignora.

— Vous savez, c'est facile. Comme psychiatre, j'ai souvent affaire à la police pour certains de mes clients. Or, vous ne ressemblez pas aux inspecteurs ni même aux commissaires que je rencontre. Vous irradiez une autorité bien supérieure. Je sens que vous avez l'habitude de commander, mais à des collaborateurs de niveau élevé, pas à des hommes du rang. Bref, pour me résumer, je pense, cher monsieur Morton, que vous êtes un des hauts responsables de Scotland Yard et que vous venez me demander de vous aider sur l'affaire du tueur en série qui sévit à Londres depuis deux mois.

Morton le regarda interloqué. Aussi loin qu'il puisse remonter dans sa carrière de flic, et cela faisait plus de vingt ans, il n'avait jamais rien vu de pareil. Il se mit à transpirer de plus en plus abondamment. Une goutte de sueur lui coula le long des sourcils, tombant sur sa paume. Il l'essuya machinalement. Brusquement, tout ce qu'on lui avait dit sur Foster lui revint en mémoire.

Il avait en face de lui le meilleur psychiatre du monde. Un génie, prix Nobel de médecine, qui avait publié trois traités faisant autorité dans toute la planète, notamment son fameux *Discours sur la psychiatrie.* Sans compter le reste. Ce qu'il y avait eu *avant* la psychiatrie, et qui, là encore, avait distingué Foster d'entre tous. Le flic inspira un grand coup et se leva.

— C'est exact, professeur, nous avons besoin de vous. La femme du directeur de la Vision Corporation est la troisième victime d'un serial killer que nous appelons « le photographe ». Nous n'avons aucune piste, si ce n'est que ce dingue prend des clichés de ses victimes, toutes liées au monde de la photo et du cinéma, et qu'il met en scène ses crimes avec le plus de publicité possible. Nous avons pensé que vous nous aideriez à le mettre sous les verrous.

Foster se pencha en avant comme un oiseau de proie, plus du tout rassurant brusquement.

— Vous avez besoin de moi, mais savez-vous combien de centaines de fois j'ai été sollicité par des policiers pour les aider dans leurs recherches criminelles sur des tueurs en série ? Si je répondais à toutes les requêtes, j'aurais passé chaque seconde des dix dernières années de ma vie à enquêter. Comme vous avez pu le voir en entrant, je suis très occupé.

Morton le regarda d'un air grave.

— Cette fois, c'est différent. Il a frappé trois fois en deux mois. Nous n'avons jamais vu cela. Il faut l'arrêter tout de suite avant qu'il ne poursuive son carnage. Je ne vous demande pas de m'aider, professeur, je vous en supplie.

Foster fixa son interlocuteur, masquant sa surprise. Il n'avait jamais entendu un policier lui parler avec cette franchise. D'un air faussement décontracté, il lâcha :

— Vous avez votre dossier avec vous ?

Sans un mot, Morton ouvrit sa serviette en cuir et en sortit une chemise.

— Voilà tout ce que nous possédons. Ce n'est pas beaucoup.

— C'est peut-être assez, répliqua Foster en s'emparant du dossier.

Il alla s'installer à son bureau et commença à feuilleter les pages.

— En effet, c'est mince.

— L'enquête n'a commencé que depuis quelques semaines. La première victime a été découverte par une brigade locale qui n'a pas l'habitude de ce genre d'affaires. Ils ont sans doute effacé une grande partie des traces que le tueur aurait pu laisser.

— La préservation de la *scène du crime*. Oui, j'ai lu cela quelque part.

Foster examina le dossier pendant près d'une demi-heure. De temps en temps, il se levait avec un petit ricanement sardonique et allait fureter dans un livre de psychiatrie ou un dossier, puis revenait s'asseoir à son bureau sans accorder le moindre regard à Morton. Au bout d'un long moment, il se cala dans son fauteuil et ferma les yeux, les mains jointes sur le ventre. Son souffle se fit plus présent dans le silence de la pièce.

Morton attendit environ cinq minutes, se tortillant sur son siège, mal à l'aise, avant de se persuader que le professeur dormait réellement.

— Incroyable, dit-il à mi-voix en le regardant attentivement. Il dort.

Il se leva, indécis, et commençait à se diriger vers la porte lorsqu'une voix claire l'interrompit :

— Je croyais que la patience était la vertu cardinale d'un bon flic, monsieur Morton. Ne me faites pas croire que vous êtes un policier médiocre. J'ai horreur des gens médiocres. Généralement, je les fuis.

Foster ouvrit les yeux.

— Je ne dormais pas, monsieur Morton. Je *réfléchissais.* Du verbe réfléchir. La réflexion précède l'action, chez les gens civilisés, n'est-ce pas ? Comme disait Cicéron : « *Homo ad duas res, ad intelligendum et agendum natus est*[1]. » On ne réfléchit bien que les yeux fermés. C'est seulement là que le cerveau s'abstrait de toute *sensation* pour se concentrer sur le *raisonnement.*

Il parlait lentement, détachant les mots importants.

— Et raisonnement ou sensation, peut-on savoir ce que vous pensez du photographe ?

Foster se leva.

— Pourquoi l'appelez-vous le photographe ?

— Parce qu'il tue dans le milieu de l'image et qu'il se singularise par les photos de ses victimes. Nous pensons qu'il a des connaissances dans ce domaine. C'est notre piste principale.

— Ce tueur est un pervers narcissique. Je pense qu'il est jeune, sportif et bien fait de sa personne. Selon moi, un événement a conduit à ce qu'il ne supporte plus sa propre image. Elle lui est devenue insupportable. C'est pour cela qu'il photographie les cadavres des autres : mettre en scène la mutilation de ses victimes lui procure un antidote puissant aux angoisses qui l'assaillent quant à sa propre image.

Morton avait sorti un carnet et prenait des notes frénétiquement.

— Dans notre cas, pardon, dans *votre* cas, la faute originelle a été d'appeler le tueur « le photographe » et

1. « L'homme est né pour deux choses, pour réfléchir et pour agir. »

de chercher désespérément un suspect qui ait un lien avec le monde de la photographie. Vous vous épuisez en vain. Vous pourrez continuer à chercher un photographe pendant des années sans le trouver. Parce qu'il n'est pas photographe. Il agit comme il le fait parce qu'il hait sa propre image. À ce stade de la réflexion, nous avons deux possibilités : soit le déclic du passage à l'acte ne s'est produit que récemment après une infirmité ancienne, soit un événement nouveau a bouleversé son univers psychologique et fantasmatique. Je pense que c'est cette solution que nous devons retenir.

Morton écoutait, la bouche légèrement ouverte. Foster le fixa un instant comme on regarde un enfant débile, puis saisit une photo dans le dossier.

— Je vais vous expliquer. Regardez le premier cas. La photo est bonne, mais la mise en scène est moins soignée que dans les autres crimes : il s'est contenté de la laisser sur place. Dans le deuxième meurtre, la photo a été déposée au domicile, dans une enveloppe. Quant à la dernière, il l'a introduite dans la série de diapositives du mari de la victime, par un moyen qu'il faudra élucider. Qu'en déduisez-vous ?

— Je ne vois pas encore où vous voulez en venir, professeur.

— Oubliez la technique pour regarder le style. Le schéma de l'acte. Chez les pervers, c'est le schéma qui est essentiel. Il obéit toujours à des règles très précises, propres au malade, et donne la clef de ses pulsions. Quelque chose me frappe. La technique ne bouge pas, mais le *style* de la présentation des photos, lui, change avec le temps. Il est plus... baroque dans les deux derniers meurtres. Réfléchissez à nouveau. Que pouvez-vous en déduire ?

— Qu'il apprend, qu'il s'améliore.

— Exact. Or, ce point n'apparaît nulle part dans votre rapport.

— Nous ne l'avions pas vu.

— C'est *le* point majeur, monsieur Morton. S'il y a courbe d'apprentissage, c'est aussi qu'il y a réflexion. Désormais, il fait attention à la mise en scène de ses crimes. En moins de sept semaines, il est devenu un véritable artisan de l'horreur.

— Ça veut dire qu'il avait tout prémédité ? hasarda Morton.

— Mais non, voyons. C'est exactement l'inverse. Il n'a prémédité que les deux derniers crimes. Il a commis le premier sous le coup de la colère, sans réfléchir ni préparer. Et cela lui a donné le goût du sang. Mais nous pouvons supposer qu'il a reçu un choc suffisamment puissant pour qu'il passe à l'acte sans préparation ni préméditation, alors même que la suite de ses agissements montre qu'il est assez ingénieux pour apprendre très vite et devenir un monstre professionnel. Il faut retrouver ce point de départ, capable de faire perdre la tête à un malade mental intelligent et appliqué. Je pense que c'est un acte traumatique dont il a été victime.

— Vous avez raison. Je vais chercher la liste de tous les hommes qui ont été défigurés dans un accident au cours des trois derniers mois, annonça Morton fébrilement.

— Bravo. Mais à mon avis, corrigea Foster, il a été défiguré par une *femme*. Concentrez-vous sur les accidents où un homme a été défiguré par une femme. Peut-être dans un accident de voiture, ou dans un accident du travail, qui sait ? Il hait les femmes. C'est un être narcissique et cruel, et à cause d'une femme il a perdu le principal spectacle de sa vie : celui de son propre visage. Désormais, il tuera des femmes jusqu'à ce qu'il redevienne l'homme d'avant.

Le professeur plissa le front dans une grimace presque comique et leva le bras en direction de Morton. Le visage figé, le doigt tendu : Morton eut l'impression fugitive de faire face à une statue antique.

— Oubliez les photographes, cherchez dans les statistiques d'accidents des semaines qui ont précédé le premier meurtre. Vous le trouverez.

Le responsable de Scotland Yard se dirigea à grandes enjambées vers la sortie.

— Monsieur Morton ? Qui vous a donné le nom de Greg Warp ?

Le policier s'arrêta et fixa le plafond, décontenancé.

— Vous n'aviez aucune raison de savoir que ce grand biochimiste est mon ami. Et que je recevrais tout inconnu envoyé par lui. Il y a donc forcément eu une autre personne, avant. Qui vous a conseillé d'aller voir Greg Warp, pour éviter de vous faire éconduire. Exact ?

Nouveau silence.

— Puis-je savoir qui ?

— Un ami. Un ancien du MI5[1].

— Je vois. Il vous a dit que j'avais travaillé, dans ma jeunesse, comme psychiatre dans les services spéciaux, n'est-ce pas ? Je parie que vous n'avez même pas contacté Greg Warp. Vous avez juste lu son nom dans mon dossier.

Gêné, Morton inclina la tête silencieusement.

— Cela fait plus de trente ans que vous n'avez pas travaillé sur un dossier de police, professeur. Je savais que vous me diriez « non » et j'avais besoin d'une recommandation. C'est l'ancien chef du département

1. Service de contre-espionnage britannique.

médical de Scotland Yard qui m'a parlé de vous. Il était au MI5 dans les années 60 et 70, et vous connaissait de réputation. Il a soixante-seize ans maintenant, mais personne ne l'a, paraît-il, plus impressionné de toute sa vie. Il m'a affirmé que vous étiez le seul à pouvoir résoudre une affaire criminelle aussi complexe, en un minimum de temps. J'ai consulté les meilleurs spécialistes. Sans succès, tout le monde était dans le noir. Je me suis dit : pourquoi ne pas tenter un coup de poker avec vous ?

Morton regardait ses pieds.

— Je suis désolé pour ce mensonge. Et je vous remercie sincèrement pour votre aide. Il hésita une seconde. Trente ans, c'est long, professeur, mais celui qui m'a donné votre nom a eu raison de le faire. Toutefois, je comprends que vous ne souhaitiez pas être dérangé en permanence. Je ne le ferai plus, ni aucun de mes hommes. Il laissa encore passer une seconde. Sauf si la situation est vraiment... *exceptionnelle.*

Puis il sortit, laissant Foster seul au milieu de la pièce, les mains dans les poches, le regard lointain.

1

ÉPIDÉMIE

(2001)

La responsable du service de neurologie sortit vivement de l'ascenseur, marchant à grandes enjambées vers son bureau, à l'autre bout du couloir. Âgée de quarante ans, c'était une femme dynamique et encore séduisante, au visage lisse et aux cheveux blonds. Elle poussa la porte vitrée. La peinture du montant était tout écaillée et son nom, écrit à l'encre violette à moitié effacée au milieu de la vitre dépolie, ressemblait à un étrange hiéroglyphe. Malgré les promesses du gouvernement travailliste, les crédits se faisaient encore attendre au National Health Service, la Sécurité sociale britannique. L'hôpital St. Thomas de Londres était pourtant plutôt bien loti. Installé en face de la gare de Waterloo, c'était le premier édifice que les visiteurs empruntant l'Eurostar apercevaient en arrivant dans la capitale britannique. Un ensemble de bâtiments modernes dont les « meilleures » chambres donnaient directement sur Westminster. La plus belle vue de toute la ville. St. Thomas était un hôpital réputé. Il bénéficiait d'un personnel nombreux et d'équipements hypersophistiqués malgré la vétusté de son plateau hôtelier.

Un interne l'attendait dans son bureau, une liasse de dossiers à la main. Elle s'assit sans même enlever son imperméable et prit son cahier.

— On commence par la chambre 4. Vous avez les résultats de l'albuminorachie de la PL ?

— Oui. 0,55.

— Le pauvre. C'est bien une sclérose en plaques. La 7 ?

— Pas de changement. En votre absence, Rudy a fait faire un électroencéphalogramme. Regardez le tracé.

— Hum.

— Pas très probant en effet.

— Faites une RMN dans les meilleurs délais et reparlons-en. La 18 ?

L'interne eut l'air embarrassé.

— Une nouvelle. C'est un dossier ennuyeux.

— Ennuyeux ?

— Il s'agit d'une femme de cinquante ans. Elle présente des troubles du comportement. Problèmes de mobilité et d'équilibre, difficulté à se situer dans l'espace, début d'aphasie.

— Ses facultés intellectuelles sont diminuées ?

— Oui, de manière spectaculaire selon sa famille.

— Des antécédents ?

— Aucun. Attendez le pire. Selon un proche, elle a parfois, je cite, « des tremblements irrésistibles des muscles de la jambe ».

Le médecin posa son stylo. Un grand trouble l'avait envahi.

— Myoclonie du quadriceps ?

— Oui. Je crois.

— Vous pensez comme moi, évidemment ?

— J'aurais pu avoir un doute, mais, après la myoclonie, la question est réglée. Selon moi, cette femme présente tous les signes caractéristiques d'un Creutzfeldt-Jakob.

— Mauvais. C'est notre premier cas dans l'hôpital. On va devoir se payer les journalistes et tout le reste.
— Peut-être plus vite que nous ne le pensons...
— Pourquoi dites-vous ça ?
— J'en ai parlé à un copain qui est à Manchester. Il a un cas suspect qui ressemble beaucoup au nôtre. Et, selon lui, le service de psychiatrie de l'hôpital de Chelsea aurait reconsidéré un des malades entré il y a quelques jours pour des symptômes de psychose. Ils pensent maintenant que c'est un Creutzfeldt-Jakob. Trois cas en une semaine dans trois hôpitaux, vous appelez ça comment ?
Le médecin regarda sa collègue, atterrée. Trois cas de Creutzfeldt-Jakob en une semaine, c'était soit un accident statistique, soit quelque chose de beaucoup plus grave. La catastrophe que toute l'Angleterre redoutait sans se l'avouer. Elle s'entendit murmurer entre ses lèvres devenues blanches :
— Mon Dieu !

Huit semaines plus tard, une Jaguar bleu marine tourna au coin de Whitehall et entra lentement dans la contre-allée menant aux 10 et 11, Downing Street, bureaux et résidences privées du Premier ministre et du chancelier de l'Échiquier[1] britanniques. Il s'agit d'un ensemble de petites maisons victoriennes typiques, en briques sombres, accolées à de grands bâtiments administratifs. Le Treasury et le Foreign Office se trouvent tout à côté, sur le même trottoir. Un agent s'approcha pour ouvrir la portière de la voiture, mais, avant qu'il ait pu l'atteindre, un homme en descendit. Grand, chauve et sec, vêtu d'un costume sombre, avec une

1. Ministre des Finances.

cravate bleue et des boutons de manchettes en or. Robert Smith, soixante ans, était le directeur de la santé publique au ministère de la Santé. De l'autre côté de la Jaguar, une femme sortit également. Environ cinquante ans, un visage plutôt jovial, des cheveux frisés et des formes rondes : Gillian Castanedo, professeur de médecine et spécialiste mondial du prion.

Ils entrèrent au 10, Downing Street. C'était la première fois que Gillian Castanedo visitait l'endroit. La porte passée, il semblait plus vaste qu'elle ne l'avait imaginé. Intimidée, elle regardait à la dérobée les nombreux tableaux accrochés au mur. Entre les couleurs pastel du papier peint, l'éclairage soigné diffusé par les lustres et le sol brillant, le 10, Downing Street ressemblait plus à une belle maison bourgeoise qu'aux bureaux du Premier ministre. Délicatement, elle toucha la tête de lion sculptée au fronton d'une cheminée, mais déjà un garde les faisait tourner dans un long couloir, puis vers un escalier qu'ils empruntèrent à la file. Les murs étaient couverts de gravures représentant les Premiers ministres britanniques, dans l'ordre chronologique.

— Nous passons au 11, Downing Street, annonça le garde d'une voix neutre. C'est normalement le domicile privé du chancelier de l'Échiquier, mais il a échangé avec le Premier ministre. Les appartements privés du 11 sont en effet plus grands et le chancelier est célibataire.

Heureux euphémisme pour dire que le ministre des Finances était homosexuel depuis son plus jeune âge. Mais on était entre gentlemen.

Après avoir suivi deux couloirs, ils entrèrent dans la salle à manger privée du Premier ministre, qui les attendait, accompagné de son ministre de la Santé.

Le chef du gouvernement n'arborait pas son habituel sourire, qui avait tant fait pour assurer sa popularité auprès des Britanniques dans les premières années de son mandat. Il avait l'air crispé et inquiet. Mais son costume gris clair était impeccable et il portait une cravate décorée de grosses fleurs. « Des camélias », pensa Gillian Castanedo. Il fit asseoir ses visiteurs. Il y avait de la bière, du vin et des sandwichs au concombre posés sur la table en noyer ; personne n'avait faim.

— Je vous remercie d'être venus. J'ai conscience de l'urgence de cette réunion.

Il planta ses yeux dans ceux de Robert Smith.

— Allons au fait. Robert, quelle est votre appréciation de la situation ?

Le directeur se racla la gorge et sortit un dossier de sa sacoche. Il ne l'ouvrit même pas : il savait par cœur tout ce qu'il y avait dedans.

— Depuis environ deux ans, le nombre de personnes atteintes de Creutzfeldt-Jakob a continûment augmenté. Nous avions enregistré 27 cas de 1986 à 1998. En 1999, il y a eu une première alerte avec 30 cas supplémentaires en une seule année. En 2000, nous avons enregistré 86 cas nouveaux. Cependant la situation a commencé à devenir vraiment inquiétante depuis le début de l'année. Les choses s'accélèrent brutalement. Plus de 90 cas enregistrés dans tout le pays entre janvier et mars, et 156 cas entre avril et hier, 8 juin. Soit 246. En France, on note aussi une augmentation du nombre de malades : 20 nouveaux cas dans les trois derniers mois. Et 7 en Suisse. Ces chiffres sont encore confidentiels, ils ne le resteront pas longtemps. Déjà, des journalistes semblent deviner qu'il se passe quelque chose.

— Poursuivez.

— Vous savez que nous avons lancé en 1999 une grande étude épidémiologique pour déterminer le pourcentage de Britanniques potentiellement contaminés par le prion. Officiellement, cette étude doit être menée sur une durée de plusieurs années, et ses résultats ne seront pas divulgués avant l'an prochain. Mais parallèlement, j'ai décidé en avril dernier, en accord avec M. le ministre de la Santé, de mettre en œuvre un autre test, confidentiel, et de grande ampleur. Il but une gorgée d'eau, reprenant son souffle en même temps. Une équipe de trois médecins a procédé à mille analyses sur des Britanniques anonymes : des malades hospitalisés dans nos établissements pour des pathologies bénignes, des donneurs de sang, des militaires. Cette étude est totalement secrète. Personne, je dis bien personne, n'est au courant, à part nous et les médecins qui l'ont réalisée. Monsieur le Premier ministre, compte tenu des résultats de cette étude, j'ai pensé qu'il fallait que vous en preniez connaissance en même temps que M. le ministre de la Santé.

Les deux hommes politiques avaient un peu pâli à l'énoncé de cette introduction, qui n'annonçait rien de bon. Le chef du gouvernement se mit à triturer sa cravate nerveusement.

— Alors ? Les résultats ?

— Le taux de contamination par le prion se chiffre à 8,34 % de l'échantillon testé.

Silence dans la pièce. Le Premier ministre se leva à moitié sur sa chaise. Il était blême et semblait près de défaillir.

— Vous voulez dire que 8,34 % des Britanniques, c'est-à-dire environ six millions de nos concitoyens, peuvent développer une maladie de Creutzfeldt-Jakob ?

Smith déglutit péniblement et jeta un regard

désespéré à sa collègue. Gillian Castanedo regardait obstinément le plafond et il poursuivit donc :

— Pas « peuvent », monsieur le Premier ministre. Ils *vont* développer la maladie avec une certitude statistique de 100 %.

Le Premier ministre retomba lourdement sur son fauteuil. Le scientifique se redressa un peu sur le sien.

— Puis-je faire un petit retour en arrière ?

Le Premier ministre s'épongea le front et eut un mouvement nerveux de la main.

— Bien sûr. Allez-y.

— Nous avions deux solutions depuis quelques années. Première hypothèse, favorable : l'encéphalopathie spongiforme bovine est peu contaminante pour l'homme. Cela signifiait que les cas que nous avions enregistrés étaient liés soit à une fragilité particulière de certaines personnes face au prion, soit à une surcontamination, visible par exemple chez la population des éleveurs bovins.

— Et l'hypothèse défavorable ?

— Le prion est très contaminant, mais le délai d'incubation est tellement long que la maladie ne se déclare que quinze ou vingt ans, voire davantage, après l'infection. Dans ce cas, les personnes touchées au milieu des années 80 pouvaient commencer à présenter les signes de la maladie au début des années 2000, c'est-à-dire maintenant.

Le haut fonctionnaire se tourna vers Gillian Castanedo.

— Je pense que le professeur Castanedo pourrait vous éclairer bien mieux que moi sur un plan scientifique. Elle est spécialiste des maladies neurodégénératives et suit le dossier au ministère depuis cinq ans. C'est à vous, Gillian.

— Merci, Robert. Elle se leva. Monsieur le Premier ministre, monsieur le ministre, je vais essayer d'être le plus claire possible. Si vous ne comprenez pas un terme scientifique, n'hésitez pas à me couper. Elle s'éclaircit la voix. Commençons par le début. Vous vous souvenez que l'encéphalopathie spongiforme bovine a été identifiée pour la première fois au Royaume-Uni. En 1986, pour être précise. Pour faire simple, je parlerai d'ESB dans la suite de cette présentation.

Le Premier ministre poussa un soupir, avec un nouveau mouvement de la main. Il ne connaissait que trop bien ce sigle. À peine impressionnée, Gillian Castanedo poursuivit son discours :

— L'ESB est une maladie dégénérative du système nerveux central. Elle fait partie de la famille des encéphalopathies spongiformes.

Elle s'arrêta un instant et regarda le Premier ministre. Il lui fit signe qu'elle pouvait continuer.

— On les appelle « spongiformes » parce que, lors des examens, les cerveaux touchés révèlent un aspect spongieux.

— Ces maladies ne sont pas une nouveauté si je me souviens bien ?

— En effet, monsieur. Plusieurs maladies du même type sont déjà répertoriées depuis longtemps chez d'autres espèces. Tout le monde connaît maintenant la tremblante du mouton. Il en existe aussi une forme chez la chèvre, chez les cervidés, et même chez le vison.

— Et chez l'homme ?

— Chez l'homme, c'est un type de maladie connu depuis des dizaines d'années. La plus célèbre est évidemment la maladie de Creutzfeldt-Jakob, sous sa forme traditionnelle. Une autre, sur laquelle les médias se sont beaucoup étendus, est le kuru. Il s'agit d'une maladie propre à certaines peuplades anthropophages de Papouasie-Nouvelle-Guinée. Ils se contaminaient en mangeant le cadavre de leurs ennemis, censé leur donner leur âme.

— Plutôt raté pour avoir la forme, lâcha le Premier ministre, malgré la tension ambiante.

Ils ne purent s'empêcher de rire nerveusement.

— Effectivement. Tous n'étaient d'ailleurs pas logés à la même enseigne. Les plus touchés par la maladie étaient ceux qui mangeaient le cerveau.

— Répugnant.

— Effectivement.

— Avons-nous progressé dans la connaissance de la maladie ?

— On la connaît encore mal. La théorie retenue depuis la fin des années 90 est l'implication d'une protéine autoréplicable, c'est-à-dire un prion. Les prions sont des organismes encore plus mystérieux que les virus.

— Cette théorie a été développée par Stanley Prusiner, ajouta vivement Robert Smith. Un des meilleurs scientifiques du monde. Et le meilleur dans ce domaine. Il a d'ailleurs reçu le prix Nobel de médecine en 1997. Mais il n'a pas encore pu prouver de manière *irréfutable* le lien entre l'ESB et la nouvelle forme de Creutzfeldt-Jakob. Ce qui montre l'étendue de nos lacunes scientifiques.

— Bien. Je vous remercie. Je crois avoir compris. Il se tourna vers les deux autres responsables. Peut-on évaluer plus précisément quel est le risque d'épidémie, au vu des chiffres effroyables que vous citiez tout à l'heure ?

Robert Smith était occupé à brosser soigneusement

une tache imaginaire sur son complet-veston. Signe de grande nervosité chez lui.

— Pour vous répondre, monsieur, je dois revenir aux chiffres de l'épidémie animale. Officiellement, 171 000 têtes de bétail ont été touchées par la maladie, sur l'ensemble de la planète. Elles sont localisées à 99,9 % chez nous. Les Suisses ont déclaré 280 cas, les Irlandais 215. La France a enregistré seulement 59 cas et l'Allemagne 5. En réalité, nous savons que les chiffres sont infiniment supérieurs aux 170 000 cas répertoriés au Royaume-Uni. Des dizaines de milliers d'animaux sont partis aux abattoirs sans présenter le moindre symptôme, tout en étant contaminés. Et des dizaines de milliers d'autres ont été volontairement déclarés sains par les éleveurs qui ne voulaient pas de problèmes, alors qu'ils savaient pertinemment que leurs bêtes étaient touchées. Ce que je veux dire, messieurs, c'est que les chiffres de contamination du cheptel britannique ont été très supérieurs aux chiffres réellement enregistrés. Et il en est de même dans la plupart des pays européens.

Nouveau silence.

Le Premier ministre les regardait, la tête légèrement penchée sur le côté, comme s'il essayait de voir au loin. Mais, derrière Robert Smith et Gillian Castanedo, il n'y avait qu'un miroir qui lui renvoyait sa propre image. Il avait l'impression qu'elle était légèrement floue, et même sa voix lui semblait étrangère, comme filtrée.

— Je reformule la question. Que dois-je penser de ce chiffre de 8,34 % ? Sommes-nous au début d'une épidémie majeure de la nouvelle forme de maladie de Creutzfeldt-Jakob dans la population britannique ?

Les deux scientifiques se regardèrent et répondirent en même temps :

— Oui.

Gillian Castanedo semblait plus nerveuse brusquement.

— La période d'incubation doit être supérieure à une quinzaine d'années, peut-être vingt ou vingt-cinq. Les malades qui se sont déclarés jusqu'ici étaient des cas statistiquement aberrants, non représentatifs. Cela veut dire que la grande masse de cas est devant nous. Je dois ajouter que j'avais personnellement examiné plusieurs malades qui me poussaient plutôt à envisager l'hypothèse pessimiste. J'ai été assez critiquée pour cela. Traitée d'hystérique. Presque ostracisée. La voix de Gillian Castanedo baissa de deux tons, comme si elle craignait ce qu'elle allait dire. L'un des cas les plus remarquables est celui d'une jeune femme végétarienne, décédée de la nouvelle variante de Creutzfeldt-Jakob. Elle s'appelait Clare Tomkins. Elle est morte alors qu'elle avait cessé de manger de la viande environ deux mois après les premières annonces sur la maladie, en 1987. Cela signifiait selon moi qu'elle avait été contaminée dans la période précédente, et par des bêtes apparemment saines. Or cette jeune femme mangeait très peu de bœuf avant de devenir végétarienne. J'en avais conclu que la contamination était plus facile que ce qu'en disaient les autorités à l'époque.

— Quelle a été la réaction ?

— On m'a prise pour une folle. Ma théorie était que les saucisses industrielles et les viandes hachées comprennent souvent une part non négligeable de nerfs, parfois d'abats, voire de moelle. Or ces substances sont *très* contaminantes, à la différence du muscle. Les hamburgers, les hot dogs et autres saucisses ainsi que la consommation de viande à l'os ont été des vecteurs massifs de contamination dans la population. Sans parler des produits dérivés dans la cosmétique, la pharmacie, et l'alimentation générale.

Le Premier ministre fit craquer ses mains. Le bruit résonna désagréablement dans la pièce, comme l'écho malfaisant de ce qui venait d'être dit.

— Combien seront-ils ?

— De malades ? Ils seront au moins six millions selon le test que nous venons de réaliser. Mais ils peuvent aussi bien être dix millions ou plus. C'est impossible à savoir aujourd'hui, car notre test sous-évalue forcément le risque. Il y a une partie des porteurs sains qui échappent au test et nous sommes incapables, par définition, d'en déterminer le nombre avant que ces gens deviennent malades. Mais il faut que vous compreniez : nous avons tous mangé de la vache folle. Vous, moi. Sa voix n'était plus qu'un souffle maintenant. Chaque Britannique de plus de dix ans a été, à un moment de sa vie, en contact avec le prion. Et si la contamination est massive, ce pourrait même être, dans la pire des hypothèses, la disparition de l'ensemble de la population adulte. La fin de la Grande-Bretagne.

Le Premier ministre semblait tétanisé, blanc comme un linge. Ses paupières se fermèrent lentement. Un instant, Gillian Castanedo crut qu'il allait avoir un malaise. Elle allait se lever lorsqu'il ouvrit à nouveau les yeux. Il l'arrêta d'un geste faible.

— Ça ira, madame. Merci.

Il se tourna lentement vers son ministre de la Santé et parvint à articuler :

— Sommes-nous les seuls concernés ?

L'autre se racla bruyamment la gorge.

— Non. Nous avons exporté des centaines de milliers de tonnes de bœuf vers nos principaux partenaires européens. En 1990, au plus fort de la contamination de notre cheptel, nous avons par exemple exporté 67 000 tonnes de bœuf vers la France. Et l'année précédente, les exportations de farines animales contaminées vers l'Union européenne ont atteint 25 000 tonnes.

— Comment est-ce possible ?

— J'ai vérifié personnellement ces chiffres. Le grand public n'en est pas conscient, mais le Royaume-Uni a été l'un des principaux exportateurs mondiaux de bovins. En moyenne, 400 000 animaux ont été exportés par an à la fin des années 80 et au début des années 90. Beaucoup étaient contaminés. Peut-être même la majorité.

— Qui étaient nos principaux clients ?

— Le principal pays importateur était la France, en vertu d'un accord signé dans le cadre de la Politique agricole commune. Cela peut sembler bizarre, alors que les Français ont la première agriculture d'Europe, mais c'est ainsi. Nous avons aussi exporté massivement vers l'Allemagne, le Benelux et tous les pays d'Europe. Par exemple, l'Espagne a importé plus de 1 000 tonnes pendant la seule année 1990. Le Moyen-Orient, Israël et l'Asie ont aussi été des clients privilégiés de nos grossistes en viande.

Le chef du gouvernement se tassa sur sa chaise. Il se prit la tête entre les mains. Plus tard, les participants à la réunion affirmèrent qu'il avait déclaré, dans un souffle à peine perceptible :

— C'est l'apocalypse. La fin du monde et celle de notre civilisation.

— Si nous marchions un peu ?

Gillian Castanedo et Robert Smith étaient sur le trottoir en face du 10, Downing Street. Il faisait une chaleur un peu moite en ce début de mois de juin.

Des hordes de touristes dépenaillés et joyeux se pressaient de tous côtés.

— Bonne idée.

D'un geste de la main, il fit comprendre au chauffeur qu'il pouvait disposer. Ils partirent en direction de Trafalgar Square, en silence. Aucun n'osait parler, respectant les pensées de l'autre. Arrivés à la place monumentale où trônaient les statues des lions de Nelson, ils coupèrent par le centre et prirent Charing Cross, vers Leicester Square. Les trottoirs étaient encombrés. Partout, des pizzerias et des vendeurs de kebabs orientaux. Il flottait dans l'air une atmosphère de fête et d'insouciance dont les deux scientifiques étaient loin.

Elle rompit la première le silence.

— J'ai la nausée, Robert.

— Moi aussi.

— 8,34 %. Mais c'est sans doute plus. Beaucoup plus.

— C'est aussi mon avis.

— Si nous ne faisons rien, une grande partie de ces gens vont mourir.

— Exact.

— Vous ne pensez pas que le Premier ministre a raison de vouloir en parler à la télévision ?

— Si. Il faut mettre le paquet, financièrement et humainement. Et la seule manière de le justifier, c'est de révéler une partie de la vérité. Mais pas toute la vérité, si l'on veut éviter des phénomènes de panique.

Elle ne réagit pas.

— Je ne sais pas si j'ai eu raison de le lui dire à la fin de la réunion. Pourtant, nous ne pouvons pas cacher que nos connaissances scientifiques sont très faibles. C'est pire qu'au début du sida en 1984. Nous ne savons presque rien du prion.

— Je crains que vous n'ayez raison. Cependant, nous ne pouvons pas baisser les bras.

— Où en êtes-vous vraiment de vos recherches ? Je ne vous ai pas trouvée très encourageante tout à l'heure avec le Premier ministre.

Ils s'arrêtèrent devant l'une des sorties du métro Leicester Square. En face, un sigle en lettres fluorescentes énormes se détachait sur la façade de l'Hippodrome, une boîte de nuit célèbre. Ils entrèrent dans un café italien. Le décor était moderne et gai, mais ils eurent l'impression de pénétrer dans une crypte. Une radio invisible diffusait de la musique. Il commanda une bière, une Hoogard, et elle un espresso. Un groupe s'installa bruyamment à côté d'eux. Elle but son café lentement, à petites gorgées.

— J'ai beaucoup avancé, c'est un fait. Mais les questions principales concernant la nature même du prion ne sont toujours pas résolues.

— Où se situe le problème ?

— On connaît mieux le processus de développement de la maladie. On sait qu'il s'agit d'une forme dégradée d'une protéine naturellement présente dans les tissus nerveux. Hélas, personne ne comprend rien à son mode de fonctionnement. En plus, elle présente une résistance incroyable aux protéases cellulaires. Elle marqua un temps d'arrêt. Cela rend cette saloperie invulnérable à tous les médicaments essayés. Même les moyens habituels de destruction à la chaleur sont inopérants. Songez qu'à 120° elle survit.

— Donc vous n'avez toujours rien sur le plan thérapeutique ?

— On travaille tous dans le noir. Il n'y a aucun médicament envisageable pour l'instant. Le seul qui pense avoir une piste est le professeur Appleton.

— Appleton ? C'est à voir. Appleton est un zozo qui travaille tout seul dans son coin. Brillant certes. Et cependant incontrôlable. Il refuse de nous dire quoi que ce soit sur ses travaux. Si ça se trouve, il divague et cherche à se faire de la publicité.

Elle haussa un peu la voix.

— Je ne suis pas d'accord, Robert. Ce n'est pas son genre. Appleton est peut-être un original, mais c'est un homme honnête et sérieux. Il faut absolument que nous puissions l'interroger et éventuellement travailler avec lui. Au moins examiner ses angles de recherche. Peut-être a-t-il eu une idée géniale que personne n'a eue avant lui ?

— Mais ça ne nous donne rien de concret avant plusieurs années.

— Sauf si on a de la chance.

Il regarda les jeunes qui riaient aux éclats à côté d'eux et son visage s'assombrit encore.

— Sauf si on a de la chance.

Le Premier ministre était habillé d'un costume sombre, avec une chemise blanche et une cravate grise. Ses conseillers lui avaient dit qu'il devait être grave et sérieux. Comme s'il avait besoin d'un conseil aussi stupide. Il *était* grave. Trois caméras de télévision étaient installées face à lui, et une armée de techniciens s'agitait un peu partout. Les interviews en direct du Premier ministre étaient rares. Surtout lorsque leur sujet n'était pas connu à l'avance. Une nuée de journalistes de la rédaction de la BBC rôdait dans les couloirs du 10, Downing Street, flairant le scoop.

Une lumière rouge s'alluma et un technicien cria :

— Antenne dans vingt secondes !

— Cinq, quatre, trois, deux, un, top.

Le Premier ministre s'adressait au pays.

« Mes chers compatriotes,

Tous les Premiers ministres de ce pays ont eu à faire face à des crises graves. Parfois dramatiques. C'est le propre des grandes nations de souffrir plus que les autres, car l'adversité est l'autre bras de ce balancier qui oscille entre gloire et malheur, au gré du destin. Dans tous les cas, mes prédécesseurs ont su résister parce que le peuple britannique est resté sage et fort. Aujourd'hui, une nouvelle fois, un dirigeant s'adresse à cette nation, pour lui demander d'être grande et courageuse. La crise que nous affrontons est redoutable. C'est peut-être même la crise la plus grave que ce pays ait jamais abordée et je devine votre inquiétude, au moment où je prononce ces paroles. Mes chers compatriotes, il est temps maintenant, pour moi, de vous apprendre ce que je viens de dire il y a quelques minutes aux présidents et chefs de gouvernement de nos plus proches alliés.

Ces dernières semaines, le réseau épidémiologique formé par les principaux hôpitaux de ce pays a détecté une anomalie. Un nombre anormalement élevé de cas de Creutzfeldt-Jakob a été enregistré. Les chiffres sont effrayants. Près de trois cents personnes sont aujourd'hui soignées dans nos hôpitaux pour cette pathologie, alors que le nombre total de malades n'avait pas dépassé la centaine dans tout le Royaume-Uni depuis 1986. Je suis donc obligé d'en tirer les conclusions. Notre pays est peut-être à l'aube d'une épidémie de maladie de Creutzfeldt-Jakob, dont nul ne peut évaluer la gravité.

Je sais les répercussions d'une telle annonce.

Mais le secret et l'attente seraient, à mon sens, la pire des attitudes. Les meilleurs spécialistes médicaux du Royaume-Uni m'informent qu'aucun médicament n'existe à ce jour. Qu'à cela ne tienne. Nous devons en trouver un dans les meilleurs délais.

Toutes les forces vives de la nation doivent être mobilisées pour faire face : chercheurs, médecins, laboratoires pharmaceutiques.

J'ai décidé de mettre en place toutes les ressources disponibles pour accélérer les recherches médicales. Un fonds spécial sera créé dans les prochains jours. Tous les médecins et chercheurs de ce pays qui peuvent être d'une quelconque utilité seront invités à y participer.

Le fonds disposera de moyens illimités pour développer la recherche face à ce nouveau fléau. Je lui affecte d'ores et déjà en urgence une enveloppe de 500 millions de livres sterling.

Mais cette crise ne nous concerne pas seuls. Nous avons exporté des animaux malades, de la viande et des farines animales contaminés dans toute l'Europe, et, au-delà, un peu partout dans le monde. Même si nous sommes les plus touchés, nos partenaires pourraient également souffrir de ce mal terrible. Je les appelle à se mobiliser derrière nous.

Enfin, au peuple britannique, je dis : soyez courageux dans l'adversité, soyez dignes de nos aînés.

Unis, nous vaincrons cette épreuve.

Dieu sauve le Royaume-Uni. »

Épuisé, le Premier ministre s'épongea le front. Les cameramen étaient tous livides. L'antenne à peine fermée, les journalistes se précipitèrent vers le chef du gouvernement, mais il leur tourna le dos brutalement et partit à grandes enjambées vers ses appartements privés, sans même leur accorder un regard.

— Et voilà, vous avez lu la presse ?

— Épargnez-moi vos commentaires, Gordon. Bien sûr que je l'ai lue. Vous vous attendiez à quoi d'autre ? Un entrefilet dans les nouvelles régionales ?

Le Premier ministre avait rassemblé ses ministres et ses plus proches conseillers à Chatham House. Au menu : examen des réactions à son discours et programme d'action pour les prochaines semaines.

— Je sais ce que vous vous dites. Fallait-il parler ? J'y ai longuement réfléchi. Si une épidémie menace, il faut mettre en œuvre des moyens énormes, sur le plan financier, humain et scientifique pour s'y opposer. Il est impossible de faire secrètement une chose pareille en temps de paix. Il me fallait donc choisir. Soit ne rien faire, soit agir massivement après avoir prévenu nos compatriotes. Vous connaissez mon choix. Je suis sûr que c'est le bon. Il se tourna légèrement vers son voisin de gauche. Où en sommes-nous exactement ?

Le vice-Premier ministre prit une fiche posée sur la table, devant lui.

— L'ensemble de la presse mondiale, sans aucune exception, fait la une sur le risque de nouvelle épidémie de Creutzfeldt-Jakob. Les gouvernements précédents sont traînés dans la boue pour n'avoir pas agi à temps.

— Rien que nous n'attendions. Chez nos partenaires ?

— La Commission européenne a demandé que les gouvernements européens se réunissent en sommet extraordinaire à Bruxelles dans deux jours pour décider des mesures à prendre.

Le Premier ministre se tourna vers son ministre de la Santé.

— Je vais avoir besoin d'un sacrément bon dossier.

— Mes équipes travaillent déjà dessus. Il sera prêt ce soir.

— Les rumeurs ?

— Les hypothèses les plus folles courent. Certains journaux à sensation parlent d'une possibilité de cent mille morts à plusieurs millions.

Le vice-Premier ministre s'épongea le front.

— On ne peut pas accélérer le test généralisé, pour apprécier le risque à sa juste valeur ?

Le Premier ministre réussit à rester impassible. « Nous y voilà. »

— Nous n'avons pas encore fini ce test de grande échelle et je ne souhaite pas qu'on l'accélère à ce stade. De mauvais résultats pourraient entraîner une panique généralisée. La procédure scientifique doit rester parfaitement rigoureuse.

— Mais nous devons savoir la vérité.

— Non. C'est impossible. Pas de changement dans le calendrier.

— Et un test fait par des médecins militaires ?

Le Premier ministre éleva un peu la voix et jeta un regard circulaire autour de lui.

— J'ai dit : pas de test pour l'instant.

Pas de réactions, les participants semblant être tous tombés en catalepsie au même moment.

En lui-même, il poussa un grand soupir de soulagement. Déjà un point de réglé. Personne ne devait savoir l'horrible vérité. Car elle était impossible à gérer. Donc elle ne *devait pas* exister.

Son regard se fixa rapidement sur le ministre de la

Santé, un ami depuis l'Université. Il était figé sur sa chaise. Il ne parlerait pas non plus.

Le vice-Premier ministre revint à la charge, s'adressant directement au ministre de l'Agriculture.

— J'ai rencontré Harsh Narang.

Le ministre leva les yeux au ciel. Narang était un biologiste britannique célèbre pour avoir prédit depuis l'origine les risques d'une épidémie massive d'une nouvelle forme de Creutzfeldt-Jakob.

— Ne levez pas les yeux au ciel. Il faut que nous déterminions où se situent les responsabilités au sein du Public Health Laboratory Service.

— Je suis aussi déterminé que vous à savoir si nous aurions pu, et dû, réagir différemment au début de cette maladie. Une enquête est en cours au sein du PHLS. Vous avez ma parole qu'elle sera sincère.

Le chancelier de l'Échiquier se gratta bruyamment la gorge, l'air sombre. Ses poches sous les yeux, célèbres chez les caricaturistes, semblaient avoir encore gonflé.

— La Bourse a perdu 7 % en une seule journée hier. Et encore moins 5 % aujourd'hui. Je pense qu'on peut parler de mini-krach.

— La Bourse, la Bourse ! Qu'est-ce que vous voulez que j'y fasse ? Le chef du gouvernement se tourna vers l'assistance. Mais tout espoir n'est pas perdu. Il faut garder notre sang-froid.

— Monsieur le Premier ministre ?

Tous les regards se tournèrent vers le ministre de la Défense.

— Est-il vrai que plusieurs cas suspects de personnes décédées de Creutzfeldt-Jakob aient été cachés à la presse ces dernières années ?

— À quoi faites-vous allusion, Martin ?

— Selon un expert indépendant, le ministère de la

Santé aurait volontairement omis d'intégrer dans les statistiques de nombreux cas. Pour ne pas affoler la population.

— Nous n'étions pas aux affaires à ce moment, Martin. Comment voulez-vous que je vous réponde ?

Mais le ministre de la Défense était déchaîné.

— Excusez-moi de m'emporter. Mais ma femme est médecin. Elle s'est renseignée. Savez-vous quelle est la durée d'incubation de ce truc attrapé par les anthropophages en Papouasie ? L'incubation est en moyenne de douze ans. Douze ans !

Le chancelier de l'Échiquier releva un sourcil.

— Et alors ? Tu veux dire quoi ?

Le ministre de la Défense frappa violemment la table du plat de la main.

— Je veux dire que s'il n'y avait pas de malades, c'est parce qu'ils étaient en train d'incuber, voilà la vérité. Les responsables du ministère de la Santé ont joué la politique de l'autruche.

Épuisé par sa tirade, il se rejeta en arrière, s'enfonçant dans son siège.

— Arrêtons, s'il vous plaît. Le Premier ministre avait un peu élevé la voix. L'heure n'est plus à chercher des comptes. Il faut vaincre cette horreur. C'est bien ce que j'ai décidé de faire. Faites-moi confiance.

L'inconnu humait l'air avec dégoût. Londres l'immonde, où tout était abject et décadent. Les requins de la City, les putes décolorées de Soho, les Pakistanais plantés à tous les coins de rue. Son regard disséquait lentement le paysage, comme s'il avait voulu s'en imprégner pour mieux le vomir ensuite. « Pourriture. » Le mot jaillit soudain de sa bouche. Plusieurs passants se détournèrent, gênés. L'inconnu était vêtu d'un costume coûteux, d'une chemise blanche de tailleur et d'une cravate Hermès, mais ses cheveux gris étaient trempés par la fine bruine qui glissait sur les rides de son visage comme sur un pneu usé. Il se tourna et partit à grandes enjambées. Une révélation. Il venait d'avoir une révélation. La *Creutzfeldt-Jakob* ! Il entra à la hâte dans une boutique de presse et acheta une dizaine de quotidiens. Fébrile, il laissa échapper une partie de sa monnaie mais ne réagit même pas lorsque les pièces tombèrent sur le sol avec un bruit clair. L'employée s'avança pour ramasser les pièces puis elle remarqua l'immobilité de l'inconnu et ses yeux, aussi froids que deux billes de lignite. Brusquement, elle réalisa qu'ils la traversaient comme si elle n'existait pas. Comme si elle n'était *rien.* Elle stoppa net et recula d'un pas. L'ignorant, l'inconnu sortit et accéléra le pas, ses journaux sous le bras. « *Creutzfeldt-Jakob.* » L'heure d'agir avait sonné. Finalement, il avait bien fait de revenir à Londres. Le jour déclinait déjà et un voile sombre semblait tomber sur la ville, comme la mort enveloppe le malade. « Heureux présage », se dit-il en s'enfonçant dans la nuit.

Le professeur Appleton était fatigué mais heureux. Il regarda son bureau. Le sol était jonché d'emballages de sandwichs et de canettes vides. Exclusivement de Coca light car le professeur, malgré ses lubies, avait une peur panique de grossir. Il en buvait près de deux litres par jour et son caractère s'en ressentait. Bien qu'il soit 11 heures du soir, il était en pleine activité, comme tous les jours depuis près de deux ans. Autour de lui, ses assistants s'affairaient comme en plein après-midi. Aucun n'avait beaucoup vu sa femme ou sa petite amie au cours des derniers mois, mais ils s'en moquaient.

Ils étaient en train de finaliser les essais *in vivo* de leur nouveau médicament sur deux malades atteints de la nouvelle forme de Creutzfeldt-Jakob. Les résultats des injections avaient été foudroyants : en moins de soixante-douze heures, toute trace de prion avait disparu de leur système nerveux. Aussi spectaculaire que sur les huit races d'animaux à qui ils l'avaient administré. Là encore, les résultats étaient sans appel : rémission complète dans 100 % des cas. La formule du professeur Appleton était radicale. Déjà des rumeurs avaient filtré, depuis qu'il avait demandé, en urgence, à pouvoir faire une communication devant des représentants des Royal Colleges of Medecine. On murmurait qu'il avait trouvé un remède. Des journalistes avaient appelé. Il les avait éconduits. Et la police gardait désormais le laboratoire vingt-quatre heures sur vingt-quatre. Malgré la fatigue, une sorte de frénésie semblait avoir envahi tous les membres de l'équipe. Ils étaient peu nombreux. Deux médecins, une biologiste et deux vétérinaires, dont un spécialiste des bovins. L'un des assistants prit une seconde pour regarder par la fenêtre. Il faisait un temps médiocre. Bien qu'on soit en plein mois de juin, une pluie fine tombait, noyant le paysage dans une brume étrange. Le laboratoire de biologie moléculaire du professeur Appleton était isolé. Le synchrotron Isis de Rutherford avec lequel il travaillait et la ville de Milton étaient à plus de vingt kilomètres. Le laboratoire était installé dans une ancienne ferme rénovée, à laquelle avait été rajouté un hangar en tôle ondulée pour les animaux. L'ensemble n'avait guère d'allure, mais Appleton s'en moquait. Le monde entier connaîtrait bientôt cette ferme. Il tapa joyeusement dans ses mains. « On touche au but, les enfants. » Tous sourirent. C'était une manifestation de joie qu'ils ne lui avaient jamais vue.

Un des médecins se leva pour regarder pensivement par la fenêtre. Sa femme et sa mère seraient fières de lui. Même s'il n'avait pas été myope et fatigué, le médecin n'aurait pu voir l'homme couché dans l'herbe à une dizaine de mètres de la fenêtre car il était vêtu d'une combinaison de combat en tissu noir et avait passé son visage à la suie. Il portait des rangers. Un fusil d'assaut était posé dans l'herbe à côté de lui. Un Sig SG-552 à canon court. Le même que celui de tous ses compagnons. Il avait trois chargeurs de rechange à la ceinture, ainsi qu'un Beretta 92F équipé d'un réducteur de son Carswell. Il prit un talkie-walkie à la ceinture et chuchota rapidement :

— Top départ.

— Reçu.

Quatre silhouettes émergèrent d'un bosquet, avançant, courbées en deux. Vêtues et armées comme le premier. Le chef leva la main de quelques centimètres. Les commandos se raidirent.

— Couchez-vous dans l'herbe. On attend encore une minute.

Ils étaient tendus. L'excitation et la peur. Leur mission était la plus importante qu'ils aient jamais menée. Ils avaient été choisis pour l'accomplir et pouvaient bénir le sort. Même s'ils mouraient comme martyrs, leurs noms seraient honorés pendant des siècles. Le chef examinait la clairière. Lui était calme. Il revoyait les événements des dix derniers jours. Un appel téléphonique à son domicile. Un nom de code, un numéro à rappeler. Il l'avait fait. Son maître le demandait. Pour lui confier une mission qui ferait de lui un héros entre les héros. Il avait demandé la cible :

l'Europe, principalement l'Angleterre, mais aussi la France et d'autres pays européens. Il avait dit « oui ».

La rencontre avec son maître avait eu lieu à bord d'un bateau, au large de Miami. Il repensa à leur échange.

— Tu connais la nouvelle concernant l'épidémie de maladie de Creutzfeldt-Jakob au Royaume-Uni. Nous savons que si aucun médicament n'est trouvé, les morts se compteront par dizaines de milliers. Peut-être par millions. Des hommes, des femmes et des enfants. Si modernes, si attendrissants, tellement British. Il avait brusquement élevé le ton. Des *insectes nuisibles,* oui. J'ai eu une révélation. L'heure de la régénération a sonné.

— Dieu soit loué, avait-il répondu.

— Imagine les conséquences de cette crise. L'Angleterre quasiment rayée de la carte, des centaines de milliers de morts en France et dans les autres pays européens.

Il n'avait rien dit.

— Un seul homme peut aujourd'hui stopper cela. Il s'appelle le professeur Appleton. J'étais à Londres il y a deux jours. D'après les informations publiées dans la presse, Appleton aurait trouvé un remède. Il doit faire une présentation à ses pairs dans une quinzaine de jours, le 3 juillet très exactement, puis une conférence de presse.

Le regard du vieillard s'était figé. Les yeux sous les sourcils froncés n'étaient plus que deux fentes noires, comme les meurtrières d'un blockhaus.

— Je veux que tu empêches ces communications. Tu vas te rendre en Angleterre. Tu tueras le professeur Appleton et tous les membres de son équipe. Tu détruiras entièrement son laboratoire. D'eux, il ne doit rien rester. Que des cendres et l'odeur de la mort sur toute l'Europe. Et tu me rapporteras sa formule. Acceptes-tu la mission ?

— Oui.

Le vieillard n'avait pas cillé.

— C'est moi-même qui guiderai tes pas. Par mon esprit. Pour t'aider, tu recevras l'aide d'une équipe. La meilleure. Suis-moi.

Ils étaient sortis sur le pont du bateau. Le soleil l'avait frappé au visage comme une gifle. La cigarette se balançait doucement sur l'eau. Les hommes d'équipage attendaient à Miami. Personne ne devait savoir. Jamais.

Le vieillard lui avait tendu un dossier. Il l'avait ouvert. Malgré son entraînement, il n'avait pu éviter un mouvement de surprise en reconnaissant la première photo. Il connaissait l'homme de réputation. Lorsqu'il était passé à la seconde, il avait compris. Il connaissait les trois hommes et la femme de son futur commando. Chacun était le meilleur dans sa catégorie. Explosifs, armes de poing, tir de précision, électronique, cambriolage. Tous dressés pour une mission unique : tuer.

Le vieillard avait caressé son menton et bu lentement un verre d'eau fraîche, laissant le liquide descendre doucement dans son gosier. Il ne buvait que de l'eau, jamais de soda ni de boisson moderne.

— Comme tu le vois, j'ai conservé le contact avec notre ami commun. Tu as toujours confiance en lui ?

Il avait eu une hésitation, imperceptible.

— Oui.

— C'est un homme fidèle. Je l'ai appelé en secret. Il est d'accord. Il avait bu encore une gorgée. Tous ses hommes t'attendent. Ils ne connaîtront jamais ton nom et ne devront jamais deviner ta véritable identité.

— Où sont-ils ?

— En Grèce. Dans une propriété qui m'appartient, à

Karapoliti, près de Poros. Ils s'entraînent. Je veux qu'ils soient à leur meilleur niveau.

Le vieillard avait tendu les bras, les poings fermés tournés vers le ciel.

— C'est la plus belle des missions.

Il n'avait pas répondu.

— Tu auras des frais illimités pour la mission, et pour disparaître après. Rien ne sera laissé au hasard. Vous resterez groupés pendant quelques jours, le temps de laisser les enquêteurs se perdre en conjectures.

— Comment échapperons-nous à la police britannique ?

— Écoute-moi bien.

Il l'avait écouté pendant plus d'une demi-heure. Le plan était redoutable. Génial même. C'était le plus ingénieux qu'il lui ait jamais été donné de voir.

Une averse un peu plus forte le ramena à la réalité. La nuit était complètement noire. Toute l'équipe du laboratoire continuait à travailler malgré l'heure tardive. Un de ses hommes rampa jusqu'à lui. Amar, le plus jeune. À peine vingt-trois ans. Un spécialiste du close-combat et de l'élimination au couteau. Il était nerveux et sentait la sueur.

Chuchotements.

— Les flics n'ont toujours pas bougé devant.

— Normal. Ils n'ont pas de raison de le faire. Retourne surveiller leur voiture. Tu n'interviens qu'en cas de danger.

— *Aiwa*[1].

Le jeune terroriste se fondit dans la nuit.

— On y va. Tous derrière moi.

1. Oui, en arabe.

À la queue leu leu, ils s'approchèrent de la maison, masqués par l'obscurité. À l'extrémité du laboratoire se trouvaient plusieurs pièces occupées par des bureaux. Un des terroristes sortit un rouleau de Scotch de déménagement de sa poche et colla deux larges bandes en croix sur une des vitres. Puis il prit son poignard, qu'il plaça juste au point d'intersection des deux bandes, à l'exact milieu de la vitre. Avec la crosse de son automatique, il donna un coup sec sur le manche du couteau. La vitre se brisa d'un coup, sans tomber sur le sol, les morceaux maintenus par le Scotch. Avec précaution, il passa la main à travers la vitre brisée. Un morceau de verre se détacha soudain et tomba sur sa chaussure. Le chef du commando se figea. Heureusement qu'il n'était pas tombé sur le sol. Un geste de la main en direction de son complice, pour qu'il continue. L'autre opina, visiblement troublé d'avoir commis une erreur technique. Même les meilleurs en faisaient. Rien ne se passait jamais comme prévu dans les opérations.

Ils se retrouvèrent dans un bureau vide. La pièce suivante ressemblait à une chambre d'hôpital. Les deux malades, cobayes du professeur Appleton, étaient dans leur lit, regardant la télévision. Ils avaient des casques aux oreilles, pour le son. Le chef les tua d'une balle dans la tête chacun. « Pfiit-pfiit. » Une seconde et ils étaient morts. Il les acheva d'une deuxième balle dans la tête et d'une autre dans le cœur.

Toujours à la queue leu leu, ils se dirigèrent vers la grande pièce du centre. Ils traversèrent plusieurs couloirs avant de se retrouver devant une porte derrière laquelle filtrait un rai de lumière. Et des voix. Leurs cibles étaient toutes proches.

Il fit un signe de la main à l'un de ses hommes. Abdul sortit rapidement un étrange engin de sa poche.

Une minicaméra fixée au bout d'une fibre optique, reliée à une télévision de poche, à peine plus grosse qu'un portefeuille. Un équipement semblable à celui utilisé par les forces d'intervention des pays occidentaux. Les traits tendus par la concentration, il introduisit la fibre optique sous la porte. Puis il brancha la télévision. L'image déformée de la pièce leur apparut. Il fit tourner la caméra, notant sur une feuille la position de chacun des occupants. Puis il recompta. Il passa la feuille à son chef, qui la regarda sans un mot puis la passa à sa voisine, Amena. La seule femme du commando. Condamnée pour meurtres en Israël et en France. Pendant que la feuille circulait, le chef du commando vérifia lui-même la position de chaque cible sur la télévision. « Une mission est parfaite ou ratée, avait coutume de lui dire son instructeur. Vous pouvez atteindre votre cible en pleine tête, mais, si vous êtes piqué par un scorpion en ramassant votre sac que vous n'avez pas vérifié, la mission sera quand même ratée. Parce que vous serez mort. La réussite, c'est la cible éliminée et vous de retour à la maison. »

— On y va.

Ils se postèrent de part et d'autre de la porte. Il leva la main. Chacun se mit à respirer à fond, pour avoir le cerveau bien oxygéné au moment de l'action. Un truc de plus qu'il leur avait appris.

Top. Abdul ouvrit brusquement la porte. Le chef entra d'un coup, Amena et Risliri juste derrière lui. Comme au ralenti, il vit le regard effrayé des cibles, les lueurs aveuglantes des coups de feu, rendus quasiment inaudibles par les silencieux. Puis le silence. Froidement, il examina la scène. Tous les occupants étaient par terre, morts ou blessés, gisant dans de larges flaques de sang. Calmement, ils s'approchèrent de chacun d'entre eux.

Le cérémonial était le même : tirer à un mètre au niveau du cœur, de face ou de dos. Attendre cinq secondes puis relever la tête de la cible, introduire le canon de l'arme dans la bouche, appuyer sur la détente.

Deux minutes. C'était fini. Il avait achevé lui-même le professeur Appleton. Achever était un grand mot. L'autre était déjà mort, atteint de deux balles dans la tête. Un tir parfait. Le sien. Mais il fallait appliquer la procédure.

Une nouvelle fois, il se rappela les mots de son instructeur.

« Appliquez toujours les procédures. Elles vous sembleront parfois désuètes ou inutiles, voire dangereuses. Vous n'avez pas à les juger. Elles sont le fruit de centaines d'opérations réussies ou ratées, de dizaines d'années d'expérience. Vous devez appliquer la procédure comme si c'était une parole sacrée. »

Ses « hommes » étaient maintenant rassemblés autour de lui. L'action passée, il les sentait plus calmes. Normal. C'était le moment où ils commettaient des erreurs ; l'expérience lui avait aussi appris cela. Il se dirigea vers le coffre, fermé, l'inspectant quelques secondes. Du matériel bas de gamme. La porte sauterait avec 30 grammes d'explosif.

— Amena et Abdul. Vous vous lavez le visage et vous appliquez la suite du plan.

Les deux jeunes terroristes prirent leur sac et commencèrent à en sortir des vêtements civils. La suite du plan était difficile. Il leur fallait retrouver une camionnette garée un peu plus loin, chargée de près de 400 kilos de C4, un explosif militaire américain ultrapuissant. Se rendre dans chacun des domiciles privés des membres du laboratoire. Ils les avaient localisés durant la semaine, notant qui était célibataire et qui était marié. L'un des assistants avait un chien. Ils l'avaient empoisonné car le silence serait indispensable. Lorsqu'ils furent habillés, le chef leur fit répéter leur nouvelle mission.

— Vous vous rendez successivement dans chacune de ces habitations. Vous y rentrez par effraction. Vous tuez toutes les personnes qui s'y trouvent, enfants compris. Ensuite, vous placez les charges explosives ; 80 kilos par maison. Quoi d'autre ?

Amena répéta par cœur.

— On vérifie qu'il n'y a pas de bureau. S'il y en a un, on place l'essentiel des explosifs dans le bureau. S'il y a un ordinateur, on fixe une charge d'un kilo sous le meuble sur lequel il est posé. De sorte que le disque dur soit détruit avec une certitude absolue.

Il eut un hochement de tête approbateur. Regard sur sa montre.

— Il est 23 h 40. Vous devez être de retour à 3 heures. Heure d'explosion pour les détonateurs ?

— 4 h 30.

— Combien de détonateurs de précaution ?

— Deux. En ligne.

Satisfait, il eut un geste de la main. Ils partirent en courant vers le bureau par lequel ils étaient entrés. Leurs silhouettes se perdirent dans le parc, courant vers la camionnette garée un kilomètre plus loin derrière les arbres.

À 2 h 30, l'un des trois policiers de garde devant le laboratoire du professeur Appleton eut envie de se soulager. Ceux qu'il était censé protéger étaient déjà raides, mais il ne pouvait pas le savoir. Les scientifiques se souciaient de ces flics comme d'une guigne et eux n'avaient rien à leur dire, sachant seulement que les chercheurs allaient probablement sauver l'Angleterre. Tapi dans l'herbe, le terroriste se raidit. Il était à environ dix mètres derrière la voiture. La position lui permettait d'abattre ses trois cibles sans risque d'angle mort. Un policier ouvrit la portière et sortit d'un pas lourd, ses semelles s'enfonçant profondément dans le matelas de terre meuble. Le fer d'une de ses grosses chaussures réglementaires pendait sur un seul clou. Le flic avait du ventre et une grosse moustache poivre et sel. Il avança vers l'homme couché dans l'herbe, se déboutonna et commença à uriner. Le jet frappa le sol à moins de cinq mètres du terroriste. Un de ses collègues, resté dans la voiture, lança une plaisanterie douteuse et le flic répliqua par un gros rire et un pet sonore.

« Connard », siffla silencieusement Amar entre ses dents.

Il serrait toujours son Beretta. Le chef avait exigé qu'ils aient tous le même. Un modèle « Combat », noir, qui ne risquait pas de luire sous la lune. Il y avait une balle dans le canon et il suffisait, après avoir enlevé la sécurité, d'une pression minuscule sur la deuxième bossette de la gâchette pour tirer. Il avait chargé lui-même chacun des chargeurs avec des 9 mm parabellums demi-blindés.

Le policier agita son sexe pendant quelques secondes pour en faire tomber les dernières gouttes. Elles s'écrasèrent sur les feuilles mouillées sans un bruit. De là où il était, le terroriste pouvait tout voir. Le flic lui tourna le dos et rentra dans la voiture. Le tueur releva sa manche et tourna le poignet. 2 h 39. Le chef avait insisté sur le moindre détail. Les montres devaient être tournées vers l'intérieur et recouvertes en permanence, de sorte que les aiguilles fluorescentes ne puissent être vues dans le noir. C'était une procédure qu'il appliquait lui-même, mais il se souvenait de la surprise d'Amena et du regard terrible que le chef lui avait porté.

— Chaque détail compte. Chaque détail oublié peut faire échouer la mission. Vous ne travaillez pas pour vous mais pour moi. Je veux une perfection absolue dans chaque action.

Ils avaient tous acquiescé avec humilité.

2 h 53. Son ouïe particulièrement développée, après trois heures d'attente dans la nuit, perçut un bruit différent. Malgré la bruine, il était sûr d'entendre deux personnes marcher dans l'herbe. Une sensation de mouvement dans l'air plus que des bruits de pas. Il s'étonnait lui-même de ses capacités. Il était sans conteste le meilleur pour le combat de nuit. Il s'était infiltré des dizaines de fois en Israël et dans la zone de sécurité de l'État hébreu au Sud-Liban. Il avait égorgé et tué cinq Israéliens, dont trois soldats, et plus d'une dizaine de Libanais de l'armée du Sud-Liban, l'ALS, milice pro-israélienne. La nuit, il devenait un autre homme, capable de sentir le moindre bruit, la moindre vibration de l'air, le moindre mouvement. Bourré de carotène, il y voyait comme en plein jour et n'avait jamais utilisé de lunettes à amplification pour la vision nocturne. Il méprisait ces équipements sophistiqués.

La vibration se précisa. À côté de lui, un lièvre continuait à manger, sans avoir rien entendu. Instantanément, son cerveau calcula la distance et l'origine du bruit. Deux hommes, deux cent cinquante mètres sur la gauche.

Amena et Abdul entrèrent dans le labo. Épuisés, mais fiers d'avoir accompli la mission. Le chef était assis sur une chaise de bureau, les yeux vers le plafond. Risliri était appuyé à un mur, son pistolet à la main. Le chef tourna simplement la tête.

— C'est fait, annonça la fille, la voix vibrante d'excitation. Les cinq domiciles. Nous avons perdu du temps dans celui du professeur Appleton. Il y avait une voiture de police en faction devant, qui n'y était pas les jours précédents. Et il y avait des documents dans de nombreuses pièces. Nous avons dû augmenter la dose d'explosif. Tout le quartier va y passer.

Le chef ne répondit pas. Il se leva et sans un mot leur passa la main dans les cheveux à tous les deux. Elle eut un frisson d'excitation. Cet homme la fascinait. Elle n'en avait jamais entendu parler avant de le rencontrer mais devait avouer qu'elle n'en connaissait pas de meilleur. Il leur avait dit rapidement que son métier était, comme eux, la mort, mais qu'il exerçait normalement seul et pour des missions secrètes. Ils l'avaient cru. En quinze jours, il leur avait enseigné plus de choses que durant des années d'entraînement avec les meilleurs instructeurs palestiniens, libyens et d'Allemagne de l'Est.

Elle regarda furtivement sa silhouette râblée, son crâne rasé et son visage dur aux yeux en amande. Une sensation curieuse l'envahit. Elle la chassa rapidement. Elle avait été choisie parce qu'elle était la seule femme à rivaliser avec les hommes dans les milieux terroristes. Elle n'allait pas se laisser entraîner à des sentiments idiots avec son chef de groupe. Un homme qu'elle ne connaissait pas et qui disparaîtrait après la mission. Un homme dont elle ne connaissait que le prénom : Dan.

Le chef lui jeta un regard détaché et porta son talkie-walkie à la bouche. Il jeta une brève interjection.

La voix éclata dans l'oreille d'Amar. Son oreillette était peinte en noir, comme tout son équipement.

— Amar ?

Le terroriste sortit le micro fixé à l'intérieur de sa

manche et le porta à ses lèvres. Presque silencieusement, il répondit :

— En place.

— Finis-les.

— Compris.

Sans un mot, il replaça le micro dans la manche de son treillis. Son Beretta était posé devant lui dans l'herbe. Il enleva le cran de sûreté, vérifia une nouvelle fois qu'une balle était bien engagée dans le canon et commença à ramper. Il y avait un arbre en arrière de la voiture, cinq mètres devant lui. Il se leva lentement, caché par le tronc. D'un coup, son bras jaillit. Trois balles. La lueur des explosions jaillit brièvement dans la nuit noire. Bien qu'étouffées par le silencieux, les détonations brisèrent le silence. Il vit la lunette arrière se désagréger, et les silhouettes à l'intérieur de la voiture tressaillir. Du sang éclaboussa le pare-brise avant. Il avança d'un bond et doubla de deux balles dans chaque cible. Puis il s'avança encore et acheva les trois policiers d'une balle dans la nuque.

Quelques secondes plus tard, il entendit un claquement sec. La porte du coffre-fort venait de sauter. Il replaça son arme dans son holster de ceinture et se dirigea à pas lents vers le labo. Il avait appris à bannir tout sentiment de doute ou de regret lorsqu'il tuait un homme. De surcroît, un policier occidental. La pensée que les policiers anglais étaient peut-être mariés et pères de famille ne l'avait pas effleuré une seconde. On lui désignait des cibles, il les abattait par la grâce de Dieu. Point.

Le chef était en train d'enfourner une liasse de papiers dans sa combinaison lorsqu'il entra. Ils firent cercle autour de lui.

— Voici les documents que nous sommes venus

chercher. La mission est un succès. Nous nous séparons comme prévu. Chacun part à sa voiture, dans l'ordre convenu. Vous les abandonnez aux endroits prévus. On se retrouve à Londres à l'appartement avant 9 heures du matin. Dieu est grand.

— Dieu est grand.

Ils l'avaient tous dit ensemble. Puis ils se fondirent dans la nuit.

La première bombe sauta à 4 h 29 mn 48 s. C'était un modeste pavillon de la rue Lancaster, en plein cœur de la ville de Milton. Il se volatilisa dans l'air. Sous la pression de la déflagration, la plupart des maisons environnantes vacillèrent, cependant que toutes les vitres explosaient dans un rayon de cinq cents mètres. Les plus anciens dirent que cela avait été pire que lorsque les Junkers allemands lâchaient leurs bombes de 500 kilos, pendant la guerre de 39-45.

Trente secondes plus tard, les quatre autres bombes explosaient à leur tour, détruisant chacune une habitation. Le laboratoire fut entièrement rasé au même instant, mais il n'y avait personne pour le voir. Les paysans les plus proches dirent plus tard qu'ils avaient cru, au bruit, à un incident dans la centrale nucléaire voisine.

À 4 h 40, le chef de la police du comté d'Oxford fut réveillé et prévenu qu'il y avait un sérieux problème. À 5 h 10, le nom des cibles était connu et le rapprochement opéré. Le chef de la police fut réveillé à 5 h 12 et le ministre de l'Intérieur à 5 h 15. Une note « D » fut immédiatement émise. Datant de l'avant-guerre, la note « D » permet au gouvernement britannique de demander à la presse de ne pas divulguer une information contraire aux intérêts vitaux du pays.

Ce n'est pas une interdiction, les journaux étant libres de ne pas l'appliquer. Dans la pratique, ils le font toujours. Malheureusement, il y eut des fuites. À 7 h 18, la première dépêche de presse sortit. L'Agence Reuters annonçait que, selon des rumeurs concordantes, un attentat aurait touché le professeur Appleton et toute son équipe, détruisant son laboratoire. Quelques instants plus tard, l'information était reprise dans tous les médias...

Accablé, Morton, patron de Scotland Yard, regarda son collaborateur. Ils étaient rassemblés pour une réunion de crise dans le bureau du Premier ministre. La troisième depuis l'attentat contre les membres de l'équipe du professeur Appleton, deux jours plus tôt. Ils étaient huit autour de la table. Tous avaient le même air bouleversé. Outre le patron de Scotland Yard et son adjoint, étaient présents le patron du MI5, le contre-espionnage, accompagné d'un de ses hommes, spécialiste des affaires de terrorisme. En face de lui, le *Chief* du Secret Intelligence Service se rongeait les ongles. Le ministre de l'Intérieur était en bout de table, avec sa calvitie et sa barbe coupée court. Le Premier ministre jeta un bref coup d'œil à son conseiller pour les affaires de sécurité avant d'ouvrir la discussion.

— Je vous remercie d'être venus. L'objet est de faire le point de l'enquête. Je vous avertis d'ailleurs tout de suite que je ne tolérerai aucun agissement faisant de près ou de loin penser à une guerre des polices. Cette affaire est trop importante. Me suis-je bien fait comprendre ?

Tous opinèrent gravement du chef.

Le Premier ministre se tourna vers le ministre de l'Intérieur.

— Jack, vous pouvez y aller.

— L'enquête a progressé, mais les résultats sont encore minces. Nous savons maintenant qu'un commando d'au moins cinq hommes a mené l'attaque contre le laboratoire du professeur Appleton. Les examens balistiques montrent en effet qu'au moins cinq armes ont été utilisées. D'après les autopsies, nous savons que l'attaque s'est déroulée dans un premier temps dans la grande salle du laboratoire. Le commando a tué les occupants. Puis il s'est probablement scindé en deux, une partie allant s'occuper des domiciles des membres du laboratoire. Tout cela entre minuit environ et 3 heures du matin, heure à laquelle les trois policiers de garde devant le laboratoire ont été tués. Le laboratoire a été incendié, mais nous sommes sûrs que les assaillants ont ouvert le coffre et pris les documents qui s'y trouvaient.

— Pourquoi ?

— Parce qu'ils ont fait sauter la porte à l'explosif et qu'il n'y avait aucune cendre dedans, malgré l'incendie qui a ravagé le labo. Cela veut dire qu'ils ont récupéré tous les papiers qui étaient dans le coffre avant de mettre le feu.

— Les policiers de garde n'ont rien entendu de la fusillade dans le laboratoire ? s'étonna le Premier ministre.

— Les autopsies montrent qu'ils ont été tués au moins trois heures après. L'attaque du labo a dû être menée par un groupe d'hommes équipés d'armes à silencieux. Ils sont entrés en fracturant une des fenêtres du laboratoire, du côté opposé à la voiture de police. Personne ne pouvait les entendre.

— Il y avait la radio allumée dans la voiture de police, ajouta le patron de Scotland Yard. Pas très fortement mais suffisamment pour couvrir le bruit d'un carreau cassé. Ou a fortiori d'une arme équipée de silencieux.

— Comment savons-nous que c'est la même équipe qui a piégé les domiciles du personnel du labo ?

— À cause des armes. Ils ont utilisé deux pistolets qui ont servi à tuer des membres du labo. Ils n'étaient d'ailleurs que deux à s'occuper des domiciles, car nous n'avons retrouvé que des balles issues de deux armes.

Le directeur du MI5 prit la parole d'une voix douce :

— Cette opération est extraordinaire sur le plan technique. Je ne connais quasiment aucun groupe capable de tenir un minutage aussi serré sur un aussi grand nombre de cibles. Elle est l'œuvre de professionnels de premier plan. Des hommes de cette trempe ne courent pas les rues.

Le Premier ministre se tourna vers le patron de Scotland Yard.

— C'est aussi votre avis, monsieur Morton ?

— Oui, je confirme. J'ai d'ailleurs déjà fait examiner nos fichiers. Il n'existe aucune équipe de criminels capable de réussir ce type d'opération au Royaume-Uni. J'en déduis qu'ils ont dû venir de l'extérieur. Ou être réunis spécialement pour l'occasion. Mais je ne pense pas qu'ils soient anglais. Les répercussions d'une telle opération pour le pays sont trop graves. Ce sont forcément des gens qui viennent d'ailleurs. De loin.

Un murmure approbateur accueillit sa dernière phrase.

— Avant que nous en venions aux hypothèses sur les auteurs de cette tuerie, je voudrais souligner deux bizarreries. D'une part, les armes. Il s'agissait d'automatiques de calibre 9 mm, probablement des Beretta d'après les études balistiques. Des armes qui sont peu utilisées par les terroristes.

— Pourquoi ?

— Parce que les services de l'ex-bloc de l'Est n'en ont jamais distribué à leurs réseaux. Ils donnaient plutôt des Radom ou des armes d'anciennes générations, type Reck. Par ailleurs, je vous signale que la quantité d'explosifs utilisée par les terroristes est énorme. Sans doute plus de 400 kilos de C4. Du jamais vu depuis les grands attentats de Beyrouth du début des années 80 et ceux des ambassades américaines en Tanzanie et au Kenya en 1998.

— L'opération a donc été réalisée par de grands professionnels, avec un armement de top niveau ?

— Affirmatif. La voix de Morton était nette et franche. Les explosifs ont été placés de manière très professionnelle, au centre de la maison, toujours dans la cave ou au rez-de-chaussée lorsqu'il n'y en avait pas. L'objectif était visiblement de provoquer un effet de souffle massif pour détruire entièrement les habitations. Ils ont d'ailleurs parfaitement réussi.

— Avec les dégâts collatéraux que vous connaissez, ajouta son second. Nous avons déjà eu cinq morts dans les voisinages et, sur les cinquante blessés, une dizaine sont dans un état grave ou désespéré.

Le Premier ministre se leva, visiblement excédé.

— Très bien. Nous savons que ce sont des spécialistes et qu'ils étaient au moins cinq. Bravo, messieurs. Je suis heureux d'avoir autour de moi les meilleurs spécialistes d'affaires criminelles du pays. Nous allons aller loin avec ça. Pouvez-vous me dire ce qu'ils voulaient *exactement* et dresser des listes de suspects ?

— Pour ce qu'ils voulaient, je crains que ce ne soit particulièrement clair. Ils voulaient voler la formule du professeur Appleton. Leur second objectif était de supprimer ensuite toute trace de ladite formule, pour être les seuls à la posséder. Ils ont détruit le laboratoire et tous les endroits où Appleton et ses collaborateurs auraient pu laisser des indices sur leurs recherches. D'après la brigade de déminage, il est probable que, dans au moins deux des habitations plastiquées, une seconde charge ait été disposée dans ce qui devait être un bureau. Ce qui donne ensuite deux possibilités : soit ils veulent échanger la formule contre quelque chose, de l'argent par exemple. Soit ils attendent paisiblement que nous crevions tous d'un Creutzfeldt-Jakob. Ce qui m'inquiète, c'est que le professeur Appleton a été assassiné dans les mêmes conditions que ses assistants. Dans le cas d'un chantage, je pense que les assaillants auraient enlevé le professeur. Pour se donner une chance de plus.

Le patron du MI5 prit la parole :

— En ce qui concerne l'origine de l'opération, nous pouvons exclure l'IRA. J'ai eu un contact ce matin avec l'un de leurs plus hauts responsables. Il m'a confirmé qu'ils n'auraient jamais fait une chose pareille. De plus, ils sont eux-mêmes concernés par le problème de Creutzfeldt-Jakob. Il reste donc cinq possibilités. Des terroristes islamistes, des truands, un grand cartel de la drogue, un groupe issu de l'ancienne URSS qui voudrait nous faire chanter ou une secte. Je vais passer la parole à mon adjoint, si vous êtes d'accord.

Personne ne le coupa et il se tourna vers son adjoint, qui serra nerveusement sa cravate.

— Merci, monsieur le directeur. Monsieur le Premier ministre, messieurs. Je m'occupe des affaires de terrorisme au sein du MI5 après avoir dirigé pendant huit ans le bureau chargé du grand banditisme international. Je vais exclure immédiatement la piste de truands ou d'un cartel de la drogue. D'une part, je ne vois pas l'intérêt qu'aucun d'entre eux trouverait à une opération de ce genre. En outre, ils ne disposent pas de spécialistes suffisamment performants pour une opération aussi complexe. La plupart du temps, ils utilisent d'anciens militaires, soit des ratés, soit des hommes qui conservent un lien avec leur pays d'origine. Nous aurions eu un retour d'information avant une opération de ce type. Il s'arrêta un instant. Enfin, les risques sont trop élevés. Si nous identifiions le responsable de cette opération, nous le tuerions, même s'il faut bombarder un pays ami. Nous avons donc envisagé l'hypothèse d'un groupe d'anciens spécialistes des forces spéciales de l'ex-URSS, qui auraient pu réaliser un coup pour nous faire chanter. Par exemple, récupérer la formule du professeur Appleton pour nous la vendre à un prix exorbitant. Nous avons d'ailleurs reçu une dizaine de revendications fantaisistes sur ce thème.

— Néanmoins, vous excluez cette piste ?

— En effet.

Son chef prit la parole :

— J'ai eu Nicolaï Kovalev, le chef du SVR[1], en ligne ce matin. Ainsi que Valentin Koradelnikov, patron du GRU[2]. Ils ont exactement la même analyse.

— Nous pensons donc qu'il n'y a que deux possibilités. Une secte ou un réseau islamiste.

Il leva les yeux une seconde vers son supérieur hiérarchique, qui prit sa serviette.

— La piste de la secte doit être examinée. Un élément penche en sa faveur. Le choix des armes de poing, qui

1. Service de sécurité extérieur russe, démembrement du KGB.
2. Service de sécurité de l'armée russe.

ne ressemblent pas à celles utilisées d'ordinaire pour des opérations terroristes. Il existe plusieurs sectes apocalyptiques susceptibles de recourir à des violences massives. Je vais maintenant vous communiquer une liste des dix sectes les plus dangereuses, capables d'imaginer un plan de l'ampleur de celui qui a été mis en œuvre à Milton.

Il sortit une chemise de sa serviette et en tira un jeu de feuilles de papier format A4, sur lequel figurait une liste de noms.

Document interne 2/7/2001
Obj. : Op Milton
Réf. : 2453-FJT
PJ : 1
Rédacteur : CB

Liste des 10 sectes
apocalyptiques les plus dangereuses du monde
(Ordre décroissant de dangerosité)

— Aum (Japon).
— Fraternité universelle (USA).
— Action pour la Suprématie de la race blanche (USA).
— Sipha (USA).
— Les Fils du Scorpion (Russie).
— Les Adorateurs de Satan (Royaume-Uni).
— L'Ordre de la nouvelle renaissance (Suisse).
— Les Fondateurs du cosmos (USA).
— La Nouvelle Loge impériale (Royaume-Uni).
— Eolia (Italie).

Ils se penchèrent sur le papier.
— Quelle brochette de dingues !

Le policier hocha la tête. Devant lui, il y avait une liste complémentaire avec trois noms de sectes, barrés.

> PJ : Sectes non retenues par le Service
>
> « Demos » (Royaume-Uni).
>
> Cette secte est fondée sur le culte de Satan. 8 000 membres principalement au Royaume-Uni et aux États-Unis. Gourou condamné à 5 reprises par la justice britannique.
> Prosélytisme actif mais pas de capacité opérationnelle.
>
> « Les Enfants de la terre » (Italie, France).
>
> Cette secte prône la fin de la culture moderne et le retour à une civilisation agraire. Vision intransigeante de la Bible. 450 membres. Annonce la fin du monde pour 2004. Philosophie très agressive. Plusieurs anciens militaires dans ses rangs mais sous intense surveillance policière française depuis six mois. Implication dans l'attentat de Milton impossible.
>
> « Les Kahanistes » (USA).
>
> Secte mal connue (200 membres à peine), mais discours très agressif. Promet la fin de la civilisation moderne après une apocalypse causée par le progrès. Aucune capacité opérationnelle. Secte trop petite pour être dangereuse.

Curieux, le chef du SIS jeta un coup d'œil rapide à la liste complémentaire de son collègue, qui lui lança un regard noir, avant de se replonger dans la sienne.

— Je vous laisse regarder la liste. Toutefois, il faut préciser que deux éléments doivent nous conduire à être prudents en ce qui concerne cette piste. D'abord l'énorme quantité d'explosifs. Ils ont sans doute utilisé près de 400 kilos de C4. C'est un explosif militaire américain qui ne court pas les rues. Les assaillants ont forcément dû en racheter de vieux stocks, ce qui aurait dû selon nous laisser des traces. Or nous n'en avons aucune. Le second tient au professionnalisme de l'opération. Les membres des sectes sont normalement des zozos. Regardez les événements de 1997 au Japon : la secte Aum avait des savants et des ingénieurs ; elle avait même réussi à infiltrer l'armée, mais aucun cadre de haut niveau rompu à des techniques militaires n'a accepté de travailler pour Soko Asahara, leur gourou. Cela explique que leur attentat dans le métro de Tokyo n'ait provoqué qu'un nombre très réduit de morts. Avec de bons spécialistes, la même action aurait pu tuer des centaines, voire des milliers de Japonais.

— Vous en concluez ?

— Que la piste de la secte me semble peu probable en première analyse. Nous avons examiné à la loupe tous nos fichiers. Aucune secte ne dispose aujourd'hui, selon nous, des spécialistes militaires capables de mener l'opération de Milton. C'était beaucoup trop professionnel.

— Même aux États-Unis ?

— Ils ont des tas de groupes qui font beaucoup de bruit. Mais, le plus souvent, ce sont des minables. Nous examinons quand même les registres de toutes les arrivées en provenance des États-Unis depuis deux mois. Nous allons envoyer ça au FBI pour qu'ils croisent avec leur propre fichier. Nouveau silence. Ça va prendre quelques semaines. Pour tout dire, je n'y crois pas du tout.

— Donc vous privilégiez une filière islamiste ?

Tous les participants étaient suspendus aux lèvres du policier.

— Oui. Ils ont le profil type. Le mobile : affaiblir l'Occident païen et corrompu en lui portant le coup de grâce à un moment difficile. N'oubliez pas que les premières croisades étaient menées par des Français et des

Anglais. Or les deux pays les plus touchés par la nouvelle maladie de Creutzfeldt-Jakob seront le Royaume-Uni et la France. Pour ces gens-là, nous sommes encore le mal absolu. Ils ont aussi le matériel et suffisamment de bons spécialistes. Il se tourna vers son chef, qui l'encouragea d'un nouveau signe de tête. Si je devais donner une probabilité, je dirais 90 % pour la piste islamiste, 8 % pour la piste secte et 2 % pour une autre piste à laquelle nous n'avons pas pensé.

Le Premier ministre se leva à nouveau. Bien qu'il soit près de 10 heures du soir, il faisait encore jour sur Londres. Les cars de touristes défilaient sur Whitehall, en direction de Soho et de Covent Garden, quartiers des théâtres. Il prit un verre d'eau pétillante, de la Hildon, caractéristique avec sa bouteille à la forme désuète, qu'il but lentement, puis se tourna vers l'homme qui venait de leur parler si franchement.

— Admettons que vous ayez raison. Qui, parmi les États ou les groupes islamistes, vient en tête des suspects ?

Le patron du MI5 répondit rapidement, à la place de son adjoint :

— En tête de liste, nous mettons à égalité le terroriste indépendant Ossama Ben Laden, l'Iran et l'Afghanistan. Tous nous détestent. Ben Laden est affaibli depuis la grave blessure que les Américains lui ont infligée en 1999, mais il est toujours vivant. Concernant l'Iran, même si un gouvernement plus modéré est en ce moment aux affaires, le clan des durs reste puissant et très implanté dans les organes de sécurité. Il y a aussi l'Irak et la Libye, mais leurs services spéciaux sont très affaiblis. En outre, le général Kadhafi est plutôt sur un profil bas depuis quelques années. Nous pensons aussi à l'Algérie ou à une coalition inconnue de groupuscules islamistes, qui pourrait regrouper des extrémistes de plusieurs pays. Enfin, il y a la filière égyptienne, où nous voyons se développer un islamisme rampant très agressif. Peut-être certains cheikhs ont-ils pu commencer à fédérer des réseaux autour des frères musulmans. Nous avons eu plusieurs informations en ce sens depuis quelques mois. Bref, comme vous le voyez, nous ne manquons pas de pistes. Toute la maison se mobilise pour avancer.

Le Premier ministre le regarda gravement.

— J'espère qu'il s'agit d'un chantage et que nous aurons de leurs nouvelles rapidement. Parce que, dans le cas inverse, je crains le pire.

Personne n'osa le contredire. Ils pensaient tous la même chose.

2

« Le sujet 9-122 manifeste plusieurs déséquilibres mentaux, ce qui en fait un cas particulièrement intéressant sur le plan psychiatrique. (...) Le fond de sa pathologie est constitué par la schizophrénie. Ses crises dissociatives peuvent être assimilées dans la plupart des cas à une psychose d'angoisse, étonnante, compte tenu de son profil sociologique et de la domination qu'il exerce sur ses proches. »

Le carillon de la porte d'entrée sonna, dérangeant le professeur Foster. Il posa le manuscrit qu'il était en train de lire et se dirigea vers la porte d'entrée. Un homme d'une soixantaine d'années se tenait sur le pas de la porte. Petit, une mèche blonde lui tombait sur les yeux. Il portait un costume gris foncé qui avait dû être fabriqué par un coûteux tailleur de Savile Row.

— Monsieur ?

— Bonjour. Vous êtes bien le professeur Francis Foster ?

— C'est moi. Si c'est pour une urgence psychiatrique, l'hôpital de Chelsea est à moins de cinq minutes de marche.

L'inconnu eut un petit rire de gorge.

— Non, l'objet de ma visite est un peu différent.

Je me présente. Jeremy Scott. Je suis le *Chief* du SIS[1].

Il avait énoncé son titre aussi banalement que s'il avait dit : « Bonjour, je suis le nouveau boulanger du coin. »

— Puis-je entrer quelques minutes pour bavarder ?

Foster lui ouvrit toute grande la porte.

— C'est toujours un plaisir de recevoir un serviteur de Sa Majesté.

Il le conduisit jusqu'au salon. La pièce était spacieuse pour Londres, près de cent mètres carrés. Les meubles étaient visiblement italiens ou français et ultramodernes. Foster fit asseoir son visiteur. Il ne lui laissa pas le temps de s'extasier.

— Effectivement, le design est un peu *tranché*. Je change les meubles de mon salon et de mon bureau tous les deux ou trois ans.

— Je vois cela. C'est étonnant. Il faudrait que je vous invite chez moi pour que vous donniez quelques conseils à ma femme.

— Thé ou cognac ?

— Un cognac serait parfait, professeur.

Il prit le verre avec empressement et entreprit consciencieusement de réchauffer le liquide ambré dans sa paume.

— Je dois dire que je suis un peu ému. Cela m'arrive rarement, mais c'est, à ma connaissance, la première fois que je rencontre un prix Nobel. Vous l'avez obtenu l'année dernière, n'est-ce pas ?

— Exact. En 2000. C'est si rare que notre spécialité

---

1. Secret Intelligence Service. Le SIS, appelé aussi MI6, est le service de renseignements extérieur britannique. Traditionnellement, son directeur est appelé *Chief*.

soit ainsi récompensée. Je l'ai pris comme un geste collectif envers tous mes collègues psychiatres, plus que comme un prix personnel.

Foster s'assit. Il était habillé d'un pantalon en velours beige, d'une discrète chemise Ralph Lauren bleu marine. Ses mocassins brillaient comme s'ils sortaient de leur boîte.

— Alors, que me vaut votre visite ? Tous les morts que vous avez sur la conscience vous pèsent et vous voulez le réconfort d'un vieux psychiatre ?

L'autre éclata de rire, en dépit de sa nervosité.

— Non. Je crains que ma visite ne soit beaucoup plus sérieuse.

Scott se pencha en avant, les deux mains croisées sous le menton. La position fit remonter son pantalon, découvrant deux mollets blanchâtres.

— On m'a parlé de vos exploits il y a deux ans dans l'affaire du tueur en série de Londres. Il a été arrêté moins d'une semaine après votre rencontre avec Patrick Morton.

— Ce cher Morton. Que devient-il ?

— Il est le patron de Scotland Yard depuis six mois. Il vous salue. Il aurait bien voulu venir ici, mais, pour ce que j'ai à vous dire, je préfère être seul. Son regard se fit plus fixe. Vous avez évidemment suivi l'affaire de Milton. L'assassinat du professeur Appleton et de son équipe est particulièrement fâcheux.

— Le mot me semble en effet bien approprié.

— Le ministère de la Santé a réalisé une étude totalement secrète. Je l'ai dans ma serviette. Voulez-vous que je vous la résume ?

— Faites donc.

— Le ministère pense que le nombre de Britanniques susceptibles de développer la nouvelle maladie de

Creutzfeldt-Jakob devrait dépasser six millions. La pire épidémie que nous ayons connue depuis la Grande Peste noire du Moyen Âge. Dans une hypothèse pessimiste, la moitié des Britanniques pourrait mourir de Creutzfeldt-Jakob dans les vingt ans.

Le visage de Foster se fit plus dur subitement. Scott vit passer l'ombre d'une tristesse inouïe dans son regard. C'est d'une voix altérée qu'il entendit son hôte demander :

— Et il n'y a aucune avancée sur le plan thérapeutique, n'est-ce pas ?

— Effectivement. Nous n'avons aucune piste sérieuse ; personne ne sait sur quoi travaillait Appleton. Peut-être bluffait-il, mais je ne le pense pas. Nos spécialistes sont persuadés qu'il avait trouvé un médicament, sinon il n'aurait pas demandé une réunion extraordinaire du Collège médical. Il faut retrouver ce médicament.

— Les assassins sont partis avec la formule ?

— Nous en sommes certains. Pour l'instant, cette information est totalement confidentielle.

Foster eut un geste de la main signifiant que l'autre pouvait être assuré de son silence.

— Donc, je suppose que vous voulez me confier une sorte d'enquête parallèle pour retrouver les assassins du professeur Appleton.

L'espion le regarda, interloqué.

— Comment le savez-vous ?

— Je ne suis pas un spécialiste des prions, même si je suis personnellement engagé en faveur de la lutte contre les maladies neurodégénératives. Donc je ne peux pas vous aider sur un plan médical. Morton vous a parlé de moi comme enquêteur. Et vous avez retrouvé des dossiers anciens me concernant. En lien avec le

SIS, à une époque où vous n'y étiez sans doute pas encore. Et où *moi* j'y travaillais. La suite est facile à deviner.

Jeremy Scott se gratta la gorge discrètement, ignorant la remarque.

— Le Premier ministre veut que vous raccrochiez, professeur. Nous souhaiterions que vous preniez la tête d'un petit groupe informel et très secret. Il serait composé d'hommes… il hésita sur le mot, *différents,* de non-policiers pour l'essentiel. Votre rôle serait de mener l'enquête en dehors des sentiers battus. D'obtenir des résultats par n'importe quel moyen.

Foster se leva, arrangea quelques fleurs dans un vase.

— Je comprends votre demande. Je pense qu'à ce stade je n'ai pas besoin de plus d'informations. Il se pencha, humant le parfum subtil d'un lys pour cacher son trouble. Laissez-moi quelques heures. Je vous rappellerai ce soir pour vous donner ma réponse.

Ils se serrèrent la main. L'espion remonta dans sa voiture, une discrète Rover. Foster regarda le véhicule s'éloigner silencieusement dans la rue déserte, en direction de Vauxhall Cross[1]. Debout contre le chambranle, il semblait perdu dans ses pensées. Il allait évidemment accepter. Un tremblement le secoua brusquement. Que pouvait-il faire d'autre ? Avant qu'il s'établisse comme psychiatre, il y avait eu cette vie parallèle, pendant presque sept ans, dans le monde glauque et froid du renseignement. Il y avait brillé, plus qu'aucun autre. Sa mission était de travailler spécifiquement contre Marcus Wolf, l'ancien chef de la Stasi. L'Allemand était le plus redoutable espion que l'Europe ait connu depuis longtemps. La fin des années 60 et le

1. Siège du SIS.

début des années 70. Un autre monde. Les chefs du SIS pensaient, à l'époque, qu'un psychiatre pourrait être d'une grande utilité pour le service. Deviner les coups du chef de la Stasi. S'infiltrer dans ses pensées, comme un renard dans un terrier, pour mieux le combattre. Qui mieux qu'un psychiatre pouvait comprendre un génie comme l'était le chef de la Stasi ? Foster avait donné libre cours à ses capacités immenses. Averti de son existence, Wolf avait fini par le considérer, lui, le jeune psychiatre retors, comme son plus dangereux adversaire à l'Ouest.

Le passé lui revenait brusquement en mémoire, balayant toute sensation présente. Cela avait duré sept ans, puis il avait arrêté toute collaboration avec le service. Décision brutale et irrévocable. Il réprima un sourire triste. Il se souvenait de cette fameuse réunion, vieille de près de trente ans, comme si c'était hier. Il était svelte à l'époque, et habillé d'un de ces curieux pantalons en tweed, un peu bouffants, qui faisaient fureur. Il pouvait même décrire la pièce. Le grand bureau du directeur du SIS, avec son papier peint à rayures. Lorsque ses supérieurs hiérarchiques, furieux, lui avaient demandé les raisons de son départ, il leur avait répondu très simplement : « Parce que le rôle d'un médecin est de *soigner les malades.* » Ils avaient insisté lourdement, parlant de « carrière », d'« avenir », et d'autres absurdités. Puis ils étaient passés à des arguments plus personnels. La mort de sa femme l'avait égaré. Il devait prendre du recul, réfléchir.

Il s'assit pensivement sur la rambarde du jardin. Il les avait tous envoyés promener. « La médecine, rien que la médecine, messieurs. Pour toujours. » Il n'avait jamais regretté ce choix. Mais il devait désormais replonger.

« Bizarre. Replonger. On dirait l'expression d'un ancien criminel. Mais ma situation était-elle vraiment différente de celle d'un criminel ? Même lorsque c'est au nom de la raison d'État ? » Il serra les poings. C'était justement le type de débats dont il ne voulait plus jamais entendre parler. Lui, le brillant prix Nobel, respecté par ses confrères du monde entier. Il y avait déjà eu cette affaire de tueur en série dont il s'était occupé deux ans avant. Son interlocuteur y avait fait allusion dès le début de leur entretien. Et maintenant cette demande étrange. Pas si étrange en y réfléchissant bien.

L'image fugitive de son pays dévasté par l'épidémie passa devant ses yeux. Il ne pouvait pas se soustraire à cette mission. Il fallait l'accepter. « Parce qu'ils ne pouvaient pas être des centaines de milliers à mourir comme *elle* était morte. » Ils savaient ce qu'ils faisaient en venant le chercher. Ce qui l'avait fait partir, trente ans avant, le ferait revenir, cette fois-ci. Il regarda autour de lui. La rue était complètement vide. Une larme perla doucement sur son visage. « Le gauche. C'est bizarre, Foster, tu commences toujours à pleurer de l'œil gauche. » Il la sentit glisser le long de sa joue, sans chercher à l'essuyer, et ferma soigneusement la porte derrière lui, enveloppé dans ses pensées comme dans un linceul.

Allongé dans l'herbe humide du sous-bois, le mercenaire sortit le fusil de sa housse. Un Steyr SSG-69 calibre 7,62, arme très répandue parmi les tireurs d'élite. Il essuya délicatement la lunette de visée fixée sur l'arme. Rien ne l'énervait plus que les films dans lesquels le tueur sort un fusil démonté de sa valise juste avant de tirer. La symbiose parfaite entre la lunette et l'arme était, au contraire, essentielle. Pour l'assurer sur ce fusil, plusieurs dizaines d'heures de travail avaient été nécessaires. Il avait tiré une centaine de balles, toutes issues d'un lot homogène. Chaque impact avait été calculé au millimètre, les écarts avec le faisceau d'un télémètre laser évalués jusqu'à la précision absolue. Ensuite, comme d'habitude, il avait collé les fixations de la lunette avec de la super-glu. L'arme ne servirait qu'une seule fois. Il posa à côté du fusil une petite boîte noire hérissée de cadrans. L'un donnait la force du vent et sa direction, un autre la température et le troisième le degré d'humidité dans l'air. Le début du mois de juillet était pluvieux en Russie. En fonction de tous ces paramètres, un ordinateur portable lui permettait de calculer la meilleure trajectoire pour faire mouche avec une précision d'environ 0,4 cm à une distance de six cents mètres. Il introduisit un chargeur dans l'arme d'un geste sec. Il contenait des balles flèches fabriquées par Thifan, une petite PME française installée dans le Cher. Les meilleures du genre et discrètes en plus : qui irait penser qu'un agent de la CIA utilise des munitions françaises ? Il épaula l'arme. Le visage d'une silhouette qui se trouvait à plus de six cents mètres devint soudainement très net. Un militaire en uniforme. Soixante ans, un mètre quatre-vingt-cinq, avec du ventre et des cheveux très noirs. « Il doit se teindre », pensa-t-il fugitivement. Le vieux soldat se tenait au bord d'une piscine où évoluait une créature en bikini, de trente ans sa cadette. Une pute. Dans le parc de la luxueuse datcha, il vit passer des ombres furtives. Des gardes du corps du FSB, l'ex-KGB. Le général était bien gardé. Il allait mourir quand même. Il n'en connaissait pas la raison mais pouvait la deviner : trafic quelconque d'armes ou de matières dangereuses.

Le tireur d'élite affermit sa position. Normalement,

il aurait dû attendre quelques jours, afin d'abattre le général en même temps que son contact du Moyen-Orient. Mais l'ordre était arrivé le jour même de Langley : départ immédiat pour l'Angleterre. Une mission prioritaire. Il se souvint de son incrédulité au téléphone : un travail de groupe pour la première fois de sa carrière, afin de rechercher une putain de formule volée dans un laboratoire anglais. Il avait cru s'étrangler lorsqu'il avait entendu ça. Il avait essayé de parlementer un peu, mais son mentor à la CIA l'avait presque supplié. C'était lui qu'il voulait et personne d'autre. Il avait dit « oui ». Comme toujours.

Il balaya lentement le jardin avec sa lunette. De la main gauche, il chaussa une paire de lunettes étranges : l'emplacement du verre droit était vide et le gauche était en plastique noir, totalement opaque. Truc personnel. Le fait de fermer un œil pour tirer dégrade l'angle de vision. Avec ces lunettes spéciales de sa fabrication, il conservait 100 % de son acuité. Il se mit à inspirer à toute vitesse avant de relâcher bruyamment l'air de ses poumons. En apnée, le corps totalement immobile, il imprima une légère poussée sur la gâchette. Une fraction de seconde plus tard, la balle flèche pénétra dans le crâne du général, juste au milieu du front. La tête explosa. Pas besoin de seconde balle. Comme disait son instructeur : « Une bonne cible est une cible avec un trou au milieu. »

Instantanément, ce fut la panique dans le jardin. Très calmement, l'Américain posa le fusil et se dirigea en courant vers une moto BMW K75 garée dans les bois. Contact. Le moteur ronronna. Le général avait été une ordure dangereuse pour la paix. C'était maintenant une ordure morte.

Avant de monter sur sa moto, le tireur d'élite étendit

les mains devant lui, pris d'une soudaine intuition. Elles tremblaient légèrement. Il tourna les paumes vers lui, atterré. Quelques secondes passèrent avant qu'il se ressaisisse. La BMW démarra souplement et rejoignit en quelques minutes la circulation de la capitale moscovite où il se perdit.

Une demi-heure plus tard, il était à l'aéroport international de Moscou, prêt à embarquer dans un vol de British Airways pour Rome. Il tendit son faux passeport à une fonctionnaire russe qui prit le temps de comparer son visage à la photo. Elle lui sourit. Avec ses cheveux noirs en brosse, coupés très court, son physique de surfeur et son visage avenant, Milan avait toujours plu aux femmes.

Une heure plus tard, il s'installait sur son siège, en classe économique évidemment, pour mieux passer inaperçu. Il prit un bonbon et boucla sa ceinture. Prudent, toujours.

Paul Vince, directeur adjoint de la CIA, se leva avec empressement pour saluer la femme qui venait d'entrer dans le restaurant. Avec ses grands yeux bleus, ses cheveux châtains relevés en chignon et son tailleur, Véronique Delage, quarante-cinq ans, directrice de la DGSE, ressemblait plus à un ancien mannequin qu'à un haut fonctionnaire. Vince savait pourtant qu'elle était sans doute la meilleure spécialiste des réseaux islamistes au monde. Delage balaya brièvement la salle du regard. Le restaurant Vong était installé au rez-de-jardin de l'hôtel Berkeley et la décoration était pour le moins luxueuse. Elle salua son homologue et s'assit, fixant avec surprise la canne posée contre le siège de l'Américain.

— Vous boitez, Paul ?

— Rien de grave. Comme vous le savez, j'ai été blessé à la jambe lors d'un saut au Viêt-nam il y a bien longtemps. Les douleurs réapparaissent de temps à autre.

— Belle canne, en tout cas.

Les yeux de l'ancien militaire s'éclairèrent d'une lueur joyeuse.

— Une superbe pièce, plus de cent ans d'âge. Offerte par un chef bédouin du Yémen. Il brandit le bâton au-dessus de la table. Il y a un petit voyou qui m'a importuné il y a quelques semaines, lors d'un voyage au Maroc. Je lui ai mis la canne sous le nez en lui disant : « Dégage, minable. Cette canne est allée au moins cinq fois à La Mecque, et tu vas te la prendre en travers de la gueule. »

Delage éclata de rire. La faconde de Vince était réconfortante, dans le monde glauque et froid du renseignement.

— Notre résident de Marrakech m'a raconté l'histoire.

La porte du restaurant s'ouvrit de nouveau, sur Jeremy Scott. Avec son costume bleu marine à fines rayures, sa mèche blonde sur le front et son parapluie à crosse de bois, le *Chief* du SIS ressemblait à une caricature d'Anglais. Vince et Delage lui serrèrent la main avec chaleur. Pendant quelques instants, le silence se fit autour de la table. Tous ne connaissaient que trop l'intensité de ces moments où l'incertitude règne, avant d'être brisée par les révélations terribles qui sont le lot des hommes de renseignement.

— Je vous remercie d'avoir répondu à ma petite invitation. Et d'avoir été aussi discret. Le 5 ne m'a rien signalé concernant votre arrivée, donc je suppose qu'ils ne vous ont pas identifié. Bravo.

Vince et Delage ne purent masquer un sourire. L'opposition entre le MI5 et le SIS était légendaire.

— En préambule, je tiens à vous faire savoir que je suis mandaté directement par mon Premier ministre. Il a appelé vos capitales en début de semaine pour demander leur aide. Cela, vous le savez, puisque vous êtes ici. Le dossier dont nous devons parler est évidemment lié à l'attentat de Milton.

Delage approuva. Reluquant une petite serveuse, Vince semblait ailleurs, mais Scott savait très bien qu'il ne perdait pas un mot de son discours. Il continua :

— Notre enquête avance lentement. Pour l'instant, nous n'avons pas de piste sérieuse. J'ai préparé à votre attention un dossier que je vous remettrai après le déjeuner. C'est une synthèse de tous les éléments dont nous disposons. Je dis bien « tous ». Nous serons totalement transparents vis-à-vis de vous. La question est trop grave.

Il avala une gorgée de pinot chilien que la Française lui avait servi d'autorité.

— Nous avons décidé de mettre en place un groupe spécial pour mener une enquête parallèle à celle de nos services officiels. Il doit être composé des individus les plus exceptionnels que nous puissions trouver. Des hommes différents, qui sauront imaginer des pistes nouvelles et ne seront pas bridés par les règlements. Compte tenu du caractère particulier de la menace et de la bonne connaissance que vos services ont du terrorisme islamique, j'ai proposé au Premier ministre un groupe commun. Il sera composé de quatre personnes : deux choisies par nous, dont le chef du groupe, une choisie par la CIA, une par la DGSE.

Scott se tourna vers sa collègue française.

— Je sais que vos autorités sont particulièrement

inquiètes de la situation. Il est vrai que nous avons plus exporté de viande bovine vers la France que vers aucun autre pays dans le monde. Il but une nouvelle gorgée de vin. La règle du jeu pour le groupe sera simple. Il disposera de moyens financiers illimités et sera affranchi de toute règle légale.

L'Américain l'interrompit d'un mouvement de main.

— Avez-vous aujourd'hui une autre piste que celle des islamistes ?

Le garçon venait prendre la commande et l'Anglais ne répondit pas. Ils commandèrent des rouleaux de homard à l'aigre-douce et du canard au tamarin. Les deux spécialités du restaurant. Le chef du SIS attendit que le garçon se soit éloigné pour reprendre la parole.

— Pour l'instant, nous jugeons que c'est la plus sérieuse. Il faut impérativement regarder parmi les groupes les plus agressifs. Algériens, Afghans, Irakiens et Iraniens en priorité.

Delage posa une main parfaitement manucurée sur celle de Scott.

— Oubliez les Algériens, Jeremy. Cela est une information top secret, mais j'ai eu hier au téléphone mon meilleur indicateur en Algérie, qui occupe un rang très élevé dans le FIS. Il est catégorique. Les terroristes ne viennent pas d'Algérie. Le responsable du bureau 50 à l'ambassade était d'ailleurs de cet avis dès le lendemain de l'attentat.

Le « bureau 50 » était le terme pudique employé dans certaines ambassades françaises pour désigner la cellule de la DGSE.

Scott la remercia d'un mouvement de tête.

— Je transmettrai l'information à mon Premier ministre tout à l'heure.

— Dites-moi, Jeremy, comment êtes-vous sûr que les

terroristes sont bien partis avec la formule du professeur Appleton ?

— Ils ont pris la peine de fracturer le coffre, qui ne contenait aucune cendre malgré l'incendie. Il a donc été vidé.

Scott se passa la main dans les cheveux d'un geste nerveux.

— Parlons maintenant un peu de notre groupe. Paul, est-ce que vous avez sélectionné votre candidat ?

L'Américain jeta un dernier regard désolé à la serveuse, grimaça un sourire crispé et sortit un étui métallique de sa serviette. Il était en titane, totalement inviolable.

— J'ai une photo dans cet étui. Celle d'un homme qui travaille pour nous depuis plus de cinq ans pour des missions tellement secrètes que même le président ne les connaît pas toutes. Je l'ai fait revenir hier de Russie, en urgence. C'est une sorte de mercenaire exclusif du gouvernement américain. Spécialiste des missions d'élimination. Je pense qu'il est le meilleur au monde dans sa catégorie. Normalement, son nom devait rester secret. À jamais. Même le directeur de la CIA l'ignore. Je suis le seul à le connaître et à traiter avec lui. Je lui ai demandé s'il acceptait que je vous communique à titre exceptionnel, et à vous seuls, son identité. Il a accepté. Je lui ai dit que pour cette mission, pour la première fois de sa vie, il travaillerait sous la houlette d'un autre, Britannique de surcroît. Il m'a également dit « oui », à une seule condition : que le chef de mission soit vraiment exceptionnel. Aussi, Jeremy, avant de vous donner les références de mon homme, je voudrais vous demander deux choses. Est-ce que votre chef de mission sera vraiment le meilleur ? Et, plus important encore, de qui s'agit-il ?

L'Anglais prit le temps de terminer son canard avant de répondre. Il n'en sentait même pas le goût tellement il était tendu. Mais il ne voulait pas manifester son impatience. Il posa sa fourchette et se redressa sur son siège.

— Notre chef de mission n'est ni un militaire, ni un policier, ni même un membre en activité du service. Il s'appelle Foster. Le professeur Francis Foster. C'est un psychiatre. Prix Nobel de médecine.

Vince et Delage le regardèrent avec le même air abasourdi et il tendit comiquement les deux mains en avant.

— J'ai apporté un dossier sur lui. Lisez-le d'abord.

Le dossier faisait deux pages. La première était un curriculum vitae du professeur. Il était impressionnant. L'autre page comportait une succession de trois témoignages. Le premier émanait de Patrick Morton, patron de Scotland Yard. Le deuxième était signé d'un ancien Premier ministre britannique, ami personnel de Foster. Le dernier venait du patron de British Petroleum, camarade d'enfance du professeur Foster. Tous disaient la même chose : Foster était l'homme le plus intelligent qu'ils aient rencontré au cours de leur vie. Celui dont les capacités hypothético-déductives les avaient le plus fascinés. Un génie sans équivalent.

— J'ai oublié de mentionner deux éléments. Scott sortit une nouvelle feuille de sa serviette. Deux éléments majeurs. Dans sa jeunesse, Foster a travaillé pendant sept ans auprès du SIS. Comme consultant psychiatre, au départ. Il avait été approché lorsqu'il finissait son internat. Nous avions besoin d'un spécialiste en psychologie pour lutter contre la Stasi et il nous avait été recommandé. Peu à peu, il a diversifié ses activités jusqu'à devenir le véritable bras droit du *Chief* de l'époque. Son dossier dans les archives du SIS est un des plus laudatifs que j'aie jamais vus. Mon lointain prédécesseur voyait même en lui un possible successeur. C'est vous dire.

— Pourquoi n'a-t-il pas continué ?

— Il voulait se consacrer à la médecine. Et il a eu un drame personnel. Le décès de sa femme, d'une maladie foudroyante. Il nous a plaqués du jour au lendemain.

Delage s'avança un peu sur son siège.

— Tout cela est loin. Comment avez-vous pensé à lui ?

— Je vais être honnête, je n'avais jamais entendu parler de Foster. Lorsque le Premier ministre m'a confié cette mission, je suis immédiatement allé voir mon plus illustre prédécesseur, Lord Colin McColle, pour lui demander conseil. Il est âgé, mais sa tête fonctionne parfaitement, croyez-moi. Il a réfléchi cinq secondes et m'a dit un seul mot. « Foster. » J'étais très intrigué, vous pensez. Depuis, je l'ai rencontré et ma conviction est faite. Foster est l'homme qu'il nous faut.

Delage semblait impressionnée.

— Votre psychiatre est un *maître du renseignement*. D'accord, c'est le premier élément majeur dont vous parliez. Quel est le second ? Elle fit claquer sa langue. Le décès de sa femme. C'est cela le deuxième élément ?

— Véronique, ma chère, vous ne faites pas mentir votre réputation. La femme de Foster est morte d'une maladie de Creutzfeldt-Jakob alors qu'elle avait vingt-cinq ans.

Ils digérèrent l'information, en silence, pendant qu'une voiture de pompiers passait dans Knightsbridge, toutes sirènes hurlantes.

— Vous comprenez mon choix maintenant ? Foster ne pouvait pas me dire non. Il ne lâchera pas. Il va tout mettre en œuvre pour retrouver la formule. Ce type est un génie et il est motivé. Plus que n'importe qui d'autre. Il va foncer comme un bulldozer. Mais un bulldozer avec un QI de 170.

L'Américain ne dit rien. Il étouffa un rot discret, lissa son crâne chauve et prit son étui en titane. Il tapa discrètement un code à huit chiffres sur le boîtier de la serrure et en sortit une photo 24 x 36, en couleurs, d'un homme d'un peu plus de trente ans. Elle avait été prise dans un jardin public. Le jeune homme était grand, plus d'un mètre quatre-vingt-cinq, avec des épaules très larges, des cheveux noirs fournis, un visage et des yeux rieurs. Il faisait plus sportif professionnel que tueur, mais il émanait de sa silhouette une sensation de force et de tranquillité.

Le responsable de la CIA la posa sur la table.

— Je vous présente mon meilleur agent. Milan. Il est à vous.

La Française se baissa pour attraper son sac à main.

— Laissez-moi vous présenter le mien. Ou plutôt la mienne puisque vous nous avez demandé une femme arabisante.

Delage posa une photo sur la table. Celle d'une jeune femme brune, ravissante, les cheveux noirs au carré. Elle avait un visage souriant et franc, des yeux très bleus et des petites taches de rousseur sur le nez.

— Vic Delanoy. Elle a vingt-neuf ans, même si elle paraît moins. Une perle rare. Elle releva la tête avec fierté. C'est ma pouliche dans la maison. Juste un mot sur ses origines : Vic a été élevée avec ses quatre frères par sa mère, employée administrative, dans la banlieue de Paris, à Antony. Bref, elle avait tout pour finir employée des postes. Au lieu de ça, elle a passé son bac à seize ans et elle a été reçue major à l'école des commissaires de police à seulement vingt ans, après des études de langues. Elle en parle couramment six, dont l'arabe et l'anglais. Elle s'est ensuite fait remarquer à la Brigade criminelle de Paris après avoir élucidé seule plusieurs affaires très compliquées. Je l'ai embauchée à la DGSE il y a environ quatre ans pour travailler sur les affaires criminelles en lien avec le service. Elle s'est révélée une enquêtrice très brillante, rompue à toutes les recherches délicates.

L'Américain regardait la photo bizarrement.

— Votre fille me dit quelque chose. L'affaire de Madrid, il y a trois mois, c'est elle ?

Delage soupira.

— Vous m'étonnerez toujours. Oui, elle y était, en support technique.

— Un sacré support technique, ça, vous pouvez le dire !

Scott releva un sourcil.

— Vous parlez de l'élimination des trois membres du bureau militaire du GIA ?

— Dont un me renseignait. Celui que votre nénette a flingué.

— Votre indic connaissait son risque, Paul, et vous auriez dû me parler de lui *avant*. Vic ne devait pas intervenir, mais votre gars s'est tourné vers elle avec une arme. Elle n'a fait que se défendre, avec beaucoup de sang-froid d'ailleurs.

Le Britannique donna un petit coup sec sur la table avec sa fourchette.

— Pour moi, elle est parfaite. Vince ?

L'Américain inclina silencieusement la tête.

— Bien. Nous avons donc trois membres sûrs. Je vous en proposerai un quatrième.

Il sortit un Polaroïd de son dossier.

— Samuel Tetanga.

Il exhiba la photo. Celle d'un métis, un géant, avec le crâne rasé et un bouc.

— Notre ami est de nationalité anglaise par sa mère mais d'origine africaine par son père.

— Quel pays ?

— Un Xhosa d'Afrique du Sud. Samuel a quarante ans. Brève période dans l'armée. C'était le meilleur de son bataillon dans le Special Boat Service[1] bien qu'il n'y soit resté que huit mois. Mais son intérêt est ailleurs. Samuel est le meilleur cambrioleur d'Angleterre. Aucune serrure, aucun coffre-fort ne peut lui résister. Un profil comme le sien est probablement indispensable.

— Il travaille pour vous ?

Gêné, l'Anglais s'agita sur sa chaise.

— Euh, oui, de temps en temps. C'est pour lui une sorte d'assurance-vie. Ça lui évite de retourner en prison.

Vince ricana.

— Mais sa dernière mission s'est mal passée, continua Scott imperturbablement. L'équipe du SIS qui assurait sa couverture a mal fait son boulot. Il a été coffré par les flics et nous n'avons rien pu faire. C'était le domicile privé d'un grand chef d'entreprise. Une bavure regrettable qui a conduit Samuel droit à la maison d'arrêt. Il y est depuis six mois.

Vince et Delage se regardèrent. Même les missions les mieux préparées tournent parfois au désastre.

— Je suis allé le voir il y a deux jours. Je lui ai proposé de sortir. Afin de travailler une nouvelle fois

1. Le SBS, unité d'élite de la marine britannique, est l'équivalent des Seals américains et des commandos de marine français.

pour nous. En échange de la liberté. Après ce qui s'est passé, je craignais qu'il ne m'envoie me faire voir, mais il a accepté. La prison semble lui peser de plus en plus avec l'âge, il veut retrouver sa femme. Nous sommes même partis ensemble.

— Où est-il en ce moment ?

— Dans une des bases d'entraînement de notre service action. À Gosport, près de Portsmouth. Petit stage de remise à niveau.

L'Américain soupira de contentement.

— Une bien belle équipe. Je n'en ai pas vu de pareille depuis des années.

Tous approuvèrent bruyamment.

Le repas terminé et après une dernière bouchée de *strawberry chiboust,* chacun partit dans une direction différente.

Le rhododendron devait bien mesurer deux mètres de haut et dépassait même la grille du jardin. Étonnant pour Londres. Délicatement, Vic posa le doigt sur une fleur, effleurant les pétales épais. Elle l'arracha, puis commença à l'effeuiller. Pensive. Sa directrice ne lui avait presque rien dit de son nouveau chef de mission, sinon qu'il était anglais, prix Nobel et ancien des services. Dans cet ordre. Elle aurait pu préciser qu'il habitait un des plus beaux hôtels particuliers de Belgravia, le quartier chic de Londres. Le jardin devait bien faire cinq mille mètres carrés. Vic fit le tour du rhododendron, se dirigeant vers un massif de forsythias tout en regardant sa montre. Déjà 16 heures et le soleil ne s'était pas montré une seule fois depuis son atterrissage à Heathrow.

— Bonjour, mademoiselle.

Surprise, elle se retourna. L'homme se tenait au bout

de l'allée, à environ quinze mètres d'elle. Il avait marché sur la pelouse, ce qui expliquait qu'elle ne l'ait pas entendu arriver. Elle le photographia mentalement, s'attardant sur le visage lisse aux yeux brillants de malice et les mains aux doigts fins. Les mains. C'était toujours ce qu'elle regardait en premier chez un homme. Elles ne trompaient jamais. Celles-là étaient étonnantes, puissantes par leur taille, mais délicates, avec des doigts de joueur de piano. Des mains d'artiste, pas d'espion.

— Professeur Foster ?

— Bienvenue en Angleterre, mademoiselle Delanoy. Mon maître d'hôtel m'a indiqué que vous aviez préféré m'attendre dans le jardin plutôt que dans le hall. Il désigna ce qui restait de la fleur qu'elle tenait à la main. J'ai bien fait de venir rapidement.

Il s'attendait à une justification embarrassée, mais elle s'en tira par une pirouette.

— Je n'ai pas eu le temps de m'attaquer aux autres massifs. « Parfait, pensa-t-il. Du caractère et de l'humour. »

Il leva le doigt.

— Suivez-moi, je vous prie. Nos deux amis nous attendent pour la présentation.

Ils prirent l'allée, faisant crisser les gravillons sous leurs pas.

— Vous parlez remarquablement l'anglais. Vous connaissez bien Londres ?

— J'y ai passé six mois comme baby-sitter l'année de mon bac.

Elle le suivit jusqu'à la porte d'entrée, qu'il lui ouvrit galamment.

— Après vous.

Ils franchirent le porche puis un hall moderne carrelé

et le professeur la conduisit vers une grande pièce rectangulaire, seulement meublée d'une commode japonaise, d'une grande table en bois clair et de six chaises. Des murs blancs, deux tableaux. Vic resta impénétrable en reconnaissant les œuvres.

« Des Hockney. Il a deux Hockney dans sa salle à manger. »

Elle baissa les yeux vers la table. Deux hommes étaient assis. Un jeune aux cheveux courts et au visage régulier, et un homme plus âgé, visiblement d'origine africaine, un colosse vêtu d'un pull camionneur noir, avec le crâne rasé et un bouc. Elle les salua d'un rapide hochement de tête et prit une chaise. Le professeur fit lentement le tour de la table, puis se planta en face d'eux.

— Milan Holborn, Samuel Tetanga, Vic Delanoy. Il avait énoncé les noms en détachant bien chaque syllabe. Nous serons quatre sur cette mission.

— Quelle mission ?

Vic avait à peine élevé la voix. Foster esquissa un sourire. Elle aurait pu dire : « Pourriez-vous nous préciser la mission, professeur ? » Ou encore : « Nous ne sommes pas précisément au courant de la mission. » Au lieu de cela, elle avait juste dit : « Quelle mission ? »

Foster fit un pas vers la commode japonaise, sur laquelle trois dossiers étaient posés.

— Tenez. Je vous ai préparé un dossier. Le même pour tous. Il retrace les éléments biographiques de chacun d'entre nous et vous explique le problème et la mission.

Le professeur les regarda attentivement prendre connaissance du dossier.

Milan, totalement figé, tournait lentement les pages, une à une. Sa main semblait la seule partie vivante de son corps. Pas un muscle de son visage ne trahissait la moindre émotion. Le professeur le fixa quelques secondes, fasciné.

Puis il reporta son attention sur Vic. La jeune Française laissa échapper quelques réactions de surprise en lisant les biographies de Milan et Sam. Normal, elles étaient si peu banales. Foster avait d'ailleurs réagi comme elle aux mêmes passages. Puis elle arriva aux chiffres de contamination potentielle de la population britannique. Elle releva la tête, une expression de profonde stupeur sur le visage.

« Non, pas de la stupeur. Quelque chose d'autre. De plus rentré, mais de plus intense aussi. De la douleur. Oui, c'est ça, elle éprouve de la douleur en découvrant la vérité. »

Vic resta figée ainsi une fraction de seconde, puis son visage reprit son calme et elle continua sa lecture comme si de rien n'était. Un nouveau sourire s'imprima sur le visage de Foster, plus largement cette fois. Une dure certes, mais aussi une fille sensible. Tant mieux. Ils devraient tous parfaitement se compléter pour être efficaces.

Sam soufflait bruyamment en lisant. Brusquement, il posa son dossier.

— Cette histoire, c'est un sacré bordel.

Foster s'assit.

— Vous connaissez la vérité maintenant. Toute la vérité, y compris l'ampleur de la menace épidémiologique. Nous ne sommes que quelques-uns dans ce cas. Moins de dix dans le monde. Mais j'ai voulu que vous soyez parfaitement au courant car nous ne devons plus avoir aucun secret les uns pour les autres. Il les dévisagea un à un, le visage sévère. Je vais maintenant récupérer ces dossiers et les brûler. Des questions ?

— Il manque une information.

De nouveau, la voix de Vic.

Foster se pencha vers elle, les yeux pétillants.

— Une information ? Laquelle ?

— Le point d'entrée de l'enquête.

Sam s'ébroua.

— Elle a raison.

— Mademoiselle Delanoy ? Votre avis ?

— À la place des policiers britanniques, je préférerais synthétiser tous les éléments en ma possession avant de lancer une équipe comme la nôtre. Nous ne pouvons pas nous disperser. Eux peuvent mettre des centaines d'enquêteurs sur cette affaire : ils doivent absolument trouver une piste sérieuse sur laquelle nous lancer.

— Bravo, mademoiselle. C'est exactement le *modus vivendi* choisi par Scott. Il m'a d'ailleurs appelé ce matin. Il y a bien un début de piste. Nous avons rendez-vous avec lui, Mme Delage et Paul Vince pour en discuter. Ce soir.

Il se leva.

— Nous avons beaucoup de travail devant nous et cet après-midi sera votre dernière période de repos. Profitez-en. Michael va vous indiquer vos chambres. Rendez-vous dans le hall à 21 heures.

La nuit s'apprêtait à tomber. Foster était assis sur une petite chaise en bois, penché sur son bureau. Il avait passé la fin de l'après-midi à étudier attentivement les trois membres de son groupe. Les observer, les sentir, les voir évoluer pendant quelques heures dans leur intimité, inoccupés et détendus. Indispensable pour mieux les comprendre.

Il prit son bloc-notes. D'une certaine manière, leurs réactions étaient conformes à ses intuitions initiales, mais il n'arrivait pas encore à déterminer si c'était une bonne ou une mauvaise chose. Étaient-ce eux qui étaient prévisibles, lui qui avait parfaitement décrypté leurs ressorts et leurs modes de fonctionnement ou, troisième hypothèse, avait-il laissé passer des éléments importants ?

Il chassa ces pensées et reporta son attention sur le petit carnet où il avait consigné ses impressions.

Milan était resté dans sa chambre tout l'après-midi. Il l'avait entendu faire des pompes et des exercices physiques, puis l'Américain s'était visiblement entraîné à démonter et remonter une partie de son armement. Le claquement des armes avait résonné dans sa chambre pendant près de deux heures. Rigueur maniaque du professionnel, souci du détail, refus de s'évader dans le rêve. Cohérent avec son profil. Pourtant, il devait y avoir une faille. Il y en avait toujours une. Il fallait la trouver rapidement pour éviter qu'elle ne se révèle au cours de la mission. Il le nota soigneusement dans son bloc : « Faille ? »

Il tourna une page.

Sam. L'Anglais était descendu se servir à la cuisine plusieurs fois. Épisode boulimique normal pour un homme sortant de prison. Sam s'était ensuite couché sur son lit et avait écouté de la musique classique pendant toute la journée. Les meilleurs enregistrements de Foster, qu'il avait empruntés sans demander la permission à quiconque. La musique classique... Foster avait pressenti cette sensibilité mais ne se rappelait plus pourquoi. Il trouva après avoir relu la biographie de l'Anglais, cachée parmi ses papiers. Un point l'avait frappé : Sam était certes un ancien taulard, mais il n'avait jamais commis la moindre agression pendant ses effractions malgré son entraînement militaire.

Comme certains délinquants non violents, Sam n'avait pas en fait vraiment conscience de la gravité de ses actes. Sa dérive vers le cambriolage était probablement avant tout une recherche de sensations intenses. Il faudrait cependant vérifier s'il n'y avait pas une autre raison. Plus profonde. Quelque chose lui disait que le métis faisait exprès de ne pas forcer sa nature. Il faudrait aussi qu'il vérifie son aptitude à travailler en groupe et à respecter une discipline. Ce serait le plus difficile. Dans son carnet, Foster nota : « Expliquer refus de la violence. Imposer une discipline forte. »

Il tourna encore une page.

Vic. Il se frotta les yeux, remit ses lunettes puis se pencha sur la feuille. Comme Milan, la jeune femme avait fait des exercices physiques dans sa chambre pendant un long moment, puis, d'après le maître d'hôtel, elle avait lu et joué aux échecs sur son ordinateur pendant le reste de l'après-midi. Bizarre. Il l'aurait plutôt vue passionnée de mécanique ou de parachutisme, cherchant à brider la sensibilité qu'il sentait prête à jaillir spontanément sous sa dureté de femme flic. Il jeta un œil par la fenêtre. Vic était assise dans le jardin, depuis presque une heure, protégée par sa parka. C'était un comportement inhabituel, qu'il fallait creuser. Il prit un parapluie.

Vic le fixa brièvement lorsqu'il s'assit à côté d'elle, puis détourna la tête, lointaine.

— J'aime la pluie. Je reste toujours des heures sous la pluie.

— C'est un peu risqué, non ? Vous n'attrapez jamais mal ?

— Jamais. Ma mère m'emmenait tous les ans en vacances sur les côtes du nord de la Bretagne à Pâques. Pas l'été, car les prix étaient trop élevés. Il pleuvait presque chaque année. Elle rit doucement. J'adorais cette atmosphère. Je me promenais toute seule pendant des heures. Ma mère me disait toujours : « Ne pars pas toute seule, c'est dangereux. » Je lui disais oui et puis je partais pour des balades de dix ou vingt kilomètres. À la fin, c'était devenu une sorte de jeu entre nous.

— Vous y êtes retournée ?

— Pas depuis des années.

— Vous auriez pu. Qu'est-ce qui vous en a empêchée ?

— Je n'ai pas eu l'occasion.

Un silence, encore, puis du tac au tac :

— Vous posez toujours des questions aussi personnelles aux gens ?

— C'est mon métier et c'est une seconde nature. J'aime comprendre comment les gens pensent.

— Ça marche avec les individus normaux ?

— Pour moi, la normalité est un concept très flou. Mais j'y arrive souvent avec les gens « normaux », comme vous dites. Vous savez, nous suivons tellement fréquemment des schémas préétablis sans nous en rendre compte.

— Ah oui ? Sa voix se fit moqueuse. Quel genre de schémas ?

— Il y en a de toutes sortes. Tenez, les gens qui enlèvent les pétales des fleurs le font souvent dans une pulsion érotique inconsciente. Tout à l'heure, je vous observais, je suis sûr que vous pensiez à votre vie sentimentale. Vous aviez l'air mélancolique.

— Je suis très heureuse.

— Ai-je dit le contraire ?

— On pourrait le croire, à vous entendre.

— Ce n'est pas ce que j'ai voulu dire. Mais je préfère

sentir cette petite faiblesse chez vous. Je n'aime pas les gens... monolithiques.

— Je ne pense pas forcément que ce soit très enrichissant de dénuder ainsi le cerveau des autres. À plus tard, professeur.

Sur ce, elle lui tourna le dos et partit à grands pas.

— Vic ?

Elle stoppa net. C'était la première fois qu'il l'appelait par son prénom.

— Vous alliez m'oublier.

La pluie se mit à redoubler et il rentra un peu la tête sous le parapluie en la rejoignant.

Ils se dirigèrent en silence vers la maison.

— Au fait, Vic c'est un diminutif. Quel est votre vrai prénom ?

Elle lui fit un clin d'œil.

— Vous voyez, j'ai quand même mes petits secrets de femme. Donnez-moi la preuve que vous pouvez *tout* deviner. Je vous laisse trouver.

Puis elle s'échappa et gravit le perron en courant, le laissant au pied de l'escalier, un curieux sourire aux lèvres.

Foster regarda brièvement par la fenêtre. La nuit était tombée sur Londres et la pluie n'avait pas cessé depuis la fin de l'après-midi. Les chaussées noires étaient aussi glissantes que les trottoirs. Au rez-de-chaussée, Samuel avait rejoint Vic, qui guettait l'arrivée de la voiture du MI6 par la baie vitrée du salon.

— Drôle d'endroit pour une réunion. Faire ça dans une bagnole.

— J'ai vu des choses plus bizarres.

Sam renifla d'un air méprisant.

— Les barbouzes ne peuvent rien faire comme tout

le monde. Ça doit leur donner l'impression d'être des héros.

— Il y en a, non ?

— Conneries. Le dernier super-héros du SIS avec qui j'ai bossé est allé se descendre une pinte de Guinness au lieu d'assurer ma couverture. Résultat : six mois de trou !

Vic n'avait rien à répondre. Elle se remit à la fenêtre.

Un bruit léger de pas les fit se retourner en même temps. Milan descendait l'escalier, enveloppé dans un grand imperméable.

Sam fixa le vêtement.

— C'est carré. Ça vient d'où ?

— Matériel personnel.

L'Américain s'arrêta au milieu de l'escalier et montra la doublure.

— Mélange de Kevlar et de dérivé d'Inconel X, un métal conçu par la NASA pour recouvrir le nez de certains de ses vaisseaux spatiaux. Il peut arrêter n'importe quel calibre de balle.

— Et dedans, t'as quoi ?

Milan écarta largement les deux pans.

— À gauche, automatique Smith et Wesson en calibre 222 pour le travail en finesse. À droite, proto de fusil d'assaut ultracourt Herstall P90.

Il dégagea l'arme de la sangle intérieure d'un geste sec. Elle n'avait pas de poignée, la main passant à travers un large orifice dans la crosse. Il passa le doigt sur le cylindre fixé sous l'arme.

— Lance-grenades HK-87.

Il remit l'arme dans sa sangle et rabattit les pans de l'imper. Les armes étaient invisibles. Vic le regardait, la tête un peu penchée sur le côté.

— Pourquoi un lance-grenades ?

— Théorie personnelle. Toujours disposer d'une puissance de feu supérieure à celle de l'adversaire.

Il mit la main dans une fente du vêtement et en tira une sorte d'étui en acier, d'une vingtaine de centimètres de long, qu'il lui lança. Elle l'attrapa au vol.

— Tu reconnais ?

Elle ne prit même pas la peine de détailler « l'étui », regardant l'Américain droit dans les yeux.

— PPM, fabrication russe par KBP, à Toula.

Elle ouvrit l'étui, qui révéla un minuscule pistolet-mitrailleur, déplia la crosse.

Il lui lança un chargeur.

— Pas mal du tout. Tu peux le garder.

Elle replia l'arme et la rangea sous son blouson.

Samuel s'approcha.

— Eh, Robocop. Pendant qu'on y est, t'aurais pas quelque chose pour moi ?

Milan hésita, puis lui désigna le premier étage d'un mouvement de tête.

— Dans l'armoire de ma chambre. Prends ce que tu veux.

Samuel lui tapa sur l'épaule.

— Merci, mon pote.

Le monospace tourna au coin de la rue à 21 h 03 et s'arrêta devant l'hôtel particulier. Quelques instants plus tard, la porte d'entrée s'ouvrait. Foster, Milan, Vic et Samuel s'engouffrèrent dans la voiture, courant pour ne pas être trempés car la bruine s'était transformée en une pluie battante. Le véhicule démarra aussitôt. Delage conduisait, Vince à côté d'elle et Scott derrière. C'est Vince qui parla le premier, par-dessus son épaule :

— Nos amis britanniques viennent de recevoir une lettre de revendication pour l'attentat de Milton. À leur ambassade du Caire. Elle est signée d'un groupe islamiste inconnu. Le réseau « Vengeance et Châtiment ».

— Que dit-elle ?

— Pas grand-chose.

— Au moins, nous avons un début de piste. Le vrai travail va pouvoir commencer.

Delage fit tourner la voiture dans Park Lane, en direction de Marble Arch.

— Cette revendication est très importante, car Scott a une porte d'entrée dans ce réseau « Vengeance et Châtiment ».

L'Anglais ricana.

— Je fais fouiller régulièrement le bureau du chef du Moukhabarrat[1] égyptien. Or les Égyptiens ont déjà intercepté un homme qui s'était déclaré membre d'un réseau « Vengeance et Châtiment ». C'était au cours d'une rafle d'envergure contre les milieux islamistes, il y a un an. Ce réseau était inconnu et l'homme était visiblement un tout petit rouage.

— Il a parlé ?

— Oui, mademoiselle Delanoy. Il connaissait un nom. Celui d'un Arabe d'origine britannique qu'il était venu chercher à l'aéroport du Caire pour une rencontre avec certains de ses chefs. Le nom de ce visiteur est Méchil Laarfit. Nous l'avons passé à l'ordinateur. Il correspond à un Égyptien qui habite le nord de Londres. Le patron d'un hôtel borgne, connu de Scotland Yard pour de nombreux délits et même un crime.

Vic fronça les sourcils.

— Pourquoi les Égyptiens ne vous ont-ils pas donné ces informations l'année dernière ?

— Ils ont tellement tabassé leur prisonnier qu'il est

1. Services secrets, en arabe

mort sans avoir rien dit d'autre. Ils ont pu penser que ce n'était pas important. À moins qu'ils n'aient voulu poursuivre leur enquête tout seuls pour nous offrir un jour un paquet-cadeau bien emballé. Ce serait dans leur style. La dernière piste est donc à Londres.

La voiture s'arrêta à un feu rouge. Foster se pencha un peu vers l'avant.

— Comment êtes-vous sûrs que le réseau « Vengeance et Châtiment » est responsable de l'attentat de Milton ?

Véronique Delage se retourna.

— Le message commence par un code habituel d'identification du groupe Abu Nidal. Il précise ensuite qu'ils en sont distincts et donnent un nouveau code pour les prochaines actions terroristes. Par ailleurs, les formules employées dans la lettre sont typiques des fondamentalistes islamistes : longs extraits du Coran, avec autour un discours dans un langage très spécial, qui leur est propre, impossible à copier pour un profane. Surtout, le message donne des précisions sur la localisation des cadavres dans le laboratoire, ainsi que sur la manière dont ils ont tous été achevés. Seules des personnes ayant participé à l'opération peuvent connaître ces détails, si l'on exclut les enquêteurs.

— C'est curieux, fit le professeur.

— Quoi donc ? demandèrent en chœur les trois officiels.

— Le nom de ce réseau. Je veux dire, la forme binaire du nom. « Vengeance et Châtiment ». Elle renvoie à une logique occidentale plus qu'orientale. C'est une forme typique de nomination dans le roman européen. Notamment russe. La cause et la conséquence, le fait et son explication. Cela ne ressemble pas du tout aux noms habituels des groupes terroristes.

Scott tira nerveusement sur sa cravate.

— Votre remarque est tout à fait exacte. Le message a pourtant indubitablement été rédigé par un musulman.

Le professeur Foster avait les yeux dans le vide.

— Alors, il doit s'agir d'un homme très cultivé. Influencé malgré lui par la littérature occidentale. Vous avez une photo de Méchil Laarfit ?

Mouvement à l'avant de la voiture et une photo apparut dans la grosse main de Vince. Celle d'un Arabe d'une quarantaine d'années avec un visage blafard, des cheveux noirs filandreux et un air vaguement vicieux.

— La photo date de quatre ans. Nous connaissons bien Laarfit. Il a été condamné pour meurtre après avoir tabassé à mort une prostituée en 1979. La fille travaillait dans son hôtel et elle était spécialisée dans les prestations sadomasochistes. Il en a profité en plaidant l'homicide involontaire et n'a fait que huit ans de prison. Depuis, il a été impliqué dans diverses affaires de trafic de drogue et de prostitution, mais jamais inculpé. Depuis environ trois ans, il s'est fait très discret et a arrêté toute activité criminelle apparente. Nous pensons qu'il s'est rapproché des islamistes à cette date. Il pouvait leur être très utile compte tenu de ses liens nombreux avec le milieu londonien.

Sam prit la photo.

— Une belle ordure, quoi ! J'aime pas les mecs qui tuent des gonzesses. En taule, je peux vous dire qu'on saurait s'occuper d'un gars de ce genre.

— C'est bizarre qu'il n'ait jamais été expulsé.

— Nous procédons très peu à ce type de mesures.

Sam passa la photo à Milan, puis à Vic.

— Nous allons nous occuper de lui immédiatement. À propos, il n'aura échappé à personne que cette revendication nous donne la seule piste de recherche. C'est donc une chance pour les enquêteurs.

— C'est le principe des revendications, professeur. C'est normal.

— Presque trop. Je n'aime pas ça. Il laissa passer quelques secondes. Allons-y maintenant.

La petite ruelle était déserte. Située à quelques dizaines de mètres de la station de métro Kilburn, elle était en limite de la banlieue nord et de ses cités où s'entassaient Jamaïcains et Pakistanais. L'estafette s'arrêta doucement à deux immeubles du Nice View[1]. L'hôtel minable portait mal son nom. Les chambres donnaient sur les façades crasseuses des immeubles en face. À moins de cinq mètres. L'étoile que le Nice View arborait encore sur sa façade défraîchie avait dû être obtenue avant la guerre, et il était probable que les services officiels britanniques de tourisme le croyaient fermé depuis...

Foster poussa la porte vitrée.

Le hall, peint en vert pâle, était éclairé par un seul néon blanchâtre. Du lino grisâtre au sol. Un vieux canapé dont le tissu s'en allait par plaques était posé contre le mur. Dans l'air, une odeur de crasse et de semoule rance.

L'homme assis derrière le comptoir en pin plaqué regarda les quatre nouveaux venus, s'attardant sur Milan et Sam. Milan dans son imperméable noir, Sam et ses deux mètres de haut, coiffé d'un petit bonnet noir de marin.

— C'est pour des chambres ?

Foster se pencha sur le comptoir.

— Nous cherchons Méchil Laarfit.

1. Littéralement : « Belle Vue ».

Le caissier hésita une seconde, le regard fuyant.
— Je ne sais pas où il est.
— Vous mentez. Il est ici.
— Non, il est en voyage.
Foster secoua la tête et se tourna vers Vic.
— Allez-y.
Elle avança d'un pas, attrapa le poignet de l'homme et lui fit une clef. Le caissier tomba à genoux en poussant un cri, le visage grimaçant de douleur, et elle lui glissa à l'oreille :
— On est pas des flics et on est pas là pour rigoler. Alors accouche : où est ton patron ?
Elle avait parlé arabe.
Tétanisé par la douleur, le caissier leva le doigt vers le haut avec une mimique suggestive.
— Une chambre en haut ? Laquelle ?
— *Etnên.*
Vic se retourna.
— *Etnên,* ça veut dire que c'est la chambre numéro deux.
Elle relâcha la prise et le caissier s'effondra en se tenant le poignet. Sans un mot, elle l'empoigna et le traîna sur le sol. Une porte, un petit bureau de direction avec du matériel bancal. Elle le menotta à un radiateur puis se pencha sur lui.
— Tu ne téléphones pas, tu ne bouges pas, tu ne parles pas. OK ?
L'autre acquiesça.
Elle l'enjamba, arracha le fil du téléphone pour plus de sécurité et ferma la porte.
Foster commençait déjà à monter l'escalier. Tous le suivirent.
Le long couloir était humide et vieillot. Des portes de chambres. Derrière les portes, des ronflements, des

jérémiades, des gémissements sans équivoque. Au milieu du couloir, les rires d'une femme, suivis d'une voix vulgaire, « *Eh, Godzilla, size does matter* ». Puis le rire gras d'un homme en réponse. Vic se pencha sur l'oreille de Sam.

— On se croirait à Pigalle.

Il hocha la tête.

— C'est la même merde partout. Y a que le nom des rues qui change.

Les chambres du fond étaient silencieuses. Vides. Foster s'arrêta devant l'avant-dernière. Un numéro sur la porte : « 2 ». Samuel se pencha quelques secondes sur la serrure puis recula.

— Serrure de sécurité. Incrochetable.

Il avait chuchoté. Il passa lentement un doigt sur les gonds, d'un mouvement léger. La porte elle-même était renforcée sur les côtés par des baguettes en acier. Il secoua la tête.

— Il faut la faire sauter.

Foster eut un mouvement bref du menton et Milan dégaina son pistolet d'un geste si rapide qu'ils le virent à peine. Vic jeta un coup d'œil au réducteur de son fixé au bout de l'arme. Un Stopson reconnaissable à sa forme carrée. D'un mouvement de pouce, Milan alluma un petit boîtier placé sur le pistolet tout en se penchant vers l'oreille du professeur pour lui chuchoter :

— Visée laser Holosight. Pour la précision.

Rapidement, il sortit le chargeur, enleva deux balles et les remplaça par deux ogives explosives. Son imper comportait une petite housse pourvue de plusieurs types de munitions dont ces balles explosives fabriquées spécialement pour la CIA. Chacune coûtait environ 100 dollars, mais elles étaient extrêmement efficaces et faisaient un bruit réduit à l'explosion grâce à l'utilisation d'un explosif très puissant à base de pentrite. Il arma le pistolet doucement. Cela fit un léger « clic ». Vic fit de même avec son petit pistolet-mitrailleur.

Milan se tourna vers Samuel.

— Fais le guet.

Il leva le pistolet, tira deux coups de feu dans la serrure puis poussa violemment la porte de l'épaule et jaillit dans la pièce, suivi par Vic. La chambre était relativement grande. Trois Arabes étaient assis autour d'une table, dont celui de la photo. Méchil Laarfit. L'un des hommes rejeta sa chaise en arrière en sortant un automatique de sa poche. Milan lui logea une balle entre les deux yeux. Il s'effondra sur la table. L'autre bondit sur un vieux fusil à pompe, mais, d'un geste foudroyant, Milan avait déjà pointé son arme pour un doublé. Touché à la tête, le terroriste s'écroula sur le sol.

Méchil Laarfit semblait paralysé sur son siège. Muet de terreur, il fixa avec effarement les assaillants, essayant de ne pas regarder les deux cadavres.

— Qu'est-ce que vous voulez ? fit-il d'une voix plaintive. La caisse est dans le coffre, là, dans le fond de la pièce. Le code, c'est 1428. Prenez tout.

Foster s'appuya sur un rebord de commode.

— Nous ne voulons pas de votre argent. C'est le réseau « Vengeance et Châtiment » que nous recherchons.

Laarfit se redressa.

— Mais je ne connais aucun réseau ! hurla-t-il. Personne. Je suis honnête.

Vic lui jeta un regard glacial. Malgré son entraînement, la violence de l'intervention de Milan l'avait décontenancée un instant, mais elle s'était vite reprise. Interroger des criminels, c'était son rayon.

— Honnête, hein ? Condamnation pour meurtre, sans compter la dope. Arrête de nous prendre pour des cons. Dis-nous plutôt ce qu'on veut savoir.

Foster prit une photo posée sur la commode. Elle représentait la citadelle du Caire.

— Vous avez rencontré des membres du réseau dans cette ville. Au Caire. Je veux des noms.

Vic s'approcha.

— Tout de suite.

En vieille routière des interrogatoires, elle fit jouer la culasse de son PM, qui claqua avec un bruit sinistre, et se pencha sur l'Égyptien. À l'oreille, elle lui murmura en arabe :

— Tu nous racontes des salades. Regarde-le.

Elle lui désignait Milan, toujours aussi impénétrable, le pistolet à la main. Malgré lui, l'Égyptien se mit à trembler.

— Il va t'en mettre une dans la tête, comme à tes copains.

— Non, je vous en prie. La voix de Laarfit baissa jusqu'à n'être plus qu'un souffle. J'ai bien rencontré un homme au Caire. À la mosquée bleue. C'était il y a plusieurs semaines.

— Pourquoi vous ?

— Cet homme savait que j'étais proche des islamistes et connaissait mes activités sur Londres. Il m'a ordonné de les aider à trouver très rapidement une filière d'armes sur le Royaume-Uni, sinon mon hôtel serait incendié et moi tué, avec toute ma famille.

— Ne parle pas de famille, ordure.

Vic avait de nouveau parlé arabe et Laarfit baissa la tête.

Foster se rapprocha un peu de l'Égyptien.

— Que voulait-il ?

— Des fusils d'assaut, beaucoup d'explosifs, des missiles antiaériens.

— À quoi ressemblait cet homme ?

— Je ne sais pas. Il était à côté de moi mais un peu en arrière. Il m'a interdit de me retourner. Je n'ai jamais vu son visage. Il m'a simplement demandé le nom d'un contact sûr pour trouver des armes à Londres. Je le lui ai donné.

— Quel est ce nom ?

Silence.

La voix de Foster monta d'un cran, articulant lentement sa question.

— Quel-nom-lui-avez-vous-donné ?

— Celui du consul du Soudan à Londres. Il me vend des armes pour le milieu turc et pakistanais. Comme il est diplomate, personne ne le soupçonne et il est très prudent.

Vic laissa échapper un ricanement. L'activité annexe de Laarfit dans le trafic d'armes avait échappé à Scotland Yard. La dope, les filles et les armes. Le tableau était complet.

L'Égyptien bavait légèrement, et un filet de salive maculait son col de chemise. Mais l'œil exercé de Milan le vit aussi se crisper imperceptiblement.

Laarfit baissa la tête et prit son air le plus humble. Au même instant, sa main passa brusquement sous la table, tentant d'arracher une arme scotchée sous le plateau. Le pistolet de Milan tonna, deux détonations tellement rapprochées qu'elles semblèrent n'en faire qu'une.

Foster regarda quelques secondes le cadavre de l'Égyptien. Trois morts pour une information. La mission commençait plutôt mal.

— Allons-y.

Samuel les attendait sur le palier.
— À voir vos mines, je parie qu'il a parlé.
Il passa la tête par la porte, découvrant le carnage.
— Oh, putain !
Il se retourna vers Milan, mais l'Américain était déjà au bout du couloir, apparemment indifférent.
Le hall était vide. Vic ouvrit la porte du bureau et délivra le caissier. Ils marchèrent deux cents mètres et montèrent dans la camionnette DAF louée pour l'occasion. Le professeur semblait pensif. Il fallait maintenant kidnapper et faire parler le consul du Soudan. Le contact du réseau terroriste à Londres.
Pas vraiment une mince affaire.
Le camion démarra. Vic et Samuel se regardaient en silence. Habitués depuis des années à la violence, ils étaient étonnés par le calme du professeur pendant et après l'intervention.
Celui-ci s'avança un peu sur son siège et se pencha sur Vic.
— Je suppose que vous vous demandez comment je peux rester aussi calme après une scène comme celle-ci ?
— Vous n'avez jamais participé à aucune opération de terrain pendant vos années au SIS.
— Ma chère Vic, si vous aviez déjà vu un psychotique en pleine crise furieuse, vous auriez la réponse. Rien n'est plus impressionnant que la folie. Beaucoup plus que le bruit et le sang d'une fusillade.
Ils poursuivirent leur chemin en silence jusque chez Foster et se couchèrent rapidement. Seul le professeur prit le temps d'étudier le dossier d'un de ses malades avant de se coucher. Pour se vider l'esprit.
Il mit longtemps à s'endormir. Les mots se bousculaient dans sa tête. « Mon pauvre vieux. Dans quoi t'es-

tu encore fourré ? Tu laisses tes malades, tes confrères, pour prendre la tête d'une bande de tueurs. Alors que tu ne sais même pas tenir une arme. » Il s'endormit sur cette pensée.

« *Depuis Hippocrate, la paranoïa a été décrite par de nombreuses écoles, notamment en Allemagne (Krafft-Ebing). Le paranoïaque se caractérise par l'interprétation. C'est un sujet qui est méfiant, donc rien de ce qui se passe autour de lui n'est normal. Il a toujours quelque chose à interpréter. Il interprète tout. La paranoïa du sujet 9-122 l'incite à imaginer qu'un vaste complot vise à l'empêcher de mener à bien la mission historique dont le destin l'a chargé.* »

7 heures du matin. La pluie de la veille avait laissé la place à un grand soleil. Foster se pencha sur le manuscrit. Un projet d'ouvrage sur l'histoire de la psychiatrie, illustré de cas réels, que lui avait envoyé une collègue de Baltimore. Une idée intéressante et un bon livre. Il remit le manuscrit dans sa serviette, songeant qu'il avait déjà cette manie de travailler parallèlement sur ses articles de psychiatrie lorsqu'il était au SIS. Plus tard, il s'était rendu compte de deux choses : d'une part, qu'il avait besoin de la psychiatrie comme d'une drogue ; d'autre part, que cette apparente distraction faisait sa force. La psychiatrie aiguisait ses pensées au lieu de les disperser. Il but une gorgée de thé et reposa la tasse sur sa soucoupe. Une douleur dans le dos l'arrêta. Il se leva avec une grimace. Encore ce foutu lumbago. Pourquoi fallait-il qu'il ait un lumbago juste *maintenant* ? En grommelant, il partit vers la cuisine. Milan était attablé devant un verre de jus d'orange.

— Déjà levé ?

Milan avait le visage tiré.

— Je me lève à 6 heures tous les jours pour faire une heure d'assouplissements.

— Je vous trouve soucieux, mon jeune ami.

— Ce n'est rien, professeur. Une petite fatigue, ça va passer.

— Je vois.

Foster regarda fixement l'Américain qui avait la tête baissée et la phrase qu'il avait inscrite dans son carnet lui revint : « Faille ? »

— Vic et Sam dorment encore ?

— Vic est levée. Je l'ai vue courir dans le jardin tout à l'heure. Elle est dans le garage, je crois.

— J'y vais.

La porte du garage était effectivement ouverte et Vic debout, en contemplation devant une voiture dont elle avait enlevé la housse. Foster toussota discrètement pour signaler sa présence.

— Je vous préviens tout de suite, ces voitures ne sont pas à moi mais à mon associé dans la clinique.

La Française passa un doigt léger sur la carrosserie rutilante.

— Magnifique.

— Je ne sais pas si j'appliquerais un tel qualificatif à une voiture. C'est cette Ferrari qui vous fait cet effet ?

Vic resta silencieuse une seconde pour voir si le professeur plaisantait, mais il était parfaitement sérieux. Elle siffla entre ses dents.

— C'est une Marcos Mantula, moteur 3,5 litres, 8 cylindres.

— Je les confonds toutes.

— Les Marcos comptent parmi les plus belles voitures du monde. Châssis tubulaire fabriqué à la main. Carrosserie en résine. D'un geste précis, elle ouvrit le capot. Moteur Rover, avec injection Lucas. Accélération de 0 à 100 km/h en 5,4 secondes. Le rêve absolu.

— Vos rêves ne sont pas d'une féminité exacerbée, ma chère.

Elle eut un rire de gorge, soudain plus détendue.

— Je suis une fan de voitures de sport depuis l'âge de cinq ans, mais j'ai dû me contenter de les regarder la plus grande partie de ma vie. Question de moyens. J'ai quand même fait un peu de rallye après mon entrée dans la police et je cours maintenant sur karting au moins une fois par semaine.

— Ce n'était pas dans votre fiche. Mais est-ce que je vous choquerai encore en vous disant que j'anticipais ce type de passion masculine chez vous ?

Elle eut un nouveau rire et lui prit le bras, dans un mouvement familier.

— Plus rien ne m'étonne venant de vous, professeur.

Elle se planta en face de lui. Une mèche de cheveux lui tombait sur le front, la rajeunissant encore.

— Vous êtes trop cynique. Cela vous va mal. Nous avons cinq minutes pour faire causette ?

Il secoua la tête.

— Désolé, plus tard. Il faut décider de la marche à suivre avec le consul du Soudan. Mais discutons pendant que vous remettez cette housse.

Elle empoigna la bâche en tissu.

— Pourquoi êtes-vous devenu psychiatre ?

— La famille de mon père était juive. Tous ses cousins, tantes, oncles, morts en Pologne. Envolés dans les camps de concentration nazis. *Pfuuuut.* Il eut un petit geste de la main pour accompagner le bruit évocateur. C'est peut-être cela qui m'a poussé à me lancer dans la psychiatrie. Comprendre les ressorts de l'âme. Pourquoi des hommes et des femmes apparemment normaux acceptent de trier des enfants innocents, de les dénuder avant de les asphyxier et de les brûler.

— Et le verdict ?

Son ton à elle était plus grave maintenant, comme si elle comprenait qu'il se livrait vraiment, acte rare chez cet homme pudique.

— L'âme humaine est trop complexe pour que l'on puisse facilement décrypter des phénomènes collectifs. Nous, les psychiatres, ne sommes que des artisans. Malgré tout notre savoir. Je ne m'en suis rendu compte qu'après plus de vingt ans de pratique.

Vic avait fini de poser la bâche et il se leva, signifiant la fin de l'entretien. Elle se tourna vivement. Il était en train de lui échapper. D'un air désinvolte, elle lâcha :

— Au fait, vous avez été marié ?

Il la fixa, impénétrable.

— Je file voir Scott. Demandez à Sam de récupérer du matériel d'écoute et prévenez-moi sur mon portable dès que nous l'aurons reçu.

Il se dirigea vers la sortie mais s'arrêta sur le pas de la porte, comme s'il avait changé d'avis. Lentement, il se retourna.

— Vous avez tué un homme, paraît-il, à Madrid, il y a trois mois ?

Elle passa d'un pied sur l'autre, mal à l'aise.

— C'était un terroriste. Il a sorti une arme. J'ai dû l'abattre.

Brusquement Foster la fixa, les yeux un peu écarquillés, comme s'il voulait l'hypnotiser.

— Vous avez hésité avant de le faire, n'est-ce pas ?

Elle pâlit un peu, incapable de se détacher du regard de Foster.

— Oui. J'ai hésité une seconde. Il aurait pu m'avoir

s'il avait été meilleur. Un silence, puis : Comment le savez-vous ?

— Je vous ai bien observée hier chez Laarfit. Vous avez eu un bref instant de répulsion après l'intervention de Milan, malgré vos années dans la police criminelle et les services secrets.

Elle approuva de la tête, gênée.

— Vous vous êtes reprise immédiatement et vous avez mené l'interrogatoire très durement. Et très efficacement, je dois dire.

— Je dois en conclure quoi ?

— C'est ce qui me frappe chez vous, Vic. Le mélange de sensibilité et de dureté. Je n'avais jamais rencontré une telle ambivalence chez personne. Je suis content — non, pas content —, je suis heureux que vous soyez dans cette équipe. Vous y apportez plus que vous ne le pensez. Mais il faut que je vous mette en garde. Quelle que soit l'importance d'une mission, celle-là ou une prochaine, veillez à ne jamais salir votre âme. Vous êtes menacée parce que c'est votre travail, parfois, de vous salir les mains. Foster passa les doigts sur le gond de la porte, ramenant un peu de poussière sur l'index. Avant d'agir, Vic, posez-vous toujours cette question : est-ce que je le regretterai sur mon lit de mort ? Si c'est le cas, ne faites rien. Il vaut mieux échouer dans une mission, ou même mourir, que se damner à ses propres yeux. Souvenez-vous de mon conseil. Et faites confiance à un homme dont le métier est de traquer les noirceurs de l'âme.

Puis il sortit de la pièce, la laissant sidérée.

Samuel gara le break devant chez Foster et ouvrit le coffre arrière. Il prit son sac pour se choisir un nouveau CD, hésita quelques secondes puis opta pour une symphonie de Haydn, dirigée par Antal Dorati. Milan et Vic s'étaient rejoints sur le palier du premier étage et l'observaient. Samuel mit son casque et commença à décharger les caisses en fredonnant « dorati dorati », un large sourire aux lèvres.

— Il décharge quoi ?

— Le matériel d'écoute. Regarde-le. Il est complètement parti dans sa musique.

— C'est du reggae ?

— Tu rigoles ? Tu dis ça parce qu'il est black ? Il écoute que du classique. Et le meilleur encore. Il est dingue de musique. Un vrai pro. Il m'a dit qu'il avait près de mille CD dans sa cellule. Elle poursuivit d'un ton rêveur : Ce mec est bizarre. C'est la première fois que j'entends parler d'un taulard fan de classique.

Milan semblait troublé.

— Je n'ai jamais travaillé avec quelqu'un d'aussi désinvolte.

— Qu'est-ce que t'en sais ? Tu travailles toujours seul.

Samuel posa une caisse, sortit un joint de sa poche qu'il alluma avec componction, après leur avoir adressé un petit signe joyeux de la main.

L'Américain écarquilla les yeux.

— Il fait quoi là ?

— Il se fume un joko.

Sentant le trouble de l'Américain, elle lui tapa sur l'épaule avec le poing.

— Relax, soldat. Je parie qu'il fait comme Clinton : il n'avale pas la fumée.

Milan tourna les talons et sortit de la pièce.

Une heure plus tard, les yeux toujours dans le vague, la musique à fond dans les oreilles, Samuel achevait de déballer les 200 kilos de matériel électronique prêté par le SIS pour piéger l'appartement et le bureau du consul du Soudan. Il examina un instant les micros, intrigué. Ils ne pesaient que quelques grammes. C'étaient les stations de relais qui prenaient tant de place. Brusquement, il entendit son nom à travers la musique.

— Samuel ?

Il enleva son écouteur. Foster le regardait, immobile, son manteau à la main. La porte d'entrée était encore ouverte et, dans la rue, la voiture du MI6 qui venait de déposer le professeur démarra doucement. Le silence dégrisa l'ancien taulard d'un coup. Il jeta un coup d'œil par terre. Le cadavre noirci du joint était tombé sur la moquette, froid depuis de longues minutes. Foster semblait ne pas l'avoir remarqué.

Le professeur accrocha son manteau à une patère.

— Venez.

Samuel le suivit, mais, soudain, Foster s'arrêta net et se tourna, désignant du doigt le joint sur la moquette.

— Plus jamais de drogue pendant la mission. Parce que si vous recommencez, malgré toute mon amitié, je vous redépose illico devant votre prison où vous retournerez croupir jusqu'à la fin de votre peine. Compris ?

Sam baissa la tête.

— Oui, professeur. Désolé.

— Ne vous excusez jamais avec moi. Je ne suis pas un maton. Respectez simplement les règles.

Ils rejoignirent le salon où Milan et Vic attendaient déjà.

— Je reviens de chez Scott avec des informations. Il les regarda l'un après l'autre lentement. Le plus important d'abord : le consul du Soudan est connu de longue date de Scotland Yard pour sa proximité intellectuelle avec les milieux intégristes musulmans. On peut donc supposer que, s'il a été approché pour aider le réseau « Vengeance et Châtiment », il a donné son accord. J'ai son adresse personnelle et des renseignements sur ses habitudes. Notre homme habite au 12A, Belgrave Square, tout près d'ici. L'immeuble comporte une entrée de service qui n'est protégée que par un digicode. Samuel, il vous faudra combien de temps pour le forcer ?

Sam se redressa sur son siège, heureux de faire oublier l'incident précédent.

— Ça dépend du modèle. Une dizaine de secondes devraient suffire pour un modèle normal. Trente dans le pire des cas.

— Seulement ? Parfait. L'appartement est le seul au quatrième étage. Selon la concierge, le consul déjeune tous les jours à côté de son ambassade. Ça vous laissera le champ libre.

— Je n'ai besoin que de quinze minutes si Vic m'aide. On posera le matos : cinq micros plus deux pour les téléphones.

— Ils seront indécelables ?

Sam eut un geste d'incertitude en direction de Vic.

— Pour la technique, c'est à elle qu'il faut demander.

— Il n'y aura pas de problème, professeur. C'est du très bon matériel miniaturisé.

— Comment garderons-nous l'écoute ?

— Je m'en occupe. J'installerai une station relais dans le coffre d'une fourgonnette que je garerai au coin de la rue. Elle captera les bandes codées et les renverra directement ici par satellite. Je vais installer la station de réception dans... — elle regarda autour d'elle —, dans la salle à manger. Les signaux sont brouillés au départ, personne ne peut les capter. Je m'occuperai aussi du traitement des bandes.

Sam passa la main dans son chandail pour se gratter le torse.

— Et pour le bureau, je fais quoi ?

— Vous irez cette nuit. Scott m'a passé le plan de leur système de sécurité.

— Comment est-ce que j'entrerai dans l'ambassade ?

— Par le toit. Il communique avec l'immeuble du groupement des industries laitières qui n'est pas gardé. Vic vous accompagnera pour la fouille. Quant à Milan...

Il se tourna vers le jeune Américain, toujours impénétrable.

— Vous pouvez graisser vos armes. Nous aurons sans doute besoin de vos talents bientôt.

Milan approuva silencieusement. Vic le regardait, fascinée. « Ce mec est vraiment incroyable. On dirait un robot. Je ne l'ai encore jamais vu sourire une seule fois. »

Foster claqua dans ses mains.

— Allez, tous au travail.

Il prit son parapluie et sortit.

Milan monta dans sa chambre, toujours aussi impénétrable, et s'allongea sur son lit. Une fois de plus, il avait réussi à donner le change mais il se sentait épuisé, vidé. Lui, le meilleur soldat du monde, avait l'impression de n'être qu'une loque.

Il ferma les yeux.

Ils étaient revenus la nuit dernière, comme celles d'avant. Tous ces visages anonymes. Ces hommes qu'il avait abattus en service commandé. De simples cibles, croyait-il autrefois. Erreur. C'étaient des hommes, pas des cibles. Car des cibles ne seraient jamais revenues le hanter. Au milieu de ces masques grimaçants, il y avait un visage connu. Celui d'un enfant, qui revenait danser devant lui, comme une méchante petite luciole dans la nuit.

Brusquement, il ouvrit les yeux, fixant les moulures du plafond sans les voir.

Il avait commencé à mal dormir deux mois auparavant. Le lendemain du jour où l'enfant s'était écroulé sur le trottoir, avec un trou au milieu du front. En un éclair, il revit la scène, pour la énième fois. Soudain couvert de sueur, il se dressa sur son lit. Pour l'instant, les cauchemars n'avaient pas altéré ses facultés. Mais ce n'était qu'une question de temps. « Tu parles. Tu es sur une pente fatale. Déjà, à Moscou, tu avais les *mains qui tremblaient.* » Il se leva, courut vers le lavabo et vomit soudain à longs jets, maculant l'évier et la tablette en marbre. Un fumet âcre s'éleva dans l'air, comme un fantôme étendant ses ailes dans la chambre. Il recula d'un pas. L'odeur était insupportable et un goût acide lui rongeait la bouche. Il but un peu d'eau, puis entreprit de nettoyer les résidus collés à l'émail. Machinalement, il s'essuya la bouche.

Relevant les yeux, il vit son visage dans la glace. Il lui sembla faux, trop beau, trop parfait. Même pas le moindre cerne. Dans un sens, cette absence de marque physique était stupéfiante. Comme si tous ces rêves, ces nuits blanches et ces doutes n'existaient pas. Seul un ami aurait peut-être pu se rendre compte du problème, mais il s'aperçut soudain qu'après toutes ces années à la CIA et toutes ces missions il n'avait plus d'amis. Une nouvelle compresse d'eau froide sur le visage le calma. « Ça ne se voit pas. Personne ne peut deviner. » Il prit un pistolet, n'importe lequel, et une boîte de balles. Autant aller s'entraîner.

Vic l'attendait dans le hall.

— Le professeur a parié que tu partirais t'entraîner au tir. Elle désigna la mallette du menton. C'est vrai ?

Il grogna une réponse inintelligible.

Elle fronça le nez.

— Ça pue le vomi. T'es malade ?

— La bouffe anglaise.

— Tu t'habitueras. J'ai mon flingue. Je t'accompagne ? Je parie que je te prends à vingt mètres.

— À vingt mètres ? À quoi ?

— Au 222. On parie ?

Pour la première fois depuis leur rencontre, Vic vit le visage de Milan s'éclairer soudainement d'un rictus qui pouvait passer, à la rigueur, pour un sourire.

— Un défi ? Ce que tu veux.

Le chirurgien posa son scalpel délicatement. Une autopsie d'un malade décédé de la nouvelle maladie de Creutzfeldt-Jakob. La sixième en moins de quinze jours. L'hôpital St. Thomas bruissait d'activité, mais la petite salle était calme et fraîche. Il enleva ses gants qu'il jeta dans une poubelle, sortit de la salle d'opération et se dirigea vers le bureau attenant. Son adjoint l'attendait.

Il mit ses mains sous l'eau et les lava longuement, savonnant soigneusement ses avant-bras, comme le font tous les chirurgiens du monde.

— Alors ?

— Comme les autres. Le cerveau était très atteint. Je vais envoyer les prélèvements pour examen.

— Où étaient les tissus lésés ?

Le chirurgien coupa l'eau et posa le bras sur le mur, la tête à quelques centimètres de la peinture défraîchie.

— Il y en avait partout ! Partout. Du tissu spongieux, parsemé de trous microscopiques. Avec des gliosis proéminents. Il y avait une atrophie bilatérale cortico-sous-corticale.

L'autre eut un hoquet.

— J'ai coupé l'infundibulum. Rien. Je ne sais pas pourquoi, j'étais presque content. C'est idiot, le type est mort de toute façon. Mais j'en ai trouvé ensuite dans l'hypophyse. Et le bulbe olfactif ressemblait à du gruyère.

— Tu as fait combien de prélèvements ?

— Quinze. Et j'ai pris des photos.

— Tu as fait un Flechsig ?

— Ouais. Il est sur la table, à côté.

Dégoûté, il s'essuyait les mains.

— Cette saloperie est une vraie gangrène.

— Une gangrène ? Une nouvelle peste, oui.

L'autre se massait lentement la nuque, pensif.

— En pire. En bien pire.

D'un bond souple, Samuel atterrit sur le toit de l'ambassade du Soudan, précédant Vic. Comme prévu, ils étaient entrés sans encombre dans l'immeuble du syndicat des industries laitières et avaient grimpé sur le toit en forçant l'issue de secours, dont la serrure était bloquée.

Du toit, il sauta sur le balcon à l'étage du dessous. Il s'immobilisa quelques secondes pour laisser le temps à Vic, moins souple, de le rejoindre. Elle avait réussi à battre Milan dans une des cinq épreuves de tir. Personne n'avait encore jamais égalé l'Américain, qui avait chaudement félicité la jeune fille. Samuel avait vu les cibles. Un sacrément bon tir. Même s'il n'était pas vraiment misogyne, il ne pensait pas qu'une fille soit capable d'un tel exploit, avant de voir les cartons. L'image de Vic nue, un pistolet dans chaque main, s'imposa une fraction de seconde dans son esprit. Elle s'accroupit doucement à côté de lui et il secoua la tête pour se reconcentrer. Habillés tout en noir, armés seulement d'un automatique avec un silencieux, ils étaient invisibles dans la nuit sombre. Sam s'approcha de la fenêtre du balcon. On apercevait nettement un détecteur de choc collé sur la paroi intérieure de la vitre. Il prit une minuscule torche et l'éclaira brièvement. Le mot « Banham », à moitié effacé, se détachait encore sur le côté du détecteur. Il marmonna à l'adresse de Vic :

— Ce truc a au moins quinze ans, si ce n'est vingt. C'est vraiment une bande de bouffons.

Elle approuva d'un mouvement de tête. Ce serait encore plus facile qu'ils ne l'imaginaient.

Sam avait posé son petit sac à dos devant lui. Il fixa silencieusement au milieu de la fenêtre un petit embout en caoutchouc avec un manche en plastique. Il sortit ensuite une grosse seringue qui se prolongeait par une brosse. Elle était remplie de savon liquide et il en aspergea le pourtour de l'embout, l'étalant doucement avec la brosse. Enfin, il prit un diamant monté sur une rotule et entreprit de découper la vitre. Sans un bruit, le savon évitant le crissement.

Immobile, Vic le regardait travailler. Le décalage entre la silhouette massive de l'Anglais et la précision de ses gestes était impressionnant.

Il tira le verre grâce à l'embout. Il y avait maintenant un trou de quinze centimètres de circonférence au milieu de la vitre, mais le détecteur de choc était toujours opérationnel. C'était un vieux matériel de forme ronde, collé à la vitre par un mastic qui avait jauni. Délicatement, Samuel passa la main au travers de la vitre et pulvérisa sur le détecteur une mousse spéciale de sa fabrication, constituée d'un mélange de fibres de liège, de polystyrène, de polyuréthane expansé et d'une colle très forte. Il attendit deux minutes pour le séchage, puis introduisit à nouveau la main par le trou. Il attrapa le fil du détecteur et fit rapidement une dérivation vers une petite batterie qu'il avait posée sur le rebord. Le système était théoriquement déconnecté. Il ouvrit la fenêtre. Rien. L'alarme était bien neutralisée. Ils se dirigèrent silencieusement vers le bureau du consul au deuxième étage. Pas un bruit. Une lampe de bureau était allumée et la porte était légèrement ouverte. Intriguée, Vic la poussa doucement, le Sig à la main. Le consul était assis juste devant lui, les yeux grands ouverts. Du sang coagulé maculait sa gorge ouverte d'une oreille à l'autre. Il était aussi mort qu'on peut l'être...

Vic ne perdit pas son sang-froid. Elle fit rapidement le tour du bureau et toucha le cadavre. Elle nota l'absence de raideur cadavérique même dans le haut du corps : le consul avait été tué depuis moins de cinq heures.

— Par expérience, je dirai que la mort remonte à deux ou trois heures. Pas plus. Il n'y a pas de traces de coups.

Elle inspecta rapidement le sol autour du siège.

— Pas de papiers. Il n'y a eu aucune lutte. Il a été pris par surprise. Sans doute un visiteur qui est passé derrière le fauteuil tout en discutant. Ça a dû se passer très vite.

— On fouille quand même ?

— Évidemment. C'est notre dernière chance.

Ils fouillèrent le cadavre puis le bureau. Cela leur prit environ une heure. Il n'y avait rien. Aucune piste. Pas d'ordinateur. Un agenda mais pas de carnet de téléphone.

Découragé, Samuel regarda Vic. Elle lui fit un petit signe et s'assit dans un des fauteuils, en face du bureau. Essayant de se concentrer.

« C'est le moment de te rappeler tes quatre ans à la crime. Où peut-il planquer le nom de son interface pour les armes ? » Elle balaya la pièce du regard. Du mobilier de bureau de style anglais, déjà décati. Peu de photos et encore moins de papiers personnels.

Nouveau chuchotement de Sam.

— C'est peut-être chez lui ?

— Non, je suis sûre que c'est ici.

— Qu'est-ce que t'en sais ?

— Je me mets à sa place.

— Allez, viens, on se tire.

Elle se tourna vivement vers lui.

— Ta gueule ! On reste.

Elle avait continué à chuchoter, mais il sursauta.

— J'aime pas quand tu me parles comme ça.

— Laisse-moi travailler. J'essaie de penser comme il le ferait. Ce bureau est théoriquement inviolable. Il est le chef. C'est son antre. C'est là qu'il cache ses secrets. Ce que nous cherchons est tout près de nous. Je le sens.

Lentement, elle fit le tour de la pièce. Les livres de la bibliothèque étaient pour l'essentiel des ouvrages d'apparat qui n'avaient jamais été ouverts. Ce n'était sûrement pas là que le diplomate avait caché ses numéros de téléphone secrets. Son regard balaya le reste de la pièce, s'attardant sur le bureau, revenant vers la bibliothèque. Puis, brusquement, elle s'approcha du bureau. La lampe ! Une magnifique lampe ancienne de type arabe, massive et carrée, en étain, avec des incrustations en cuivre. Incongrue dans ce décor anglais traditionnel. Sam s'approcha, intrigué.

— Tu crois que c'est là ?

— J'ai l'impression, mais je ne vois pas où il aurait pu cacher quelque chose dedans.

— Laisse-moi faire.

Avec des gestes très doux, il lui prit la lampe des mains, la faisant tourner entre ses doigts. Un sourire illumina brusquement son visage.

— Là.

— Où ça ? Je ne vois rien.

— Regarde mieux. Le gros motif en cuivre sur le côté. Je suis sûr qu'il pivote.

Il sortit un canif de sa poche et farfouilla deux secondes sous le lourd motif. Brusquement, ce dernier pivota avec un petit clic, révélant une cache. Une feuille de papier était pliée en quatre. Avec soin, Sam la prit et la tendit à Vic. Elle contenait une liste de noms écrits à la main.

Le premier d'entre eux était souligné en rouge. C'était un numéro anglais, précédé du 0171, l'indicatif de Londres.

Elle se tourna vers Sam.

— Je crois qu'on a trouvé ce qu'on voulait.

Ils sortirent du bureau, refaisant le chemin inverse. Cinq minutes plus tard, ils étaient dans la rue.

— Tu as le téléphone portable ?

Il se frappa le front du plat de la main.

— Merde. Je l'ai oublié dans la voiture.

Vic secoua la tête.

— Tu déconnes vraiment.

Ils s'arrêtèrent devant une cabine. Vic composa le numéro de Foster.

Le psychiatre décrocha après à peine deux sonneries.

— Le consul était dans son bureau. Refroidi. Quelqu'un l'a égorgé quelques heures avant qu'on se pointe. Par contre, Sam a trouvé une liste de numéros de téléphone planquée dans le bureau.

— Il y a beaucoup de numéros ?

— Onze. Le premier est souligné en rouge.

— Nous allons faire une recherche dessus en priorité.

Elle perçut un grincement et un mouvement de draps froissés. Le bruit d'un homme qui se lève péniblement de son lit.

— Attendez, mon stylo ne marche pas.

Vic entendit des pas sur le parquet puis, à nouveau, le souffle dans l'écouteur.

— Allez-y maintenant. Donnez-le-moi.

Une voiture de police passa devant la cabine au ralenti et Vic se tendit, mais les policiers leur jetèrent à peine un coup d'œil. Samuel avait retourné son blouson réversible, dont la doublure jaune luisait comme un phare devant la lumière de la cabine téléphonique. Pas vraiment l'habillement d'un voyou. La voiture de police continua.

Foster nota soigneusement le numéro.

— Filez à son appartement. Enlevez immédiatement tous les micros. Dès que vous aurez fini, rejoignez-nous à la maison.

Lorsque Vic sortit de la cabine téléphonique, il commençait à pleuvoir. Une petite bruine mesquine et insidieuse. Sam avait pris son lecteur de CD portatif, contrarié par l'oubli du téléphone. Il farfouilla quelques secondes dans son sac avant d'en sortir un disque, au hasard, y jetant un coup d'œil rapide. Le *O Magnum Mysterium* de Victoria. Un sourire éclaira son visage plongé dans l'obscurité. De la musique du XVIe siècle.

Juste ce qu'il lui fallait. La musique à fond dans les oreilles, il rabattit le col de son blouson et partit à la recherche de la voiture, suivi par Vic.

Lorsqu'ils arrivèrent chez le professeur, il était déjà 4 heures du matin. Un livreur déposait des bouteilles de lait frais sur les perrons des maisons de la rue. Le bruit des bouteilles en verre posées sur le ciment sembla bizarrement agressif à Vic. Sam avait déjà ouvert la porte. Il enleva son blouson et le jeta sur un fauteuil.

— C'est fait. Il ouvrit la main. J'ai récupéré tous les micros.

Milan lui tendit une tasse de café qu'il but avec un petit sifflement désagréable. Puis il se tourna vers le professeur.

— À votre avis, pourquoi le consul a-t-il été refroidi ?

— Je pense que le chef du réseau a été averti de la mort du tenancier de l'hôtel Nice View par les médias ou même par un contact dans la police. Notre terroriste est prudent et il doit avoir un très bon service de renseignements. Il a probablement alerté tous ses contacts pour vérifier qu'il n'y avait pas de problème dans ses réseaux. Ensuite, il a réagi très rapidement. Sachant que le tenancier connaissait son contact, le consul, il a décidé de liquider ce dernier sans tarder. Pour couper toutes les pistes remontant à lui. Heureusement que le diplomate avait caché cette liste. Nous la donnerons à Scott tout à l'heure pour qu'il fasse une recherche. Il éleva un peu la voix. Le numéro que Vic m'a donné est intéressant. Grâce à l'ordinateur fourni par Scott, j'ai pu remonter jusqu'à un certain Zayed Amir.

— Vous le connaissez ?

— Non. C'est un Saoudien. Il a cinquante et un ans

et vit en Angleterre depuis près de dix ans. Mais le plus intéressant, c'est sa profession. Quelqu'un devine ?

— Marchand d'armes ?

— Bravo, Vic.

— Qu'en pensez-vous ?

— Nous allons attendre les informations sur les autres numéros. Mais le lien semble évident. Le consul du Soudan était un intermédiaire ; toutefois, il avait forcément des fournisseurs pour les armes. D'après Laarfit, les commanditaires du réseau « Vengeance et Châtiment » étaient pressés. Ils voulaient acheter des armes sur le territoire britannique parce qu'ils n'avaient pas le temps d'organiser une filière d'infiltration clandestine. Zayed Amir me semble avoir le profil idéal de fournisseur. Bon, recouchez-vous. Il regarda sa montre. Il est tôt, mais j'appelle notre ami du SIS.

Une sonnerie. L'espion décrocha immédiatement.

— Scott à l'appareil.

— C'est Foster. Nous avons trouvé une liste de numéros de téléphone cachée dans le bureau du consul. Je vous les envoie.

— Je vais les faire vérifier dans l'heure.

— L'un d'entre eux était souligné. Il correspond à un marchand d'armes établi à Londres. Zayed Amir. Vous connaissez ?

Silence dans l'appareil.

— Scott ?

— Je réfléchissais. Amir est le plus important marchand d'armes établi au Royaume-Uni. Il est impossible qu'il se livre à des trafics parallèles avec un homme comme le consul du Soudan. Il gagne des millions de livres tous les ans avec les contrats officiels. Il n'aurait aucun avantage à travailler en solo à côté.

— Sauf s'il ne travaille pas pour le consul du Soudan *intuitu personae*.

— Que voulez-vous dire ?

— Le consul a pu prévenir Amir que les armes étaient destinées au réseau « Vengeance et Châtiment ».

— Amir n'est pas fondamentaliste.

— Il a pu changer. Ils peuvent aussi le faire chanter sans que vous le sachiez.

Scott resta silencieux quelques secondes.

— La coïncidence est effectivement troublante. Je vais vérifier les autres numéros et je vous rappelle. En attendant, soyez prudent.

— Je *suis* prudent.

Scott raccrocha.

En regardant par la fenêtre les branches d'arbre qui bougeaient dans le vent, Foster se dit que la course contre la montre était vraiment engagée. Il ne fallait pas laisser les terroristes couper toutes les pistes menant à eux.

3

Foster prit les deux feuillets posés devant lui. C'était sa première note de compte rendu pour le Premier ministre et il ne voulait pas la moindre imperfection. Il chaussa ses lunettes et relut :

« *NOTE POUR LE PREMIER MINISTRE*
(Sous couvert de Jeremy Scott)

Objet : Enquête relative à l'attentat d'Appleton.

La présente note a pour objet d'exposer au Premier ministre les résultats initiaux de mes investigations concernant l'attentat d'Appleton. Ils constituent un état transitoire, l'enquête avançant rapidement.

1. L'attentat a été réalisé par un groupe organisé qui dispose visiblement d'une implantation internationale.

Comme le sait le Premier ministre, une revendication nous met sur la piste d'un réseau terroriste appelé "Vengeance et Châtiment". Ce réseau est inconnu des services de police et de contre-terrorisme. Une enquête classique est en cours, parallèlement à mes recherches, pour tenter de retrouver des éléments sur ce groupe qui semble, en première analyse, être implanté en Égypte.

Nos investigations nous ont conduits dans la banlieue de Londres, où le réseau disposait d'un contact logistique. Il apparaît probable que la filière de fourniture d'armes du commando de Milton a été alimentée par le consul du Soudan à Londres, connu pour ses affinités avec les milieux islamistes. Ce dernier vient d'ailleurs d'être assassiné, vraisemblablement par des membres du réseau terroriste. Cet assassinat ne peut, à mon sens, nullement être une coïncidence. Il signifie que le réseau "Vengeance et Châtiment" a été capable de frapper moins de vingt-quatre heures après l'opération qui nous avait mis sur la piste du consul, ce qui témoigne de son grand professionnalisme.

II. La suite de l'enquête va nous conduire à continuer à opérer en territoire britannique.

L'enquête nous mène désormais à Zayed Amir, négociant d'armes établi à Londres, bien connu de la Place. Il pourrait avoir été retourné par le réseau "Vengeance et Châtiment", par le truchement du consul du Soudan, pour des motifs que nous ignorons encore. Toute mon équipe est concentrée sur ce seul objectif.

III. Plusieurs questions centrales concernant les motivations des terroristes doivent encore faire l'objet d'éclaircissements.

L'enquête ne permet pas, à ce stade, d'éclairer les motivations des terroristes. La piste d'un chantage ne peut être totalement exclue. Toutefois, dans un tel cas, les terroristes seraient à mon sens déjà entrés en contact avec le gouvernement pour discuter de leurs revendications.

Il est donc possible de supposer, à ce stade, que leur objectif est autre. Les conséquences probables d'une épidémie de Creutzfeldt-Jakob sur le Royaume-Uni et l'Europe tout entière ont été largement médiatisées. Nos adversaires n'ignorent pas qu'ils disposent d'un pouvoir immense. Ils semblent pourtant ne pas vouloir l'utiliser à des fins politiques, ce qui constitue une sorte d'"aberration" pour un mouvement de ce type. Dans le cas présent, il semble, à l'inverse, que les responsables de l'attentat de Milton privilégient une stratégie de pourrissement : laisser aller l'épidémie à son terme, après avoir dérobé le seul espoir de guérison. Cependant, cette attitude n'est pas cohérente avec le fait de revendiquer l'attentat : la stratégie de pourrissement nécessite en effet beaucoup de temps, donc le secret plutôt que la publicité.

Je n'ai pas encore d'explications convaincantes à cette anomalie.

Telles sont les premières conclusions auxquelles j'aboutis à ce stade de l'enquête. Je tiendrai le Premier ministre informé de toute nouvelle importante.

Pr Francis Foster. »

Satisfait, Foster mit la note dans une enveloppe kraft qu'il ferma soigneusement. Un coursier du SIS passerait la prendre dans l'heure. Il se leva. Tout était calme. À la dérobée, il regarda ses ongles. Ceux de l'index et du majeur étaient transformés en petits tas de chairs sanglantes. « Automutilation, signe de trouble extrême. » Un acte impensable pour un psychiatre. Si le moindre de ses confrères le voyait ainsi, il ne manquerait pas d'en tirer des conclusions fâcheuses. Depuis combien de temps ne s'était-il pas rongé les ongles ainsi ? Depuis la mort de sa femme. Les mains soudain crispées, il tambourina nerveusement sur la table avant de se reprendre. « Calme-toi, Foster, calme-toi. L'enquête ne fait que commencer. »

Il se leva, regardant pensivement les milliers de livres de sa bibliothèque. Cette mission était un piège. S'il échouait, il serait indirectement responsable de la mort de centaines de milliers, voire de millions de gens. Et c'est *lui* qu'on était allé chercher ! Il descendit l'escalier puis entra dans la salle à manger. Milan, Vic et Sam étaient assis, l'attendant visiblement. Des tasses sales s'entassaient au bout de la table.

— Professeur ?

— Oui, Vic ?

— Depuis quand les psychiatres se rongent-ils les ongles ?

Il regarda pensivement ses moignons.

— Ça y est. Watson se rebelle contre Sherlock Holmes.

Ils rirent nerveusement pendant que Foster prenait un siège.

— J'ai des nouvelles. Scott a fait examiner tous les numéros trouvés chez le consul. A priori, celui de Zayed Amir est le plus intéressant. Je pense maintenant qu'Amir peut avoir un rôle important pour le réseau en Angleterre.

— Pourquoi, professeur ?

— Parce qu'il est un homme riche, qui ne prendrait pas le risque de vendre quelques armes au consul du Soudan pour de l'argent. S'il l'a fait, c'est forcément par conviction ou sur pression, mais en connaissant leur destination finale. Scott va faire éplucher toutes les commandes d'armes passées cette année par la société d'Amir. Je suis certain qu'il va trouver la trace d'armes similaires à celles utilisées à Milton.

— Et nous, on fait quoi en attendant ?

— Milan et Vic, je veux que vous fouilliez la vie de cet Amir de fond en comble. Analysez toutes les banques de données auxquelles nous avons accès. Quant à Samuel, nous allons à nouveau utiliser vos talents de voyou. Vous allez reprendre les micros utilisés pour le bureau du consul et piéger celui d'Amir. L'assistante de Scott attend votre appel et vous donnera tous les renseignements nécessaires. Des questions ? Non ? Alors, compte rendu ce soir ici même.

Il était 9 heures du soir lorsque Samuel poussa la porte du salon, visiblement très excité.

— J'ai quelque chose !

— Tant mieux. La voix de Foster était égale. Parce que nous n'avons encore rien de notre côté.

Samuel s'affala dans un canapé et tendit le bras. Automatiquement, Vic lui passa un verre.

— Rhum citron ?

— Ouais. Bon, je vous raconte. Je me suis déguisé en membre de la société de nettoyage qui travaille dans le building de la City où sont les bureaux d'Amir. Je suis entré dans ses bureaux et personne ne m'a rien demandé. Merdique la sécurité. Naze. Il avala une gorgée d'alcool et laissa passer une seconde pour ménager son effet. Et j'ai trouvé quelque chose de très intéressant en piégeant le téléphone d'Amir. Il y avait déjà un micro sur sa ligne.

Vic se rapprocha, intéressée.

— Tu es sûr ?

— Ouais. Apparemment, c'est une puce super-sophistiquée. Indécelable pour un non-spécialiste. Et encore. J'en connais qui se seraient sans doute laissé prendre. Regardez, j'ai fait une photo avec un Polaroïd.

Vic se pencha sur la photo.

— On dirait du matériel tchèque. Il doit se déclencher automatiquement lorsque le téléphone marche et renvoyer sur une station relais qui doit être située dans un rayon de deux cents à cinq cents mètres autour du bureau d'Amir.

— Pouvez-vous localiser cette station relais ?

— Pas très facile. Il faudrait que le téléphone marche car le micro n'est actif qu'à ce moment-là. Sam, il y a un répondeur sur le téléphone ?

— Oui.

— Alors, c'est possible. Il faut essayer toutes les fréquences. Le problème, c'est que je ne dispose pas d'un ordinateur assez puissant pour les essayer toutes en moins d'une minute.

— Ça peut se trouver ?

— Il y a deux solutions. Soit en acheter un, une station Unix avec un logiciel spécialisé fabriqué par une société établie en Californie. L'autre solution, c'est de demander au SIS. Leur centre d'écoute de Cheltenham est l'un des plus sophistiqués au monde. Ils pourront calculer facilement la fréquence d'écoute et faire un repérage précis.

— On va demander à Scott. C'est plus sûr. Vic, est-il possible de faire une dérivation sur une ligne de serveur vocal ? Vous savez, ces ordinateurs qui appellent des numéros automatiquement pour envoyer une publicité préenregistrée.

— Je vois. Si les terroristes qui écoutent se méfient,

ils penseront que c'est une erreur technique. Elle lui lança un coup d'œil admiratif. C'est techniquement faisable. Je vais appeler l'assistante de Scott immédiatement.

Le professeur se tourna vers Samuel.

— Vous avez gagné votre dîner. Je vous invite où vous voulez.

Foster était assis sur le canapé du salon, en train de lire des rapports du SIS sur les réseaux islamistes lorsque Milan entra dans la pièce.

— Vous savez quand ils rentrent ?

Foster leva les yeux de ses dossiers.

— Il n'est que 7 heures. Vic pensait que ce serait rapide. Maintenant qu'elle a le signal, elle est sûre de trouver rapidement l'endroit où est la station d'écoute.

Il se replongea dans ses papiers puis, pris d'une soudaine intuition, releva la tête au moment où Milan s'apprêtait à quitter la pièce.

— Vous ne parlez jamais de vous. De quelle région des États-Unis venez-vous ?

— Los Angeles.

— Je connais très bien la Californie. Votre famille habite là-bas ?

— Mon père est producteur de cinéma.

— Talentueux ?

— Bourré aux as.

— Et votre mère ?

— Elle travaille dans sa boîte.

— Ils connaissent votre... activité ?

Milan esquissa une grimace.

— Ma mère doit deviner. Elle devine tout. Remarquez, mon père s'en doute aussi probablement. Ils savent que je travaille pour la CIA.

— Ils auraient sans doute préféré que vous repreniez l'affaire ?

— C'était mon destin tout tracé : fils à papa jusqu'à ma mort. Je préfère la vie que je me suis choisie.

— Je comprends.

Un long silence s'installa entre les deux hommes.

— Pourquoi avoir choisi cette vie-là ?

— J'ai su très vite que c'était ma voie. Déjà tout petit, j'étais fasciné par l'armée et les services secrets. Je voulais en être. À tout prix. Et j'ai eu de la chance car il se trouve que j'étais doué. Je le dis sans vantardise parce que c'est vrai.

— Je sais.

— J'ai été le plus jeune champion de full-contact des États-Unis, puis j'ai commencé le tir de précision où mes performances se sont révélées exceptionnelles, du bras droit comme du gauche, ce qui est rarissime. Ensuite, je suis passé au tir instinctif. C'est là que tout s'est joué. Mon instructeur était un ancien militaire. Il n'avait jamais vu des performances comme les miennes. Il m'a présenté à un de ses amis qui travaillait à la CIA. Ensuite, les choses se sont enchaînées et sont allées très vite.

— Trop vite ?

Milan se rembrunit.

— Je ne sais pas pourquoi vous dites ça. Non, pas trop vite.

Foster fixa Milan quelques instants. Le jeune Américain avait le visage lisse et l'air apparemment sûr de lui. Mais le psychiatre sentait intuitivement qu'il y avait quelque chose. Peut-être à cause de cette lueur d'accablement qu'il lui avait semblé percevoir, un instant, dans son regard. Il décida de le brusquer un peu.

— Depuis quand dormez-vous mal ?

— Quoi ?

— Vous avez très bien entendu ma question, jeune homme. Vous êtes très naïf si vous pensez me tromper longtemps. Vous avez un problème ?

Le mercenaire se leva brutalement.

— Je n'ai aucun problème, professeur. Je vais très bien.

Foster ne se troubla pas. Dans son for intérieur, il pensait : « Je te tiens, mon jeune ami. Et je ne vais pas te lâcher. »

— Vous me mentez.

Milan soutint son regard quelques instants, avant de se détourner.

— Vous n'êtes pas le premier à avoir des difficultés. Vous ne buvez pas, au moins ?

Milan releva le menton dans un geste de défi.

— Pas une goutte d'alcool.

Puis il comprit qu'en répondant il venait de s'engager sur un chemin dangereux.

Foster restait silencieux, mais, brusquement, tout s'éclaira. C'était tellement évident qu'il se demanda comment il n'y avait pas pensé avant !

— Les remords ? C'est cela votre problème ? Vous avez des *remords* ?

Un silence, puis la voix rauque de Milan, dans un souffle :

— Depuis quelque temps, je ne dors plus, professeur. Je suis censé être le meilleur mais je ne dors plus. Si Langley[1] apprend que je craque, je suis fini.

— C'est peut-être pour cela que vous ne dormez plus. Pour que quelqu'un d'autre que *vous* décide que c'est fini. Transfert de responsabilité.

1. Siège de la CIA.

Milan ne répondit pas.

— Ça dure depuis longtemps ?

— Deux mois. Il m'est arrivé un grave problème au cours d'une mission.

— Regardez-moi dans les yeux. Oui, c'est bien. Que s'est-il passé ?

L'Américain s'affaissa un peu sur lui-même.

— Il s'est passé que j'ai tué une gamine lors d'une fusillade. Une pauvre gamine qui était là par hasard.

Il se passa les mains dans les cheveux, hagard.

— Asseyez-vous — Foster lui désigna un fauteuil profond — et racontez-moi.

Machinalement, l'Américain s'enfonça dans les coussins.

— C'était en Floride. Je devais supprimer un des patrons du cartel de Cali. Un Colombien, qui avait sa maîtresse à Indialantic. Je l'attendais dans la rue, mais il y a eu une fuite chez nous. Ses gardes du corps m'attendaient aussi. Ils étaient une dizaine. Milan releva la tête. Je les ai tous eus. Mais il y avait cette petite fille dans la rue. Elle a pris une de mes balles.

— Vous êtes sûr que c'était votre arme ?

— Oui. La fille a eu peur. Elle s'est mise à courir au lieu de se jeter par terre et elle est passée juste derrière un des tueurs au moment où je le flinguais. Ma balle a traversé le type et a touché la fillette en pleine tête.

— C'est un accident.

Milan haussa les épaules.

— Ce n'est pas un accident. C'est une faute technique. J'ai utilisé une munition trop puissante pour une opération en milieu urbain. Du 5,56 à haute vélocité. Je n'aurais jamais dû.

Il se tassa un peu plus dans le fauteuil.

— Ils étaient trop nombreux. J'ai avant tout cherché

à sauver ma peau et à en avoir le maximum. Si j'étais resté sur mes armes de poing, rien ne serait arrivé. Et la gamine serait vivante. Il se prit à nouveau la tête entre les mains. Elle me hante. Tous les soirs. Toutes les nuits. Depuis deux mois.

La transformation de Milan était saisissante. Le tueur froid et implacable avait cédé la place à un homme déchiré, en proie au doute. Foster se sentit pris de pitié pour le jeune Américain. Mais, remords ou pas, Milan restait le meilleur au monde dans sa catégorie et il en aurait un besoin impérieux pour réussir la mission. Il fallait le remonter, en douceur. Il s'assit gentiment à côté de lui.

— Parlons un peu de vos problèmes. Les cauchemars sont plutôt en début ou en fin de nuit ?

— Plutôt le matin.

— Vous avez eu des rapports sexuels ces deux derniers mois ?

— Aucun. Je n'ai pas envie.

— Vous avez perdu l'appétit ?

— Je n'ai plus faim et je vomis tout le temps.

— Symptômes dépressifs classiques.

— Vous pensez que je fais une dépression ?

— Ce n'est pas une vraie dépression, au sens clinique du terme. C'est un épisode dépressif, qui pourrait déboucher sur une vraie dépression, si nous ne faisons rien. Il lui mit le bras autour de l'épaule. Ce qui s'est passé à Miami est horrible, j'en conviens. Mais il ne faut pas vous détruire sciemment. Il faudra que nous reparlions de votre responsabilité dans la mort de cette fillette. Elle me semble moins nette que ce que vous semblez en penser. En attendant, vous devez vous ressaisir. Vous savez pourquoi ?

Milan ne répondit pas.

— Parce que vous connaissez les vrais chiffres. Près de 10 % de la population britannique est contaminée par le prion. Nous n'avons aucune idée de la contamination dans les autres pays, mais on doit aussi compter en millions. Et c'est vous qui devez m'aider à sauver ces gens en retrouvant la formule du professeur Appleton. J'ai besoin de vous, Milan. Mon pays a besoin de vous, Sam et Vic aussi ont besoin de vous. Vous allez essayer de reprendre le dessus ?

— Vous pensez que je le peux ?

Foster inclina la tête en silence.

— Oui. Vous êtes exceptionnellement fort mentalement, malgré cette petite crise. Elle prouve d'ailleurs que vous êtes fondamentalement sain. Je suis certain que vous allez vite reprendre le dessus. Je vous donnerai des produits très légers pour vous aider à dormir au début. Surtout, dites-moi si vous craquez à nouveau, ou si vous sentez que vous allez le faire. Vous me promettez ?

Il fixa le jeune Américain. Son visage avait retrouvé son impassibilité, mais une lueur nouvelle brillait dans son regard. Celle d'un homme de nouveau prêt à se battre. Il acquiesça.

— Oui. Je pense que oui.

— C'est bien. C'est très bien.

Satisfait, Foster quitta la pièce.

Son équipe était désormais opérationnelle à 100 %.

La joie se lisait sur le visage de Vic et Samuel, et Foster comprit instantanément qu'ils avaient trouvé quelque chose d'important. Il leur désigna un canapé où Sam s'effondra, tandis que Vic s'asseyait sur l'accoudoir. Sam se frotta les mains, l'air satisfait.

— J'ai du bon. Du très bon. Je sens qu'on va avoir droit à un second dîner.

— Allez-y.

— Voilà. En gros, le micro aboutissait à un studio situé deux immeubles à côté. Une enquête discrète nous a appris que l'appartement est loué par une société égyptienne. Vic a vérifié avec Paris. La société est bidon. Du coup, j'ai forcé la porte, tout en douceur.

— Il n'y avait pas de dispositifs de protection ?

— Si. Des trucs plutôt haut de gamme d'ailleurs : porte blindée, dispositif infrarouge couplé à un compteur de présence. Il eut un sourire finaud. J'ai tout arrangé. L'effraction est invisible. Personne ne pourra se douter qu'on est rentrés. Il se tourna vers Vic. Raconte.

— Le studio était vide. Il y avait beaucoup de poussière, aucun meuble, et un appareillage sophistiqué. Très sophistiqué même. Une batterie de magnétophones, un scanner, un appareil pour enlever les blancs entre conversations sur les bandes. Le plus intéressant, c'est la station de codage/cryptage pour renvoyer automatiquement les messages vers l'extérieur. J'ai vérifié avec Paris la station d'arrivée pendant notre trajet de retour. C'est un GSM, donc intraçable. Mais le point majeur, c'est que le numéro de portable est tarifé au nom de la même société bidon égyptienne.

Foster se gratta le menton, les yeux dans le vague.

— La piste islamiste se précise. De toute évidence, cette station d'écoute n'a pas été installée par un organisme officiel. Mais ceux qui l'ont établie ont de l'argent et un matériel très sophistiqué.

— Vous en déduisez quoi, professeur ?

— Je pense qu'Amir est bien le fournisseur d'armes du réseau. Mais il n'est pas forcément l'un des leurs. Les terroristes se méfient et l'écoutent. Car, par Amir, on peut remonter jusqu'à eux. Cela peut nous donner un angle d'attaque décisif. J'ai rendez-vous avec Scott tout à l'heure. Je suis curieux de voir sa réaction.

Foster regarda la façade noircie par la pollution avec méfiance. Scott avait fixé le rendez-vous au bar de l'hôtel Rembrandt, un petit établissement luxueux de South Kensington, le quartier français de Londres. Il se serait attendu à plus impressionnant pour un hôtel aussi réputé mais, après tout, il s'en foutait. Haussant les épaules, il poussa la porte, suivi par Milan.

Le bar fumoir avait des canapés en cuir patiné par le temps et des tentures épaisses aux fenêtres. Une cliente d'une quarantaine d'années était tristement attablée, seule devant un jus de tomate et une coupelle d'olives. Scott était assis devant une petite table ronde dans l'angle le plus reculé, le visage dans l'ombre. Un verre de porto était posé sur la table. Foster remarqua immédiatement son air soucieux. La tension devait être terrible. Scott semblait avoir enterré toute sa famille. Ils s'assirent dans les fauteuils en cuir et commandèrent des Perrier.

— Bravo pour votre nouvelle piste, commença Scott, les deux hommes à peine assis. Après ce que vous m'avez appris, j'ai demandé une enquête très poussée sur Amir. Amir est une vieille ficelle. Il connaît tous les trucs. Mais le service aussi.

Il sortit une chemise en carton de sa serviette sur laquelle était inscrit un seul mot : « Amir ». Il l'ouvrit et Foster sourit en voyant les feuilles annotées manuscritement à l'encre verte.

— Les traditions ne se perdent pas, à ce que je vois.

— Exact. Le *Chief* du SIS continue d'écrire en vert et

j'espère qu'il en sera toujours de même pour mes successeurs.

— Comment font-ils sur Internet ?

Le ton de Foster était légèrement sarcastique.

Scott rajusta sa cravate, imperturbable.

— Nous sommes absolument à la page. Les messages que j'envoie sur notre Intranet apparaissent dans la même couleur. Nous l'avons exigé des concepteurs du logiciel. Bien. Il se pencha sur son dossier. Parlons un peu d'Amir. Sa société d'armes, la Global Equipment LTD, a commandé en juin dernier un lot de pistolets Beretta 92, de pistolets-mitrailleurs HK et de fusils d'assaut Sig. Quinze jours avant l'attentat de Milton. Ils sont répertoriés officiellement dans ses livres pour envoi au Liberia.

Milan se pencha par-dessus la table.

— Le Liberia. Impossible à vérifier.

— C'est vrai. En plus, il s'agit d'équipements un peu trop sophistiqués pour le Liberia. Je suis sûr que ce sont les armes qui ont servi à Milton. Nous avons aussi trouvé une commande suspecte deux jours après la première. Cinq missiles Sam 7 « Strella » et 800 kilos d'explosifs. Du C4. Or c'est du C4 qui a été utilisé à Milton pour faire sauter le laboratoire du professeur Appleton et les domiciles de ses collaborateurs.

— Officiellement, à qui ces armes étaient-elles destinées ?

— Les missiles et l'explosif devaient être livrés au gouvernement chilien, dans le cadre d'une commande groupée. Compte tenu de nos doutes, je me suis permis de faire appeler un de nos contacts, adjoint au chef d'état-major.

— Et la commande des Chiliens ne correspondait pas aux chiffres annoncés par Amir ?

— Exactement, Francis. Il manque des armes. Ils n'ont commandé que deux Sam 7 et seulement 150 kilos de C4. Amir a fabriqué un faux *End User* pour tromper la commission d'exportation.

— J'avoue ne pas comprendre comment une telle quantité d'explosifs a pu être fournie sans plus de contrôle.

— La faute à la bureaucratie, comme toujours. Les Sud-Américains importent beaucoup d'explosifs pour renouveler leurs stocks vieillissants et Amir est très connu. Le bureau de contrôle des exportations d'armes s'est contenté d'un examen de routine. Je précise que les explosifs sont fabriqués sous licence américaine par une entreprise située dans le Cheshire, qui emploie deux cents personnes et a des difficultés financières. Quant aux missiles, il nous les a rachetés pour une bouchée de pain. Certains avaient été saisis au Liban, d'autres en Irak et au Koweït. Il nous en reste au moins une centaine en stock.

— Vous pensez que tout le C4 a été utilisé à Milton ?

— Non. A priori, nos spécialistes estiment que la quantité utilisée était de l'ordre de 350 kilos. Ils ont pu la reconstituer grâce à la taille des cratères d'explosion.

— Donc, il leur reste trois missiles et près de 400 kilos d'explosifs. De quoi déclencher une belle campagne terroriste.

Scott s'agita sur sa chaise.

— Et alors ? Ils peuvent déclencher la campagne qu'ils veulent, *je m'en fous.* La seule chose qui compte, c'est la formule du professeur Appleton.

Foster faisait tourner une petite cuillère entre ses mains, pensif.

— Je ne comprends toujours pas la stratégie du groupe terroriste que nous poursuivons. L'attentat de

Milton est beaucoup plus grave que toute autre opération. Même s'ils font sauter tous les avions de British Airways, cela n'a rien à voir avec le cataclysme que représente une épidémie de Creutzfeldt-Jakob.

— Je suis d'accord avec vous. Il y a un bug.

— C'est plus qu'un bug, Jeremy. Le réseau suit deux plans distincts. L'un, de première importance, vise à nous rayer de la carte. Le second est plus classique : terroriser l'opinion publique. Cette stratégie n'est pas logique.

Le regard de Foster se fit plus vague, comme s'il regardait très loin derrière le visage du haut fonctionnaire.

— Le point faible de leur dispositif est la seule personne que nous connaissons : Amir.

— Nous avons le choix. Soit vous poursuivez, soit vous décrochez, et je lui envoie Scotland Yard.

— La seconde solution est trop dangereuse, Jeremy, et vous le savez très bien. S'il ne craque pas, il va se refermer comme une huître et nous serons définitivement bloqués.

— Je pense comme vous. Il faut le faire parler par d'autres moyens.

Milan prit un air dégagé.

— Bonne santé ?

— Non. Ce salopard a fait une attaque l'année dernière. Et il a du diabète.

Foster secoua la tête.

— Alors, impossible d'utiliser la force pour le faire parler. C'est trop risqué médicalement. Et puis je n'aime pas la violence gratuite. Nous avons déjà trois morts derrière nous. Je vais trouver un autre moyen.

— Quel moyen ? Scott crispa le poing. Nous avons peu de temps.

— Contournons l'obstacle. Ce que nous voulons, c'est un contact direct avec les terroristes eux-mêmes. Eh bien, je vais organiser un contact direct !

— Comment ? Vous ne savez même pas qui ils sont.

— Je vais les faire venir à nous.

Scott leva un sourcil, intrigué.

— Je ne vois pas de quelle façon.

— En faisant croire au chef du réseau « Vengeance et Châtiment » qu'Amir s'apprête à les doubler. Ils sont assez méfiants pour le faire espionner. Je pense qu'ils réagiront en envoyant des hommes s'il y a un risque sérieux qu'Amir parle. Ce qui nous donnera une nouvelle piste. Mais, pour que cette opération fonctionne, il faut être sûr que nous pouvons stopper le commando qui viendra demander des comptes à Amir. Foster se tourna vers Milan. Vous pouvez vous assurer avec 100 % de succès d'un commando de plusieurs terroristes ?

L'Américain fit craquer ses jointures, trop calme subitement.

— Affirmatif.

Le silence plana autour de la table quelques secondes.

— OK, professeur. L'idée me semble ingénieuse. Mais comment comptez-vous attirer les terroristes ?

— C'est vous qui allez les attirer, mon cher.

Scott le regarda comme s'il était devenu sénile.

— Grâce au téléphone piégé d'Amir. Puisqu'ils l'écoutent, donnons-leur un prétexte. Samuel va s'introduire à nouveau dans son bureau. Ensuite, vous l'appellerez comme si c'était Amir.

— Ils connaissent forcément sa voix.

Foster se permit un léger sourire ironique.

— Samuel utilisera un synthétiseur pour transformer sa voix.

— Bien imaginé, professeur. Mais il ne faut pas que Milan rate son coup à l'arrivée.

Le professeur se tourna vers le jeune Américain.

— Je le vois fonctionner depuis quelques jours. Il ne le ratera pas. Croyez-moi.

Samuel était assis devant le synthétiseur de voix, les sourcils froncés, l'air concentré. La voix de Vic interrompit ses réflexions.

— Tu en as encore pour longtemps ?

— J'ai fini.

— Tu es au point ?

— Ouais. Je crois. Huit heures que je me fais chier. Le bâtard qui a inventé cette machine aurait pu faire plus simple.

— C'est la plus facile à utiliser du marché, tu sais.

— Tu parles d'un marché.

Elle lui sourit.

— Fais pas ta mauvaise tête. Dis-toi que c'est juste un ordinateur et rien de plus. Elle se leva, tirant son T-shirt trop court vers le bas. Si tu es OK, on peut aller voir le professeur.

Il prit la lourde machine avec une grimace et la posa sur un petit chariot à roulettes. Elle éclata de rire.

— Tu sais que t'as l'air idiot comme ça ?

Il lui renvoya une grimace.

— Je sais. Depuis le début de cette mission, on réserve toujours le sale boulot au neg' de se'vice.

Elle lui lança un regard par en dessous.

— Tu préférerais faire celui de Milan ?

Il ne répondit pas, sachant qu'elle avait raison.

Averti par le bruit du chariot, le professeur avait passé la tête par la porte de la bibliothèque.

— Déjà fini ?

— Oui.

En ahanant, Samuel posa le matériel sur le bureau du professeur.

Foster hocha la tête, impressionné.

— Je voyais ça plus gros.

— C'est une machine très sophistiquée mais dont le principe est déjà ancien. Vic posa un doigt fin sur le synthétiseur. Celle-là est la toute dernière génération, un prototype dont il n'existe que deux exemplaires, fabriqués par la DGSE. Vous savez que nous, Français, sommes très calés en écoutes. Une sorte de spécialité nationale. Selon Delage, c'est la meilleure machine qui existe.

Foster approuva silencieusement. Il savait que ce n'étaient pas des paroles à la légère mais la stricte réalité.

— Comment marche-t-elle ?

— Il suffit de rentrer dans le disque dur de la machine des éléments de voix de la personne qu'on veut imiter.

— Comment as-tu trouvé assez d'éléments de voix d'Amir ? demanda Milan, qui avait pénétré silencieusement dans la pièce.

— Simple comme bonjour. J'ai tout simplement récupéré grâce à Scott les doubles des auditions d'Amir devant la commission d'exportations d'armes. Il y en a plusieurs dizaines d'heures. Tiens, écoute...

La voix d'Amir s'éleva dans le bureau. Aiguë et légèrement nasillarde, avec un fort accent arabe. Le milliardaire décrivait une commande de chars de combat Vickers en Thaïlande. Samuel s'empara du micro.

— Et maintenant, écoutez. Comment trouvez-vous ma voix ?

C'était stupéfiant. Exactement la même voix nasillarde, le même accent, les mêmes intonations.

Foster se leva et prit son manteau.

— Parfait. Il n'y a plus un instant à perdre. Je file voir Scott. Amir est invité à un cocktail par le ministre de la Défense. Il est obligé d'y aller. Nous agirons ce soir.

Il se tourna vers Sam.

— Continuez à vous préparer encore. Vous aurez peu de temps. Vic, venez avec moi, s'il vous plaît.

Elle le suivit dans l'escalier.

— Il faut préparer le texte de la conversation entre Samuel et Scott. Chaque mot doit être bien pesé. Nous allons nous y mettre immédiatement.

— Oui, professeur.

— Je trouve que vous vous adaptez bien.

— Merci, professeur.

— À propos, Vic, je cherche toujours pour votre prénom. J'avais pensé à un diminutif de Virginie. Un prénom bien français.

Elle s'arrêta sur une marche en le regardant d'un air narquois, puis ferma le poing, leva le pouce, avant de le renverser lentement vers le bas, comme le faisaient les Romains dans les jeux du stade.

— Perdu.

— Dommage, mais ce n'est pas très grave. Je finirai par trouver. Allons travailler.

Lorsque le téléphone sonna dans le bureau d'Amir, Sam sursauta malgré lui.

Comme la première fois, il s'était introduit dans l'immeuble déguisé en employé de la société de nettoyage, le synthétiseur de voix caché au fond d'un chariot-poubelle. Il avait une nouvelle fois forcé discrètement la porte avec un passe, s'était enfermé et avait composé le numéro de Vic sur son GSM, pour lui signaler qu'il était prêt, non sans avoir auparavant branché le synthétiseur. Il laissa passer deux sonneries puis décrocha.

— Amir, fit-il brièvement.

— Monsieur Amir ? fit une voix aimable. Ici Margaret Baylis, la secrétaire de M. Jeremy Scott. Ne quittez pas, je vous le passe.

— Allô ?

— Vous ne m'avez pas appelé malgré vos engagements, commença immédiatement Scott sans dire bonjour. Vous m'aviez promis des éléments précis pour les terroristes qui ont commis l'attentat de Milton avec vos armes. Est-ce que vous vous moquez de moi ?

— Je suis désolé, je n'ai pas pu contrôler toute la filière, fit Samuel/Amir de sa voix aiguë. Mais je saurai très rapidement où ils sont. Par un contact chez eux. Un de leurs hommes que je paie en sous-main. N'ayez aucune crainte. Vous pourrez récupérer la formule qu'ils ont volée. Et même les armes qui restent. Avec un commando bien entraîné, ajouta-t-il avec un petit rire.

— Je l'espère pour vous, fit Scott, qui jouait son rôle à la perfection. Sinon...

— Faites-moi confiance, poursuivit Samuel/Amir. C'est moi qui vous ai averti pour ces explosifs. Pourquoi essaierais-je de vous doubler maintenant ?

Il tourna en silence la feuille où Vic avait noté le texte de la conversation.

— Alors, rendez-vous dans trois jours à 8 heures du matin dans mon bureau ; vous avez intérêt à avoir les renseignements.

— Je les aurai, monsieur. Je vous le promets.

— Je l'espère. Pour vous.

Scott raccrocha. Les dés étaient jetés.

Il se tourna vers Foster qui avait écouté la conversation avec un haut-parleur.

— Vous avez intérêt à ne pas le lâcher d'une semelle. À mon avis, il va recevoir la visite d'un commando bien armé dans les prochaines heures.

Le professeur le fixa fugitivement.

— Nous les attendrons aussi.

Puis il sortit du bureau.

Il était 11 heures du soir au Caire et la chaleur atteignait encore 35°. Le chef du réseau « Vengeance et Châtiment » finissait de réciter une prière lorsque son plus fidèle lieutenant entra en trombe dans le bureau, un papier à la main, une lueur sombre dans les yeux. Pressentant une catastrophe mais conservant son air détaché, le terroriste prit le papier. C'était le compte rendu d'une conversation téléphonique. Il sentit ses cheveux se dresser sur sa tête. Zayed Amir le trahissait ! Cet immonde porc qui ne pensait déjà qu'à l'argent et à coucher avec des femmes était en train de le doubler, avec un des patrons du MI6. Il se tourna vers son lieutenant, furieux :

— Tu es sûr que c'est bien lui qui était au téléphone ?

— Certain. J'ai écouté la bande trois fois moi-même. J'ai parlé des dizaines de fois à Amir, je reconnaîtrais sa voix entre mille.

— Un traître. Un immonde traître. Je le savais !

— Que faisons-nous ?

— J'ai quelqu'un à appeler. Laisse-moi.

De mémoire, il composa un numéro à l'international. Il était tellement énervé qu'il se trompa une première fois, tombant sur un disque enregistré en anglais. Furieux, il reposa le combiné, avant de refaire le numéro. Cette fois, il eut son correspondant en ligne immédiatement. Il se mit à parler lentement, choisissant ses mots avec attention. Toutes les conversations téléphoniques internationales étant potentiellement écoutées par la NSA[1], il devait faire très attention. Il savait ces écoutes basées sur des systèmes de mots clefs et de reconnaissance de signatures de voix. La sienne était inconnue des services de sécurité adverses et il espérait que celle de son correspondant l'était aussi. L'essentiel était donc de ne prononcer aucun des mots clefs suspects répertoriés par la CIA. Rapidement, son interlocuteur le calma. La filière de matériels était une faiblesse dans le dispositif. Ils le savaient depuis le début. Ils n'avaient plus besoin de leur fournisseur. Ne pouvaient-ils pas prendre des mesures définitives à son égard ? L'Égyptien acquiesça, calmé. Son correspondant insista sur un détail. Il ne devait envoyer en Angleterre aucun homme ayant participé au précédent « voyage ». Trop dangereux s'il se faisait prendre. Là encore, l'Égyptien accepta. Il raccrocha et rappela son lieutenant.

— Il faut impérativement empêcher ce rendez-vous. Tu vas envoyer immédiatement un commando pour Londres. Quatre hommes. Qu'ils suppriment Amir dès leur arrivée.

— Bien, fit le terroriste simplement, puis il sortit rapidement de la pièce.

Resté seul, l'Égyptien regarda pensivement sa montre. Amir avait livré les armes contraint et forcé. Fournisseur occasionnel du consul du Soudan dans le passé, en souvenir d'une vieille dette, il avait d'abord refusé cette commande. Beaucoup trop dangereuse. Mais le trafiquant d'armes était vulnérable au chantage.

1. National Security Agency.

Une vieille histoire de meurtre, vingt ans avant, sur la personne d'un citoyen britannique. Le rappel de cette douloureuse affaire, ignorée du gouvernement anglais, avait suffi à se mettre Amir dans la poche. Des poursuites judiciaires pour meurtre auraient signifié la fin de sa carrière. Machinalement, le chef terroriste prit un chapelet d'ambre. Le contact des boules soyeuses entre ses doigts le calma. Dans moins de vingt-quatre heures, sa meilleure équipe de terroristes allait frapper un nouveau coup dont le monde entier parlerait. Le premier d'une longue série. L'opération de Milton n'avait été qu'une mise en jambe pour lui. Le moyen de gagner son indépendance financière et d'acquérir les armes nécessaires. Maintenant, il allait montrer de quoi il était vraiment capable. Il but une gorgée de thé. Le problème Amir serait bientôt réglé.

La pluie collait aux vitres sales de l'aérogare comme des crachats. Il pleuvait sur Londres depuis le début de l'après-midi et Vic commençait à ressentir les effets d'une attente de plus de huit heures. Machinalement, elle se recoiffa dans une glace, écartant du pied le gobelet vide posé à ses pieds. Le cinquième café trop sucré depuis midi. À côté d'elle, un jeune Albanais à moitié affalé sur la banquette bougea un peu. Il enleva ses chaussures et une odeur musquée s'éleva dans l'air. Elle lui jeta un coup d'œil à la dérobée. « Comment peut-on puer à ce point ? » Elle réprima l'envie de lui dire d'aller prendre une douche et, dégoûtée, se leva pour aller s'appuyer à la rambarde, en face du panneau « Arrival ». Postée dans le hall de l'aéroport de Heathrow, elle avait examiné, sans succès jusqu'à présent, tous les passagers des vols en provenance du Caire. Foster pensait que la base arrière des terroristes était en Égypte. Tout ramenait en effet à l'Égypte : la langue employée dans le communiqué, le lieu de son dépôt, la localisation de la station d'écoute d'Amir. L'équipe d'exécuteurs en viendrait directement car le préavis était trop court pour qu'ils organisent une arrivée plus discrète par bateau ou train avec un passage par le continent. Vic se retourna : l'Albanais s'était complètement couché sur la banquette maintenant. Une touriste américaine s'approcha pour s'asseoir à côté. Vic sourit. « Tu vas voir. Bonne chance, ma chérie. » L'Américaine s'assit quelques secondes, avant de fuir à son tour.

Étouffant un ricanement, Vic se retourna vers le panneau des arrivées. Le vol qui l'intéressait venait de se poser. Elle s'écarta un peu pour se poster à un endroit moins visible.

Quelques instants plus tard, les passagers du vol Égyptair 403 commencèrent à sortir. Brusquement, son attention fut attirée par un homme qui venait de passer la porte coulissante. Un Arabe. La trentaine, barbe courte, démarche féline. Elle le fixa discrètement, cachée derrière la vitre fumée d'une cabine téléphonique. Elle le vit lancer un coup d'œil discret aux deux autres jeunes hommes qui suivaient. Ceux-là aussi semblaient suspects. Elle avait passé des stages spéciaux à la DGSE pour repérer les terroristes et les criminels en bande à leur attitude, spécialement aux regards qu'ils échangeaient. Elle fixa les autres passagers, cherchant leur chef. Il y avait forcément un chef. Il y en avait toujours un. Elle le repéra rapidement. Un homme plus âgé, à qui un des tueurs présumés jeta un regard empreint de respect, lui désignant la direction des comptoirs de location de voitures.

« Les voilà. Quatre hommes. » Elle les suivit discrètement. Le barbu se dirigea vers le stand Avis pour louer une voiture. Les autres attendaient dans le hall, comme s'ils ne se connaissaient pas. Ensuite, elle les fila de loin jusqu'au parking où ils se regroupèrent et montèrent dans une voiture, une grosse Vauxhall Sintra grise.

Au lieu de sortir du parking, la voiture descendit deux étages pour s'immobiliser devant une fourgonnette Mercedes. Un des hommes descendit du monospace après avoir vérifié que personne ne les voyait. Cachée derrière un pilier, Vic les suivait. L'homme prit dans la fourgonnette deux gros sacs de sport visiblement très lourds. « Leurs armes. » Il les transféra à l'arrière de la Vauxhall, puis la voiture sortit du parking et prit la M25 en direction de Londres. Rapidement, le conducteur se fondit dans la circulation, semblant prendre comme par un fait exprès les rues les plus encombrées. Trois voitures derrière, Vic pestait. Trop difficile de suivre une voiture dans des embouteillages. Beaucoup plus que dans une circulation fluide, sauf à les coller, ce qu'elle voulait absolument éviter. Or elle ne devait les perdre à *aucun* prix. Un quadragénaire en Aston Martin la doubla, lui adressant un grand sourire. Elle l'ignora. « Chouette tire. Dommage qu'il ait l'air si con. » L'homme klaxonna pour attirer son attention, risquant du même coup d'attirer celle des terroristes. Il baissa sa vitre. En soupirant, elle fit de même.

— Dégage, connard.

Offusqué, l'homme remonta sa vitre et déboîta vers la gauche. « Bon débarras. »

L'œil glué sur le pare-brise, elle suivait attentivement la progression de la voiture des terroristes. Visiblement, le chauffeur ne connaissait pas Londres et suivait les indications d'un plan.

« Pas par là. On va se retrouver sur Cromwell. À la pire heure. Prends la parallèle. »

Le conducteur tourna dans Cromwell Road et se retrouva immédiatement bloqué dans un embouteillage gigantesque.

« J'y crois pas. Il va pas prendre Fulham maintenant ! »

Le conducteur égyptien tourna à 2 à l'heure dans Fulham. Elle tapa violemment du poing sur le volant.

— Ah, le con ! Je vais finir par les perdre.

Ce qui devait arriver arriva trois cents mètres plus loin. Le terroriste passa un feu à l'orange et Vic se retrouva coincée au rouge derrière deux voitures. Coup de chance, un grand semi-remorque tournait, la masquant aux regards éventuels des terroristes. Elle monta sur le trottoir et, sans se soucier des coups de Klaxon hystériques derrière elle, brûla le feu. Cent mètres plus loin, elle recollait les terroristes, laissant toujours trois voitures entre eux. Son cœur battait la chamade. Elle avait failli les laisser filer !

La filature se poursuivit pendant environ dix minutes, puis les Égyptiens stoppèrent devant un petit hôtel d'Earl's Court, un quartier à la mode, fréquenté par les hippies et les homosexuels. L'un des terroristes descendit, jeta un regard circulaire soupçonneux autour de lui, avant de faire signe aux autres de le suivre. Ils entrèrent dans l'hôtel à la queue leu leu. Vic regardait les immeubles environnants. « Pas con. Qui irait chercher des terroristes arabes dans ce quartier ? » Avec son portable, elle appela Milan et fit son rapport.

— C'est leur base ?

— Ouais. Je suis sûre qu'ils crèchent vraiment dans cet hôtel.

— Reste en planque. J'arrive avec Samuel.

Vic attendait depuis moins d'une demi-heure lorsqu'elle vit arriver une discrète fourgonnette, aux couleurs de la Royal Mail. Samuel était au volant, Milan à côté de lui. Elle sortit de sa voiture et monta dans la fourgonnette par la porte arrière.

— Ils n'ont pas bougé, annonça-t-elle aussitôt. Les lampes des deux chambres à gauche du deuxième étage se sont allumées après leur arrivée. Personne d'autre n'est rentré après eux, donc c'est là qu'ils sont. Tu comptes attaquer quand ?

— Maintenant.

Il sortit d'un de ses sacs une petite télévision portable puis accrocha une minuscule caméra à l'une de ses épaulettes et l'alluma. Intrigué, Samuel regarda l'écran.

— Pourquoi tu fais ça ?

Vic répondit à sa place :

— Technique Mossad. Ça permet de vérifier l'opération après et de traquer les fautes techniques.

— C'est pas l'idée, ici.

— C'est pour que j'intervienne s'il y a un pépin ?

Milan approuva du menton, tout en fixant une radio à sa gaine de dos, et cala soigneusement l'écouteur dans son oreille droite.

— Restez ici.

Il ouvrit la porte et se dirigea d'un pas souple vers l'hôtel.

Milan contourna la porte principale et se glissa dans une ruelle qui longeait la façade droite du bâtiment. Il avait bien dormi depuis trois jours, sans le moindre cauchemar, et se sentait différent. Comme si son sang était plus fluide dans ses veines. « Je suis à nouveau le meilleur. » Cette pensée le galvanisa. Il y avait une porte de service en fer rouillé. Fermée. Il la crocheta en quelques secondes avec un passe et se retrouva dans une cour. Des briques noirâtres et crasseuses, lisses, sans aspérités. Ni portes ni fenêtres avant une hauteur d'au moins dix mètres. Une seconde, il se sentit envahi par le découragement. Impossible d'escalader un mur pareil sans équipement spécial de grimpée. La voix de Vic éclata dans l'oreillette.

— N'y va pas. C'est impossible.

Il ne répondit pas, les yeux fixés sur la paroi.

Puis la volonté de gagner balaya tout. Prenant son courage à deux mains, il commença à escalader, en s'aidant de son poignard pour dégager des fentes entre les briques. Ses rangers à semelle caoutchouc glissaient sur la brique mouillée. Il lui fallut presque quinze minutes pour monter la dizaine de mètres le séparant de la première fenêtre. Il cassa un carreau avec son poing ganté et se retrouva dans un escalier de service. Il s'accroupit pour se reposer une minute, humant l'air. Des odeurs de vieux et de poubelle. C'était le troisième étage. Il descendit rapidement au deuxième et ouvrit prudemment la porte qui donnait sur le palier. Le couloir était exigu, les murs recouverts d'un papier peint orange délavé, la moquette beige et élimée. Des portes de chambres en bois clair, façon *seventies*. Les deux qui l'intéressaient étaient au fond du couloir, à droite. Il écouta attentivement. Il y avait visiblement un homme seul dans la dernière chambre et plusieurs dans la précédente. Il patienta encore quelques minutes, pour être sûr du nombre de terroristes dans la première chambre. Il identifia bientôt trois voix différentes. Tous les oiseaux étaient au nid.

D'un geste sec, il arracha son fusil d'assaut de la sangle intérieure de l'imper, vissa le silencieux, un long tube de titane spécialement adapté pour étouffer le bruit des balles de 5,56. Toujours accroupi, il fixa soigneusement le rabattant couvrant la chambre d'évacuation, pour mieux amortir le bruit, introduisit un chargeur et fit monter silencieusement une balle dans la chambre. Encore deux secondes pour armer le pistolet de secours dans son baudrier de poitrine. Il était prêt.

Il se releva et attendit. La télévision marchait assez bruyamment dans chacune des chambres, mais ce n'était pas suffisant pour tenter une intervention en force. Quelques secondes plus tard, il entendit un bruit de douche dans la première, puis dans la seconde chambre. Il pouvait y aller. Il introduisit avec précaution son passe dans la serrure de la première chambre. Le pêne claqua et la porte s'ouvrit. Il pénétra d'un bond dans la petite entrée et se précipita dans la pièce principale. Deux des trois hommes y étaient, l'un debout devant la fenêtre, l'autre couché sur le lit le plus proche. Tous les deux torse nu et en slip. Il les cueillit d'une courte rafale chacun. Le premier prit deux balles dans la poitrine, fit un bond en arrière, rebondit contre le mur et s'écroula. Une seconde rafale cloua l'autre sur son lit, avant qu'il ait pu réagir. L'action n'avait pas duré plus de trois secondes. Aucun cri. Les détonations amorties par le réducteur de son avaient été totalement couvertes par le bruit de la télévision. Quant aux douilles, elles étaient tombées silencieusement sur la moquette verdâtre. Milan recula et referma la porte d'une main. Un sac d'armes était ouvert sur un fauteuil de la chambre. Il y jeta un coup d'œil. Un fusil à pompe Valtro tout rouillé, un fusil de chasse à canon scié, deux vieux P 38 et un Mauser type 1940. Du matériel pourri. Les Égyptiens avaient dû utiliser en catastrophe une autre filière d'armes. Pas étonnant qu'ils aient tout fait pour passer par Amir lors de l'opération de Milton. Impossible de monter une attaque sérieuse avec des antiquités pareilles. Le visage sombre, Milan fit un pas vers la salle d'eau. À l'intérieur, la douche coulait toujours. Il rangea le fusil d'assaut dans l'imper et sortit le lourd automatique de son baudrier.

Le troisième tueur était sous la douche, en train de se masturber, les yeux fermés. Il avait un corps sec et musclé et semblait totalement concentré sur son « activité ». Impossible de le laisser derrière lui. Milan imprima une pression de quelques grammes sur la gâchette du Desert Eagle. Sous le choc monstrueux du projectile de 50 Magnum, le branlotin fit un tour sur lui-même, laissant une traînée rougeâtre sur le mur.

À nouveau, la voix de Vic dans l'écouteur.

— En voilà un qui ne se branlera plus jamais.

Le commando était anéanti. Il restait maintenant à mettre la main sur l'homme dans la chambre contiguë. Le chef du commando. Celui qui pouvait peut-être lui donner les informations nécessaires pour retrouver la formule du professeur Appleton. Milan sortit sur le palier et mit le passe dans la serrure de la seconde chambre. La porte s'ouvrit avec un clic discret ; la chambre était vide, le chef du commando prenait un bain. Un sourire éclaira fugitivement le visage de Milan. Décidément, ses adversaires aimaient l'eau. Il ferma soigneusement la porte de la chambre et ouvrit celle de la salle de bains à la volée, braquant son arme sur l'Égyptien. L'homme était bien dans son bain, en train de se laver. Il resta paralysé, son savon à la main, une expression de terreur sur le visage, fixant l'apparition : un homme avec un grand imperméable noir qui braquait sur lui un énorme pistolet équipé d'un viseur laser et prolongé d'un silencieux. Son regard se tourna inconsciemment vers le mur, comme s'il pouvait appeler ses hommes à côté.

— Ils sont morts tous les trois, fit Milan. Quant à toi, il te reste quelques secondes à vivre. Quel est ton nom ?

— Youna. Que voulez-vous ?

Le chef du commando s'était repris et sa voix était ferme.

— Je veux le réseau « Vengeance et Châtiment ».

Il sortit un petit magnétophone de sa poche et le posa sur la tablette de l'évier.

— Parle.

L'Égyptien le toisa, visiblement décidé à ne rien dire.

Milan fit un pas.

— Lève-toi.

Docilement, le chef du commando s'extirpa de la mousse pendant que l'Américain rentrait son arme dans son holster. L'Égyptien eut un mince sourire, une fraction de seconde. Pas plus longtemps. Sans un mot, Milan avait déjà pivoté. Son talon cueillit violemment le terroriste au genou. L'homme poussa un cri de douleur et tomba sur le rebord de la baignoire.

Encore un pas. L'Égyptien se cabra, mais Milan l'agrippa, lui enfonçant le pouce dans la carotide tout en lui tordant le poignet de l'autre main. Très douloureux.

— Je vais m'énerver, gronda-t-il. D'abord je vais te casser l'autre genou, puis les deux coudes avant de passer au reste. Tu devrais parler tout de suite. Qui est ton chef ?

Silence. Une pression un peu plus forte sur le poignet, un cri de douleur en réponse.

— Je répète : qui est ton chef ?

— Je ne connais pas son vrai nom. Je l'appelle juste Hadj. Saint homme.

— Combien d'hommes a-t-il ?

— Je ne sais pas. Au moins une trentaine.

— C'est un nouveau groupe ?

— Oui. Nous n'avons aucun lien avec personne.

— Où est le QG ?

— On s'entraîne dans le désert.

— Tu te fous de ma gueule ?

— Non, c'est vrai. Je sais juste que le chef vient d'acheter un endroit isolé pour nous servir de base d'entraînement.

— Où ?

— Je ne sais pas. Ça n'a pas encore servi.

Milan le fixa d'un air subitement froid et détaché. Il le lâcha. Le pistolet sortit de sa gaine comme par enchantement.

L'Égyptien se tortilla brusquement.

— Attendez, je peux vous donner une information. Je connais un endroit où le bras droit du chef se rend, de temps en temps. C'est au Caire.

— Où exactement ? demanda Milan en cachant son intérêt.

— Dans la rue Sélim-IV, dans le nord, près de la Citadelle. C'est un vieil immeuble marron, avec une boucherie au rez-de-chaussée. L'escalier de la cour mène aux étages du haut. Ahmed, le bras droit de notre chef, y passe une fois par semaine.

— À quoi ressemble Ahmed ?

— Il est petit, avec une barbe blanche coupée court. Il porte toujours un turban. Il est comme tout le monde.

— Sa bagnole ?

— Il a une Fiat Regata bleue.

— As-tu des informations sur l'attentat de Milton ?

— Sur quoi ?

L'autre ouvrait de grands yeux. Il était visiblement étonné, ne simulait pas. Milan tiqua.

— Sur la destruction d'un laboratoire ici en Angleterre, il y a quelques jours. On a volé une formule de médicament. Tu n'en as pas entendu parler ?

— Si, si. Une de nos équipes est partie pour trois semaines à la même époque. Leur absence a coïncidé avec cet attentat.

— C'étaient eux ?

L'autre inclina la tête en silence.

— Où sont ces hommes ?

— Je ne sais pas. Quelque part en Égypte. L'organisation est très cloisonnée.

Milan regarda son interlocuteur. Son crâne était couvert d'une mauvaise sueur : la peur. Il coupa le magnétophone. L'autre avait dit tout ce qu'il savait. Brusquement, l'Égyptien plongea la main dans sa trousse de toilette. Le pistolet tonna. Le terroriste s'effondra, laissant échapper un poignard effilé. Rapide, mais pas assez. Milan détourna les yeux du cadavre et ferma la porte de la salle de bains. Il fouilla la chambre longuement, cherchant des documents intéressants qu'il ne trouva pas, puis sortit sans un bruit dans le couloir. Quelques instants plus tard, il était dans la camionnette, l'air sombre. Ni Samuel ni Vic n'osèrent lui poser de questions pendant qu'il enlevait son matériel. Vic éteignit la petite télévision, faisant signe qu'ils pouvaient démarrer. Puis elle se ravisa et lui prit gentiment la main.

— Ça me fait pareil moi aussi *après*. Je me sens toujours merdeuse. J'ai envie de me cacher.

Il retira sa main.

— Pas moi.

Le moteur ronfla et la camionnette s'arracha du trottoir.

Le professeur faisait pensivement tourner la cassette vidéo dans ses doigts. Le petit magnétophone portatif de Milan était posé sur la table. Il le regarda machinalement. Il y avait du sang séché sur le plastique gris. Fasciné, il n'arrivait pas à détacher les yeux de la croûte noirâtre.

« Dans quelle horreur me suis-je donc fourré ? »

Il tendit la cassette à Vic.

— Faites-en trois copies que vous envoyez immédiatement à Scott, Vince et Delage.

— Au fait, professeur, c'était une erreur d'agir seuls. J'ai failli les perdre à cause des embouteillages.

— Je demanderai l'aide de Scott si nous avons à recommencer ce genre de filature. Bon, je l'appelle.

Le combiné sans fil était tombé derrière un des coussins du canapé et Foster dut chercher pendant plusieurs minutes, pestant à voix haute. Vic l'observait, amusée, peu habituée à de tels débordements de la part du professeur. D'une certaine manière, c'était plutôt sympathique de voir qu'il était *aussi* un peu humain. Par chance, Scott était à son bureau.

— Nous avons fait quelques progrès, Jeremy. Je vous envoie une cassette qui vous intéressera.

— Attendez une seconde, je branche mon brouilleur. Pourriez-vous brancher le vôtre ?

— Un brouilleur ? Je n'ai rien de semblable chez moi.

L'espion eut un rire bref.

— Mes hommes sont passés cet après-midi. Regardez

la table où est installée la base de votre téléphone portable.

— Attendez, je regarde. Je ne vois rien.

— Votre répondeur a été changé. Celui-ci est un peu spécial. Appuyez sur le bouton rouge qui se trouve sur le boîtier. Le brouilleur se mettra en route automatiquement.

Tenant toujours son combiné contre l'oreille, Foster se dirigea vers la table et fit ce que Scott lui suggérait. Aussitôt, il perçut un léger grésillement dans l'appareil, qui disparut après une dizaine de secondes.

— Vous voyez. C'est très simple. Personne ne peut nous écouter.

— Parfait.

Milan venait d'entrer dans la pièce et Foster mit sur haut-parleur.

— Je suis sur haut-parleur. Nous avons une piste. Une adresse au Caire.

— De la casse ?

— Quatre morts. Le commando travaillant pour les terroristes.

— Des témoins ?

— Non. Milan a été très discret.

— Je vais envoyer une équipe récupérer les corps.

— Attendez une seconde.

Foster se tourna vers Milan, qui secoua lentement la tête de gauche à droite.

— Négatif. Il faut les laisser.

— Jeremy, vous avez entendu ? Je pense comme Milan. À mon avis, il vaut mieux ne pas le faire. En les laissant tels quels, nous augmentons l'incertitude chez nos ennemis. Ils se demanderont qui est intervenu. Alors que, si leur commando s'évanouit sans laisser de traces, ils se douteront que le gouvernement britannique est derrière leur disparition.

— Hum ! Je n'aime pas laisser des cadavres en plein cœur de Londres.

— Je pense que c'est la bonne solution.

— Bon. Je ferai comme vous proposez.

Silence dans le combiné. Le professeur attendait. Il sentait que Scott avait un problème. La voix du chef du SIS se fit plus doucereuse.

— Pouvez-vous enlever le haut-parleur ?

— Oui.

Milan hocha la tête et sortit.

— Je suis seul. Allez-y.

— Nous n'en avons pas encore parlé, mais je souhaiterais que votre petite équipe passe le test de dépistage du prion. Cela me rassurerait de savoir qu'aucun d'entre vous n'est atteint.

— Je ne vois pas ce que cela changerait.

Scott ignora la remarque.

— Si vous êtes d'accord, un médecin de mon service peut passer tout à l'heure faire des prélèvements. Il s'agit d'une banale prise de sang, sauf que la quantité à prélever est un peu plus importante.

— Entendu. Je l'attends.

Foster raccrocha.

Un test. Il ne manquait plus que ça. L'image de sa femme lui revint. Il n'y avait pas eu de test pour elle. Il eut un frisson de dégoût en se rendant à la salle de bains pour se passer de l'eau sur le visage.

4

Le commandant de bord poussa légèrement la manette des gaz et l'Airbus d'Égyptair quitta l'aire de parking pour se diriger vers la piste de décollage. Le pilote égyptien n'était pas un apollon, mais il en imposait avec son mètre quatre-vingts, ses cheveux en brosse et son uniforme. Il se tourna vers son copilote. Heureux. Ce vol Le Caire-Londres avec escale à Athènes était son préféré car il lui permettait de retrouver sa maîtresse londonienne. Aussi, son esprit divaguait légèrement du point fixe nécessaire avant le décollage.

Dans son écouteur, la voix anonyme fortement teintée d'accent grec de la tour de contrôle éclata et il se reconcentra sur ses instruments.

— Égyptair 86, autorisation de décollage accordée sur piste numéro 2. Over.

Son second prit le micro :

— D'Égyptair 86, bien reçu. Quel numéro au décollage ?

La voix grecque se fit à nouveau entendre :

— Vous êtes numéro trois. Derrière Olympic 321 et Air France 826.

Le gros Airbus A340 commença à rouler sagement sur le tarmac. Un vol sans histoire pour une destination sans histoire. À l'intérieur de l'appareil, les voyageurs finissaient sagement de regarder un film sur les consignes de sécurité. Puis le 737 d'Air France quitta la piste et l'Airbus d'Égyptair se mit en place pour le décollage.

— On y va, dit le commandant de bord en poussant au maximum les réacteurs.

Sous la pression des quatre puissants réacteurs Snecma, l'avion prit rapidement de la vitesse puis s'éleva gracieusement dans les airs.

Au sol, quelque part dans les environs d'Athènes, cinq hommes attendaient fiévreusement le décollage du vol Égyptair 86. Ils étaient regroupés autour de deux véhicules ; une vieille camionnette Fiat et une Alfa Romeo 164 turbo, noire. Trois des hommes montaient la garde, armés de courts pistolets-mitrailleurs, regardant nerveusement autour d'eux, le doigt sur la détente. Les deux autres s'affairaient autour d'un long tube kaki : un missile Strella, plus connu sous le nom de Sam 7. Le maniement était très simple ; il suffisait d'acquérir la cible en dirigeant le tube lance-missile vers son moteur, réacteur ou moteur à hélice. Le missile se calait alors dessus avant le tir. Ensuite, une fois lancé, l'engin suivait automatiquement la source de chaleur et explosait à son contact.

Les terroristes étaient cachés dans une grande orangeraie de la banlieue d'Athènes, à trois kilomètres de l'aéroport. Il était 14 heures, et la chaleur infernale. Les risques d'être surpris étaient faibles. Ils attendaient l'avion. À 14 h 08, le talkie-walkie de l'un d'eux grésilla. « La cible vient de décoller. Au contact dans moins de deux minutes », annonça le guetteur qui s'était posté juste dans le prolongement de la grande piste de l'aéroport.

Automatiquement, le terroriste qui tenait le Sam 7

alluma la pile de contrôle d'acquisition du missile. Son compagnon prit ses jumelles et les braqua vers l'est. Il ne fallait surtout pas se tromper d'avion. Moins d'une minute plus tard, il le vit. Avec ses puissantes jumelles, il reconnut facilement l'A340 d'Égyptair. À côté, le missile commença à émettre un « bip bip » strident : la cible était acquise. Le terroriste appuya sur la gâchette de mise à feu. Le missile partit avec un choc sourd, laissant derrière lui une trace de feu. Prévoyant, son compagnon commença à asperger les broussailles avec l'extincteur dont il s'était muni, conformément aux instructions, tout en regardant, fasciné, le missile grimper dans le ciel. Dans quarante secondes, tout serait fini.

À ce moment, dans le cockpit, le pilote vit une lueur au sol et une traînée lumineuse monter vers lui à toute vitesse.

— Un missile ! hurla-t-il, tandis que son second, affolé, tentait d'apercevoir l'engin qui fonçait vers eux.

Le commandant de bord avait des défauts mais il était courageux et il avait servi quinze ans comme pilote de Mig dans l'armée de l'air égyptienne. Il donna un coup de manche à balai magistral sur la droite et fonça face au soleil, pendant que le copilote regardait fiévreusement le missile se rapprocher par le travers.

Pendant ce temps, les passagers hurlaient, sans comprendre ce qui se passait.

Au dernier moment, le pilote bascula brutalement l'avion vers le bas. Et ce qu'il espérait se produisit : le calculateur d'acquisition du Sam 7 vit disparaître une fraction de seconde la chaleur des réacteurs pour être remplacée par celle du soleil, beaucoup plus puissante. Le missile continua tout droit en direction du soleil.

Au sol, le terroriste qui tenait le tube vide du missile

poussa un cri de rage en voyant le Sam 7 rater sa cible. Tant d'efforts et de semaines de préparation, de chronométrages pour en arriver à un échec pareil.

Pendant ce temps, le commandant de bord avait remis l'avion en vol stationnaire et repris son calme. Il se tourna vers le copilote :

— Appelle la tour de contrôle, on peut encore peut-être rattraper ces salauds.

Mais, en bas, les terroristes s'étaient déjà volatilisés et lorsqu'elle arriva une heure plus tard, la police grecque ne trouva que des traces de pneus, un extincteur vide, la carcasse du missile et quelques pelures d'orange. Et pas une seule empreinte.

« *Les perversions peuvent être multiples, elles se développent sur un terrain spécial fait d'inaffectivité, d'inadaptabilité et d'impulsivité, qui constituent le fonds mental du pervers instinctif. Elles concernent les trois instincts essentiels : instinct de reproduction, instinct de conservation, instinct d'association. La perversion du sujet 9-122 — impressionnante d'un point de vue médical — est essentiellement liée à son instinct surdimensionné de conservation.* »

— Je peux vous déranger, professeur ?

Foster referma le manuscrit et se leva vivement.

— Je vous en prie.

Vic était habillée très simplement. Un vieux jean et une chemise blanche d'homme, trop longue. Les petites baskets aux pieds et l'absence de maquillage lui donnaient vaguement l'air d'une étudiante. Il sentit un léger trouble l'envahir pendant qu'il lui désignait une chaise.

— Asseyez-vous.

— Merci.

Elle prit la chaise mais, au lieu de s'asseoir, elle l'approcha très près du professeur. Il rougit un peu plus.

— Vous avez l'air troublé.

Il se redressa.

— Absolument pas.

Elle se pencha un peu sur lui et il sentit une mèche de cheveux lui effleurer l'oreille.

— Vous avez été marié, professeur, n'est-ce pas ?

Le regard fixe, il répondit, avec l'impression que c'était un autre qui parlait à sa place.

— Oui.

— Vous êtes resté longtemps ensemble ?

— Trois ans. C'était une femme merveilleuse.

— Vous n'avez pas eu d'enfants.

— J'en aurais eu si mon épouse avait survécu.

Elle tressaillit sans rien en laisser paraître. Ainsi, elle était *morte.*

— Mais j'ai bien peur qu'il ne soit trop tard maintenant.

Elle eut une moue.

— Il n'est jamais trop tard pour avoir des enfants.

Il se leva en repoussant sa chaise.

— Je ne sais pas. Puis, changeant de conversation : Vous n'êtes venue me voir que pour me parler de ma femme ?

Blessée, elle tourna la tête.

— Vous êtes odieux parfois. Mais je sais que vous faites semblant.

— Pardonnez-moi. Mon intention n'était pas de vous blesser. Bien au contraire.

— Scott, Vince et Delage sont en bas. C'est ça que je venais vous dire.

Puis elle fit demi-tour et sortit de la pièce.

Lorsque Foster entra dans le salon, Vic avait repris

sa place sur le canapé à côté de Delage. Elle tourna légèrement la tête pour ne pas croiser son regard et il en fut meurtri. Pourquoi était-il toujours aussi maladroit avec elle ? Ce n'était pas la peine de donner des leçons au reste du monde, et d'être incapable d'avoir une relation normale avec Vic.

Malgré lui, son regard s'attarda sur sa poitrine une seconde de trop. Pouvait-il avoir des relations normales avec Vic ? C'était cela la bonne question. La voix de Scott interrompit ses pensées.

— Bonjour, professeur.

Il se tourna vers la voix, comme s'il émergeait d'un rêve.

Scott s'était levé.

— Rasseyez-vous, Jeremy, je vous en prie.

Le professeur prit une chaise, toussota une seconde puis jeta un regard candide à l'auditoire.

— Allons à l'essentiel. L'objet de cette réunion est de faire le point sur les mesures à prendre après les révélations du chef du commando abattu par Milan.

Vince lissa son crâne chauve en étouffant un rot discret.

— Faire le point. Bravo pour l'euphémisme, professeur. On croirait entendre un rond-de-cuir de Washington DC.

L'Américain se pencha sur un plateau posé sur la table. Sa grosse main se referma sur une poignée de biscuits. Pendant quelques secondes, on n'entendit plus que le bruit de sa mastication puissante, avant qu'il reprenne la parole, la bouche pleine.

— Hum ! Délicieux ces biscuits. J'ai étudié longuement la cassette des confessions du terroriste. Hum ! C'est intéressant.

Il attrapa une nouvelle poignée de biscuits sous le

regard fasciné de Vic : comment pouvait-on manger autant à la fois ?

— Je suppose que vous êtes d'accord avec moi, poursuivit l'Américain avec un regard en coin vers ses deux collègues. Nous avons désormais une chance unique de retrouver la trace des voleurs de la formule. Il faut foncer au Caire sans attendre. J'ai fait envoyer par avion militaire tout le matériel nécessaire à une éventuelle opération.

Scott se limait symboliquement l'ongle du majeur de la main droite avec l'arête d'un stylo en or. Il releva la tête.

— La tentative de destruction du vol d'Égyptair cet après-midi porte bien la marque du réseau « Vengeance et Châtiment ». Elle vient d'être revendiquée. Même procédure que pour l'attentat de Milton. Et ce sont des individuels. Personne n'a entendu parler d'une action de ce type préparée par aucun État de la région. Quant à mes contacts en Afghanistan, ils sont formels : Ossama Ben Laden n'est pas derrière le coup. C'est un groupe terroriste totalement inconnu.

Foster se tourna vers Vince, qui dessinait des voitures sur un sous-main :

— Que disent les Israéliens ?

— Ils sont dans la merde, comme nous. Personne n'est au courant de rien. Ce sont des nouveaux sur le métier.

— Et vous, madame, qu'en pensez-vous ?

Delage se permit un sourire las.

— Vous connaissez le Moyen-Orient. Nous avons été prévenus de l'imminence d'une action terroriste dans tous les précédents attentats d'envergure, même si on ne savait jamais ce qui allait *vraiment* se passer. Je suis comme Scott et Vince. Je pense qu'il s'agissait de l'acte

1 de la nouvelle campagne de terreur du réseau terroriste en Occident. Sans doute une forme de rodage. Ils vont probablement s'attaquer maintenant à des cibles encore plus « visibles ». Vous imaginez un avion touché par un missile au-dessus de Londres ou Paris, ou un camion piégé en plein New York ?

Ils l'imaginaient tous et préféraient ne pas y penser.

Foster se leva, marchant en rond dans la pièce.

— Je continue à m'interroger sur les motivations des terroristes. Les dernières opérations n'ont décidément rien à voir avec le vol de la formule. Pourquoi, pardonnez-moi l'expression, courent-ils plusieurs lièvres en même temps ?

Le silence plana quelques instants sur l'assistance.

— Vous en concluez quoi, professeur ?

— Je pense que c'est la clef de toute notre affaire. Lorsque nous aurons compris les raisons de cette « incohérence » de comportement, cela voudra dire que nous serons près d'eux. Très près.

Personne ne répondit.

— Je vais continuer à creuser. À propos, Jeremy, pourriez-vous donner cette petite note d'étape au Premier ministre ?

— Oui, bien sûr. Il l'aura dès ce soir.

— J'aimerais que vous la lisiez. Tous les trois.

La note était courte et tenait sur une page.

« NOTE POUR LE PREMIER MINISTRE
(Sous couvert de Jeremy Scott)

Objet : Enquête relative à l'attentat de Milton.

Comme le sait le Premier ministre grâce aux rapports réguliers de Jeremy Scott, l'enquête relative à l'attentat de Milton a progressé ces derniers jours. La présente note a pour objet de présenter les derniers éléments d'information en ma possession.

La piste d'un groupe terroriste arabe s'est imposée dès le début de l'enquête. Je continue pourtant à penser que la divergence des stratégies suivies par les terroristes couvre un problème de fond, qui nous échappe à ce stade. Toutefois, le faisceau d'indices vers l'Égypte est convergent. Les aveux d'un membre du réseau, attiré à Londres par nos soins, ont confirmé qu'une des bases centrales des terroristes se trouve au Caire. Nous nous y rendrons très rapidement.

Une neutralisation du marchand d'armes Zayed Amir est par ailleurs nécessaire, afin d'éviter que les responsables du réseau ne puissent se rendre compte qu'ils ont été manipulés. Elle sera réalisée dans les meilleurs délais, avant notre départ pour Le Caire.

Francis Foster. »

— Une neutralisation de Zayed Amir, hein ?

— C'est plus prudent. Je ne veux pas que les terroristes comprennent qu'ils ont été manipulés. Pour cela, il faut éliminer Amir. Maintenant.

Delage hocha la tête en regardant ses ongles tandis que Vince finissait sa coupe de champagne, impassible. Scott mit rapidement la note dans sa sacoche pendant que tout le monde se levait pour prendre congé. S'approchant de Foster, il le prit par le bras.

— Puis-je vous parler une seconde avant de partir, Francis ?

— Si vous voulez. Allons nous promener quelques instants dans le jardin.

Ils marchèrent dans les allées quelques minutes en silence, au milieu des fleurs. Il régnait une douceur incroyable sur Londres. Foster enleva sa veste et la mit sur l'épaule. Scott fouilla dans la sienne et en sortit une feuille de papier.

— J'ai eu les résultats des tests sanguins faits sur l'équipe.

— Une mauvaise nouvelle ?

Scott se tut un instant.

— Ceci est le test de Vic. Il est positif. Elle est contaminée.

— Vic ?

Foster avait crié. Il empoigna Scott par la manche et celui-ci eut peur, une seconde. La veste de Foster tomba sur le gravier.

— Oui. Le test a enregistré des traces infimes de prion. Cela signifie, selon nos équipes de scientifiques, qu'elle en est tout au début de la maladie. Le prion n'a probablement pas encore causé de dégâts dans le cerveau. Nous ne connaissons pas encore vraiment le mode de fonctionnement de cette saloperie. Il faudrait faire des examens.

— Épargnez-moi ce type de commentaires, Jeremy. Je sais parfaitement comment cette maladie évolue. Ma femme a tenu moins de deux ans.

— Veuillez me pardonner.

— Vic est condamnée.

Foster s'effondra sur une chaise de jardin.

— Ne vous laissez pas aller, professeur. Vic est une fille bien. Je comprends que vous vous soyez attaché. Mais on peut encore la sauver.

— Si nous trouvons cette formule.

Scott le regarda droit dans les yeux.

— C'est votre mission. N'oubliez pas les chiffres.

8,34 %. Il y a six millions de Vic dans ce pays. Il faut faire vite.

— Nous avançons. Vous le savez.

Scott hocha la tête. Foster mit la feuille dans sa poche.

— Ne dites rien à Vic, Jeremy. Je lui parlerai. Un peu plus tard.

— Je préfère que ce soit vous.

Zayed Amir était avachi dans son bureau, le regard perdu vers un ciel étonnamment bleu pour Londres. L'air vaguement ridicule avec son coûteux costume Yves-Saint-Laurent sur mesure et ses chaussures en crocodile. Il soupira bruyamment. À cet instant précis, il avait peur. Il avait entendu à la radio et à la télévision qu'un commando de terroristes arabes avait été anéanti dans un hôtel de Londres. Des hommes totalement inconnus de tous les services de police. Un contact discret au sein de Scotland Yard le lui avait confirmé. Que faisaient ces hommes à Londres ? Qui les avait supprimés ? Il ne pouvait s'empêcher de penser que la présence de ces hommes avait un rapport avec les armes qu'il avait fait livrer quelques semaines auparavant. Dans un sens, il était inconcevable que le chef du réseau égyptien veuille le supprimer, alors qu'il aurait toujours besoin d'un approvisionnement discret en armes modernes. Pourtant, il sentait confusément qu'une fois les armes livrées le terroriste pouvait être tenté de couper toutes les pistes menant à lui. Et des trafiquants d'armes prêts à vendre père et mère pour quelques beaux dollars bien craquants, ce n'est pas ce qui manquait.

D'ailleurs, ils n'avaient rien en commun. Normalement, Amir n'aurait jamais traité avec un terroriste.

Cependant l'autre l'avait menacé. Un refus et cette vieille affaire de meurtre referait surface. Des morts, il en avait laissé des dizaines derrière lui, concurrents ou clients peu scrupuleux, mais ce mort-là était un citoyen britannique, donc dangereux. Il avait dû se plier au chantage. Il n'avait pas envie de passer sa vie derrière les barreaux d'une prison anglaise. Puis l'attentat de Milton avait eu lieu. Un attentat stupéfiant. Jamais il n'aurait pensé que ça aille si loin. Car, il en était certain, c'étaient ses armes qui avaient servi à Milton.

Il regarda nerveusement les écrans du circuit de protection interne. Des silhouettes massives passaient de temps en temps devant une caméra. Par précaution, il avait réactivé le jour même ses meilleurs gardes du corps. Cinq hommes massifs, des Druzes arrivés de la montagne du Chouf dans son Falcon 900 personnel. Des chacals bien dressés pour une mission unique : tuer. Avec eux, il aurait dû se sentir tranquille. Pourtant, la peur continuait à le gagner, insidieusement. Il fallait réagir. Comme toujours, il prit sa décision en quelques secondes. Il allait se mettre au vert quelque temps dans sa propriété piémontaise. Personne n'irait le chercher là-bas et il ferait venir une dizaine de gardes du corps supplémentaires. Il pourrait rester dans le Piémont trois ou quatre mois, le temps de se faire oublier. Et avec Internet et le fax, il pourrait travailler pratiquement comme à Londres.

Le ciel était toujours aussi bleu. Pour un peu, il aurait pu se croire dans sa terre natale. Amir se leva, sûr d'avoir pris la bonne décision. Son instinct ne l'avait jamais trompé. Il lui avait permis de survivre et de s'enrichir dans l'univers féroce des trafiquants d'armes. Les optimistes ne faisaient jamais long feu dans ce milieu et peuplaient généralement les cimetières plutôt que les palaces. Il appuya sur une touche de son interphone.

Presque immédiatement, un de ses hommes entra, la main sur la crosse d'un énorme Browning automatique nickelé.

— Prépare deux voitures, lui dit-il brusquement sans le regarder. La Rolls blindée et une autre de protection. Que mon avion soit prêt à décoller à Gatwick. Nous partons immédiatement.

Le trafiquant d'armes se dirigea vers son coffre, incrusté dans le mur derrière la bibliothèque, dont un pan pivotait. La porte du coffre-fort était protégée par une serrure électronique renforcée et il aurait fallu raser l'immeuble pour la détruire avec des explosifs. À l'intérieur, trois grandes étagères. Sur celle du milieu trônaient ses dossiers les plus sensibles. Il enfourna l'ensemble des documents dans une mallette Vuitton en cuir. Plus 100 000 dollars et 50 000 livres en cash. Après avoir hésité, il décida de prendre aussi son colt Government calibre 45 ACP en or massif. Une arme qu'il avait fait fabriquer spécialement pour lui et qui fonctionnait comme un pistolet normal. Il soupesa une seconde le lourd automatique et le rangea dans la petite valise, puis il poussa la porte du coffre et actionna le mécanisme de fermeture de la bibliothèque, qui reprit son aspect habituel. Satisfait, la mallette à la main, il se dirigea vers l'ascenseur devant lequel l'attendait un de ses gardes du corps. La cabine, qui arrivait directement au sous-sol du grand immeuble, commença à descendre vers le parking. Deux étages plus bas, elle s'arrêta souplement et une fille entra dans l'ascenseur. Une petite brune d'une beauté inouïe, à peine vêtue d'une courte tunique en Lycra. Instantanément, le gorille loucha vers la fille. Amir posa la main sur le bouton d'ouverture des portes.

— Où allez-vous, ma belle ? lui demanda-t-il d'une voix grasseyante.

— Ici.

Sans crier gare, elle envoya un coup de pied magistral dans les testicules du garde du corps. Le Libanais poussa un cri sourd et s'affaissa sur lui-même, tout en cherchant à attraper son arme. Vic ne lui en laissa pas le temps. Déjà, elle avait pivoté. Crochet à la tempe. Le garde du corps s'effondra, les yeux vitreux, lâchant son Magnum. L'action avait duré moins de deux secondes. Amir n'avait pas réagi. Elle lui assena une courte manchette pour l'étourdir, tout en attrapant un petit automatique Phoenix HP-22 caché dans un holster sous sa jupe. Elle le braqua sur la tête du trafiquant.

— Bouge pas, ordure, siffla-t-elle d'une voix dure.

L'ascenseur s'arrêta au premier étage. Milan et Foster étaient sur le palier. Milan avait un écouteur à l'oreille, relié au portable de Vic, branché au fond de sa poche. Un micro directionnel posé sur le toit de l'immeuble en face du bureau d'Amir lui avait permis d'anticiper son départ et de mettre en place Vic au bon moment. Foster regarda fixement le trafiquant, poussa un soupir et jeta un bref coup d'œil entendu à l'Américain. Milan tenait à la main un long automatique noir, équipé d'un silencieux incorporé.

Aussitôt l'Américain avança d'un mètre et leva le bras armé du pistolet, visant la tête d'Amir. Vic se colla contre la paroi opposée de l'ascenseur. Amir n'eut même pas le temps de réagir. Les deux balles lui fracassèrent la tête et il se replia sur lui-même en poussant un couinement de souris.

Le visage figé, Milan rangea son arme sous sa veste.

Ils prirent en courant l'escalier de service pour sortir dans une rue adjacente où Samuel attendait, au volant d'un Espace. Les gardes du corps d'Amir allaient faire une drôle de tête en voyant arriver l'ascenseur avec leur patron !

La voiture décolla du trottoir.

Foster, qui était monté à l'avant, se tourna vers Vic et Milan :

— Je n'aime pas ce type d'exécution. Pour moi, c'est un meurtre.

— Nous n'avions pas le choix, professeur.

— Je sais.

Vic écarta une mèche de cheveux qui lui tombait sur le visage.

— Ce mec était une vraie ordure. En tout cas, si le trafic d'armes rapporte, il ne rend pas beau. Quel gros porc !

À nouveau, Foster se retourna.

— Ça me rappelle cet aphorisme de Platon : « La richesse engendre la paresse et la mollesse, la pauvreté la bassesse et la méchanceté. »

— Je ne suis pas convaincue, professeur. Je connais plein de connards, de riches, bas et méchants.

Elle éclata de rire tandis que Samuel écrasait la pédale d'accélérateur.

Lorsqu'ils se garèrent devant son hôtel particulier, le professeur se pencha vers Samuel.

— J'ai un petit déplacement personnel à faire d'ici à ce soir. Pouvez-vous m'amener à l'aéroport ?

À Heathrow, Foster se dirigea tranquillement vers le comptoir Iberia. Il avait un voyage à faire, un voyage qu'il voulait être seul à effectuer. Sujet tabou dont il ne parlait à personne, sauf à son associé, à la clinique.

Une employée lui apprit que le prochain vol pour Madrid partait dans une heure. Il prit un billet.

Son vol était à l'heure, ce qui était un exploit pour Londres. L'estomac noué, il ne toucha pas au repas, servi par un steward prévenant. Ses voyages à Madrid le rendaient toujours nerveux. Il réprima l'envie d'avaler un verre d'alcool, rongeant son frein en silence. À peine débarqué à Barajas, il gagna un comptoir de location de voitures et, dix minutes plus tard, il sortait du parking, gardé par une automitrailleuse écaillée et rouillée de la Guardia Civil, mettant le cap sur Madrid. Pas besoin de plan. Foster connaissait par cœur l'adresse du siège de la FAOIA — Fighting Against Orphaned Illnesses Association. La FAOIA. Une association caritative chargée de lutter contre les maladies orphelines, appelées ainsi parce qu'elles frappent un nombre réduit de malades et sont mortelles dans tous les cas. Ces maladies étaient devenues célèbres dans les années 30, suite à la mort d'un célèbre joueur américain de golf, Lou Gerhing, décédé d'une maladie de Charcot. L'association avait été créée et financée par le professeur Foster depuis environ vingt-sept ans. Très exactement quelques jours après la mort de sa femme, emportée par la maladie de Creutzfeldt-Jakob.

Ses mains se crispèrent un peu sur le volant. Foster sentait la maîtrise de ses pensées lui échapper tandis que son cerveau déroulait ses souvenirs à l'envers, le replongeant dans l'atmosphère glauque de ces années, qu'il aurait aimé oublier. Le Creutzfeldt-Jakob était très peu connu au début des années 70, et très rare. À peine un cas sur un million, soit moins de soixante malades par an pour l'ensemble du Royaume-Uni. Il se revit, faisant lui-même le diagnostic sur sa femme. Son incrédulité. Un de ses confrères lui avait ensuite confirmé qu'aucun traitement n'existait et qu'au mieux sa femme mourrait en moins de deux ans dans des souffrances atroces. Il revoyait même les lunettes cerclées de vert du médecin. Il avait eu envie de les arracher. Trente ans après, il éprouvait exactement le même sentiment, comme si sa main pouvait entrer dans ses souvenirs et se saisir avec rage de l'objet.

« Trente ans. C'était l'époque où je travaillais pour le SIS. »

Roulant lentement sur l'autoroute, Foster avait l'impression de divaguer légèrement, comme chaque fois qu'il pensait à cette période. C'était la guerre froide. Son pays avait besoin de lui ; et il ne s'était pas occupé autant de sa femme qu'il aurait dû le faire. Oh, bien sûr, il était là ! Tous les jours. *Mais pas toutes les minutes, pas à chaque instant.* Il y avait ce travail, qui lui prenait ses journées, les pressions du *Chief* de l'époque. Finalement, sa femme était morte. Il avait démissionné du service une semaine après.

Troublé, Foster arrêta la voiture sur une aire d'urgence. Il sentait les larmes lui monter aux yeux. « Les salauds ! » Qui ça, les salauds ? Les gens du service. Et lui. Sa petite femme adorée était morte, et il avait *continué à aller à son travail tous les jours.*

Plus tard, il avait créé la FAOIA et reversé une grande partie de ses revenus à l'association. Peut-être une manière d'essayer de rattraper le passé, cela le psychiatre le savait. Mais pas le mari, pas le veuf. Il essuya les larmes qui avaient coulé sur son visage d'un revers de la main et remit le contact. La voiture reprit sa place dans la circulation. Dix minutes plus tard, il montait rapidement les marches de l'institution. Elle se trouvait dans l'un des quartiers chics de Madrid, en bordure du Parque Conde de Orgaz. Il s'arrêta quelques instants pour admirer la grande bâtisse en pierre, dont toutes les fenêtres disparaissaient sous les fleurs. La directrice, professeur de médecine, tenait plus que tout à ce que les patients oublient qu'ils étaient à l'hôpital. Foster entra dans son bureau après avoir frappé. L'Espagnole était en train de rédiger un compte rendu médical pour un confrère aux États-Unis. Elle se leva vivement et l'embrassa sur la joue. Après avoir bavardé quelques instants, il posa sur le bureau un chèque de 150 000 livres. L'argent serait encaissé au travers d'un discret établissement bancaire de Jersey, qui garantissait ainsi l'étanchéité totale vis-à-vis de l'extérieur. Le professeur avait des pudeurs.

À la dérobée, l'Espagnole l'observait. Elle était l'une des rares à le tutoyer.

— Tu as mauvaise mine.

Il acquiesça en silence.

— Des problèmes ?

Il secoua la tête.

— Non. Disons simplement que le passé me rattrape et que ce n'est pas toujours facile.

— Je connais ce sentiment. Elle enferma le chèque dans un tiroir. Tu veux les voir ?

— Oui, répondit-il simplement, la voix nouée par une émotion inhabituelle.

Ils marchèrent quelques minutes dans les couloirs agréablement climatisés, passant de chambre en chambre. Le professeur s'arrêtait un instant, discutait avec un malade, avant de frapper à la porte suivante. La visite dura trois heures. Plusieurs fois, il eut l'intuition fugitive, en ouvrant une porte, qu'il allait découvrir sa femme, dans un lit. Comme Dorian Gray, elle aurait traversé le temps, toujours aussi jeune, et serait là, à l'attendre, profitant des soins offerts par la FAOIA. Mais, dans chaque chambre, c'étaient les mêmes visages anonymes et cauchemardesques de malades attendant la mort, entourés de fleurs et de cassettes vidéo. Brusquement, les couloirs pastel lui parurent insupportables. Elle n'était pas là. Elle ne reviendrait pas. Elle ne reviendrait jamais. Et une petite voix maléfique lui glissait autre chose : *Vic va bientôt la rejoindre.*

Il reprit sa voiture, en direction de l'aéroport. Il serait à Londres pour la nuit. Demain, il partait pour achever sa traque. Il devait finir sa mission, pour éviter à des millions d'autres innocents de se retrouver eux aussi dans un lit d'hôpital ou, pis, au fond d'une tombe. Et il y avait Vic à sauver. À l'idée que la petite Française était condamnée, il avait envie de hurler. Il ne pouvait pas laisser les fondamentalistes poursuivre leur œuvre démente. Toutes les fibres de son être se révoltaient à cette idée. L'Égypte serait le cercueil des terroristes. Il ne leur laisserait aucune chance. Juste celle de se voir mourir après avoir été vaincus.

5

Le Caire. L'ancien aéroport avait été doublé par un nouveau bâtiment rutilant. Recouvert de marbre du sol au plafond. Foster se retourna vers son appareil. Le 767 était couvert d'une fine pellicule de saleté, qui brillait sous le soleil. Il avait voyagé avec Vic. Samuel et Milan atterrissaient deux heures après, sur un autre vol.

À peine sortis de la zone sous douane, ils furent happés par une meute de chauffeurs de taxi, se battant pour proposer leurs services. L'un d'eux essaya même d'arracher à Foster son sac de voyage des mains et Vic dut lancer une phrase sèche en arabe pour stopper l'Égyptien. Foster se tourna vers la jeune Française pour la remercier. Habillée d'un pantalon en épaisse toile beige, façon treillis, et d'une tunique, elle faisait encore plus jeune. Il l'admira un instant, avant qu'elle se retourne avec un sourire mutin.

— Quel regard ! Alors, professeur, vous m'observez ou vous m'admirez ?

Il rougit un peu tout en pestant contre lui-même. « Tu es grotesque. Tu agis comme un gamin. » Il biaisa.

— Ni l'un ni l'autre. Je vous *regardais*. Bon, il faut aller à notre hôtel. On apprend toujours à éviter les taxis dans les écoles d'espionnage ?

— Toujours, professeur. Surtout dans ce type de pays.

Il la prit par le bras.

— L'Égypte n'est pas un « type de pays », ma chère Vic. C'est même l'endroit que je préfère au monde après la France.

Elle lui lança un regard étonné.

— Vous y venez souvent ?

— Tous les ans.

— Le président Mitterrand allait à Assouan tous les Noëls, paraît-il.

— Je sais. Je prends la même suite que celle qu'il aimait occuper à l'hôtel Old Cataract.

— C'est pas là qu'ils ont tourné un film d'Agatha Christie ?

— Quel sens de l'histoire ! Si c'est tout ce que vous retenez d'Assouan... Allons plutôt louer une voiture.

Ils se dirigèrent vers un comptoir de location de voitures, tenu par un jeune Égyptien vêtu d'un jean, d'une chemise à carreaux et d'une casquette de base-ball. Le prototype de la nouvelle génération cairote, pressée de s'ouvrir vers l'Occident. Le vendeur leur adressa un sourire charmeur et sortit une liasse de documents en couleurs, présentant les véhicules. Foster la passa à Vic.

— Choisissez. Après tout, les voitures, c'est votre rayon, non ?

Elle examina le catalogue longuement avant d'opter pour un break Nevada équipé de la climatisation. Quelques minutes plus tard, ils quittaient l'aéroport, Vic au volant.

— On crèche où, professeur ?

— Je ne crèche pas. Je loge, j'habite, éventuellement je dors. Je note que votre vocabulaire se dégrade depuis notre première rencontre, ma chère.

— Pardon, votre seigneurie. Où les draps de satin nous attendent-ils ?

Soupir.

— Ce soir, nous allons au Mena House, en face des pyramides. C'est un immense hôtel où résident des centaines de touristes et de riches hommes d'affaires. Personne ne nous y remarquera. Mais il faut trouver un appartement pour les jours suivants. Ce sera plus discret.

— OK, chef.

Elle lança la voiture sur une grande avenue.

— Au fait, votre hôtel Mena machin, c'est un palace ?

— Le plus beau d'Égypte.

— C'est pour impressionner votre petite espionne française ?

Elle avait parlé d'un ton léger, mais Foster s'empourpra une seconde, avant de se reprendre. Un coup d'œil sur sa gauche. Visiblement, Vic ne s'était pas rendu compte de sa réaction.

— Ce n'est pas la peine de me regarder de côté, professeur. Je vous ai vu rougir. Vous niez ?

Il la regarda droit dans les yeux cette fois-ci.

— Je ne mens jamais.

— Je m'en doutais. Alors dites-moi, vous avez le goût du luxe ? Ce n'est pas un péché, ça ? Je pensais que tous les psychiatres étaient des ascètes.

— Qu'est-ce que le péché ? Il articula le mot avec une certaine componction. Une convention imposée par la société pour brider notre liberté et notre imagination. Les psychiatres ne prônent pas l'ascétisme.

Elle s'arrêta pour laisser passer une voiture de police, toutes sirènes hurlantes.

— Ils prônent quoi ?

— Le principe du plaisir, bien sûr. Pour ma part,

je fais miens tous les péchés capitaux. La luxure ? Elle est indispensable pour vivre épanoui, sachant que l'homme, à la différence du lézard, est un animal à sang chaud. L'orgueil ? Je le revendique. Il est légitime quand on le mérite. Seuls les idiots ne sont pas orgueilleux. La gourmandise ? Nous avons le palais le plus fin de toutes les espèces ayant jamais existé sur cette terre. Ce n'est pas pour manger de l'herbe. La paresse ? Il étira les bras en poussant un petit soupir comique. Comment voulez-vous atteindre quatre-vingts ans heureux et en forme sans un minimum de paresse ? Il n'y a que l'envie et l'avarice qui sont méprisables.

Une nouvelle ligne droite. Elle accéléra un peu.

— Vous avez une drôle de morale.

— Parce que vous confondez morale chrétienne et morale tout court. La morale n'édicte pas, en tant que telles, des normes de comportement. Elle donne une maxime qui permet de juger toute action à son aune.

Avisant un parking, elle tourna et gara la voiture. Puis, pivotant un peu sur son siège, elle lui prit la main. Il sursauta.

— Et c'est quoi la morale du professeur Foster ?

— Je vous parle de la morale selon Kant, le grand philosophe allemand.

— Et moi je vous parle de celle de Francis Foster.

Elle lui tenait toujours la main et Foster sentit soudain de grosses gouttes de sueur perler sur son front.

Elle lui souriait, sans lâcher sa main.

— Je vous trouve hésitant, professeur. Vous avez un problème ?

D'un geste sec mais sans violence, il dégagea sa main. Puis, brandissant un journal plié en direction du pare-brise :

— Allons-y maintenant. Il est temps de rejoindre notre hôtel.

Elle soupira et remit le contact.

— C'est vous qui commandez.

À nouveau, elle accéléra un peu, vérifiant que Foster avait bien attaché sa ceinture.

— Au fait, il est impossible de nous déplacer à quatre dans cette tire sans attirer l'attention. Comment comptez-vous faire ?

— J'y ai déjà pensé. Dès demain, Sam va devenir « officiellement » guide touristique. Vous allez appeler le SIS pour qu'ils arrangent tout. Je veux qu'ils nous envoient en exprès un faux certificat du ministère égyptien du Tourisme.

— Et c'est Sam qui va nous conduire ?

— Vous voyez quelqu'un d'autre ? Il est très clair de peau et peut passer pour un Égyptien du Sud. L'Égypte a une frontière avec le Soudan et il y a eu beaucoup de brassage de populations. Certains Égyptiens ressemblent à des métis ou à des Africains de l'Est.

— Et pour la bagnole ?

— Vous allez louer un minibus pour touristes et vous le maquillerez avec Samuel. Demandez au SIS qu'ils nous préparent des autocollants publicitaires.

— Un minibus. Beurk !

— Dès que cette affaire sera réglée, je vous promets une promenade dans la campagne anglaise au volant d'une Aston Martin ou d'une Marcot.

— Une Marcos, avec un « s ». Voilà qui est mieux. Elle regarda avec intérêt un policier dépenaillé qui tirait son kalachnikov par le canon. Au fait, à quel nom le minibus ?

— Le SIS trouvera. Il réfléchit une seconde. Je veux

simplement que ce soit gros et voyant avec des décalcomanies de toutes les couleurs.

Vic éclata de rire.

Ils avaient maintenant atteint le centre du Caire et roulaient dans une cohue indescriptible, au milieu de bus jaunes qui avaient dû faire la guerre du Kippour, de vieux taxis 504 break, de petites européennes crasseuses et de camionnettes japonaises surchargées de ballots invraisemblables. Partout, de curieux camions bleus, désuets avec leurs fenêtres sous le toit comme des meurtrières. Des transports de troupes et de police, omniprésents au Caire. Vic évita d'un coup de volant une vieille 404 break renversée au milieu de la chaussée. Son propriétaire se tenait dignement debout pendant que ses fils ramassaient des ballots dispersés sur le trottoir.

— Professeur ?

— Oui, ma petite ?

— Ça va cogner ici, n'est-ce pas ?

— Je le pense. D'abord, parce que la situation sanitaire s'aggrave chaque jour un peu plus en Europe et que nous ne pouvons pas prendre de gants. Ensuite, parce que nous allons enfin être au contact de nos ennemis, et que nous n'avons pas les moyens de faire preuve de la moindre pitié.

— Est-ce que ça vous arrive d'avoir peur, professeur ?

Il plissa un peu les yeux.

— Peur ? Non, je n'ai plus peur. Il hésita une seconde. Je vous promets que je le regrette parfois. Il ne faut pas avoir honte de la peur. C'est une des traces que nous conservons de notre enfance. La peur est sympathique parce qu'elle est un peu naïve, n'est-ce pas ? J'ai eu l'impression d'être vieux le jour où je me suis rendu compte que je n'avais plus peur de rien. Même pas de la mort.

— « Peur de rien ». Ça me rappelle vaguement une histoire que m'avait racontée mon instructeur de la Légion sur un général britannique.

— Charles Gordon, en 1885, lors du siège de Khartoum. « Allez dire à tout le monde que Gordon n'a peur de rien car Dieu l'a créé sans peur. »

— C'est ça. Que lui est-il arrivé ?

— Il s'est fait massacrer juste après son mot historique.

Elle ne répondit pas, réfléchissant. Le professeur pouvait-il effectivement ne pas avoir peur ? Elle décida que c'était la manifestation de sa force mentale et non de son âge.

— Aimerez-vous me faire plaisir, professeur ? Me faire vraiment plaisir ?

— Pourquoi pas.

— Alors, parlez-moi de votre dernier amour.

Le visage de Foster se crispa légèrement. Comment lui avouer que, depuis la mort de sa femme, il n'était jamais plus tombé amoureux ? Qu'il avait vécu dans un vide absolu, aussi profond qu'une fosse abyssale, sans fond. Et aussi noir.

— Professeur ?

— Tournez à droite au carrefour. Il la regarda brièvement, une lueur trouble dans le regard. Je suis désolé, je ne peux pas en parler.

Le soleil avait disparu, assommé par le crépuscule. Vic alluma les phares, regardant autour d'elle, intriguée. Elle n'avait jamais vu la nuit tomber aussi vite.

Ils arrivèrent enfin sur Pyramides Road, la grande artère majestueuse qui menait aux pyramides et à leur hôtel. La silhouette du Mena House se profilait, brillamment éclairée.

— Je ne suis jamais descendue dans un palace.

— Il faut un début à tout.

— C'est ma mère qui serait fière de moi.

— Elle peut l'être de toute façon. Et votre père ? Vous ne m'en parlez jamais. Vous pensez à lui parfois ?

L'espace d'une seconde, le visage de Vic se durcit.

— Rien à dire. C'est un gros con de flic, inspecteur de seconde zone. Il s'est tiré avec une autre femme quand j'avais dix ans. Il m'a rappelée une fois l'année dernière. Je n'avais rien à lui dire. Un bouffon sinistre. J'ai raccroché au bout de trois minutes.

Foster restait silencieux, la laissant s'épancher. Vic rétrograda brutalement.

— Ce serait moins pire s'il était mort. J'aurais pu l'imaginer en héros inconnu, ou une connerie de ce genre.

Foster se gratta discrètement la gorge.

— La réalité est souvent plus sordide que la fiction. C'est le drame de nos vies. Il tendit le bras vers l'avant. Voici notre hôtel.

La voiture pénétra dans le parking.

L'hôtel Mena House ressemblait à tous les palaces du monde, avec sa piscine et ses touristes croulant sous les montres et les bijoux de prix. Foster avait réservé à ses frais deux suites, qui donnaient sur les pyramides. Pour faire plaisir à Vic. Il posa rapidement sa valise sur son lit et rejoignit Vic dans sa chambre. Elle était debout sur le balcon, admirant les pyramides éclairées par des projecteurs, bouche bée. Le chant mélodieux d'un muezzin entrait par la fenêtre, couvrant les voix du « son et lumière ».

— C'est magnifique, professeur. Merci.

Il inclina la tête en silence.

— Vous êtes vraiment un habitué de ce genre d'endroit ?

Petit sourire en réponse.

— Moins qu'avant. Je voulais surtout vous faire plaisir. Mais n'oubliez pas : le travail reprend demain.

Vic se retourna pour le remercier, mais, déjà, le professeur était parti. En soupirant, elle ferma la porte-fenêtre, enleva sa chemise et son soutien-gorge. De fines gouttelettes de sueur perlaient sur ses seins et son ventre. Machinalement, elle les essuya. Le contact la troubla. Depuis combien de temps n'avait-elle pas senti la main d'un homme sur elle ? La main d'un homme qu'elle aimait. Elle ferma les yeux, essayant de chasser cette pensée. Lentement, elle ôta tous ses vêtements, regardant son reflet dans une grande glace murale : « Pas mal. » Elle tourna sur elle-même. Ses muscles saillaient sous sa peau, ses hanches étaient fines, ses fesses et ses seins parfaitement fermes. Immobile, elle s'admira encore quelques instants. La fine toison de son ventre semblait lancer un appel muet à l'amour. Elle ouvrit la porte de la salle d'eau pour aller se faire couler une douche. La salle de bains était en stuc et en marbre et, vu sa taille, avait dû être conçue pour un car entier de touristes. Mais elle était éclairée par des néons blafards et, lorsqu'elle ouvrit le robinet de la baignoire, il n'en sortit qu'un ridicule filet d'eau jaunâtre. Elle s'assit sur le rebord, pensive. Était-elle heureuse ou mélancolique ? Pour la première fois de sa vie, elle n'arrivait plus à analyser ses sentiments ni même à répondre à cette question simple. « Idiote. Tu es en train de tomber folle amoureuse et tu le sais très bien. » Dans la fine vapeur envahissant la pièce, elle chercha un instant le visage et le corps de Foster mais elle était seule. Elle ferma doucement la porte et se laissa aller sous l'eau brûlante.

Rentré dans sa suite, Foster avait sorti ses affaires, le manuscrit de sa collègue américaine, ses notes ainsi que son ordinateur, puis s'était couché quelques minutes sur son lit. Au bout d'une demi-heure, il se leva en grognant. Son mal de dos reprenait. « Trop vieux, tu es trop vieux. Regarde-toi : tu es un dinosaure. » Il examina son corps blanc en silence et se dirigea lourdement vers la cabine de douche, après avoir pris un petit flacon de shampooing posé sur l'évier. « Il pue la pomme, ce shampooing. On dirait du détergent. » Il sortit rapidement de la douche, se sécha et farfouilla en marmonnant dans sa valise avant d'en sortir une petite radio de voyage. C'était à l'origine une vraie radio, trafiquée par les services techniques du SIS. Les techniciens avaient ajouté dans le boîtier un scrambler, système de brouillage pour téléphone. La voix était ainsi déstructurée, transformée en une bouillie de signaux totalement impossibles à reconstituer, même avec un ordinateur. Seul un téléphone pourvu du même système à l'arrivée pouvait recevoir un message audible. Il brancha sa « radio » sur le téléphone et composa le numéro qu'il avait appris par cœur.

— *Good evening,* fit la voix sucrée de la secrétaire du chef de la CIA pour Le Caire.

Il eut son interlocuteur au téléphone immédiatement. C'était visiblement un jeune fonctionnaire, tout émoustillé de parler à un inconnu qu'il devinait être un homme important. Oui, il avait reçu des instructions de Paul Vince. Il était à sa disposition et devait lui apporter du matériel arrivé de Washington par avion spécial le matin même. Quatre valises qui semblaient bien lourdes. Il serait là dans une heure, avec un marine qui l'aiderait à porter le tout.

Foster remercia et raccrocha. La mission commençait. Pensivement, il regarda un calendrier posé sur la table. Enfin.

« *L'hallucination peut être définie très simplement : c'est une perception sans objet. Chaque organe des sens peut avoir des perceptions. Il peut donc y avoir des hallucinations visuelles, auditives, gustatives et tactiles. Le plus souvent, les hallucinations sont auditives. C'est notamment le cas du sujet 9-122. Il est fréquent que les voix célestes qu'il croit entendre lui donnent des ordres. Suivant les ordres reçus, il peut accomplir ou faire accomplir n'importe quel acte, en particulier des actes d'agression.* »

L'hallucination. Foster s'arrêta une seconde de lire. Il était fréquent que des responsables de mouvements terroristes aient des hallucinations. Dieu leur enjoignait de faire sauter l'Empire State Building et « boum », ils y mettaient une bombe. Était-il possible que le responsable du réseau « Vengeance et Châtiment » ait pu être soigné dans un établissement psychiatrique ? Il repoussa l'idée. Peu probable dans un pays comme l'Égypte, où les structures de médecine spécialisée n'étaient pas développées.

Perdu dans ses pensées, il n'entendit pas la porte s'ouvrir.

— Encore sur votre livre, professeur ?

Foster se leva vivement. La porte était ouverte. Vic, Milan et Samuel se tenaient sur le seuil.

— On a atterri il y a trois quarts d'heure.

— Bien.

Milan ferma la porte soigneusement derrière ses compagnons.

— On commence quand, professeur ?

— Demain matin. J'attends les armes d'une minute à l'autre.

— SIS ?

— Non. J'ai préféré demander à Vince. Il connaît vos habitudes.

— Merci, professeur.

Un éclair féroce dans le regard de Foster.

— Ce n'est pas de la courtoisie. Juste de l'efficacité.

Un coup discret à la porte l'interrompit. Foster ouvrit. Un jeune homme, l'air d'un comptable, se tenait sur le seuil. Cheveux roux, costume clair et cravate malgré la chaleur, petites lunettes cerclées. Il se précipita, la main tendue.

— Bonjour, je viens de l'ambassade.

Son accent texan était à couper au couteau. Le diplomate traînait derrière lui quatre grosses valises Samsonite à roulettes, visiblement très lourdes. Un énorme marine en civil, le crâne rasé, se tenait un peu en retrait.

— Votre matériel, je suppose. John m'a aidé à les monter.

Déjà Milan prenait les valises. Foster remercia chaleureusement l'envoyé de l'ambassade puis referma soigneusement la porte.

Milan et Sam avaient déjà posé les valises sur le lit. L'Américain les ouvrit l'une après l'autre, Vic et Samuel regardant derrière son épaule. La jeune Française siffla en découvrant le matériel : fusils d'assaut Beretta et Famas commando, PM Ingram dernière génération, pistolets Glock 30 « subcompact » et Hi Standard. Dans les autres valises, il y avait des imperméables spéciaux sur le modèle de celui de Milan, dont un adapté à la taille de Vic, des casques blindés à visière, un jeu de poignards, des lunettes de visée nocturne « Startron », des charges antipersonnel et antibunkers pour les lance-grenades, plus un lot de grenades à main traditionnelles.

Vic prit un des Glock.

— Beau matos.

Foster ferma le couvercle d'une des valises d'un geste sec et sortit un plan du Caire de sa poche. Il le déplia sur le lit.

— J'ai repéré notre cible sur la carte. La rue Sélim-IV se trouve ici. Du doigt, il désignait une rue qui semblait assez longue. Elle serpente sur environ un kilomètre. La boucherie ne devrait pas être difficile à trouver avec les indications sur l'immeuble données par le tueur. Vic et Samuel se relaieront pour des tours de garde de 8 heures le matin à 8 heures le soir.

Vic secoua la tête.

— Je fais comment avec ma gueule d'Européenne et mes yeux bleus ?

Foster fouilla une seconde dans sa propre valise et lui jeta un petit masque en cuir noir.

— Voici un petit souvenir ramené d'un ancien voyage en Jordanie. Vous allez mettre cet attirail que portent toutes les Iraniennes et les chiites militantes. Comme vous pouvez le voir, les yeux sont cachés derrière une fine grille en cuir. En partant demain matin, vous irez vous acheter une robe noire traditionnelle et un tchador. Personne ne remarquera que vous êtes européenne.

— J'espère.

Il la regarda bien en face.

— J'espère aussi, Vic. Mais il faut bien prendre des risques. D'autres questions ?

— Je voudrais voir ma femme. Elle doit s'inquiéter.

— Vous la verrez bientôt, Sam. Scotland Yard l'a prévenue que vous étiez sur une mission un peu spéciale pendant quelques semaines. Il fallait bien lui justifier votre sortie de prison.

— Elle doit crever de trouille.

— Je n'y peux rien.

— Et moi ? Je fais quoi ?

— Pas de planque pour vous, Milan. Vous vous préparez aux interventions. Je veux que vous soyez au top niveau. Allez, rentrez tous dans vos chambres maintenant. Dormez bien et à demain matin. Début de la surveillance à 8 heures.

Milan ouvrit la porte et sortit, suivi par Samuel. Vic s'était mise à la fenêtre, comparant la vue à celle de sa suite.

Foster se dandina d'un pied sur l'autre, mal à l'aise. « C'est le moment. Il faut qu'elle fasse des examens médicaux complémentaires. Très vite. Tu ne peux pas lui cacher plus longtemps qu'elle est malade. »

— Vic ?

Elle se retourna vers le professeur.

— Ouais ?

Brusquement le doute s'insinua. « Comment lui dire ? Elle n'est pas aussi forte que ce que tu crois. Laisse-lui encore quelques jours de tranquillité. » Il lui fit un grand sourire, impénétrable.

— Non, rien.

Elle se pencha, intriguée.

— Je ne comprends pas. Vous vouliez me dire autre chose, professeur ?

— Oui. Bonne nuit.

La chaleur était terrifiante sur la base aérienne américaine de Dhahran, en Arabie Saoudite : plus de cinquante degrés à l'ombre. Le marine de garde devant l'entrée principale regarda avec envie ses collègues confortablement installés dans leur box climatisé. Chaque tour de garde durait une heure et il en avait encore pour près de vingt minutes. Il avait l'impression d'être dans un sauna et le lourd M-16 qu'il portait à l'épaule était brûlant. Impossible de toucher les parties métalliques sans gants, mais il faisait trop chaud pour en porter : cruel dilemme...

Il vit soudain arriver un gros camion de chantier beige, la benne à moitié chargée de gravats. Un bon vieux Mack des années 60, fabriqué dans la mère patrie. Il s'approcha du conducteur, un Saoudien qui transpirait abondamment.

Par gestes, le conducteur lui expliqua qu'il voulait aller charger d'autres gravats à l'intérieur de la base. Il lui sortit une liasse de documents officiels saoudiens, avec des tampons partout.

« Il doit aller au mess, se dit le marine, on est en train de le rénover. »

Normalement, tout engin civil qui entrait dans la base devait être fouillé. Mais comment fouiller un camion chargé de gravats ? Du regard, il interrogea ses collègues restés dans le bâtiment préfabriqué. Ils lui firent des gestes obscènes et ironiques, occupés à regarder une cassette avec Pamela Anderson. Le rêve en Arabie Saoudite, où montrer le bout d'une cheville de grosse matrone était encore le comble de l'érotisme.

Le garde eut un geste d'impuissance et appuya sur le bouton de commande de la porte d'entrée. La herse de protection rentra dans le sol avec un bruit sourd et le camion pénétra dans la base.

Il s'était à peine écoulé un quart d'heure depuis l'arrivée du camion. Un soldat sortit du bâtiment pour remplacer la sentinelle à son poste. Machinalement, celui-ci regardait les employés civils de la base sortir par la porte des piétons, cinquante mètres plus bas, lorsqu'il crut voir le chauffeur du camion sortir à pied. Croyant à une méprise, il regarda mieux. L'autre monta dans une vieille Toyota Corolla blanche qui démarra aussitôt.

Le marine avait des défauts mais il réagissait vite. Il appela son collègue :

— Il y a peut-être un problème. Préviens l'officier de sécurité.

— Un problème sur quoi ? répondit l'autre, soudain en alerte.

Il allait rétorquer lorsqu'il vit le camion. Il était sagement garé devant le QG de sécurité abritant tous les officiers supérieurs de la base ! En proie à un terrible pressentiment, il se mit à courir vers le camion en criant à son copain :

— Une bombe, je crois qu'il y a une bombe dans la benne.

Il était encore à vingt mètres du camion lorsque ce dernier explosa. Une gerbe de feu éblouissante qui engloutit totalement le QG. Avalé par les flammes, le marine n'eut même pas le temps de voir le bloc de béton de deux cents kilos qui le broya.

L'explosion du camion avait provoqué une panique indescriptible dans la base. Des pilotes, croyant à une attaque aérienne, se précipitaient déjà vers leurs appareils, certains simplement vêtus d'un short. Des soldats couraient partout, inutiles, le M-16 à la main. Certains essayaient déjà d'éteindre l'incendie autour du bâtiment détruit, mais la chaleur était trop forte. Le QG avait été quasiment rasé et il n'en restait qu'une colline de gravats fumante, avec des corps carbonisés. L'atmosphère était irrespirable, polluée par la poussière, la fumée et les émanations de l'explosif.

Brusquement, le général en chef de la base arriva en courant, entouré de plusieurs gardes, l'arme à la main. Il était en train de se faire couper les cheveux lorsque l'explosion avait eu lieu. Normalement, il aurait dû être dans le bâtiment. Un lieutenant lui expliqua rapidement l'histoire du camion. Il regarda tout ce qui restait du QG sans y croire.

Heureusement, les terroristes mal renseignés avaient frappé une heure trop tôt. La plupart des officiers se trouvaient chez eux à faire leur sieste et seule une petite vingtaine de soldats était dans le bâtiment lors de l'explosion.

Son second s'approcha.

— Ils ont dû se tromper d'horaire. Ils ne savent pas que l'heure de travail d'après-midi a été décalée de 14 à 15 heures il y a moins d'une semaine. C'est horrible à dire, mon général, mais nous avons échappé à une catastrophe majeure ; sans cette erreur, nous aurions probablement plus de trois cents morts et blessés.

Le général ne répondit pas, des larmes dans les yeux, pensant à ces jeunes qui venaient de mourir stupidement, sans savoir pourquoi.

À côté de lui, un de ses officiers humait l'air.

— C'est du C4.

Le général sursauta comme si un scorpion l'avait piqué.

— Vous en êtes sûr ?

— Affirmatif, mon général. J'ai passé trois ans dans le génie. C'est du C4, un explosif de chez nous.

Le général se retourna brusquement et se dirigea

vers le centre de transmission, au fond de la base, les épaules voûtées. Il fallait maintenant prévenir Washington et le monde entier que des dizaines de soldats américains venaient d'être blessés ou tués dans un attentat, sans doute provoqué grâce à des explosifs de fabrication américaine. Il n'allait pas être accueilli par le Pentagone avec des fleurs.

Milan replia le journal. Foster buvait un café à la cardamome, à petits traits, impénétrable.

— Vous avez eu Scott depuis l'attentat de Dhahran, professeur ?

— Le réseau « Vengeance et Châtiment » vient de revendiquer l'attentat. Une lettre envoyée à l'Agence Reuters du Caire.

— Ils sont rapides, ces fumiers. Cet attentat change tout, je suppose ?

— Il ne change rien. Nous continuons la surveillance sans nous exciter.

Milan fit claquer le chargeur de son Glock.

— Trois jours de perdus.

Foster secoua la tête.

— Ils ne sont pas perdus. Chaque jour qui passe augmente nos chances de voir débarquer le bras droit du chef terroriste.

— Si ça se trouve, le mec que j'ai cuisiné à Londres m'a baratiné.

— Vous croyez ça ?

Milan posa son arme.

— Non. Il était sincère.

— Alors, il faut attendre. Savez-vous que certains félins guettent leurs proies des heures sans bouger ?

Sourire carnassier de Milan.

— Je sais. Je fais comme eux. Il m'est arrivé de planquer plusieurs jours dans un abri de fortune.

— Alors, restons professionnels. Et, au premier faux pas, on leur tombe dessus.

Milan fit glisser la lame de son poignard à l'horizontale, d'un geste si rapide que Foster le vit à peine.

— Au premier faux pas, pfiiiiiit.

Onze jours. Le professeur tournait dans sa chambre comme un ludion. Onze jours qu'il enrageait en silence. Onze jours que l'équipe était au Caire et ils avaient joué de malchance, n'ayant jamais pu localiser Ahmed, le supposé numéro deux du réseau terroriste. La rue Sélim-IV était située dans un quartier populaire et la surveillance était presque impossible à réaliser discrètement. Vic passait la moitié de ses journées sur place, habillée en femme chiite, vendant quelques pauvres légumes aux passants. Mais elle souffrait terriblement de la chaleur sous ses voiles noirs. Ce n'était guère mieux pour Samuel. Tous les matins, habillé comme un Égyptien normal, il quittait leur appartement d'Héliopolis, juste derrière l'horrible building de l'hôtel Mövempick. Il s'arrêtait dans une rue calme proche des lieux touristiques et se déguisait discrètement en clochard à l'intérieur de la camionnette : postiches imitant une pelade, revêtements noirâtres collés sur les dents, vêtements crasseux et puants. Entre la chaleur, l'odeur de ses vêtements, l'ennui de l'attente et le risque permanent d'attirer l'attention de possibles islamistes, le pauvre Samuel n'était pas près d'oublier son séjour au Caire.

Foster se pencha à la fenêtre pour la centième fois, regardant sa montre. Vic dormait et Samuel était en planque.

« Ça n'avance pas. Foster, tu es en train de te planter. » En soupirant, il but un verre d'eau, sans pouvoir se détendre. « Pourvu qu'on ait un contact rapidement. »

La porte du salon s'ouvrit et Milan entra, torse nu. Malgré lui, Foster ne put s'empêcher d'être impressionné par la musculature puissante de l'Américain. Une bête de combat. Milan intercepta son regard et sourit.

— J'étais plutôt chétif, enfant. J'ai beaucoup travaillé.

— Vous avez eu raison. Vous êtes un vrai athlète. En tout cas, vous allez mieux, je vous ai vu sourire plusieurs fois ces derniers jours, malgré la tension.

Milan s'assit.

— J'ai beaucoup réfléchi à moi, professeur. Je sais que c'est égoïste vu la situation.

— Non, c'est normal. Vous n'êtes pas occupé à plein temps en ce moment. Il n'y a pas de mal à réfléchir à votre avenir. Vous êtes plus serein.

— Je l'ai toujours été.

Foster secoua la tête.

— Vous n'étiez pas serein, vous étiez sûr de vous, c'est différent. Vous vous sentiez invulnérable, jusqu'à l'incident de Miami. Maintenant, c'est autre chose. Vous doutez mais, dans le même temps, vous êtes plus conscient de la portée de vos actes. Et je suis sûr que vous avez décidé de changer de vie. Je le lis dans vos yeux.

Machinalement, Milan prit le PM Ingram posé sur la table, faisant jouer la culasse à vide.

— Affirmatif. Grâce à vous.

— Mon rôle a été très modeste. Foster prit son manuscrit et chaussa ses lunettes. Je suis content pour vous. Bientôt vous retomberez amoureux, j'en suis sûr. Les sentiments sont le dernier pas de la guérison.

— Vous dites ça à tous vos malades ?

— Non. Ça vaut pour tous les humains sur cette terre. Au fait, si vous passez un jour à la vie civile, il faudra que vous réappreniez à parler normalement. Affirmatif, négatif, c'est un peu lapidaire comme style.

Milan sourit.

— OK, professeur. J'essaierai.

Samuel essuya la sueur qui coulait sur son visage. La chaleur était intenable. Il se releva à moitié pour se gratter le mollet, sans perdre de vue l'immeuble suspect. Un grand bâtiment en béton, recouvert de crasse et d'un curieux enduit marron. La boucherie du rez-de-chaussée proposait toutes sortes de viandes, immanquablement recouvertes de nuées de mouches de toutes les couleurs : bleues, noires, et il avait même cru en voir des rouges, mais c'était peut-être un trouble de la vision dû à une trop longue attente. Les clients de la boucherie étaient des habitants du quartier et, en majorité, des restaurateurs et hôteliers venant acheter de la viande en gros. Si les touristes avaient pu voir d'où venaient leurs *chawarmas*, sans doute servis avec componction par des maîtres d'hôtel connaissant l'horrible vérité...

Le métis se cala contre le mur. Un voisin lui avait offert une orange quelques minutes avant et le fruit bien sucré lui avait fait du bien. Machinalement, il jeta l'écorce dans le caniveau. Une vieille Fiat Regata bleue s'arrêta dans la rue qui faisait l'angle avec l'immeuble qu'il surveillait. Tous ses sens en éveil, il examina attentivement la voiture, à travers ses yeux mi-clos. Une Fiat Regata, la voiture qu'il attendait. Surtout, ne rien faire qui puisse alerter Ahmed, si c'était bien lui. Les terroristes sont des professionnels de la clandestinité et ont souvent une sorte de sixième sens, qui leur fait percevoir le danger. Au bout de deux minutes, les portières avant de la Fiat s'ouvrirent et deux hommes en descendirent. Celui qui conduisait était petit, avec une courte barbe blanche et un turban. Son compagnon avait environ vingt-cinq ans, un mètre soixante-quinze, une barbe de trois jours. Musclé, le regard sans cesse en mouvement. Quatre séjours en prison avaient aguerri Sam. Son regard se fit plus fixe. L'homme qui accompagnait le vieillard avait la même démarche, la même expression, la même assurance que les détenus qui encadraient les caïds de la prison lors des promenades réglementaires. Un garde du corps. La bosse d'un automatique se dessinait d'ailleurs sous sa longue tunique. Les deux hommes entrèrent dans la cour qui jouxtait la boucherie et Samuel les vit monter un escalier métallique qui menait aux étages. Sans leur jeter un regard, il se leva nonchalamment. Cinquante mètres plus loin, il hâta le pas pour rejoindre la rue paisible où était garé le minibus. Vérifiant que personne ne le voyait, il monta en vitesse et attrapa une mallette cachée par une couverture derrière le siège. À l'intérieur, il y avait un téléphone Iridium.

Rapidement, il composa le numéro de Foster.

— Professeur. Il est là.

— Vous êtes sûr ?

— Tout correspond à la description : la voiture, le look. Il a un garde du corps avec lui. Qu'est-ce que je fais ?

— On l'enlève immédiatement. J'arrive.

Puis Sam entendit brusquement une série de jurons

dans l'appareil, incongrus de la part d'un homme comme Foster.

— Merde, merde et merde. Milan est parti à l'ambassade américaine.

Sam sentit son pouls s'accélérer.

— Je fais quoi alors ?

— Je viens avec Vic. Appelez Milan sur son portable et retournez faire le guet.

— Et s'ils partent de l'immeuble, je les flingue ?

— Non. Essayez de les suivre.

Moins d'un quart d'heure plus tard, Foster était en vue de la boucherie. Par discrétion, Vic, habillée à l'européenne, l'attendait un peu plus haut. Atterré, le professeur s'arrêta, regardant le spectacle : malgré la chaleur, des dizaines d'Égyptiens se promenaient, discutant, faisant leurs courses ! Il y avait même une queue devant la boucherie, qui bloquait l'accès à la cour de l'immeuble où était entré Ahmed. Il fit signe à Samuel de le suivre dans une ruelle tranquille à quelques pas de là.

— Vous voulez qu'on intervienne comment ?

— Impossible d'intervenir. Vous avez vu la foule ? Comment voulez-vous opérer discrètement ? Il faut changer de plan. Le suivre et l'enlever chez lui. Je vous attends avec Vic un peu plus bas. La rue est en sens interdit, donc Ahmed sera obligé de passer devant nous pour partir. Vous avez eu Milan ?

— Il est bloqué dans un énorme embouteillage. Il essaie de nous rejoindre.

— Allez chercher le minibus.

Samuel partit en courant. Foster et Vic l'attendaient à l'endroit convenu. La Française monta à l'avant, à côté de lui. Il lui montra la boîte à gants.

— Ton flingue est dedans.

Le Hi Standard était bien là, enveloppé dans une peau de chamois. Silencieusement, elle regarda l'arme quelques instants. Si Milan n'arrivait pas à temps, elle allait devoir le faire une seconde fois. Tuer un homme. Foster se pencha doucement vers elle.

— Nous allons essayer de vous éviter ça. Rappelez Milan sur son portable pour lui dire où nous sommes.

L'Américain était toujours englué dans un gigantesque embouteillage, quelque part du côté du musée égyptien. Rien à espérer avant un bon moment. Ils se calèrent dans leur siège puis l'attente commença.

Machinalement, Vic essuyait les gouttes de sueur qui lui tombaient dans les yeux.

— Fait chier, cette clim.

— On n'a pas le temps de la faire réparer.

À peine dix minutes plus tard, Vic, qui scrutait le rétroviseur intérieur, vit le garde du corps apparaître, puis Ahmed.

— C'est eux.

Samuel se redressa nerveusement sur son siège.

— Sam, allez-y. Mettez le contact.

Les deux suspects montèrent dans la vieille Fiat et passèrent devant le minibus sans même le regarder. Qui se serait méfié d'un car de touristes au Caire ? Samuel embraya et le minibus se faufila dans la circulation, trois voitures derrière la Fiat.

La voiture d'Ahmed avançait lentement dans les embouteillages. Visiblement, le chauffeur veillait à respecter scrupuleusement les règles de conduite.

Dans le minibus, Vic scrutait la circulation, anticipant leurs changements de cap.

— Ils font gaffe en conduisant, ces bâtards.

— Ils ne veulent pas être arrêtés par la police.

Elle ricana.

La voiture des terroristes prit une autoroute suspendue et roula presque une demi-heure avant de sortir à Beni Magdul, un quartier petit-bourgeois de la périphérie immédiate du Caire, à l'ouest de la ville. Régulièrement, Samuel indiquait dans l'Iridium leur position à Milan. La circulation était très dense et Samuel n'avait aucun mal à se dissimuler au milieu des autres voitures. Mais peu d'étrangers vivaient dans ce quartier. Ils ne passeraient pas inaperçus s'ils devaient s'y promener. « Un mauvais point », pensait Foster en son for intérieur.

Vic dit soudain à voix haute :

— Il n'y a que des Égyptiens dans ce bled, professeur. On va se faire remarquer comme des mouches dans un verre de lait.

— Je sais. Nous n'avons pas le choix.

La Fiat roula encore un kilomètre et s'arrêta devant un grand immeuble moderne déjà décati, avec des balcons en verre fumé transparent. Devant l'immeuble, des enfants dépenaillés jouaient, comme dans toutes les banlieues du monde. Le bâtiment était jouxté d'un « jardin » peuplé d'arbustes en piteux état, du fait du manque d'eau. Samuel arrêta sagement le minibus un peu avant l'immeuble, juste derrière une camionnette de la compagnie électrique égyptienne.

— Indiquez à Milan notre adresse exacte. Où est-il ?

— Pas très loin derrière nous, d'après ce qu'il m'a dit il y a trois minutes.

La porte d'un garage souterrain s'ouvrit et la voiture des terroristes commença à manœuvrer pour descendre. Ils avaient peu de temps pour agir. Soit ils intervenaient immédiatement, avec les risques inhérents à une opération violente non préparée. Soit ils attendaient quelques jours, le temps de reconnaître le terrain pour minimiser les risques.

Foster plissa les yeux. Il avait encore eu Scott au téléphone le matin. Le nombre de malades augmentait beaucoup trop vite et la nervosité du gouvernement britannique aussi. Ils ne pouvaient pas se payer le luxe d'attendre. Sans compter Vic. Il se tourna vers elle. Comme d'habitude, un regard suffit pour qu'ils se comprennent. La Française lui fit un léger signe d'approbation du menton.

— Je suis d'accord. Il vaut mieux se les payer maintenant.

— Allez-y.

Samuel enclencha la première et le minibus s'avança rapidement vers la porte du parking souterrain, pendant que Vic tirait le long automatique de sa peau de chamois. Elle manœuvra la culasse, faisant entrer une petite cartouche de 222 dans la chambre avec un claquement sec.

— Ça ira ?

Le ton de Foster était légèrement inquiet.

— Pas de problème.

Elle avait répondu trop vite, d'une voix légèrement tremblante. Foster tourna la tête vers elle, impénétrable, et elle sentit qu'il avait deviné sa tension. Elle inspira longuement pour se calmer. « Tu vas voir de quoi je suis capable, Foster. »

Déjà, la Fiat prenait la rampe d'accès, le minibus quelques mètres derrière elle. Vic, concentrée, était en train de calculer les paramètres de son intervention. Il fallait agir vite. Le garde du corps devait les avoir vus maintenant. D'un coup, elle ouvrit sa portière, sortant le buste de la voiture. Tendant le bras droit qui tenait le pistolet, elle appuya sur la détente. Plusieurs détonations très rapides, couvertes par le réducteur de son. En bas, les deux occupants de la voiture n'avaient pas eu le temps de réagir. Comme dans un film, Foster voyait les douilles s'éjecter avec un bruit métallique, auquel répondait comme un écho le craquement du verre brisé. Six, sept, huit trous dans la lunette arrière de la Fiat. Les trois premières balles passèrent trop à gauche du garde du corps. Les trois suivantes le frappèrent à l'épaule et dans le dos, les deux dernières en pleine tête, à environ un centimètre de distance l'une de l'autre. Son cerveau immédiatement transformé en bouillie, le garde du corps s'affala sur le volant. La voiture, privée de conducteur, continua tout droit et alla s'écraser contre un poteau à trente à l'heure. Déjà Vic était descendue à la volée et courait vers la Fiat, le Hi Standard à la main, enlevant le chargeur pour en mettre un neuf. Ahmed tentait d'enlever une arme de la ceinture du cadavre lorsque le canon brûlant de l'automatique s'enfonça brusquement dans son cou, lui écrasant la jugulaire.

— Bouge pas.

Elle avait parlé arabe.

Sans l'écouter, Ahmed arracha fiévreusement l'automatique, un vieux Tokarev, de la ceinture de son garde du corps. Vic assena un atémi du plat de la main, lui cassant le nez. L'Égyptien poussa un cri de douleur, qui résonna dans le parking.

— Lâche ça, fumier, t'entends ?

Nouvel atémi sur le nez brisé, nouveau cri de douleur. L'automatique tomba sur le plancher de la voiture tandis que le vieux terroriste se repliait sur lui-même, essayant d'arrêter l'hémorragie de son nez.

Vic se tourna vers le minibus, qui bloquait l'allée, arrêté en plein milieu. La porte était en train de se refermer derrière eux avec un grincement, les cachant de la rue. Samuel avait mis pied à terre. Les deux genoux fléchis, il tenait fermement son Glock des deux mains, le canon dirigé vers l'épaule de leur adversaire, couvrant Vic au cas où Ahmed aurait eu un geste dangereux.

— Relax. Occupe-toi plutôt de la voiture.

Elle agrippa l'Égyptien par les cheveux, l'obligeant à sortir de la Fiat. Malgré son nez blessé, il lui décocha un coup de poing en plein ventre. Elle reprit son souffle immédiatement et lui renvoya un coup de genou suivi d'un nouveau coup de coude dans le nez. Le terroriste poussa un jappement de douleur, vite étouffé. De toute évidence, c'était un vrai dur, malgré son apparence benoîte. Elle rangea son arme et lui fit une clef du bras tout en le poussant vers le minibus, le visage crispé de douleur. Le terroriste était couvert de sang. Elle ouvrit la porte coulissante du minibus de la main gauche et le poussa durement sur la banquette. L'Égyptien n'eut même pas le temps de se relever. Vic lui assena une violente manchette sur la nuque et il s'évanouit immédiatement.

Au même moment, le téléphone de Foster sonna.

— C'est Milan. Je suis devant l'immeuble. Vous êtes où ?

— Dans le garage. Je vous ouvre.

Foster se pencha dans la boîte à gants et en sortit un petit émetteur d'ouverture de porte. La porte pivota, dévoilant la silhouette de Milan. Vic souffla. L'action était terminée, mais savoir l'Américain sur place lui enlevait brusquement toute tension. Elle regarda Samuel à la dérobée et vit qu'il réagissait comme elle. Avec Milan, il ne pouvait rien leur arriver. Rien. Samuel se remit à sa tâche : effacer les traces les plus visibles de leur action. Il gara la Fiat sur une place normale, le capot en avant, de sorte que l'accident qu'elle venait d'avoir ne se remarque pas trop. Il tira ensuite le cadavre du garde du corps et le cala tant bien que mal dans le coffre. Le Hi Standard utilisait des munitions de très petit calibre et le garde du corps ne saignait pratiquement pas. Avec un peu de chance, il pouvait rester là quelques jours sans qu'on le remarque.

Milan regardait Samuel s'affairer autour de la Fiat.

— La lunette arrière.

Une constatation autant qu'un ordre.

Samuel courut jusqu'au minibus et en sortit une petite mallette du coffre. Elle contenait divers matériels utiles en opération, dont un mastic transparent. Il en prit deux grosses noisettes et boucha soigneusement les petits impacts dans la lunette arrière, essuyant soigneusement les bords avec sa manche de chemise. Consciencieusement, il se pencha pour examiner le résultat. Même de près, il était difficile d'imaginer que plusieurs balles avaient traversé cette vitre.

Vic et le professeur l'attendaient, assis sur la banquette arrière du minibus. Milan avait lié les mains du terroriste avec des menottes en plastique, puis il l'avait glissé dans une grande housse noire, semblable à celles dans lesquelles on met les cadavres. La housse reposait maintenant sur le plancher du véhicule et Foster avait posé les pieds dessus. Samuel se mit au volant, faisant faire demi-tour au minibus.

Ils avaient enfin un prisonnier et pas n'importe lequel. Le supposé numéro deux du réseau « Vengeance et Châtiment » !

— Il va falloir le faire parler rapidement.

— Exact, Vic.

— Avant que leur chef s'aperçoive de sa disparition.

— Sinon, il risque de s'enfuir à l'autre bout du monde et tout sera à recommencer... Je pense comme vous. Nous allons faire au plus vite.

Le minibus se faufilait habilement dans la circulation cairote.

— C'est drôle, professeur.

— Quoi donc ?

— Les choses vont si vite. Regardez ce mec. Il y a une heure, c'était un caïd sûr de lui, qui devait faire trembler son entourage, avec son garde du corps. Maintenant, c'est juste un tas de viande dans une housse.

Il posa sa main sur la sienne.

— Ce n'est pas un tas de viande. C'est un homme, même si c'est notre ennemi. Ne vous laissez pas griser par la violence.

— Je ne suis pas grisée. Je fais juste mon boulot.

— Je sais. Au fait, pourquoi utilisez-vous des armes de si petit calibre pour les... hum... éliminations ?

Milan se retourna.

— Raisons techniques. D'abord, on trouve du 22 en vente libre dans la plupart des pays. Ensuite, la balle ne ressort pas, donc il n'y a pas de dégâts collatéraux. Dernière raison, c'est la munition la plus silencieuse avec un réducteur de son.

Vic se pencha vers lui.

— Tu oublies la quatrième raison. La plus importante.

— Exact. Le plus souvent, les balles de 22 explosent dans le corps, ce qui rend impossible toute identification balistique. Pas de balistique, pas de coupable.

Foster regardait les mains de l'Américain, pensif.

— Je comprends. Rien n'est laissé au hasard, n'est-ce pas ?

Milan secoua la tête.

— Jamais.

Samuel allongea le bras, introduisant une cassette dans le lecteur.

— Un peu de musique pour clôturer cette séance de philosophie collective. Il se pencha sur l'oreille de Milan et chuchota : Symphonies n°s 40 et 41 *Jupiter*. Orchestre philharmonique de Berlin, dirigé par Karl Böhm.

Il monta un peu le son et la musique envahit l'habitacle, balayant toute conversation.

Arrivés à l'appartement, ils avaient sorti soigneusement le terroriste de sa housse pour le mettre sur le lit d'une des chambres. L'Égyptien n'avait toujours pas repris connaissance.

Sam soupira.

— Vous savez de quoi j'ai envie ? D'un bon joint.

Foster tourna la tête légèrement, figé.

— Ouais, je sais, professeur. Je plaisante. Mais y a des jours où je voudrais être un blondinet aux yeux bleus.

Vic posait son blouson à une patère.

— Pourquoi ?

— Comme ça, une fois cette mission terminée, je pourrais me fumer un joko d'un kilomètre chaque matin sans que tout le monde me prenne pour un connard de rasta.

Vic lui sourit.

— Ils penseraient juste que t'es un connard de blondinet camé. Tu crois que c'est mieux ?

Ils s'assirent autour de la table. Foster se pencha en avant, les deux mains croisées sous le menton.

— Cet homme est un dur. Je veux votre avis à tous les trois sur la suite à donner. Milan ?

Le jeune Américain se tenait très droit. Il desserra à peine les lèvres pour lâcher :

— Parlera pas.

— Je suis d'accord avec lui. C'est un vrai dur.

— Merci, Vic. Samuel ?

— Pareil. À moins de le charcuter vraiment.

Milan but une gorgée de Pepsi.

— Et alors ? On est payés pour ça.

— Je n'aime pas la violence gratuite. J'ai amené quelques médicaments avec moi au cas où. Foster se tourna vers Samuel. Mais je n'ai pas tout le matériel adéquat. Il faudrait que vous alliez me chercher deux ou trois choses.

Il prit un papier et fit rapidement une liste qu'il passa à l'Anglais. Ce dernier écarquilla les yeux en la lisant.

— Vous êtes sûr que vous voulez tout ça ? Vous partez en camping ou quoi ?

— Faites-moi confiance. Je vais vous étonner.

Il se détourna pour aller chercher une boisson dans la cuisine.

Sans un mot, Samuel passa la liste à ses deux compagnons.

Foster voulait un hamac, un masque de voyage en soie, une broche électrique pour gigot, un Walkman avec un micro, une cassette vierge et une cassette des *Quatre Saisons* de Vivaldi. L'Anglais fit un signe éloquent aux deux autres, tournant son index sur la tempe. À ce moment, une voix s'éleva de la cuisine.

— Ce silence m'inquiète. Samuel doit être en train de vous dire que je suis fou. N'en croyez rien. Je n'ai pas perdu la raison.

Surpris comme des enfants, ils s'égayèrent. Le professeur était décidément très fort.

— Alors, professeur, quand est-ce que nous voyons enfin notre prisonnier ?

Samuel parlait à travers la porte. Milan se tenait à côté de lui, torse nu, l'oreille contre le mur. Foster était enfermé depuis près d'une heure avec Vic et le prisonnier.

— Laissez-moi encore cinq minutes.

Quelques instants plus tard, la porte s'ouvrit.

— Vous pouvez venir.

Milan et Samuel entrèrent dans la chambre et s'arrêtèrent en même temps devant le spectacle.

Le terroriste reposait dans un hamac en plastique transparent, accroché au mur par des pitons en acier. Il était entièrement nu, à part le masque de voyage en soie sur ses yeux. Ses pieds et ses mains étaient pris dans des sortes de sangles en plastique directement intégrées au hamac. Un écouteur radio était enfoncé dans son oreille droite. Un goutte-à-goutte dans chacun de ses bras, à la saignée du coude, et un troisième dans l'aine. Devant le hamac, une barre montée sur des tréteaux, mue par le petit moteur du tournebroche. La barre pouvait s'avancer de quelques centimètres pour toucher la plante des pieds du terroriste.

— Putain ! Qu'est-ce que c'est que ce truc ?

Foster regardait son œuvre avec une fierté certaine.

— C'est un conditionnement.

— Un quoi ?

— Il faut faire craquer cet homme. Et rapidement, car nous avons peu de temps. Or les drogues habituelles, comme les barbituriques, ne suffisent pas toujours contre les personnes dotées d'une grande résistance psychologique, ce qui semble être le cas de notre homme.

Il marqua un temps d'arrêt pour vérifier que son auditoire l'écoutait bien, et continua :

— Il faut casser ses cadres mentaux. Lui faire oublier qui il est, ce qui lui est arrivé, son enlèvement.

— C'est à cela que servent tous ces machins ? demanda Samuel, intrigué.

— Tout à fait exact.

Foster se rapprocha un peu de l'Égyptien, toujours endormi.

— Notre prisonnier est installé dans un hamac très souple, qui le balance doucement. La drogue injectée dans son bras gauche est de la Chlorpromazine, un neuroleptique très puissant. À une certaine dose, elle agit sur un récepteur du centre de l'équilibre. Ainsi, Ahmed se sent flotter dans l'espace, avec en outre l'impression récurrente de tomber dans le vide, grâce à l'ajout d'une molécule angoissante, l'Idazoxan. L'addition de ces deux sensations est terrifiante, car elle ne correspond à rien de normal. Dans le bras droit, j'injecte un mélange de Norépinéphrine et d'Amobarbital. Leur combinaison permet de briser le cadre mental du sujet. C'est un cocktail très efficace. Il eut un ricanement. La posologie est personnelle.

— Et le goutte-à-goutte dans l'aine ? demanda Milan.

— Il sert à injecter un dérivé de Valium et de la cocaïne, de manière à provoquer une sensation de bien-être. Il est mû par un déclencheur électronique, qui envoie des doses à périodes régulières. C'est le principe du bâton et de la carotte. Des périodes de terreur absolue entrecoupées de moments de félicité proches de l'extase. La principale difficulté avec le Valium est sa demi-vie très longue : plus de vingt-quatre heures.

Samuel se gratta pensivement le crâne.

— N'ayez pas honte de poser des questions. Vic ne

savait pas non plus. Cela signifie que, vingt-quatre heures après avoir injecté une dose, la moitié est encore active dans le sang du patient. Or il faut que les sensations de bien-être soient brèves et aléatoires, qu'elles entrecoupent des périodes de terreur en « apesanteur » pour que le sujet soit totalement sens dessus dessous, donc à notre portée. J'ai eu l'idée d'utiliser un dérivé mis au point par un grand laboratoire suisse. Il est beaucoup plus efficace que le Valium, mais sa demi-vie est de quinze minutes seulement. Il n'est pas difficile d'en fabriquer en petites quantités. J'en avais apporté avec moi.

— Et la barre sur les pieds ?

Le sourire de Foster vira à l'extase.

— L'enfance, c'est l'enfance qu'elle lui rappelle ! Lorsque nous sommes dans le ventre de notre mère, nous baignons dans le liquide amniotique comme des poissons. Mais les pieds du bébé butent en permanence sur la paroi ventrale de la mère. La barre qui, par moments, touche la plante des pieds d'Ahmed rappelle cette sensation. Chaque fois qu'elle se déclenche, le magnétophone relié à l'écouteur enfoncé dans l'oreille du prisonnier se met en route et il entend les *Quatre Saisons* de Vivaldi, entrecoupées par la voix de Vic. Inconsciemment, le prisonnier va donc associer la voix de Vic à cette sensation bienfaisante. Bien sûr, c'est à ce moment qu'il reçoit mon petit cocktail euphorisant, de sorte qu'il est sur un nuage.

Milan hocha la tête, réellement impressionné.

— Pourquoi la voix de Vic et pas la vôtre ?

— Elle est la seule à parler arabe. Et une voix de femme est préférable... Notre homme va se « réveiller » dans une petite heure. Je pense qu'il sera bon d'ici ce soir. Le principal risque est qu'il meure d'une crise cardiaque, mais il semble avoir un cœur de jeune homme. J'ai mis à côté une seringue avec un bêta-bloquant. Je lui ferai une injection s'il fait une fibrillation.

— Ça suffira à le sauver ?

— Ça dépend de la crise. Si elle est très forte, non. Mais, dans la plupart des cas, c'est suffisant. De toute façon, nous n'avons pas le choix. Nous le surveillerons à tour de rôle pour éviter tout problème. Retrouvez-moi dans la chambre à 8 heures pour l'interrogatoire.

— Qu'est-ce que tu écoutes ?

Samuel enleva les écouteurs de ses oreilles. Vic se tenait devant lui, interrogative. Il se redressa un peu sur son lit.

— Un requiem.

Il sourit intérieurement. Lorsqu'il parlait de requiem, les rares compagnons de prison qui avaient un peu de culture lui demandaient toujours si c'était celui de Mozart. À croire que c'était le seul que l'humanité ait retenu. Vic se pencha sur le lecteur de CD.

— Un requiem de qui ? De Mozart ?

Haussement d'épaules de Samuel.

— Non, de Haydn. Il a été écrit près de vingt ans avant celui de Mozart. Écoute ce morceau. « *Promicisti et semini ejus* ». Alors ?

Samuel la regardait, concentré, une expression presque douloureuse sur le visage.

— Fabuleux.

Il se détendit un peu.

— Content de voir que tu apprécies la vraie culture. Demain, je te ferai écouter un autre passage. « *Quam olim Abrahae* ». C'est encore plus émouvant.

Elle le regarda ranger son appareil en souriant.

Samuel devait détonner en prison. Elle savait par le rapport de Scott qu'il y était respecté. Sa taille et sa musculature devaient y être pour beaucoup. Et peut-être aussi cette petite lueur dans le regard, parfois.

— Tu fais combien ?

— Quoi ?

Elle écarta les mains.

— Ta taille. Tu fais combien ?

— Un mètre quatre-vingt-dix-huit et cent vingt kilos.

— Dans ton dossier, il était marqué que tu ne te battais jamais en prison. Pourquoi ?

— J'aime pas, c'est tout.

— Allez, arrête. Je suis flic, n'oublie pas. Avec ta taille, tous les caïds devaient vouloir se mesurer à toi. C'est pareil partout dans le monde.

Il agita la main évasivement.

— C'est arrivé une seule fois. Il y a très longtemps. Je n'ai plus jamais eu à le faire.

— Et alors ?

Il se déplia lentement devant elle et, pour la première fois, elle prit conscience de sa masse imposante. Énorme.

— Y a des trucs que je ne veux plus revivre, c'est tout.

— Tu me racontes ?

Elle le regardait droit dans les yeux. Samuel semblait à la fois contraint et soulagé. Comme s'il savait devoir parler, tout en mesurant l'impact de ce qu'il allait révéler.

— Tu veux vraiment entendre ?

Elle inclina la tête affirmativement, au moment où Milan entrait dans la pièce. Le jeune Américain s'assit à côté de Vic.

— OK. Comme vous voulez.

Sam se tourna vers la fenêtre, les yeux dans le vague.

— La première fois que je suis allé en prison, c'était il y a vingt ans. J'étais à Verne, dans le Dorset, puis ils m'ont transféré à Belmarsh, à Londres. Une des pires de toute l'Angleterre. On y mettait les tueurs en série, les criminels les plus dangereux, les fous. J'avais été arrêté pour un banal cambriolage, mais ils m'y ont envoyé quand même. Parce que j'étais noir. J'étais déjà fou de musique classique. Bizarrement, les surveillants m'ont laissé un petit magnétophone avec un casque d'écoute et mes cassettes.

Vic attendait la suite, un peu tendue.

— C'était un piège, et je ne le savais pas. Ils voulaient s'amuser. Pensez donc : un nègre qui écoutait du Chopin ! J'étais leur bête de cirque. En deux heures, toute la prison était au courant. Le troisième jour après mon arrivée, deux gars m'attendaient sous la douche. Des gars condamnés à perpette. Ils avaient des couteaux fabriqués avec des couverts de la cantine. Ils m'ont attaqué.

— Pourquoi ?

— J'étais devenu « la pédale négro ». À cause de la musique que j'écoutais.

— Que s'est-il passé ?

La voix de Vic était un peu rauque.

— Ils frappaient pour tuer, pas pour rigoler. Le premier m'a touché au ventre.

Sam releva son polo, montrant une longue cicatrice sur des abdominaux impressionnants.

— La lame est entrée sur un centimètre et s'est cassée sur les abdominaux. J'ai eu le temps d'attraper le gars. Par le cou. Je lui ai brisé les vertèbres.

Vic était blême.

— Il est mort ?

— Ouais. Ça a fait crac et il est mort.

Machinalement, Milan se passa la main sur sa nuque rasée.

— Et l'autre ?

— Il m'a raté. Ça a été sa dernière erreur. Parce que, moi, je ne l'ai pas raté. Je lui ai arraché le bras.

Vic se releva à moitié sur le canapé.

— Tu lui as cassé le bras ?

— Non. Arraché. Le mec est tombé par terre dans la douche et moi, j'avais son bras dans ma main.

— Mon Dieu !

Vic était figée, la main devant la bouche.

— Il s'en est sorti, mais le médecin de l'infirmerie n'a pas réussi à lui recoudre son bras. Il est resté manchot. Personne ne m'a plus jamais attaqué pendant les deux ans que j'ai faits ni pendant aucun de mes séjours en prison. Mon surnom en taule depuis ce jour, c'est « casse-tête ». Et ça, c'était pas dans mon dossier. Depuis, je ne me suis plus jamais battu. Je n'ai jamais touché un flic, jamais opposé la moindre résistance lorsque j'ai été arrêté en flagrant délit. J'aurais pu me dégager chaque fois. Je le sais. Je veux travailler en douceur. Vous comprenez pourquoi maintenant ?

Milan inclina la tête.

— C'est aussi pour ça que je fume du shit tous les jours. Le shit, c'est l'inverse de la coke, ça rend doux. Personne n'a jamais foutu sa main sur la gueule d'un autre après un bon joint. C'est ma manière à moi de me soigner...

— Le professeur connaît ton histoire ?

— Il me l'a fait raconter la semaine dernière.

— Il avait deviné ?

— Il m'a montré son carnet. Il était sûr que je cachais quelque chose. Il avait appelé Scott qui avait fini par lui donner mon surnom. « Casse-tête ». Ensuite, il m'a tout fait cracher. Vous savez comment il est.

À la grande surprise de Vic, Milan inclina la tête.

— Je sais.

Un coup léger à la porte interrompit la conversation. Foster passa la tête par l'entrebâillement.

— Il est l'heure d'interroger le prisonnier.

L'Égyptien reposait toujours dans son hamac. Une chaise pliante était placée à ses côtés, avec une pile de BD. Foster les poussa et s'assit, se penchant vers le terroriste en enlevant les écouteurs de ses oreilles, pendant que Vic dépliait une autre chaise.

— Allez-y, Vic.

La Française se pencha sur le prisonnier.

— Ahmed. Tu m'entends ? TU M'ENTENDS ?

Bruits de gorge incompréhensibles.

— Je dois parler à ton chef.

— *Aïwa.*

La voix du terroriste était basse, quasiment inaudible, mais il répondait. Première victoire. Sam avait les poings serrés tellement il était nerveux et Vic semblait avoir du mal à rester assise sur sa chaise.

— Tu sais où est ton chef ?

Sifflement plus fort mais pas de réponse.

— J'aime ton chef, tu sais. Tu l'aimes, toi aussi ?

— Oui.

Foster fit signe à Vic de continuer.

— Ton chef est vraiment un homme bon. Un saint homme.

Nouveau râle indistinct.

— Tu te souviens du vol de la formule en Angleterre ?

Silence.

— Tu t'en souviens ? Tu sais, cette formule que vous avez dérobée ?

— Pas moi.
— Ah bon ! Mais tu dois savoir qui alors ?
— Baaaaarsom. Go gogoooooo.
— Oui, Ahmed. Que veux-tu dire ?
— Gooooooleeeeeeem.
— Je ne comprends pas ce que tu veux dire. Tu veux bien répéter ?
— Goooolem.
Puis la tête du prisonnier s'affaissa et il retomba dans le sommeil.
— Merde.
Vic s'était levée d'un bloc.
Foster se pencha soigneusement sur le prisonnier, souleva une paupière, prit sa tension et son pouls. Puis il leur fit signe de se retirer. Ils fermèrent soigneusement la porte.
— Il s'est rendormi. C'est inévitable avec ces médicaments. Les périodes de repos sont brèves et celles de terreur l'épuisent. Mais il me semble plutôt mal en point.
— Vous avez l'air soucieux, professeur.
— Je le suis. Il s'est rendormi trop vite. Et son pouls n'est pas très régulier. Il faudra bien le surveiller cette nuit.
Milan s'approcha du professeur.
— Qu'est-ce qu'il a dit ? Je n'ai rien compris.
— Il faut que Vic me traduise l'arabe. Mais j'ai saisi deux mots. Barsom. Le professeur plissait le front de concentration. Si mes souvenirs sont exacts, le Barsom est un faisceau de tiges reliées ensemble, qui symbolisait la nature végétale lors des offrandes sacrificielles dans les religions anciennes de l'Iran. Vous avez un dictionnaire ?
La voix de Vic leur parvint, de l'autre côté du salon.

— J'ai une encyclopédie sur mon PC, mais, avec vous, pas besoin. Un Barsom, c'est exactement ce que vous venez de dire, professeur.

— Et l'autre mot ?

— Ce pourrait être Golem. Mais je ne vois pas ce que cela viendrait faire ici.

— Golem ? C'est quoi ? Une ville ?

— Non. Le Golem est un personnage mythique dans la tradition judéo-chrétienne. Plus précisément dans la tradition kabbalistique. C'est un homme créé par des moyens magiques, une sorte d'imitation. Son front se plissa à nouveau. Plus précisément, le Golem est le symbole de la création qui dépasse son auteur.

— C'est insensé. J'ai du mal à comprendre.

Foster les regardait bizarrement.

— Je commence à comprendre, au contraire.

Puis, sans un mot, il se leva et partit vers sa chambre.

Milan et Samuel se regardèrent, interloqués. Que voulait-il dire ?

— Professeur ! Professeur !

Foster se réveilla brusquement. Il jeta un coup d'œil à son réveil : 3 h 12 du matin. Milan était debout à côté de lui, torse nu et en caleçon.

— C'est le prisonnier. Milan avait une voix bizarre. Il vient de me claquer entre les pattes.

D'un bond, Foster fut debout, partant en courant vers la chambre. Une seringue vide était posée sur le torse du prisonnier. Les yeux dans le vide, la bouche ouverte, les traits déjà figés. Pas besoin de s'approcher pour voir qu'il était mort.

— J'ai dû m'assoupir quelques secondes. Quand je me suis réveillé, il râlait. Je lui ai fait l'injection comme vous avez dit, mais ça n'a servi à rien. Il est mort.

— Je vois. Le professeur semblait sincèrement ennuyé. Il a probablement fait un œdème pulmonaire et une fibrillation ventriculaire massive qui a entraîné un infarctus. C'est trop stupide.

— C'est ma faute. Je suis désolé.

— Non, ce n'est pas votre faute. Le mot infarctus veut dire « infarci ». Le cœur se met à battre à plus de cinq cents battements/minute pendant une vingtaine de secondes. Il faut faire immédiatement une injection d'antiarythmique ou, mieux, faire une défibrillation électrique. Sinon, les cellules du cœur explosent sous l'effort. Même dans un service pour grands cardiaques, on n'aurait sans doute pas pu empêcher le décès.

Le professeur essayait de rester détaché mais il était catastrophé.

C'était la tuile majeure. Ils venaient de perdre le seul lien qui les menait à la formule.

Milan s'effondra dans un fauteuil, accablé. Il n'était pas directement responsable de la mort du terroriste, mais c'était quand même une erreur personnelle. S'il ne s'était pas endormi, il aurait pu faire l'injection immédiatement au prisonnier et, peut-être, éviter sa mort.

Le professeur s'appuya contre le mur en fermant les yeux. Son esprit s'était remis à fonctionner, cherchant une porte de sortie.

— Putain ! Ça ne m'était jamais arrivé !

Foster regarda Milan, la tête dans les mains.

— Ça ne sert à rien de se lamenter. Allez réveiller Samuel et Vic.

— On fait quoi ?

— La seule chose qui reste à faire. Nous devons fouiller l'appartement d'Ahmed. Immédiatement.

Milan enfila un T-shirt et alla réveiller Vic. Il ouvrit doucement la porte. La petite Française dormait, nue, sur le ventre. Le drap était repoussé au pied du lit. Malgré lui, il l'admira quelques secondes. Il aurait dû tomber amoureux d'elle, mais ce n'était pas arrivé. Il réalisa au même instant que l'idée ne lui avait même pas traversé l'esprit. La phrase du règlement lui revint. « Aucun rapport sexuel en mission, sauf si c'est pour la mission. » Voilà ce qu'il était devenu. Un robot appliquant le règlement. Robocop, comme l'avait appelé Samuel à Londres le premier jour de leur mission. Peut-être qu'il n'était plus capable d'aimer personne.

Son doigt se posa sur le commutateur électrique et la lumière jaillit.

D'un bond prodigieux, Vic plongea sur le côté du lit pendant que son bras droit glissait sous l'oreiller. À la vitesse d'un cobra. La main ressortit armée d'un Glock qu'elle pointait déjà dans sa direction.

Reconnaissant Milan, elle poussa un soupir de soulagement et se leva, visiblement indifférente à sa nudité.

— Bon Dieu, Milan, tu m'as fait peur ! Qu'est-ce que t'aurais fait si j'avais appuyé sur la détente ?

— Tu n'aurais pas appuyé sur la détente, dit Milan d'une voix douce. Tu es une trop grande professionnelle pour tirer avant d'avoir identifié ta cible.

Son regard glissa sur le corps doré de la Française, s'obligeant à se détacher du pubis presque totalement épilé.

— Mets-toi quelque chose sur les fesses et magne-toi. À cause de moi, notre ami égyptien vient de clamser sans avoir eu le temps de parler.

Ils rejoignirent le salon. Samuel, affalé sur le canapé. Foster debout à côté de la fenêtre, sirotant une tasse de café. Il s'était habillé, tiré à quatre épingles, comme toujours.

— Désolé de vous avoir réveillés si tôt, mais vous

connaissez le problème. À mon avis, la seule chance qui nous reste est d'aller fouiller dans l'appartement d'Ahmed. Peut-être trouverons-nous une piste qui nous permettra de remonter jusqu'aux terroristes. Samuel, vous avez toujours votre trousse du parfait cambrioleur ?

— Elle est dans la chambre à côté.

— Bien. On part immédiatement. Je vais descendre avec Vic prendre la voiture. Passez par l'arrière. Le veilleur de nuit risque de trouver louche que nous partions tous en même temps. Nous vous retrouverons au coin de la rue.

— Je prends mon matos.

Milan se dirigea vers sa chambre.

— Moi aussi.

Ils descendirent dans le hall quelques minutes plus tard. Le gardien de nuit, un Indien, jouait aux cartes avec un collègue sri lankais. Ils regardèrent les deux Occidentaux, intrigués. Les touristes normaux ne vont pas se promener à 4 heures du matin. Foster prit Vic par le cou et il lui sembla qu'elle se collait bien vite à lui, comme si elle appréciait la situation. Il annonça au veilleur avec un clin d'œil complice :

— *We go to the Pyramids.*

Le veilleur leur jeta un regard égrillard, se tournant vers son compatriote.

— Cette petite salope doit avoir envie de se faire sauter au bord des pyramides.

Il avait parlé hindou. L'autre lui lança un clin d'œil, un sourire édenté en direction de Vic.

— Au revoir, jolie madame. Bonne promenade.

Dehors, le « couple » était sorti et marchait en direction du parking.

— J'aime bien quand vous me faites passer pour votre copine.

— Puisque vous êtes ma copine, profitez-en pour me dire votre prénom. Je peux tenter quelque chose ?

— À 3 heures du mat' ? Pourquoi pas ?

— Viviane ?

Elle éclata de rire.

— Encore perdu, professeur.

Brusquement, elle fit un écart.

Foster stoppa.

— Vic, vous allez bien ?

— Oui, ça va.

Sa voix n'était pas très ferme.

— Qu'est-ce qui vient de vous arriver ?

— Rien, rien.

— Ne dites pas « rien ». J'ai cru que vous alliez tomber. Vous avez eu un vertige ?

— Mais non. Je n'ai rien eu. J'ai dû déraper, c'est tout.

Elle regardait le trottoir. Il avait été balayé le soir. Pas un papier, rien.

Foster essayait de masquer son inquiétude. Un vertige. Cela pouvait être n'importe quoi. Notamment la manifestation clinique d'un Creutzfeldt-Jakob. Sa femme aussi avait eu des vertiges. Au début.

Très pâle, il lui ouvrit la porte de la voiture. Vic sifflotait doucement, visiblement inconsciente de ce qui venait de lui arriver. Milan et Samuel battaient la semelle, un peu plus loin, et Foster essaya de chasser l'incident de son esprit.

L'immeuble d'Ahmed semblait complètement assoupi et le quartier était désert. Il était près de 4 h 30 du matin. Vic s'arrêta devant le bâtiment et coupa le moteur. Grâce à ses papiers, ils savaient que l'Égyptien habitait au huitième étage. Appartement 806. Ils prirent l'ascenseur jusqu'au sixième et montèrent les deux derniers étages à pied. Avant d'ouvrir la porte du palier, Milan introduisit une fibre optique prolongée d'une caméra minuscule, reliée à un petit appareil de télé d'une dizaine de centimètres. Autant éviter les risques. Ils ignoraient si Ahmed était marié ou célibataire. S'il avait une femme, celle-ci pouvait avoir donné l'alerte suite à sa disparition et quelqu'un pouvait monter la garde sur le palier. Mais le palier était vide. Samuel et Milan mirent chacun une cagoule noire sur la tête. Ainsi, impossible d'être identifiés par un voisin matinal. Foster protesta, essayant de repousser Vic, mais elle lui mit la cagoule sur la tête d'autorité. Pendant ce temps, Samuel furetait dans la serrure.

— Alors ?

— Très bonne qualité. Matériel allemand. Inattendu pour l'Égypte.

— Allez-y. Ouvrez-moi cette porte.

Le colosse s'accroupit et sortit de son sac un instrument bizarre. Une sorte de gros tube avec une poignée, prolongé par un embout creux en forme de spatule. Il appuya sur la gâchette et un liquide beige visqueux, à base de polyuréthanne et de silicone, s'enfonça dans la serrure, retenu vers le haut par la spatule. Une minute après, il ressortit l'embout. Le mastic avait séché et avait la forme de la moitié inférieure de la serrure. Il effectua la même opération en retournant l'engin. Puis il joignit les deux morceaux de mastic séché et les introduisit dans une boîte en fonte — en fait, un mini-four électrique à micro-ondes. Il appuya sur un bouton sur le haut de la boîte. Encore deux minutes et il l'ouvrit. Le mastic avait durci en cuisant. Samuel avait maintenant en main une clef parfaite. Il la rabota rapidement avec un papier de verre très fin avant de l'introduire dans la serrure. Ils retinrent leur souffle un quart de seconde. La porte s'ouvrit avec un « clic » discret. Ils entrèrent prudemment. Milan et Vic avaient un automatique à la main, mais l'appartement était désert. Ahmed vivait probablement seul. Ils visitèrent le F3 rapidement. Un banal appartement de banlieue. Rien d'extraordinaire, à part un petit secrétaire en bois de rose, doré à l'or, aux pieds recouverts d'écaille, et les nombreuses reprographies accrochées au mur. Vic s'attarda longuement devant celles du salon : deux copies de Matta, trois d'Alechinsky, plusieurs photos de sculptures de Tinguely, sans compter les nombreuses lithographies de mosquées. L'islamiste était visiblement un grand amateur d'art. Plutôt étonnant pour un terroriste. Ils se mirent à fouiller l'appartement, éclairé par la lumière du jour qui commençait à poindre dans une lueur pourpre. Beaucoup de papiers mais rien qui semblât intéressant. Des photos d'Ahmed avec des enfants, indiquant qu'il était instituteur dans une école publique égyptienne. La couverture parfaite. Foster regarda la bibliothèque. La majorité des ouvrages étaient liés à l'art et à l'islam. Il eut un mouvement de surprise en tombant sur un ouvrage relatif à l'ésotérisme. *Traité du zodiaque et des religions anciennes*. Un livre anglais, presque neuf. Une lueur traversa brièvement le regard de Foster. Il feuilleta l'ouvrage quelques minutes, puis le mit dans sa poche, avant de reprendre sa fouille. Au bout d'une heure et demie, ils durent constater leur échec. Ils avaient tout fouillé, éventré les matelas, enlevé la moquette du salon, regardé derrière le carrelage de la baignoire et même dans le réservoir d'eau des toilettes et les siphons des deux éviers. Rien. Ils avaient fouillé dans la bibliothèque, ouvrant chaque livre. Pas le moindre petit papier compromettant.

Ils se retrouvèrent dans le salon.

Vic s'agitait nerveusement, ses gants à la main.

— Qu'est-ce qu'on fait ? Y a rien.

Foster ne lui répondit pas. Le secrétaire en bois de rose.

Ce meuble n'avait pas sa place dans un endroit pareil. D'un bond, il s'en approcha et le retourna fiévreusement pour regarder la signature. Il était signé Boulle ! Il se recula lentement. Un Boulle devait valoir une fortune. Impossible pour un homme simple comme Ahmed de s'acheter un meuble pareil. Troublé, il s'assit sur le canapé éventré pour réfléchir. Comment une pièce aussi rare s'était-elle retrouvée ici, et cela pouvait-il les aider dans leurs recherches ? Soit le meuble avait été volé, soit il avait été offert par quelqu'un qui connaissait les goûts artistiques d'Ahmed. Foster eut un sourire dégoûté en pensant au terroriste. Un amateur d'art. Décidément, il serait toujours surpris par les avatars de la folie humaine.

Il fixait l'élégant secrétaire en bois de rose, comme hypnotisé. Il était persuadé maintenant que c'était un cadeau et, comme il voyait mal le chef du réseau « Vengeance et Châtiment » faire des petits présents à ses sbires, c'était probablement le cadeau d'une femme ou d'un homme assez proche d'Ahmed pour connaître ses vraies fonctions auprès des terroristes, et assez riche pour acheter un objet aussi coûteux. En dehors de ses activités occultes, Ahmed semblait avoir une vie médiocre. Seules ses activités de terroriste pouvaient donc justifier que quelqu'un lui fasse un cadeau de plusieurs dizaines de milliers de dollars. C'était *la* piste qu'il cherchait. Il se tourna vers Vic.

Elle aussi regardait le secrétaire.

— Vous pensez comme moi, Vic ?

— Je crois.

Il tendit le bras vers le meuble.

— Le secrétaire. La voilà, la piste.

Milan et Samuel le regardèrent, interloqués.

— Vous ne trouvez pas bizarre de voir un Boulle dans un appartement minable en plein Caire ?

Évidemment, ni Samuel ni Milan n'avaient jamais ouvert le moindre livre d'art.

Vic retourna le meuble.

— C'est bien un Boulle. Incroyable !

— Prenez l'appareil photo et photographiez-le soigneusement sous tous les angles, y compris en dessous. Prenez aussi la signature.

Le professeur balaya l'appartement du regard. Il semblait avoir été traversé par un typhon. Tout était éventré, détruit. Mais ils avaient les photos du meuble, leur prochaine piste, et le livre.

Il leva la main.

— En route, fit-il simplement.

La ville commençait à s'animer. Beaucoup de fourgonnettes et de camions, quelques véhicules particuliers.

En arrivant à leur appartement, Samuel se pencha sur l'épaule du professeur.

— On fait quoi du mort ?

— Il faut aller l'enterrer dans le désert. Milan va vous aider. Prenez la route de l'Ouest et enterrez-le discrètement. Vous le descendrez dans la housse par l'escalier de service. Pendant ce temps, je vais appeler Delage. Elle doit pouvoir retrouver la trace des derniers acheteurs de ce meuble.

Mohammed Altayi avait les mains moites, comme chaque fois qu'il commettait un casse. Sa spécialité était le pillage des voitures. Le plus souvent, il emmenait les véhicules dans un garage tenu par un chef de réseau qui les lui achetait immédiatement en cash. Mais, de plus en plus, il se contentait de les forcer et de prendre tout ce qu'il trouvait. Y compris les vêtements. Il revendait ensuite le tout à des spécialistes de la fauche. Un travail facile et peu dangereux. Son seul problème venait des efforts faits par les constructeurs. La nuit d'avant, il avait encore mis plus de trente minutes à essayer de débrancher l'alarme électronique d'une Clio, avant de s'enfuir piteusement sans être parvenu à rien. C'était encore pire avec les grosses allemandes dont il n'arrivait même plus à fracturer les serrures. Le métier devenait dur. Du coup, il s'était replié sur les voitures bas de gamme. Comme cette Fiat Regata bleue. Il lui faudrait moins de cinq secondes pour ouvrir le coffre. Durant la journée, il ne pouvait pas passer plus de temps par voiture, sinon les risques d'être découvert étaient trop importants, même dans un parking privé d'immeuble comme celui-là. Il s'appuya négligemment sur le coffre, vérifia furtivement à gauche et à droite qu'il était seul et introduisit le piston de son pistolet à CO_2 dans la serrure. Un coup sur le déclencheur et la dose de gaz comprimé pénétra dans la serrure. Cela fit un « glang » sonore qui résonna dans le parking en béton. Rapidement, il ouvrit le coffre et resta interdit. Il y avait un homme dedans ! Un homme mort, dont l'arrière du crâne était réduit en bouillie. Mohammed Altayi eut l'impression d'être transformé en statue de sel. Un cadavre. Si on le trouvait avec, on l'accuserait de l'avoir tué et il finirait pendu. Sans même prendre le temps de réfléchir, il s'enfuit à toutes jambes, laissant le coffre ouvert avec son sinistre contenu bien en évidence...

Ce fut le gardien de l'immeuble qui découvrit le cadavre, deux heures après. Il était descendu à la cave pour chercher des outils, afin de réparer les volets d'un appartement au cinquième étage. Passant devant la Fiat, il avait été intrigué par le coffre ouvert. Il s'était mis à hurler comme une sirène, ameutant tout le quartier. Un cadavre dans le coffre de la voiture de M. Ahmed, le gentil instituteur, c'était vraiment une nouvelle incroyable !

Le chef du réseau « Vengeance et Châtiment » était en train de siroter un café à la cardamome très sucré — « masbout », comme disent les Égyptiens — lorsqu'on frappa à la porte de son bureau. Il réfléchissait à son prochain attentat, qui allait stupéfier la terre entière. Le dernier avait été une réussite totale. Tout le monde parlait de lui. C'était parfait. Beaucoup plus efficace que l'opération en Angleterre, contre le laboratoire. Ce plan sur l'épidémie de Creutzfeldt-Jakob était trop compliqué. Et trop long. Il avait soixante-seize ans et pouvait mourir d'un jour à l'autre. Il voulait voir son œuvre s'accomplir avec certitude. Son projet était maintenant d'abattre un avion de ligne au-dessus de New York avec un de ses missiles. L'avion en flammes s'écraserait au sol, sur une zone habitée ou des immeubles de bureaux. Un ingénieur était en train de calculer les différentes trajectoires de crash en fonction de la taille de l'avion, de son altitude et de sa direction. Dans son esprit, il imaginait déjà l'impact du missile avec l'avion, la rapide agonie de l'appareil, et il échafaudait différents scénarios de crashs, tous remplis de sang et de cris. Il en éprouvait un sentiment étrange et grisant, proche de la jouissance.

On frappa à la porte une nouvelle fois. Agacé, il cria d'entrer. C'était Risliri, l'homme qu'il chargeait de ses basses œuvres et qui avait participé à l'opération contre le laboratoire du professeur Appleton. Encore plus cruel que son maître, sans en avoir les brillantes facultés intellectuelles. Le chef terroriste le dévisagea, impassible. Risliri n'était mû que par la haine, spécialement envers les femmes. Peu gâté par la nature avec sa bouche prognathe, Risliri était en outre affublé d'un sexe mesquin qui, lors de son service militaire, l'avait fait surnommer « Tiyi » par ses collègues de régiment, du nom d'une sorte de fin haricot cultivé dans le delta du Nil. Il avait basculé dans le crime le jour où une jeune héritière, qu'il avait réussi à lever alors qu'elle était ivre morte, s'était esclaffée « Tiyi », le bras tendu en direction de son minuscule appendice. De rage, il avait étranglé la fille en lui cognant la tête contre le sol. Depuis, sa route n'était qu'une longue suite de morts violentes.

Le teint cireux et les traits crispés, Risliri avait l'air altéré par une nouvelle épouvantable. Le chef islamiste remarqua son trouble, mais resta calme.

— Parle, mon ami. Quel est ton problème ?

— Je viens d'avoir notre agent infiltré dans la police criminelle.

— Et alors ?

— On vient de retrouver le cadavre de Youssouf, le garde du corps d'Ahmed, dans sa voiture. Il avait deux balles dans la tête.

Le vieillard eut l'impression de recevoir le plafond sur la tête ! Il digéra la nouvelle sans mot dire, mais son visage, déjà très blanc, devint encore plus pâle. Enhardi, Risliri poursuivit :

— Comme ils ont trouvé son cadavre dans la voiture d'Ahmed, ils sont montés dans son appartement. Il était fracturé et tout avait été mis sens dessus dessous. Mais rien n'a été volé. Visiblement, on cherchait quelque chose.

Le terroriste prit une seconde pour respirer et demanda, d'une voix légèrement altérée :

— On n'a pas de trace d'Ahmed ?

— Aucune. Personne ne sait où il est.

Le chef se leva. Il laissa son regard glisser sur son bureau.

— Ce sont les infidèles. Le Moukhabarrat n'aurait jamais agi comme cela. Ils n'auraient pas laissé le cadavre de Youssouf en évidence.

Il se rassit dans son fauteuil pour réfléchir. C'était un coup terrible. Ahmed connaissait tous ses secrets. Il était en charge des questions les plus sensibles. Avait-il parlé ? Visiblement, ses adversaires ne prenaient pas de gants. Cela l'étonnait car les Anglo-Saxons, malgré leur puissance, étaient rarement aussi violents. Par ailleurs, les Israéliens et les Français n'avaient aucune raison de s'attaquer à lui. Non, la vérité était encore ailleurs, mais il n'arrivait pas à comprendre ce qui se passait. C'est cette incompréhension qui l'inquiétait au plus haut point. Qui étaient son ou ses ennemis ?

Il se tourna vers Risliri.

— Je vais réfléchir. Laisse-moi maintenant.

Son second sorti, le terroriste s'empara rageusement du téléphone. D'abord, appeler son correspondant. Ces ennuis devaient être liés à leur affaire commune. Il l'eut en ligne immédiatement.

— C'est votre ami du Caire.

Toujours parler de la manière la plus neutre possible pour éviter les interceptions. À l'autre bout, une voix lui répondit, froide comme un scalpel :

— Nous ne devions plus nous parler. Des problèmes ?

— Mon adjoint vient d'avoir un accident fâcheux.

— Vraiment fâcheux ?

— Définitif. Je me pose des questions.

— Des indices ?

— Aucun. Mais je me demande qui est derrière. C'est peut-être Londres.

— C'était une erreur de revendiquer notre petite opération dans la campagne anglaise. Je vous l'avais bien dit.

— Il le fallait.

— Je ne pense pas. Vous en aurez des dizaines d'autres beaucoup plus importantes pour *vous*.

Le chef terroriste sentait la sueur couler sur son visage.

— Je n'ai pas la même vision des choses.

— C'est votre affaire. Mais je maintiens que c'était une grave erreur. Ils sont fous furieux. Ils se rapprochent de vous maintenant.

— Que faire ?

Son interlocuteur réfléchit. Il prenait grand soin de choisir ses mots avec précaution.

— Je serais à votre place, je me mettrais au vert quelque temps. Avez-vous un autre endroit où aller ? Un endroit que votre adjoint ne connaissait pas ?

Le chef terroriste eut brusquement une illumination.

— Oui. Ce n'est pas très confortable, mais j'ai bien quelque chose.

— Alors, c'est parfait.

— Je vais y aller avec tous mes fidèles. À propos, cela

ne change évidemment rien à notre accord. J'attends toujours votre... spécialiste.

— Il est en route.

— Nous avons besoin de lui. Là où je vais, il n'y aura aucun problème.

— Il peut y avoir un problème maintenant. Je vous le laisse dix jours. Pas un de plus.

— Ce n'est pas notre accord.

— C'est notre accord désormais.

L'Égyptien sentit la nuance de menace dans la voix.

— Entendu, dix jours.

Le sang battait à ses tempes. Il n'est jamais aisé de battre en retraite. Mais son interlocuteur lui faisait peur. Physiquement.

— Il sera en sécurité avec nous. Vous pouvez compter sur nos consignes de sécurité. Et Dieu m'est témoin qu'elles sont draconiennes, ajouta-t-il avec un petit rire nerveux, sentant le trouble de son correspondant.

Ce dernier raccrocha sans saluer.

Le chef islamiste se redressa un peu sur son siège et rappela Risliri. Il se força à prendre une voix dure et coupante pour parler.

— Qui est au courant pour notre nouvelle base, dans le centre pour handicapés de Balasura ?

— Personne. Vous m'aviez demandé de ne pas en parler pour le moment.

— Donc Ahmed ne savait rien ? Tu me confirmes ?

Risliri nota que son maître n'avait pas mis longtemps à parler d'Ahmed au passé ; il n'en fit pas la remarque.

— Non.

— Nous courons un grand danger. Dis à tout le monde de se replier là-bas. Nous y serons en sécurité. Fais transférer les archives dès la fin de la matinée.

Le sort avait décidé de le mettre à l'épreuve, mais il vaincrait, comme toujours. Avec son intelligence, sa ruse et sa férocité, et l'aide de Dieu, il avait réussi jusqu'à présent à déjouer tous les pièges. Il avait bien l'intention de continuer.

Véronique Delage regardait la pile de dossiers sur son bureau. Elle menait une lutte inégale pour la faire baisser toute la semaine, mais ses collaborateurs semblaient prendre un malin plaisir à ajouter de nouveaux étages à cette pyramide étrange, faite de secrets d'État et de paperasses sans intérêt. La tête de sa secrétaire passa dans l'encoignure de la porte.

— Le professeur Foster en ligne, madame.

— Je le prends tout de suite.

Entre les crachotements du téléphone égyptien, la voix du professeur. Plus tendue qu'à l'accoutumée.

— Véronique, j'ai besoin d'un coup de main.

— Tout ce que vous voulez.

— Il me faudrait un grand spécialiste d'art. Un homme qui soit capable de reconnaître un meuble Boulle sur photos et d'en retrouver la trace. C'est un secrétaire en bois de rose.

— Je connais la personne qui peut faire ça. Vous pouvez m'envoyer des photos ou un descriptif du meuble ?

— Elles sont parties. Vous les aurez soit ce soir, soit demain matin.

— Je vous rappelle très vite.

Elle raccrocha et se leva pour se planter devant la fenêtre. D'un geste las, elle se massa la nuque, endolorie. Trop de travail, trop de pression, trop de secrets. Sa vision se brouilla une seconde. Il s'en était passé des années depuis l'époque où elle était entrée à la DGSE.

D'abord comme honorable correspondant, puis agent noir. Elle avait même personnellement accompli une mission au Liban. L'élimination d'un membre du Hezbollah impliqué dans des attentats contre la France. Elle étendit ses mains devant elle, touchant la fenêtre du bout des doigts. Des mains aristocratiques qui écrivaient maintenant des notes administratives, et qui avaient aussi tenu des armes et su presser une détente. Aucun directeur ne l'avait fait avant elle. Et il était probable qu'aucun ne le ferait après. Ce seraient de bons fonctionnaires, peut-être même des hommes imaginatifs, avec un peu de chance. Mais qui ne connaîtraient de l'action que ce qu'en disent les mots dactylographiés par des secrétaires sur des feuilles bien blanches. C'est-à-dire rien.

Elle s'approcha encore un peu plus de la fenêtre, jusqu'à toucher la vitre avec son visage. Il pleuvait à torrents sur Paris. Pas cette pluie chaude et joyeuse habituelle des mois d'été mais une eau grise, triste et sale. Elle ressentit brutalement l'humidité du dehors, par la vitre, tandis que le passé lui revenait par vagues. Ses études, l'ENA, les ministères et la fin de ses vraies années d'aventure. Elle recula d'un pas. Son image dans la vitre était complètement brouillée. Une de ses chaussures glissa et son pied s'enfonça dans la moquette moelleuse. Son bureau ultramoderne du premier étage de la caserne Mortier donnait sur les arbres du jardin intérieur. De sa fenêtre, on pouvait deviner, entre leurs frondaisons, la simple plaque posée au milieu de la cour, en mémoire à tous les morts anonymes du service. Pensivement, elle laissa son regard planer quelques instants sur la passerelle qui, un peu plus loin, surplombait l'entrée des bâtiments. En fait, elle n'avait jamais aimé cet endroit. Cette caserne lui avait toujours fait l'effet d'une vaste prison. Et elle doutait qu'elle l'aimât jamais. Sa secrétaire entra sans frapper, rompant brusquement le cours de ses pensées comme on tranche un fil. Elle s'arrêta, interdite, à un mètre de la porte.

— Excusez-moi, madame. Je ne voulais pas vous déranger.

— Ce n'est pas grave, j'allais vous appeler. Pouvez-vous me trouver le comte, à la brigade des objets d'art, s'il vous plaît ?

Lorsque Foster lui avait formulé sa demande, Delage avait immédiatement pensé au comte. C'était un vieux noble désargenté, qui était entré dans la police, ne sachant quoi faire, avec le grade modeste d'inspecteur. Il s'était rapidement spécialisé dans les objets d'art volés. Il possédait une mémoire fantastique et son cerveau recelait un répertoire de plusieurs milliers d'œuvres d'art. C'était un de ces policiers de l'ancienne génération, qui n'aurait pas de successeur. Allergique aux armes — il n'en avait jamais porté —, il était une véritable curiosité, connu de tous les policiers en charge des vols d'œuvres d'art de par le monde. Tous, même ses supérieurs hiérarchiques, l'appelaient modestement « le comte ».

Une sonnerie déchira l'air. La secrétaire rappelait pour lui passer le policier.

— Bonjour, ici le préfet Véronique Delage, directrice de la DGSE. J'aurais besoin de vous voir pour une affaire urgente et totalement confidentielle. Il s'agit de l'identification du dernier propriétaire connu d'un meuble Boulle.

— Je suis très honoré de votre appel, madame. Je vais tout faire pour vous aider. Mais il me faudra des éléments d'identification précis.

Le policier semblait apparemment impressionné. Il ne devait pas parler tous les jours aux services secrets.

— C'est indispensable ?

— Boulle a fabriqué plusieurs centaines de meubles, qui portent tous sa signature.

— Je vous enverrai des photos très rapidement. Tout ce que je sais, c'est qu'il s'agit d'un secrétaire en bois de rose.

— En bois de rose ? Boulle a réalisé très peu de meubles en bois de rose. Et encore moins de secrétaires. À ma connaissance, il n'en existe que cinq. Le policier prit la peine de réfléchir. Il y en a un au château de Fontainebleau, un au Louvre, un à l'Élysée. Le quatrième a été acheté par un Américain il y a quelques années. Un collectionneur californien très connu.

Delage retenait son souffle.

— Et le dernier ?

— Il est au Moyen-Orient si je me souviens bien. En Égypte, pour être précis.

À cause d'un début de surdité mal compensé par un appareil auditif peu performant, le comte n'entendit pas le soupir de soulagement de la directrice des services secrets. Cette dernière serrait le combiné de son téléphone à le briser.

— Est-ce que vous pourriez trouver le nom du propriétaire ? C'est très important pour moi.

— Oui, bien sûr. Je suppose que cette... personne ne doit pas savoir que l'on s'intéresse à elle ?

— Exactement. Si elle l'apprenait, cela pourrait avoir des conséquences extrêmement fâcheuses pour tout le monde.

— Vous pouvez compter sur ma discrétion, c'est mon travail après tout. Je vous rappelle très vite.

Ils raccrochèrent.

Après cette conversation, le comte se laissa aller quelques instants dans son fauteuil. Il avait un petit bureau au Quai des Orfèvres, à la préfecture de police de Paris. C'était une véritable caverne d'Ali Baba, encombrée d'objets les plus divers, de catalogues, de centaines de livres d'art dans toutes les langues. Plusieurs collaborateurs passaient des journées entières à éplucher les catalogues internationaux de ventes aux enchères, afin de dépister des éventuels objets volés. Lui-même entretenait un important réseau d'« indicateurs ». Son titre lui permettait de parler à tous les nobles d'Europe et du reste de la planète, qui n'auraient jamais voulu s'adresser à un policier autre que lui. Retors, il payait aussi quelques indicateurs dans les réseaux de ventes d'objets volés. De tout petits rouages, peu chers à entretenir. C'était évidemment une condition indispensable pour lui car le comte disposait de budgets modestes et était, en outre, d'une pingrerie légendaire.

Il réfléchit quelques minutes et chercha un numéro dans son agenda électronique. L'un des conservateurs du Louvre était un spécialiste des meubles européens des XVIIe et XVIIIe siècles. Il devait connaître tous les meubles Boulle existant encore. Il l'appela. Le conservateur était à son bureau et accepta de le rencontrer à 18 heures le jour même pour examiner les photos. Il lui donna rendez-vous au café Marly, un restaurant parisien à la mode qui jouissait d'une vue imprenable sur la pyramide du Louvre. D'ici l'heure du rendez-vous, les photos seraient livrées.

Le comte était assis tristement devant un café et une pâtisserie, dont un garçon compassé venait de lui annoncer le prix, plus de 80 francs, lorsque le conservateur adjoint du Louvre fit son apparition. Grand, chauve, très élégant avec son costume bleu marine et sa pochette en soie jaune flamboyant, il ressemblait plus à un homme de la mode ou de la communication qu'à un responsable de département dans un musée. Il serra vigoureusement la main du policier. Le comte lui rendit sa poignée de main mollement. Il n'avait toujours pas digéré l'addition et se demandait comment il allait réussir à se faire inviter alors que c'était lui qui avait un service à demander.

Après les potins d'usage, le policier regarda son interlocuteur droit dans les yeux.

— Je voudrais que vous regardiez quelques photos et que vous me disiez ce que vous en pensez. Il s'agit d'une affaire très sérieuse et très secrète, qui agite des gens puissants et dangereux. Je compte vraiment sur votre discrétion.

L'autre acquiesça vigoureusement, sa curiosité délicieusement piquée au vif. Cette histoire de gangsters le sortait de son train-train quotidien. Il prit les photos, les étudia pendant quelques minutes attentivement, avant de les reposer.

— Il s'agit bien d'un Boulle. Il semble authentique d'après les photos. Le meuble en question est l'un des cinq secrétaires en bois de rose réalisés dans les ateliers du maître. Ils ont été fabriqués entre 1704 et 1732, date de sa mort. Si je ne m'abuse, celui-là est l'avant-dernier, fabriqué en 1725 ou 1726. C'est d'ailleurs l'un des plus beaux. Une pièce extraordinaire, dont la valeur est probablement d'environ 2 millions de francs.

Le comte prit une longue inspiration avant de poser la question qui l'intéressait :

— Savez-vous qui est le propriétaire de ce meuble aujourd'hui ? Dans mon souvenir, il est en Égypte.

— C'est exact. Le propriétaire est un Égyptien, un homme qui a été le plus grand antiquaire du Moyen-Orient. Il s'appelle Salam Gadzaoui. Un collectionneur un peu bizarre et pourtant charmant, qui était un fou d'art européen post-Renaissance. Il paraît qu'il a beaucoup changé ces dernières années.

— Changé ? Qu'appelez-vous « changé » ?

— Tout cela n'est que rumeur, cependant le milieu est petit et tout finit par se savoir, vous ne l'ignorez pas.

Le conservateur hésitait, mais devant l'air encourageant du policier il continua :

— On dit qu'il est devenu fou. Intégriste. Il a délaissé les affaires. Depuis quelques années, on le voit beaucoup moins dans les enchères et il tourne au ralenti. Mais il reste un spécialiste incomparable.

— Vous pensez qu'il a encore le secrétaire ?

— Je suis sûr qu'il ne l'a pas vendu sur le marché international. Néanmoins, s'il l'a vendu à un acheteur du Moyen-Orient, je peux ne rien en savoir.

Le comte sentit qu'il n'en tirerait plus rien. Il fit semblant de fouiller ses poches.

— Je suis totalement confus, j'ai oublié mon porte-monnaie sur mon bureau. Je vais devoir profiter de votre générosité alors que c'est moi qui devrais vous inviter.

L'autre se récria et paya pour les deux. Puis le comte partit pour retrouver sa voiture, en sifflotant gaiement, après avoir volé *Le Monde* sur le comptoir du bar. Une info pareille pour zéro franc : il n'avait pas perdu sa journée !

« *Certaines maladies mentales aiguës sont intéressantes. C'est notamment le cas de la confusion mentale au cours de l'épilepsie. La plupart des épileptiques sont des gens complètement normaux, qui ont subi ou subissent à certains moments de leur vie des crises épileptiques. Cela ne gêne ni leur intégration ni leur réussite sociale. César était ainsi célèbre pour ses crises. Toutefois, certains épileptiques sont aussi des malades mentaux. Le sujet 9-122 est un cas atypique, en ce sens qu'il n'a fait que deux épisodes sévères, à l'âge de cinquante et cinquante-six ans, sans doute sous l'emprise de psychotropes. Assimilés à des crises mystiques, ces événements ont, de fait, renforcé son aura sur ses proches. »*

La sonnerie du téléphone retentit. Incongrue, agressive. Foster attrapa le combiné d'une main, rangeant le manuscrit dans un tiroir de l'autre.

— Professeur ? C'est Delage. Je vous dérange ?

— Jamais, Véronique. Je lisais en attendant votre appel.

— On dirait que vous avez eu le nez creux. Le propriétaire de votre meuble est bien un Égyptien. Un grand collectionneur appelé Salam Gadzaoui. Vous trouverez son adresse dans l'annuaire.

Elle lui donna les informations qu'elle avait. Foster la remercia et raccrocha. La piste était chaude. Brûlante même. Le coup frappé à sa porte, très léger, interrompit ses réflexions.

— Oui ?

— C'est moi, Vic.

Il ouvrit. Vic était vêtue d'un short très moulant et d'un petit haut dégageant les épaules, sur lequel était inscrit « Reebok » en grosses lettres, avec un drapeau britannique. Sur les épaules, des petites taches de rousseur, les mêmes que sur le visage. Le haut faisait jeune et branché. Sans doute celui qu'elle mettait pour draguer. Il s'imagina les mains de garçons palpant le vêtement puis la dévisagea. Les mains des autres. Elle surprit son regard sur le vêtement et tourna la tête. Agacé d'avoir vu juste, il remit ses lunettes, l'observant à travers les verres.

— C'est gentil de venir me voir, Vic. Vous allez me faire une déclaration d'amour ?

La voix de Foster n'était qu'à demi moqueuse.

— Malheureusement non. Mais j'y pense.

Il ouvrit toute grande la porte.

— Si c'est en tout bien tout honneur, entrez donc.

— Excusez-moi de vous déranger, professeur. Je m'ennuyais. J'avais envie de discuter avec vous. Elle regarda la chambre à la dérobée. Je ne vous imaginais pas aussi désordonné. On dirait une chambre d'étudiant.

— Je suis un homme riche désormais, avec tout un tas de gens qui rangent pour moi. J'ai pris de mauvaises habitudes.

— Je vois ça. Il y a des papiers partout.

Elle se baissa pour ramasser une feuille tombée de la veste de Foster. Avant qu'il ait pu l'arrêter, elle l'avait dépliée.

— Sans doute une lettre d'une admiratrice. Alors voyons. « Résultat de test/Vic Delanoy ».

Elle s'arrêta brusquement de lire. Foster lui arracha la feuille des mains.

— Rendez-moi ça. Vous ne savez pas ce que vous faites.

— « Positif ». Il y avait marqué « positif », professeur.

Il secoua la tête en silence, enleva ses lunettes et lui saisit doucement les mains, les emprisonnant dans les siennes.

— Répondez-moi, professeur. Ça veut dire quoi ?

— Il y a des traces de prions dans votre sang, Vic. Je ne voulais pas vous le dire maintenant. Je suis désolé.

Les mains de Vic devinrent soudain toutes molles, comme deux feuilles mortes qui, sans lui, seraient tombées sur le sol. Il les lâcha et lui caressa doucement les cheveux.

— Il faut que nous en parlions.

Vic, effondrée dans son fauteuil, la tête dans les mains, prostrée, restait silencieuse.

— Le test n'a décelé que des traces infimes. Cela signifie que vous n'êtes qu'à un stade très éloigné de la maladie.

Elle releva la tête.

— Je vais mourir ?

Ses premiers mots. Foster la regarda dans les yeux. Elle ne biaisait pas, ne cherchait pas à gagner du temps. Elle voulait savoir. Et tout de suite. Foster secoua la tête négativement.

— Non. Votre état n'est pas grave.

— Dites-moi ce qui m'arrivera si les terroristes n'ont pas la formule du professeur Appleton.

Légère hésitation de Foster.

— Ils l'ont et nous la retrouverons. Ils sont partis avec. Il la força à tourner la tête pour le regarder dans les yeux. Je vous donne ma parole que nous la retrouverons. Rien ne m'arrêtera.

Vic semblait transformée en statue de sel. Un instant, il vit poindre des larmes, mais elle se reprit aussitôt. Trop forte pour pleurer lorsqu'il s'agissait d'elle. Il la prit par l'épaule.

— Vous êtes très courageuse. Je l'ai toujours su.

Elle inclina la tête sans répondre, la gorge serrée. Foster se leva, prit une chaise et vint s'asseoir à califourchon en face d'elle.

— J'ai besoin de vous poser quelques questions médicales. Il se racla la gorge, gêné. Avez-vous eu des symptômes... étranges récemment ? Des maux de tête inhabituels ? Des vertiges ?

Elle réfléchit.

— Oui. J'ai eu... trois fois des vertiges. L'année dernière, pendant que je peignais chez moi, j'ai eu un vertige qui a duré plusieurs minutes. J'ai mis ça sur le compte de la peinture. Mais c'était très angoissant.

— Et cette année ?

— Des migraines très fortes deux ou trois fois. Et un nouveau vertige, il y a environ trois mois. Sans compter celui que j'ai eu avec vous, après la mort d'Ahmed, dans la rue.

Il se rembrunit. « Trois symptômes, de plus en plus rapprochés. C'est encore plus grave que ce que Scott pense. »

— Que faisiez-vous lorsque vous avez eu le vertige à Paris ?

— Rien, je marchais dans la rue. Tout s'est mis à tourner, je ne pouvais plus me tenir debout. J'ai dû m'arrêter sur un banc.

— Combien de temps cela a-t-il duré ?

— Plusieurs minutes. Deux ou trois, pas beaucoup plus. C'était horrible. J'ai pensé à un problème de cycle.

— Vous n'en avez pas parlé à un médecin ?

— Si. Il a aussi conclu à un problème de cycle et m'a donné de l'aspirine.

Elle renifla bruyamment.

— C'est grave ?

« Oui, c'est grave, ma petite Vic. C'est déjà presque désespéré. » Il réussit à rester impassible et s'arracha un sourire.

— Non, ce n'est pas grave. Généralement, la maladie

est très longue à se déclencher. Plusieurs années. Mais il faudra me parler de tout nouveau symptôme de ce type. Quel qu'il soit. Vous me le promettez ?

— Oui.

— C'est bien. Je vais rester dormir dans votre chambre ce soir. Il désigna le canapé-lit qui se trouvait dans l'entrée de la pièce. Je serai très bien là.

— Je ne veux pas vous gâcher la nuit.

— Ne soyez pas bête. Vous serez mieux avec quelqu'un à côté de vous cette nuit.

— Merci.

— Vic, regardez-moi encore.

Il s'approcha un peu.

— J'ai perdu ma femme il y a bien longtemps. Je l'adorais. Vic se raidit.

— Je ne permettrai pas qu'il vous arrive du mal. Jamais. Je retrouverai cette formule. Je vous le promets.

Comme une somnambule, Vic défit son lit et se glissa dedans. Plus tard, avant de sombrer dans un sommeil agité, elle entendit le professeur fermer les rideaux et éteindre la lumière. Il attendit que son souffle soit régulier pour s'endormir lui-même. Les yeux grands ouverts, il fixa le plafond longuement. Vic atteinte ? Il ne lui avait rien dit, mais ce qu'elle lui avait raconté l'avait effrayé. Ses symptômes étaient très inquiétants. Même si la charge était faible dans le sang, il était désormais certain qu'elle avait déjà un début d'atteinte neurologique. Infime certes, et pourtant indéniable. Les vertiges en étaient la manifestation clinique. Il soupira. Son espérance de vie était très probablement beaucoup plus courte que ce qu'il lui avait dit. Quelques mois au maximum, quelques semaines dans le pire des cas. Une vague de fureur l'envahit. Bon Dieu, il allait la sauver !

Il fallait retrouver ces salopards et leur faire cracher la formule. Désormais, il n'avait plus droit à l'erreur. Leur adversaire était encore plus redoutable qu'il ne l'avait imaginé. Et le doute s'insinuait peu à peu dans son esprit. L'ennemi était-il vraiment ce qu'ils croyaient ?

6

— Alors comment vont les malades aujourd'hui ?

Le directeur de l'hôpital St. Thomas, un administratif, avait rassemblé les chefs de clinique et une partie de ses internes. Tous ceux en charge des malades atteints de Creutzfeldt-Jakob.

— Mal. Comme tous les jours.

Un jeune chef de clinique barbu se pencha sur une liste.

— On en est à quatorze malades, rien que pour notre service.

— Et ailleurs ?

— Black-out total. D'après mes calculs, sans doute plus de quatre cents dans le pays.

— Déjà ?

— Ça va vite. Très vite.

— Comment sont les nôtres ?

— Cinq sont en phase avancée. Les autres en phase initiale.

Le directeur de l'hôpital St. Thomas posa prudemment les fesses sur un bout de bureau encombré de dossiers.

— Les symptômes sont toujours les mêmes ?

— Oui. Nous faisons un diagnostic là où, il y a un ou

deux ans, on aurait sans doute conclu à rien et on aurait renvoyé les malades chez eux avec de l'aspirine.

Un autre médecin se leva. Un jeune métis.

— Nous avons eu deux cas de symptômes associés atypiques. Une excitation permanente du nerf tibial antérieur et une nécrose de l'artère métatarsienne plantaire. Origine inconnue. Je prépare une communication urgente sur le sujet.

— Pas de changements lorsque la maladie est avérée ?

Le chef de clinique secoua la tête.

— Pareil.

— Je vois. Le directeur se leva. J'espère que cette saloperie ne nous enterrera pas tous.

Une femme médecin le regarda gravement.

— Mais elle nous enterrera tous, monsieur le directeur. L'épidémie sera terrible. Nous le savons désormais.

Désespéré, le directeur regarda les autres médecins. Ils étaient sombres et silencieux.

— Oui. Ce sera terrible.

La boutique de Salam Gadzaoui se trouvait dans le centre du Caire, en face des bureaux d'American Airlines. Un splendide magasin qui s'étendait sur trois étages, luxueusement agencés. Plusieurs vendeurs compassés se tenaient à l'intérieur, certains parlant avec des clients ou attendant le prochain pigeon. Foster entra dans le magasin, regardant les objets, touchant de-ci, de-là une commode ou un tableau précieux, avec un air de connaisseur. Milan aurait préféré y aller, mais c'était trop dangereux. Il ne ressemblait pas assez à un touriste de passage et un observateur attentif ou paranoïaque aurait pu flairer l'homme habitué à l'action violente. Or ils ne devaient plus prendre le moindre risque. L'antiquaire était leur dernière piste. Si elle leur échappait, ils perdaient la partie.

Le professeur s'était habillé spécialement pour l'occasion, jouant le rôle d'un nouveau riche. Il se sentait ridicule avec son costume en lin, ses Church's à boucles trop claires et sa chemise rose pâle sans cravate. La grosse gourmette achetée le matin bringuebalait à son poignet et il mourait d'envie de la jeter dans une poubelle. Ridicule.

Il flâna quelques minutes avant de s'immobiliser devant une bague, composée d'un saphir gros comme une noisette, encadré de diamants. Une pièce superbe. À vue de nez, il l'évalua à une véritable fortune. Pour un achat potentiel de ce montant, Salam Gadzaoui devait quand même se déplacer pour traiter lui-même. Foster héla un des employés. En voyant la pièce convoitée par ce touriste endimanché, un éclair brilla dans son regard.

— Je cherche à ramener un cadeau inestimable à une amie, fit Foster en regardant le bijou d'un air détaché. Pourrais-je avoir quelques précisions ?

Le vendeur se précipita vers la vitrine, un trousseau de clefs à la main. Il l'ouvrit et en sortit le saphir avec des gestes tendres. Il invita le professeur à s'asseoir sur un sofa moelleux pendant qu'un autre employé apportait comme par enchantement du thé à la menthe et quelques pâtisseries. Comme toujours en Orient, l'acheteur, même potentiel, était traité avec tous les égards.

Foster regardait la pièce, avec l'air sérieux du néophyte fortuné. La bouche encore pleine de gâteau, il demanda à voix haute :

— Cela m'intéresse beaucoup. Quel est son prix ?

Le vendeur baissa la voix, comme s'il avait peur de dire la vérité, et annonça, emphatique :

— Cette pièce originale a été commandée par le dernier sultan d'Istanbul. Il l'avait réservée à la plus belle de ses cent concubines, qui habitaient son palais de Dolbamache. Il s'agit de l'une des plus extraordinaires bagues jamais fabriquées dans la région. Le prix de vente est de 205 000 dollars, ajouta-t-il d'un ton presque douloureux.

Le professeur prit la bague entre ses mains, la mettant à la lumière pour mieux en admirer les miroitements. Ayant toujours eu horreur des bijoux, il était tout juste capable de distinguer un rubis d'un saphir. Il pouvait néanmoins reconnaître que les pierres étaient grosses.

— C'est effectivement une pièce extraordinaire. Je suis disposé à l'acheter, cependant le prix me semble un peu..., disons, excessif. Dites à votre patron que je souhaiterais en discuter avec lui.

Subjugué, l'employé se retira en reculant, emportant la bague avec lui. Le client est roi, mais la confiance a quand même ses limites...

Quelques minutes plus tard, Foster vit réapparaître le vendeur et un second homme, de belle allure. Salam Gadzaoui de toute évidence, compte tenu de la déférence que l'employé lui témoignait. Le marchand d'art était plus petit que Foster, avec de longs cheveux blancs coiffés sur le côté. Il portait un curieux costume sombre boutonné très haut, sans cravate. Habillé différemment, il aurait pu passer pour un avocat ou un banquier. Seul le regard choquait, brûlant, fiévreux.

Foster tendit la main à l'antiquaire.

— Bonjour. Êtes-vous le responsable de ce magasin ?

— Je suis effectivement Salam Gadzaoui, antiquaire et spécialiste d'art du Moyen-Orient, répondit l'autre dans un anglais parfait. Mon employé me dit que cette pièce recueille votre intérêt ?

— Je la trouve superbe. Je voudrais l'acheter pour une amie, mais le prix annoncé me paraît un peu élevé, n'est-ce pas ?

Salam Gadzaoui réussit à ne pas montrer sa colère. Il n'avait pas envie de perdre son temps avec cet Occidental. Il était à l'abri du besoin depuis longtemps, étant considéré comme l'un des hommes les plus riches d'Égypte. Il n'était pas à une vente près, même pour une pièce aussi chère.

— Je suis désolé, répondit-il d'une voix douce, mais nous ne sommes pas dans le bazar. Toutes les pièces vendues dans cette boutique sont à prix fixe. Mais je peux vous indiquer une adresse où vous pourrez trouver des bijoux de bonne qualité à un prix plus bas, ajouta-t-il.

Tous ses sens en alerte, le professeur observait discrètement l'antiquaire. Il faisait peur à voir. Sous sa voix douce, on sentait sourdre une violence à peine voilée. Un peu de sueur perlait sur son front, preuve que l'Égyptien faisait un effort pour garder son calme. Foster prit l'air désolé.

— Non, c'est cette pièce qui m'intéresse. Je reviendrai plus tard.

Il sortit de la boutique, sous l'air effondré de l'employé qui venait de perdre sa plus grosse commission potentielle de l'année, fit deux cents mètres à pied et monta dans la Laguna garée un peu plus loin. Milan était au volant.

Il régnait dans la berline une fraîcheur agréable, qui

contrastait avec la chaleur de la rue. Foster s'épongea le front avec un Kleenex tandis que Milan démarrait.

— Alors ? Qu'en pensez-vous ?

— Premier point positif, je l'ai identifié. Second point positif, c'est sans doute notre homme. C'est visiblement un fanatique de la pire espèce. Il m'a fait froid dans le dos.

— Un antiquaire ! Pas étonnant que la police égyptienne n'ait aucune prise sur ce réseau.

— Ne sous-estimez pas les Égyptiens. Le nombre d'attentats est extraordinairement faible compte tenu de la puissance du mouvement des frères musulmans en Égypte. Leurs services de sécurité sont bien meilleurs que ce qu'en pensent généralement les Occidentaux.

— En renseignement peut-être, parce qu'en intervention...

— Il leur manque encore un peu de rigueur. Elle viendra.

Milan tourna vers la route de la corniche et engagea la voiture sur le pont Kubry El Giza.

— Nous allons suivre Salam Gadzaoui chez lui. Peut-être trouverons-nous quelque chose. Sinon, il faudra se résoudre à le faire parler. Par tous les moyens.

L'Américain siffla entre ses dents.

— Il parlera.

Foster était assis devant son bureau. Pensif. D'un côté, il était plus proche des terroristes qu'il ne l'avait jamais été. Avec son argent et son niveau intellectuel, Salam Gadzaoui ne pouvait qu'avoir un grade très élevé dans le réseau terroriste. De l'autre, il était de plus en plus dubitatif quant à leurs motivations. Salam Gadzaoui n'avait pas le bon profil pour imaginer un plan de la complexité de celui mis en œuvre contre le professeur Appleton. Il ferma les yeux pour se concentrer. Qui pourchassait-il vraiment ?

Le téléphone sonna, rompant sa méditation. Jeremy Scott.

— Enfin, je vous ai ! s'écria le Britannique. Je me fais engueuler chaque jour que Dieu fait. J'ai encore eu le Premier ministre en ligne hier soir. Il est de plus en plus nerveux. Je lui ai dit qu'on avançait. Il a vu votre dernière note mais voulait du nouveau. Où en êtes-vous ?

— Nous allons passer à l'action très rapidement.

— Bien.

— Je vais avoir besoin d'aide.

— Quel type d'aide ?

— Je dois pouvoir utiliser notre base aérienne de Chypre.

À travers le combiné, Foster sentit la réticence de Scott.

— Pourriez-vous m'en apprendre un peu plus ?

— Vous vous souvenez de ce qu'a dit le terroriste abattu par Milan à Londres ? Ils ont une nouvelle base d'entraînement quelque part en Égypte. Elle est forcément isolée. Je pense par ailleurs que la disparition d'Ahmed a dû les paniquer. Il y a une possibilité qu'ils s'y soient réfugiés en nombre. Tout ça signifie que nous risquons de nous heurter à une forte résistance et que nous pourrons sans doute intervenir sans souci de discrétion.

— Sauf si Ahmed connaissait l'existence de cette base. Auquel cas, ils risquent plutôt de s'éparpiller comme une volée de moineaux.

— Nous verrons. C'est pure supposition de ma part. Le réseau est très compartimenté.

— OK, poursuivez.
— S'il faut rentrer en force, Milan doit frapper par air. Il ne peut pas entamer une attaque terrestre seul sans prendre de très gros risques.
— Je n'aime pas beaucoup ça. Je préférerais vous envoyer quelques SAS[1].
— Laissez-moi mener cette mission jusqu'au bout, Jeremy.
Raclement de gorge de Scott.
— Milan risque de bousiller la formule, ou de tuer par erreur le chef terroriste.
— Il ne se servira de l'hélico que s'il n'y a pas de danger. Si les terroristes sont dans un camp avec des baraquements annexes, des tentes, des choses comme ça. Il nettoiera juste les abords.
— Comment le saurez-vous à l'avance ?
— Je pense que Salam Gadzaoui nous donnera toute l'information dont nous avons besoin. Il a le profil type de mécène du réseau « Vengeance et Châtiment ». Nous agirons en fonction. Jeremy ?
— Oui ?
— Je ne vous dis pas que nous allons *forcément* le faire. Je veux juste tout prévoir. Au cas où.
— Je m'incline. C'est d'accord. Milan peut-il trouver l'appareil tout seul ?
— Oui. Par contre, il a besoin d'une plate-forme de départ et d'aide pour préparer un plan de vol. Nous voulons intervenir juste après avoir fait parler Salam Gadzaoui.
Scott réfléchit quelques secondes.
— Bon. Appelez le chef de notre base à Chypre.

1. Special Air Service, célèbre unité de commandos britanniques.

Il sera à votre entière disposition. Je le contacte maintenant.

— Merci, Jeremy. Vous ne le regretterez pas.

— Je l'espère. Je vous appelais aussi pour vous donner une nouvelle fraîche. Un de nos meilleurs contacts dans le milieu islamiste a demandé tout à l'heure un rendez-vous en urgence à notre chef de station au Caire. Il a, paraît-il, des choses à dire au sujet du réseau « Vengeance et Châtiment ». Et de l'attentat de Milton.

— Quand a-t-il appelé ?

— Il y a vingt minutes. Notre chef de station y est parti immédiatement. Je vous rappellerai dès que j'aurai du nouveau.

— Où le rencontre-t-il ?

— À l'hôtel Méridien. Il doit déjà y être.

— J'attends votre coup de fil avec impatience.

Le chef du SIS pour la station du Caire descendit de sa MG cabriolet et tendit les clefs au voiturier, qui se précipita avec un sourire servile. Les voitures de sport étaient rares en Égypte et son conducteur ne pouvait être qu'un homme important...

L'Anglais prit un air dégagé en entrant dans le hall luxueux et brillamment éclairé du Méridien. Il ignora délibérément le guichet d'accueil sur sa droite, où deux Égyptiens officiaient mollement, et se dirigea tranquillement vers les deux ascenseurs. Sous son air débonnaire, il était surexcité. Il avait rendez-vous avec son meilleur informateur, véritable mine de renseignements. L'homme l'avait appelé en urgence pour lui donner un tuyau de la plus haute importance au sujet de l'attentat de Milton et du réseau « Vengeance et Châtiment ». Une information apparemment explosive.

Prévenu, le diplomate avait lâché l'ambassadeur et un vague ministre égyptien en pleine réunion pour accourir au plus vite. Dans quelques minutes, il aurait peut-être une information décisive pour Londres.

Le chef terroriste attendait. Assis à l'arrière d'une puissante Mercedes, il ruminait en silence. Il y avait eu une fuite dans son organisation. D'Amena, la Palestinienne qui avait participé à l'attentat de Milton. Cette idiote avait raconté des choses à son amant. Un homme qu'il suspectait secrètement d'accointances avec les Britanniques. C'était la catastrophe absolue. Il s'arracha un poil de barbe d'un geste rageur. Monter une opération terroriste comme celle de Milton sans griller son réseau avait été un défi. Il l'avait relevé et gagné. Il avait fallu acheter des armes et des explosifs. Utiliser des filières complexes. Ses hommes avaient été parfaits. Et voilà que tout était remis en question à cause de cette fille. Sans pouvoir s'en empêcher, il se mit à marteler l'accoudoir. « La salope ! La pute ! La sale petite pute ! » Sur le siège avant, son garde du corps rentra la tête dans les épaules. Les colères du chef étaient toujours dangereuses. En marmonnant, le terroriste essaya de se remémorer pourquoi il avait embauché cette fille. Il dut s'avouer qu'il l'avait fait parce que les spécialistes en explosifs étaient rares. Et les cinq années de cette fille au sein du groupe Abu Nidal montraient des états de service impeccables. Pourtant, elle n'avait pas pu s'empêcher de dire le mot de trop. Se vanter d'avoir participé à l'opération de Milton ! Il frappa à nouveau l'accoudoir, le poing serré. « L'immonde petite garce ! » Il s'imagina le corps de la bavarde et cela le calma un peu. Elle reposait maintenant dans un des égouts à ciel ouvert du Caire. La gorge tranchée. Il n'y avait qu'une punition pour les fautes mettant en danger l'organisation. Quant à son contact, il n'avait pas encore eu l'occasion de dire quoi que ce soit aux Britanniques. L'opération en cours devait permettre de l'éliminer à temps, ainsi que son contact. Si tout se passait bien. Il se cala dans le moelleux fauteuil de la limousine et, pour la vingtième fois, récapitula les événements des deux dernières heures. Cette opération était vitale pour sa sécurité. Si elle réussissait, tous ses adversaires continueraient à chercher dans la mauvaise direction. Sans pouvoir s'en empêcher, il eut un ricanement brusque qui fit sursauter son chauffeur.

Le diplomate anglais s'arrêta devant le panneau de marbre beige dans lequel les deux portes d'ascenseur étaient encastrées. Une Égyptienne obèse attendait déjà, entourée d'enfants. « Poliment », il la laissa monter avec sa petite famille et attendit la prochaine cabine, remettant machinalement en place une mèche rebelle qui lui pendait devant les yeux. Les portes s'ouvrirent avec un petit bruit mélodieux. Il monta dans la cabine de droite et appuya sur le bouton du onzième étage. Pendant que l'ascenseur montait, il vérifia discrètement que son arme coulissait bien dans son holster de hanche. Il avait craqué récemment pour un revolver Smith et Wesson 687 Magnum Plus. Une arme extrêmement puissante, au canon nickelé de 4 pouces, avec un barillet à sept coups au lieu de six. Il l'avait chargé lui-même avec des balles de 357 Magnum demi-blindées « flat-nose ». Par précaution, il avait aussi attaché à son mollet un holster contenant un petit Hämerli automatique, calibre 32. On n'est jamais assez prudent...

La chambre était la dernière du couloir sur la gauche. Il tapa le code convenu, deux coups, puis trois coups.

C'est alors que cela se produisit.

La porte de la chambre contiguë s'ouvrit à la volée sur un homme. Un Européen, petit et râblé, les cheveux bruns très courts, les yeux noirs en amande. Il eut le temps d'apercevoir le gros automatique prolongé d'un silencieux qu'il tenait par le canon avant que la porte devant lui ne s'ouvre. Agrippé vers l'intérieur par un deuxième agresseur, il sentit une odeur aigre de sueur. Dans la mêlée, le visage grêlé de petite vérole de son agresseur se colla presque au sien. D'un mouvement, il se dégagea et lui décocha un coup de coude au visage. L'homme poussa un cri de douleur et le lâcha. Le tueur qui était derrière lui intervint au même moment. Il abattit la crosse de son arme avec une force terrible, mais l'Anglais était un ancien commando. Instinctivement, il bougea, évitant la crosse. Elle glissa sur l'épaule et lui brisa la clavicule au lieu de l'assommer.

L'Anglais tomba à quatre pattes, réussissant malgré tout à sortir son Magnum, les larmes aux yeux. Le tueur fut le plus rapide. Le gros HK VP-70 tressauta deux fois. Assourdies par le silencieux, les détonations claquèrent faiblement dans le couloir vide.

La première balle pénétra dans la nuque de l'Anglais et sortit par la gorge, provoquant une hémorragie foudroyante. Le responsable du SIS était déjà virtuellement mort lorsque la seconde balle le frappa derrière le crâne. Il tomba lourdement sur le sol. L'Européen interpella son compagnon :

— Ses jambes dépassent. Dépêche-toi, sors-le du couloir avant qu'on le voie.

L'Égyptien empoigna le cadavre par les bras et le tira à l'intérieur de la chambre. Le tueur se pencha sur le corps et le fouilla soigneusement, empochant silencieusement tous les papiers. Grognement de plaisir lorsqu'il découvrit un petit carnet de téléphone. Il soupesa le lourd Smith et Wesson du diplomate et, après une seconde d'hésitation, le donna à son complice qui le mit dans sa poche. Enfin il fit signe à l'Égyptien de le suivre. La porte claqua discrètement sur les deux hommes.

Pas un des soldats égyptiens en uniforme noir en faction devant l'entrée ne les remarqua lorsqu'ils sortirent de l'hôtel. Ils marchèrent un peu, jusqu'à une grosse Mercedes blanche. Une 500 SEL d'un modèle déjà un peu ancien, garée sur le quai, le long du Nil. Un chauffeur très large d'épaules était à l'avant. Un homme d'une soixantaine d'années, soigneusement habillé, fumait silencieusement une cigarette égyptienne à l'arrière. Pendant que son complice continuait seul à pied, le tueur entra dans la voiture, s'assit à côté du chauffeur.

— Alors, Dan ?

— C'est fait. J'ai buté l'Égyptien et l'Anglais. Personne n'a rien remarqué. Voici tous les papiers que j'ai récupérés.

Il avait parlé anglais. Le vieillard lui jeta un regard perçant. Il tendit simplement la main pour prendre les documents.

— Le diplomate avait aussi ce carnet avec lui. Je pense que c'est la liste de tous ses contacts avec leur téléphone.

« Une erreur impardonnable de l'emmener en opération », songea-t-il en tendant le carnet.

L'homme à l'arrière regarda rapidement le carnet et l'empocha. Il fixa à nouveau le tueur de son étrange regard noir.

— Tu as bien travaillé, fit-il d'une voix douce qui contrastait avec son allure sévère. Aussi bien qu'à

Milton, à ce que je vois. Mes hommes ne jurent plus que par toi. Son anglais était rocailleux mais compréhensible. La situation est sécurisée maintenant. J'ai parlé à ton chef. Tu dois rester encore quelques jours en Égypte pour finaliser les conditions de sécurité de notre camp. Je suppose que tu n'as pas d'objections ?

— Dix jours. Pas un de plus.

— C'est ce que nous avons décidé. Ce devrait être suffisant. Nous nous retrouverons là-bas ce soir. Il y a un train qui part de la gare centrale dans une heure. Tu peux l'attraper.

Le tueur descendit.

Il était encore essoufflé. Et furieux contre lui-même. Il avait commis une erreur technique avec le diplomate et avait failli se faire descendre Son instructeur le lui avait pourtant dit, des années avant : « Pas d'arme à feu pour assommer une sentinelle. » Commettre une faute pareille, lui qui se targuait d'être l'un des meilleurs professionnels du monde. Si l'Anglais avait eu un poignard, il aurait pu être tué. Et ce n'était pas son complice égyptien qui aurait pu l'aider en quoi que ce soit. Un nul, un minable, tout juste bon à égorger des touristes sans défense. Il aurait dû emmener un des commandos qu'il avait dirigés à Milton. Ruminant ses pensées, il partit à la recherche d'un taxi, jetant un dernier coup d'œil à la Mercedes qui démarra dans un glissement soyeux pour se perdre dans les embouteillages du Caire.

Dans la limousine, le chef terroriste se détendait. Il avait réagi comme toujours lorsque sa sécurité était en jeu : rapidement et férocement. Maintenant, les choses se passeraient bien. Comme il l'avait souhaité.

La sonnerie aigrelette des téléphones égyptiens était décidément exaspérante. Foster décrocha.

— C'est Scott. Mauvaise nouvelle. Notre chef de station vient de se faire assassiner au Méridien avec son contact.

— J'avais un mauvais pressentiment. On aurait dû envoyer Milan en soutien.

— C'est moi qui ai commis une erreur. J'aurais dû lui demander d'être accompagné par un fusilier marin de l'ambassade. Cependant notre chef de station était un ancien militaire. Très expérimenté. Ils devaient être plusieurs contre lui. Et bons.

— On n'a aucun indice ?

— Absolument aucun. Je vais demander aux Égyptiens de me fournir tous les éléments de l'enquête. Je suppose que l'information que son contact voulait nous donner était primordiale. Pour que nos ennemis tentent une opération aussi brutale dans un hôtel du centre-ville, rempli de policiers...

— Je suis désolé, Jeremy. Je vous rappellerai plus tard.

Milan trouva Foster assis dans le salon lorsqu'il rentra. Le psychiatre semblait un peu nerveux. Il lui raconta ce qui venait de se passer au Méridien.

— C'était sans doute une information primordiale, mais on ne le saura jamais.

— Tant pis. J'ai l'intention de m'occuper de Salam Gadzaoui demain. Chaque jour qui passe représente un risque trop élevé de perdre notre piste.

— OK. J'appelle mon contact pour acheter l'hélico.

— Où le trouverez-vous ?

— Ex-URSS. En Ukraine. Ils sont trop contents de vendre leur camelote.

— Vous souhaitez que je sorte pendant que vous appelez votre contact ?

— Non, non. Au contraire. Restez.

Milan prit le téléphone. De mémoire, il fit un numéro à Kiev, la capitale ukrainienne. Au bout de cinq sonneries, une voix répondit en anglais, avec un fort accent russe :

— *International Air Equipment, welcome.*

— Bonjour, dit Milan. Je voudrais parler à Youri Pamelov.

— Qui le demande ?

— Wolfgang Peter.

— Une minute, s'il vous plaît.

Quelques secondes après, une voix tonitruante se fit entendre dans le combiné.

— Wolfgang, mon pote. Que vaut plaisir de toi ?

— Salut, Youri. Tu vois, je ne t'oublie pas. J'ai besoin d'un coucou.

La voix de son correspondant, qui ne s'appelait pas plus Youri que Milan ne s'appelait Wolfgang, se fit immédiatement plus professionnelle.

— Un coucou ? Quel coucou ? Toi veux Cessna pour sauter dernière poule au-dessus Florence ?

— Presque. Il me faut un Hind avec tout son équipement de combat.

L'autre resta silencieux une seconde puis explosa de rire.

— Matériel lourd ? Toi changes tactique ? *Niet problem.* Des Hind, j'ai plus de vingt qui attendent client.

— Il me le faut pour 20 heures ce soir avec deux copilotes. Un technicien viendra pour le réceptionner. Un Anglais.

L'autre attendit encore deux secondes, puis partit d'un nouvel éclat de rire heureux.

— *Niet problem.* Il va aérodrome militaire, Vlaïstakï. C'est quarante-cinq kilomètres nord Kiev. Il demande

Youri. Un homme Youri sera là avec Antonov de transport et copilotes.

— Bien. Il me faut un appareil en parfait état de marche, équipé en vol de nuit. Armement pour une attaque au sol. Uniquement en antipersonnel.

— Toi veux pas casser porcelaine ?

— Disons que je n'aime pas les dégâts collatéraux. J'ai un papier à récupérer. Ce serait dommage qu'il parte en fumée.

— Toi auras ce qu'il faut pour travail finesse. Tu vouloir le prix ?

— Accouche.

— Huit millions. De beaux dollars bien craquants, bien sûr.

Dès qu'on parlait argent, l'anglais de Youri devenait subitement plus correct. Il y eut un silence de quelques secondes sur la ligne et la voix de Milan se fit plus douce.

— Youri, ça fait combien de temps qu'on se connaît ? Pourquoi tu te fous de ma gueule ?

L'autre éclata d'un nouveau rire sonore. Le commerce des armes n'avait visiblement pas entamé sa bonne humeur naturelle.

— *Karatcho*[1]. Sept millions parce que c'est toi. En dessous, je perds argent. Tu me fais transfert à banque habituelle îles Caïmans. Pas besoin références ?

— Pas besoin, en effet. Ah, au fait, Youri ! Je ne suis pas encore sûr d'avoir besoin de ton hélico. S'il ne sert pas, je te le renvoie sous vingt-quatre heures.

L'autre s'étrangla.

— *Niet, niet, niet.* Je pas location !

— Je te le renvoie intact avec toutes ses armes et le

1. D'accord.

plein. Et tu gardes 250 000 dollars. C'est un bon deal, non ?

— OK. Je file Hind parce que toi. Mais pas refaire ce coup-là trop souvent.

— Fais pas chier, Youri. Le client est roi, non ? Allez, tchao et te fais pas flinguer par un concurrent.

Et sur cette flèche du Parthe, Milan raccrocha.

Vingt-quatre heures avaient passé depuis le coup de fil de Milan au trafiquant d'armes ukrainien. L'Américain s'épongea le front. Foster avait décidé qu'il pouvait s'occuper de l'enlèvement de Salam Gadzaoui avec Vic et Samuel. Pour le reste, le choix était simple : si le chef terroriste conservait ses habitudes normales, sa protection serait forcément discrète et ils pouvaient tenter une opération en douceur. Milan laisserait l'hélico à Chypre pour les rejoindre rapidement en avion militaire anglais. Si, à l'inverse, il était parti se réfugier avec ses hommes, il serait férocement défendu. Milan prendrait alors le Hind.

Il déboucha une canette de Coca qu'il but goulûment, les yeux dans le vide. La chaleur était aussi terrifiante à Chypre qu'en Égypte et le hangar dans lequel il se tenait n'était pas climatisé. Des techniciens de la Royal Air Force s'agitaient autour du Hind, jetant parfois un regard à l'énigmatique Américain. Milan termina sa canette. Le Coca était dégueulasse, trop chaud. Il écrasa la canette et la jeta dans une poubelle, regardant les mécaniciens s'affairer. L'efficacité britannique n'était pas un vain mot. Lors de l'arrivée de l'hélicoptère, le colonel de l'armée de l'air britannique qui assurait le transbordement avait fait semblant de ne pas remarquer que l'appareil débarqué n'était en dotation dans aucune armée de l'OTAN. Le Hind ne possédait d'ailleurs aucune immatriculation, ce qui suffit normalement à se faire fusiller dans les trois quarts des pays de la planète. Le militaire avait aussi fermé pudiquement les yeux sur les canons, roquettes et mitrailleuses dont la forteresse volante russe était hérissée. Milan avait passé la matinée à dormir puis le reste de la journée à préparer son plan de vol, avec l'aide d'officiers britanniques qui avaient eu le bon goût de ne pas lui demander son nom. On était entre gentlemen...

19 heures. Samuel s'agita sur son siège. Foster se pencha sur le siège avant. Le magasin de Salam Gadzaoui venait de fermer.

— Il devrait bientôt sortir.

À côté de Sam, Vic vérifiait une nouvelle fois son armement.

— Qu'il sorte, ce fils de pute. Je suis prête.

Encore une demi-heure d'attente.

— Il va se grouiller, oui.

— Calmez-vous, Vic. Il va bientôt sortir.

Elle se retourna.

— C'est bizarre. J'ai envie d'un rhum.

Sam se passa une main sur le visage.

— C'est pas le moment, non ?

— Sais pas. De toute façon, le rhum me fait dégueuler.

Foster soupira.

— On avait déjà Samuel. Si en plus vous vous y mettez.

Sam ricana.

— Vous en faites pas, professeur. En ce moment, je suis shooté au café. J'ai oublié le goût de l'alcool. Quant au shit, je sais même plus si je pourrais reconnaître à quoi ressemble un joint...

La galerie de Salam Gadzaoui était plongée dans l'obscurité. Il restait encore deux employés dans le magasin. Brusquement, la porte s'ouvrit et Salam Gadzaoui sortit, précédé des deux employés.

La culasse du Glock de Vic claqua d'un coup sec.

— C'est parti.

Salam Gadzaoui portait une lourde serviette à la main. Il se dirigea vers une grosse Audi A8 garée un peu plus haut. Un chauffeur en descendit. Des cheveux gras, des épaules de docker, des mains comme des hachoirs et un front bas. Une véritable copie de l'homme de Neandertal. Celui-là devait visiblement avoir d'autres talents que celui de conduire une voiture...

Vic démarra, laissant cinquante mètres d'avance à la luxueuse limousine de Salam Gadzaoui. Ils n'eurent aucun mal à la suivre discrètement. L'Audi prit la direction de l'île de Zamalek, le ghetto pour riches du Caire. Elle s'arrêta devant une grande villa de type mauresque, entourée par un parc qui devait faire au moins un hectare. Le tout en plein centre du Caire où les prix du terrain étaient en train de rattraper allégrement ceux de certaines capitales européennes. Visiblement, pour être religieux, Salam Gadzaoui tenait à son confort. La grande grille en fer forgé s'ouvrit, poussée laborieusement par un vieil homme habillé d'une sorte de pyjama beige. La limousine pénétra majestueusement dans le parc.

Samuel inspectait déjà les clôtures.

— Alors ?

— Bonne protection. Fil électrifié sur le mur, portail blindé. Des caméras très discrètes aux angles. Pas de gardiens. Votre théorie était bonne, professeur.

— C'était évident. Il ne peut pas attirer l'attention avec des gardes armés en pleine ville, même dans un parc privé.

Vic fronçait les sourcils.

— Je ne vois pas les caméras. Elles sont où ?

Le bras énorme de Sam se tendit vers l'avant.

— Regarde les espèces de clochetons à chaque angle. Le trou au milieu masque un objectif de caméra.

— Vu.

Elle soupira.

— C'est Fort Knox. On entre comment ?

— Sa protec, c'est de la merde. Tu vois le renfoncement du mur ? Il y a un méga-angle mort pour les caméras. On va passer par là. Le mur ne fait que deux mètres de haut. Il eut un sourire. Je vous ferai la courte échelle.

— Et la clôture électrique ?

Sam farfouilla dans son sac et en sortit des fils électriques et des pinces.

— Je suis venu avec mon matos. Aucun problème.

Le gardien, qui semblait légèrement cacochyme, était en train de fermer la grille. Foster réprima un mince sourire de contentement. Le souci de Salam Gadzaoui de ne pas attirer l'attention allait leur faciliter la tâche.

— Vous êtes sûr de vouloir y aller maintenant, professeur ?

— Certain. Le timing va être serré. Une fois que nous l'aurons fait parler, il faudra mener l'attaque contre le sanctuaire des terroristes dans la même nuit, pour éviter que ses complices ne disparaissent dans la nature.

Vic avait le visage fermé.

— Et s'il ne parle pas ?

— Il parlera.

— Qu'est-ce qui vous rend si sûr de vous ?

Samuel rapprocha son visage de celui de Vic, à le toucher.

— Il parlera. Sinon, je lui arrache la tête.

Une fraction de seconde, elle se rappela son surnom et l'épisode de la prison. « Casse-tête ». Elle frissonna et ouvrit la portière.

— OK. Allons-y.

Bien qu'il soit relativement tôt, une nuit noire était tombée sur Le Caire. La rue était déserte. Sam escalada un eucalyptus pour se placer au-dessus du mur d'enceinte. Deux minutes plus tard, il avait fait une dérivation d'un mètre, ouvrant une brèche dans la clôture électrifiée. Il aida Foster à escalader l'enceinte.

Le parc était désert. Pas de gardien, pas de chien. Les uns derrière les autres, ils traversèrent l'immense jardin. Vic ouvrait la marche. Malgré elle, elle jeta un coup d'œil à Sam. Le grand métis se déplaçait souplement sur l'herbe. À cinquante mètres de la maison, elle leur fit signe de s'arrêter. Un peu plus loin, le chauffeur de Salam Gadzaoui faisait les cent pas, un fusil à pompe à la main. Habilement Vic le contourna. L'Égyptien poussa un grognement de sanglier lorsque la matraque de Vic l'atteignit à la tempe. Il s'effondra comme un pantin. Soigneusement, elle lui lia les mains, le bâillonna avant de l'attacher à un crochet de volet.

Foster désigna une petite cabane à côté de la grille.

— Le gardien.

Vic partit en courant.

Cinq minutes plus tard, elle était revenue, à peine essoufflée.

— C'est fait. Ligoté comme un saucisson. Aucun risque qu'il se libère.

La voie était libre.

Ils avancèrent précautionneusement vers la villa. Une des portes-fenêtres du rez-de-chaussée était entrouverte. Ils s'y glissèrent, débouchant dans un salon immense qui devait bien mesurer quatre cents mètres carrés. Il était empli de meubles précieux, de tableaux et de bibelots. Une véritable pièce de palais. Le regard de Vic s'attarda sur les tableaux accrochés au mur : des Delacroix, deux Goya, un Manet, un Turner. Ils visitèrent toutes les pièces du bas, totalement silencieux avec leurs baskets. À côté de l'entrée, un petit bureau avec les moniteurs de télévision des caméras, mais personne devant. La maison semblait vide, à part le maître de céans, au premier étage. Ils montèrent un grand escalier en marbre à double révolution. Une lumière brillait dans une pièce, au fond du couloir. Ils s'y dirigèrent, Vic toujours en avant, son arme pointée devant elle. La porte était entrouverte et Vic risqua un œil. Un bureau luxueusement meublé, de style Louis XV. La pièce devait mesurer au moins quatre-vingts mètres carrés. Elle n'en avait qu'une partie dans son angle de vision. Elle s'avança encore un peu.

L'antiquaire était bien là, en train de feuilleter un magazine. Encastré dans un mur, un coffre bâillait, ouvert. Foster le désigna du menton à Samuel, chuchotant :

— Il ne faut pas qu'il le referme.

— Compris.

Ils jaillirent en même temps dans le bureau. En les voyant entrer, l'Égyptien se leva précipitamment, mais c'était trop tard. Samuel avait déjà le bras dans le coffre, bloquant la fermeture. Salam Gadzaoui s'immobilisa, indécis.

— Que faites-vous chez moi. Sortez immédiatement ou j'appelle la police.

Foster scruta l'Égyptien quelques secondes. La voix tremblait légèrement. Il ne semblait pas très sûr de lui, ayant déjà compris qu'il n'avait pas affaire à des cambrioleurs normaux. Puis il reconnut son faux acheteur.

— Vous ?

La jeune Française s'avança lentement vers lui.

— Tu la fermes, OK ?

Foster se tourna vers Sam.

— Alors, ce coffre ?

— Il y a un dossier. Tenez.

Foster l'ouvrit. Il contenait divers documents financiers. Et une documentation sur l'achat d'un centre de formation pour handicapés, à deux cent cinquante kilomètres du Caire, dans le désert.

Un centre de formation pour handicapés, au milieu du désert ? Acheté par Salam Gadzaoui ? Foster eut un grand sourire. Il avait trouvé la base des terroristes !

Il jeta un coup d'œil au marchand d'art.

— C'est là que sont regroupés les hommes du réseau « Vengeance et Châtiment » ?

L'autre l'ignora, plein de morgue. Foster examina les photos et les plans : une grande bâtisse, encadrée de bâtiments annexes. Il passa les plans à Vic.

— Vous pouvez traduire ?

— Ouais. Voyons ça..., hum, rien d'extraordinaire. Les bâtiments annexes servent à la sécurité. Cinq hommes par bâtiment. Les autres hommes sont dans celui du milieu.

— Où est-ce situé exactement ?

— À Balasura. C'est à plus de deux cent cinquante kilomètres au sud du Caire.

Elle examina les factures. Un bon d'achat pour trente-deux lits à un fabricant d'Assouan. Du matériel ménager. Des draps. Foster écoutait avec attention. L'hélicoptère allait être indispensable. Il avait bien fait d'être prévoyant.

Il se tourna vers Salam Gadzaoui.

— Vous êtes le chef du réseau « Vengeance et Châtiment » ?

L'antiquaire le toisa.

— Non.

— Qui est-ce ?

Regard féroce.

— Faites de moi ce que vous voulez. Je ne parlerai pas. Je n'ai pas peur de la mort.

Sans crier gare, Foster releva le menton de l'Égyptien, le forçant à le regarder dans les yeux.

— Il y est, n'est-ce pas ? fit-il, comme s'il connaissait la réponse.

Pris au dépourvu, l'autre ne répondit pas, mais Foster vit passer dans son regard un éclair qu'il connaissait bien. Celui de la vérité. Il avait fait parler tellement de malades et entendu tellement de mensonges. Ils avaient fait mouche. Le chef terroriste avait dû aller se réfugier avec ses troupes dans le soi-disant centre pour handicapés à la suite de la disparition d'Ahmed. Sans se douter que ses ennemis avaient pu remonter jusqu'à Salam Gadzaoui. Il était fait comme un rat.

— Parlez-moi de la formule.

— Quelle formule ?

— Celle volée à Milton.

— Je ne sais pas.

À son regard, Foster vit que l'islamiste disait la vérité. De toute façon, il ne parlerait jamais. Il n'y avait plus rien à faire ici.

— Qu'est-ce que je fais de lui, professeur ?

Foster s'approcha de la fenêtre, pensif.

— Bâillonnez-le et attachez-le, comme le chauffeur.

— Désolée, professeur, mais si quelqu'un le trouve, c'est foutu.

— Pas plus que les deux autres.

Elle secoua la tête.

— Il est plus intelligent, donc plus dangereux. Et il sait ce que nous cherchons. J'ai trop besoin de cette formule maintenant.

La détonation formidable fit trembler les vitres. Foster attendit quelques secondes pour se retourner. Le terroriste gisait, mort, le crâne fracassé. Vic rentra son arme d'un geste lent.

Un regard las.

— Je ne veux pas être un petit numéro sur une urne. J'irai jusqu'au bout.

Il la prit gentiment par l'épaule.

— Nous y sommes presque à présent.

Samuel les attendait au rez-de-chaussée, dans le salon, devant une chaîne hi-fi Bose.

— L'intégrale de Beethoven par Karajan. Il a du goût, votre Gadzaoui.

Vic passa devant lui sans un regard.

— Il *avait* du goût. Tu viens, « casse-tête » ?

Ils sortirent. 20 h 12. S'il n'y avait pas d'accroc, cette nuit serait la dernière des terroristes et ils récupéreraient la formule du professeur Appleton.

« NOTE POUR LE PREMIER MINISTRE
(sous couvert de Jeremy Scott)

Objet : Enquête relative à l'attentat de Milton.

Les progrès de l'enquête nous permettent d'approcher le chef du réseau terroriste.

La poursuite de l'enquête menée en Égypte nous a fait avancer significativement. Nous avons iden-

tifié l'un des chefs du réseau « Vengeance et Châtiment », antiquaire de réputation mondiale. Je précise au Premier ministre que la collaboration active et efficace des services français a été déterminante pour son identification. Le groupe d'enquête est intervenu ce soir même au domicile du suspect. Nous y avons trouvé la localisation de la base des terroristes. Une opération sera menée cette nuit par air et par terre pour y récupérer la formule.

II. Mes incertitudes concernant la nature du groupe terroriste et ses motivations ne sont pas levées.

J'avais indiqué au Premier ministre, dans la première de mes notes, que je m'interrogeais sur les motivations des responsables de l'attentat de Milton. Ces interrogations restent vives. L'enquête nous amène en effet à penser que le réseau « Vengeance et Châtiment » est un réseau islamiste traditionnel. Pourtant, le caractère « spécial » de l'attentat de Milton, par rapport aux autres attentats perpétrés par les terroristes, est, pour le moins, étonnant. Les attentats de Dhahran et contre l'avion d'Égyptair ne cadrent pas avec la stratégie suivie par le groupe dans l'affaire de Milton. Quatre hypothèses peuvent, à ce stade, être formulées :

— le réseau terroriste est divisé en chapelles, qui suivent des stratégies différentes, voire divergentes ;

— le réseau est unifié mais suit des objectifs distincts : certains sont des objectifs terroristes classiques, d'autres des objectifs « stratégiques », le vol de la formule du professeur Appleton entrant dans cette seconde catégorie. Le lien entre ces objectifs n'apparaît pas clairement pour l'instant, mais pourrait être

rendu compréhensible avec les progrès de l'enquête. Cette thèse constitue l'hypothèse de base des services de police officiels. Je l'exclus pour ma part ;

— les attentats secondaires sont un leurre destiné à nous induire en erreur. Dans ce cas, il pourrait être imaginé que les motivations religieuses du réseau terroriste ne sont pas celles que l'on imagine, voire que le réseau lui-même est différent structurellement et dans ses objectifs de ce que nous imaginons aujourd'hui ;

— le réseau terroriste égyptien travaillait en sous-traitance d'un tiers, lors de l'attentat de Milton. Il l'a revendiqué sur un plan opérationnel mais n'en est pas l'inspirateur. C'est la thèse que je privilégie, à titre personnel, à ce stade. Elle expliquerait en effet l'apparente contradiction d'objectifs des terroristes.

L'opération de ce soir devrait nous permettre d'avancer substantiellement dans la compréhension des événements de Milton. J'en rendrai compte au Premier ministre dans les meilleurs délais.

Pr Francis Foster. »

Foster mit la note dans une enveloppe cachetée. Un porteur de l'ambassade britannique passerait la prendre. Un envoi codé et elle serait sur le bureau du Premier ministre britannique avant le lendemain matin. Puis il appela Milan à Chypre.

— Alors ?

Bizarrement, l'Américain semblait nerveux. Foster l'imagina une seconde, en combinaison de vol, attendant l'ordre.

— Les terroristes et leur chef sont rassemblés dans une sorte de base arrière isolée, où ils se sont réfugiés.

— Où ?

— En plein désert, à deux cent cinquante kilomètres au sud du Caire. C'est censé être un centre pour handicapés. Il y a un bâtiment principal et cinq petits bâtiments autour, avec des hommes dans chacun de ces bâtiments adjacents pour assurer la protection du bâtiment central. J'ai trouvé une commande pour un achat d'une trentaine de lits chez Gadzaoui. Il faudra que vous finissiez le bâtiment central à pied avec Vic et Sam. Vous pensez toujours y arriver seul ? Je peux encore vous faire aider de SAS ou de fusiliers commandos britanniques.

La voix en retour de Milan, sans une once d'hésitation :

— Négatif. J'assurerai seul.

— Nous vous attendrons à proximité. Surtout, faites attention à ne pas toucher la bâtisse principale. Si la formule du professeur Appleton y est cachée, ce serait trop stupide de la perdre.

— Faites-moi confiance. Donnez-moi les coordonnées exactes du camp.

— Vous avez un stylo ?

— Attendez. C'est bon. Je vous mets sur haut-parleur. Je suis avec le patron de la base.

Une voix tout droit sortie de Standhurst[1] éclata dans le micro.

— Bonjour, monsieur. Colonel Rodford en ligne. Je ne sais pas qui vous êtes, mais j'ai l'impression que vous allez nous tirer une sacrée épine du pied.

— Je le souhaite, colonel, je le souhaite de tout cœur. Bon, voici les informations. Le soi-disant centre pour handicapés est à vingt-cinq kilomètres à l'ouest de

1. Célèbre académie militaire britannique.

Balasura. C'est une petite ville qui se situe en dessous d'El Minya, à deux cent cinquante kilomètres au sud du Caire. Le site est complètement isolé.

Foster examinait attentivement les documents volés dans le coffre du marchand d'art.

— Il y a une ligne à haute tension qui passe à moins de deux kilomètres derrière les bâtiments. Il faudra faire attention.

— Elles sont toutes indiquées sur mes documents de vol. Je ferai gaffe. L'attaque est pour quelle heure ?

Foster leva les yeux et regarda Vic. Elle leva trois doigts.

— 3 heures du matin.

Un silence de quelques secondes, puis la voix de Foster :

— Bonne chance. Soyez prudent. Je tiens à vous.

— Je vous vois demain matin.

Il raccrocha. Foster en fit autant. Vic se pencha sur le plan.

— On n'est pas encore sortis de l'auberge.

— J'allais le dire.

— Je m'occupe des armes.

Telle une bonne petite ménagère de l'horreur, elle commença à enfourner les armes dans de grands sacs. Fusils d'assaut. Munitions. Armes de poing.

Foster la regardait. Le contraste entre ses petites mains délicates et les armes monstrueuses qu'elles manipulaient était saisissant. Vic semblait concentrée à l'extrême, la lèvre inférieure retroussée. Elle tourna soudain la tête, plongeant son regard dans le sien, et il n'eut pas le temps de se détourner.

— Ça vous excite de me voir toucher des armes à feu, professeur ?

— Modérément. J'ai des fantasmes moins primaires.

« Idiot. Pourquoi dis-tu ça ? »

— Des fantasmes me concernant ? Attention, je vais me faire des idées.

Elle lui fit un grand sourire et replongea dans ses armes, sortant des grenades de leur emballage plastifié.

— Bon, les armes d'assaut sont OK. Maintenant, il faut choisir le reste.

— Le reste ?

— On ne va pas attaquer à poil, professeur. Je parle du matos de protec et de transmission. Voyons cela. Ah, des lunettes de visée nocturne !

Elle brandissait devant son visage une paire de Brandt LS700 dernier cri. Elle ouvrit une autre valise, sortant un long imper pare-balles pour chacun d'eux, copie de celui de Milan.

— Compte tenu de notre faible nombre, mieux vaut être bien protégé. Nous allons aussi mettre ces casques.

Elle désignait des casques polymères ultralégers, équipés d'une visière pare-balles.

Sam en souleva un.

— Putain, ils sont lourds !

— Matériel CIA. Ce sont les meilleurs au monde. Regarde, il y a même des entailles à l'emplacement des oreilles, afin de maintenir intactes les qualités auditives, avec un léger rabattant pour protéger des tirs directs.

— Et les fils dessus, ça sert à quoi ?

— C'est du maillage « en nid-d'abeilles », fabriqué à base de fils de Nylon ultrafins et ultrarésistants.

Foster repoussa le troisième casque d'un geste léger.

— Ne comptez pas sur moi pour mettre cette chose grotesque sur la tête.

Sans un mot, Vic le remit dans le sac.

— Comme vous voulez.

Ils se rassirent. Vic prit une carte de l'Égypte.

— Alors, comment on y va dans votre bled, professeur ?

Foster se pencha sur la carte.

— Ce ne doit pas être compliqué. Voyons, voyons. Il faut passer par... Qasr Esh Sham puis prendre l'autoroute en direction du sud vers Louxor et Assouan pendant — il compta rapidement — deux cent vingt-six kilomètres. Bifurquer à droite au kilomètre 205. Ensuite, il y a encore une vingtaine de kilomètres à faire, quasiment dans le désert. Visiblement, c'est une piste et pas une route.

— Il y a une seconde piste de repli en cas de pépin ?

— Il n'y aura pas de pépin.

— Comment on se déplace ? Il faut prendre un convoi maintenant pour se déplacer dans le Sud quand on est occidental.

— Il y en a un qui part dans une heure devant le Mövempick. Ensuite, on leur faussera compagnie.

— Et si on est arrêtés ?

Foster fouilla dans sa poche et en sortit quatre passeports.

— Des passeports diplomatiques avec un faux laissez-passer fabriqués par le SIS. Nous passerons tous les barrages.

Vic fit la grimace.

— Il va quand même falloir boucler l'opération rapidement si on ne veut pas avoir l'armée et la police égyptiennes sur le dos. Le bruit de la bataille risque de porter très loin en terrain désertique.

— Nous n'avons pas le choix.

Assis à l'arrière du minibus, Foster était songeur. Le bruit des pneus sur le bitume avait sur lui un effet léthargique, accentué par la faible vitesse du convoi dans lequel il se trouvait. Huit voitures, accompagnées par deux Jeeps de l'armée. Les Égyptiens ne badinaient pas avec la sécurité. Il s'arracha un bout d'ongle nerveusement. Que se passerait-il si le chef du réseau terroriste n'était pas dans la soi-disant école pour handicapés. Ou si la formule était cachée ailleurs ? Ou, pis, s'ils l'avaient détruite ?

Nerveusement, il se pencha par la fenêtre, mais la nuit était complètement noire. L'image de Vic, malade, le hantait. Par moments, son visage semblait se confondre, dans son esprit, avec celui de sa femme décédée. Comparaison affreuse. « Lire. Il vaut mieux lire. Ça te détendra. »

Il fouilla dans son sac quelques instants et prit le manuscrit.

« *La question de la responsabilité du malade mental face à ses actes est généralement difficile à trancher. Le sujet 9-122 en est une bonne illustration. Ainsi, après un meurtre rituel accompli à l'arme blanche, le sujet a reconnu avoir dissimulé le cadavre fort loin du domicile de sa victime, en pleine forêt, découpé le corps et en avoir recouvert les morceaux avec de la chaux et près d'un kilo de poivre pour tromper d'éventuels chiens policiers. Cette organisation tend à prouver en première analyse que le sujet garde intactes ses facultés mentales lors de l'accomplissement de ses crimes. Toutefois, la question de sa volonté n'est pas résolue.* »

Foster poussa brusquement le dossier. *La volonté.* Ce qu'il s'apprêtait lui-même à faire cette nuit était-il réellement l'expression de sa volonté ou se laissait-il dépasser par les événements ? Monter un raid pour tuer des hommes sans même les sommations d'usage. La situation était grave, mais il ne s'était jamais senti aussi loin de ses préoccupations éthiques habituelles. Il était devenu comme Milan, même s'il ne tenait pas d'arme. Comment une telle horreur était-elle possible ? Dégoûté, il se remit à la fenêtre.

Minuit à la base aérienne britannique de Chypre. À l'extrémité de la piste d'envol, un hélicoptère à la silhouette inquiétante attendait. Une Land Rover militaire était garée devant. À son bord, le patron de la base, le chef mécanicien et Milan. Ce dernier portait une combinaison de vol sans aucun signe distinctif. Une paire de jumelles de vision nocturne pendait sur sa poitrine, et une seconde de rechange était posée sur le siège du copilote. Sans un mot, les deux militaires anglais lui tapèrent sur l'épaule et Milan monta dans la forteresse volante. Les deux copilotes ukrainiens attendaient déjà, après avoir préparé la check-list. Il leur fallait maintenant voler à moins de deux cents mètres au-dessus de l'eau pendant presque trois heures et en pleine nuit, puis continuer dans le désert jusqu'à la position ennemie.

Contact. Le rotor commença à tourner dans un bruit d'enfer. Deux minutes de point fixe. Lentement l'hélicoptère s'éleva dans un vacarme effroyable puis il bascula sur le côté et fila en direction de l'Égypte, déjà au-dessus de la mer, sans aucun feu de position.

Les deux militaires le regardèrent et le colonel murmura :

— Un sacré fils de pute. J'espère qu'il va revenir.

L'autre le fixa gravement.

— Il reviendra. Mon instinct ne me trompe jamais.

— Dieu vous entende.

Puis ils remontèrent dans leur voiture pour rejoindre la base, étreints par l'angoisse que connaissent tous les soldats : celle de ne pas voir un brave revenir du combat.

Milan volait maintenant depuis presque quatre heures. Ils avaient parcouru tout le chemin au-dessus de la mer, noire et menaçante. Un des copilotes scrutait l'altimètre en permanence. Une erreur de pilotage et ils se crashaient, sans aucune chance de survie. Juste avant de survoler la terre ferme, le premier copilote avait largué les six réservoirs supplémentaires, vides, qui leur avaient permis de doubler l'autonomie de l'hélicoptère. Les bidons en acier étaient tombés dans l'eau. L'hélicoptère volait maintenant sans aucun contrepoids. Les côtes égyptiennes étaient apparues sous l'appareil trois quarts d'heure plus tôt. Ils les avaient passées sans problème. Avec l'aide des navigateurs britanniques, Milan avait concocté un plan de vol qui leur faisait éviter toute zone habitée. Les lignes à haute tension avaient été tracées en rouge sur la carte. À cause de leur altitude de navigation, aucun radar égyptien ne pouvait les détecter.

Milan se concentra sur le pilotage. L'appareil se comportait remarquablement bien. Il y avait eu un petit problème de pression d'huile sur le stabilisateur arrière au bout de deux heures de vol, mais le copilote avait réussi à réparer. Par précaution, il avait réduit sa vitesse d'une dizaine de nœuds. Le monstrueux hélicoptère d'attaque russe avançait dans un bruit d'enfer. Dans quelques minutes, il déverrouillerait les systèmes d'armement. Et dans moins de dix minutes, l'attaque.

Il se pencha un instant sur le hublot gauche. Le désert continuait à défiler sous la carlingue.

Sur le pupitre de pilotage de l'hélicoptère de combat, un bouton rouge se mit brusquement à clignoter. Milan soupira. Il était à moins de vingt kilomètres de sa cible.

Il serait en position de combat dans cinq minutes à peine. Il réduisit un peu la vitesse et commença l'allumage des systèmes d'armes. Pour le canon de 20 mm à tir rapide, il souleva simplement une bossette protégée par un cache plastique. Le canon, qui pivotait à 180° sur un axe tournant, pouvait maintenant cracher ses obus. Le copilote avait déjà déverrouillé les roquettes antipersonnel bourrées de billes d'acier. Milan leva le loquet de sécurité du pod de six mitrailleuses de 7,62 installé sur le côté gauche de l'hélico et sentit brusquement un grand froid. Rien. Pas de jus. Il manœuvra frénétiquement le loquet et, au bout de la dixième tentative, la petite lumière verte s'alluma. Le mécanicien ukrainien leva le pouce avec un grand sourire. Les six mitrailleuses Douchka à commande électrique étaient opérationnelles. De quoi hacher sur place le terroriste le plus avide d'héroïsme. L'Américain donna un léger coup de palonnier pour redescendre à quatre-vingt-dix mètres. Une sonnerie se fit entendre dans le cockpit. L'objectif était maintenant à moins de deux minutes.

Le minibus était tapi dans l'ombre. Samuel l'avait garé dans un creux au départ de la piste qui menait au centre pour handicapés. Celui-ci se situait encore à environ cinq kilomètres, mais Foster craignait qu'il n'y ait des guetteurs. Il valait mieux attendre l'intervention de Milan. Vic passa à l'arrière, ouvrit les valises, enleva la couche de vêtements et commença à distribuer armes et matériels.

Milan ramena devant ses yeux une paire de jumelles passives de combat, montée sur un bras mobile accroché au tableau de bord. Une lunette russe, du bon matériel mais un peu dépassé. Il voyait parfaitement les bâtiments devant lui, à environ un kilomètre. Le bruit de l'hélicoptère devait maintenant arriver jusqu'aux terroristes et, dans le silence du désert, l'effet devait être saisissant. Les bâtiments étaient conformes au plan récupéré par Foster. Une grande bâtisse, avec cinq petites maison autour, abritant les sentinelles. D'ailleurs, des ombres commençaient à sortir. Milan appuya d'un geste déterminé sur le bouton de lancement des roquettes.

L'hélicoptère fut enveloppé dans une gerbe de flammes et de fumée. Les douze roquettes de son panier de gauche partirent en même temps. Deux secondes après, l'enfer s'abattait sur leurs cibles. Les trois casernements avant disparurent dans une mer de flammes. Milan fit le tour de la bâtisse centrale pour détruire les deux derniers bâtiments adjacents. Au passage, quelques obus pour faire exploser deux véhicules en stationnement et une cuve de mazout. Il arracha la lunette de vision nocturne. Les flammes autour des bâtiments dégageaient une telle lueur qu'on y voyait presque comme en plein jour et l'accélérateur de luminosité des jumelles l'éblouissait. Il largua son deuxième panier de roquettes contre les deux derniers objectifs. Puis, habilement, il fit pivoter le Hind et s'approcha de ce qui restait des cibles par le travers gauche. Quelques ridicules impacts se firent entendre contre la paroi de l'hélico. Des guetteurs placés à l'extérieur pour prévenir une attaque terrestre avaient visiblement échappé au massacre, mais leurs tirs ne présentaient aucun danger. Milan lança le canon et ses six mitrailleuses, pulvérisant toute opposition. Rien ne pouvait résister à un tel déluge de fer et de feu. Satisfait, il fit demi-tour et posa son appareil à quelques dizaines de mètres des ruines fumantes. Le bâtiment central était parfaitement intact.

Un mot à l'attention des Ukrainiens :

— Pas bouger. Quoi qu'il arrive. Commencez à piéger l'hélico puis installez-vous dans le minibus dès que ce sera fait.

— *Karatcho.*

Attrapant le P90, il enjamba la portière pour glisser sur le sol et se tapir derrière le blindage, attendant que Foster, Vic et Samuel le rejoignent.

— Ça commence !

Foster tendit l'oreille.

— Oui, il n'y a pas de doute. Il faut y aller.

Samuel enclencha le moteur et lança le véhicule. Encore un kilomètre et le bruit se fit plus précis. Des explosions. Et des lueurs rougeâtres dans la nuit. Milan était bien fidèle au rendez-vous. Foster eut un mince sourire. Le minibus roulait tous feux éteints, semblant voler sur la mauvaise piste et soulevant un épais nuage de poussière sur son passage. Avec leurs lunettes de vision, ils y voyaient comme en plein jour. Le bruit des combats se fit plus fort. Tout à coup, ils virent deux silhouettes courant maladroitement. Des gardes. Absorbés par la bataille qui faisait rage au loin, ils n'avaient pas entendu le minibus dans leur dos. Les deux Égyptiens tenaient des fusils à la main. Brusquement, l'un d'eux se retourna, conscient du danger. Il n'eut pas le temps de réagir. La calandre noire et massive le percuta au milieu du thorax, le soulevant de terre, et l'expédia à plus de cinq mètres dans le fossé. Son complice bondit sur le côté, essayant de faire monter une balle dans le canon de son kalachnikov. Le minibus pila. Vic tendit le bras. Elle était du mauvais côté de la voiture et tira par la vitre ouverte, au moment où le terroriste se retournait. Deux balles. Touché à l'épaule, le garde tomba. Le minibus repartit dans un nuage de poussière. Le rotor de l'hélicoptère tournait encore lorsqu'ils arrivèrent en vue du bâtiment. Vic stoppa le minibus derrière le Hind. Ils descendirent à la volée. Milan s'approcha.

— Je vais chercher le chef avec Vic. Samuel, tu restes avec le professeur.

Protégés par leurs gilets pare-balles, ils se mirent à courir. Arrivés au pied du bâtiment, Milan fit un signe à Vic : à lui la gauche du bâtiment, à elle la droite. Il se pencha à son oreille.

— C'est intact. Attention aux cibles.

Malgré la tension, elle sourit. Dans le feu de l'action, le naturel reprenait le dessus. Pour Milan désormais, il n'y avait plus ni hommes ni femmes. Il n'y avait que des cibles.

Vic pénétra dans la bâtisse et monta un escalier très pentu. Brusquement, un grattement sur le sol. Elle se colla contre le mur. Faisant passer son fusil derrière le dos, elle empoigna le Glock, plus maniable. Premier étage. Bondissant de porte en porte, elle commença à avancer prudemment, comme elle avait appris à le faire au service action. Soudain, un adversaire passa la tête par une porte. Elle l'alluma de deux balles. L'imprudent tomba lourdement sur le sol. Elle doubla de quatre balles dans le corps. Pas de risques. Elle continua, avançant, le dos collé au mur, à moitié accroupie, le bras tenant l'arme tendu devant elle. Dans les films, le héros avance l'arme tendu à deux mains devant lui. Ou, pis, il la pointe vers le plafond, les bras repliés contre le corps, avant de la rabattre à l'horizontale en entrant dans une pièce. Elle s'arrêta pour essuyer la sueur qui lui coulait dans les yeux. C'est comme ça que tous les caves se faisaient avoir. Dans un immeuble d'habitation et en intervention solitaire, toujours l'arme en avant, tenue *à une seule* main, dans le prolongement de l'œil, et le dos au mur. Elle finit d'inspecter les pièces vides. Étage sécurisé. Elle prit prudemment l'escalier en ciment. Un autre terroriste s'encadra brusquement dans un coin de couloir, pivotant sur lui-même, un PM Scorpio tenu à deux mains. Là encore, elle ne lui laissa pas une seule chance. Deux balles dans la tête, plus trois dans le thorax. Elle continua. Cette partie du bâtiment était vide. Elle pouvait rejoindre Milan. Brusquement, elle ressentit un éblouissement. Comme un flash. Elle s'arrêta. Il n'y avait rien ni personne autour d'elle. Puis, tandis que les murs autour d'elle commençaient à tourner, une douleur lancinante commença à irradier de sa nuque vers son cerveau. Comme si on lui prenait la tête dans un étau. « Non, pas maintenant. » Elle poussa un grognement de douleur et s'agenouilla lentement à terre. Il lui semblait maintenant que ses jambes devenaient plus lourdes. En rampant, elle réussit à atteindre un coin de mur où elle se replia, incapable de bouger, le corps pris de tremblements, son arme posée à deux mètres d'elle.

Milan était tendu. Il n'avait pas croisé âme qui vive. Plusieurs claquements secs lui avaient appris qu'il n'en était pas de même de l'autre côté du bâtiment, là où il avait envoyé Vic. Il se maudit de la mettre en danger. Cependant, il avait reconnu le son mat d'un Glock. Visiblement, la petite Française ne s'en tirait pas trop mal.

Prudemment, il entreprit de fouiller, notant l'état de décrépitude : sols en ciment, murs couverts d'une peinture écaillée vert clair, pas de chauffage ni de ventilos. Impossible que le chef du réseau habite durablement dans un endroit pareil. Ça ne pouvait être qu'un camp d'entraînement. Ce qui expliquait le nombre de terroristes. Il s'arrêta net. Il sentait une présence. Impossible de déterminer où. Mais c'était tout près. Son instinct ne l'avait jamais trompé. Il s'accroupit sur le sol, posa son fusil par terre et tira ses deux Glock. Un dans chaque main. Plus facile pour le combat en salle.

Il laissa passer une minute puis commença à avancer. Nouvel arrêt de deux minutes. Léger bruit sur sa droite. Il changea de position. Devant lui, il y avait un grand couloir avec une série de portes de chaque côté. Le couloir faisait environ cinquante mètres de long et il y avait une porte tous les trois mètres. Soit trente pièces à contrôler. Quasiment toutes les portes étaient ouvertes. Lentement, il bougea, veillant à ne pas faire de bruit. Il avança de quelques mètres, vérifiant d'un œil la première pièce. Vide. Il progressait silencieusement, grâce à ses semelles de crêpe. Encore une fois, il sentit un danger. Il se raidit. Sans doute le même homme. Et, entrant dans une deuxième pièce pour l'inspecter, il comprit. Les pièces de droite n'étaient que des box, les cloisons n'allant pas jusqu'au mur. Il y avait un autre couloir qui courait le long du mur. Son adversaire pouvait donc l'attaquer par la gauche ou la droite dans les pièces de droite, sans compter une attaque venant des pièces de gauche. Dangereux. Il s'arrêta quelques secondes. Silence.

Il attendit deux minutes. Rien. Pas un bruit de respiration. Son adversaire était toujours là, et il devait être aussi calme que lui, sinon il aurait entendu son souffle. Il leva le nez, respirant profondément plusieurs fois. Pas d'odeur. Son adversaire utilisait un régulateur de transpiration complètement neutre. Très peu de combattants connaissaient le truc. Lui-même s'était entraîné des centaines de fois à retrouver une cible uniquement à l'odeur de sa sueur ou de son déodorant, même infime. Là, rien. Quel qu'il soit, il avait affaire à un grand professionnel. Il se courba encore plus et continua à avancer. Une pièce à gauche. Une pièce à droite. Et encore une autre. Puis encore une autre. Brusquement, il y eut un mouvement d'air et il se cogna presque à son adversaire. Aucun n'avait entendu l'autre. Le tueur tira par réflexe, mais Milan s'était courbé à temps. La balle passa à dix centimètres au-dessus de son crâne. D'instinct, il riposta ; d'un mouvement ultrarapide, son adversaire avait déjà balayé sa jambe d'appui, au moment où Milan pressait la gâchette. Déséquilibré, le tir dévia et sa balle frappa le plafond. Il tomba par terre en lâchant un de ses Glock. L'autre fit sauter le second pistolet d'un coup de pied bien ajusté. Il n'eut pas le temps de se réjouir. Déjà, Milan avait roulé à demi sur lui-même en se retournant. Son pied partit vers le haut, heurtant le bras du terroriste au-dessus du coude. Coup de pied frappé avec le talon. Le petit Smith et Wesson 380 de son adversaire vola dans les airs. Ils roulèrent tous les deux et se retrouvèrent debout, face à face.

Le terroriste était petit, à peine un mètre soixante-dix, mais râblé. Il portait un treillis léger, un T-shirt qui moulait des muscles secs et une cagoule qui lui masquait le visage. Milan eut le temps de noter le calme de sa respiration et de son regard noir, avec de curieux yeux en amande, avant que l'autre n'attaque. Coup de pied fouetté, sauté à la tête, suivi d'un coup de pied retourné fulgurant. Milan pivota, évitant de justesse les attaques. Il riposta par une série ultrarapide de coups de poing au visage et au corps. Puis changea brusquement d'attaque. Un coup de pied au visage, suivi par un coup de pied bas destiné à écraser le nerf sciatique de son adversaire. Le tueur leva la jambe à la hauteur du plexus, bloquant le coup avec le tibia dans un mouvement parfait de défense. Il ne poussa même pas un grognement lorsque les deux os s'entrechoquèrent bruyamment. Milan recula légèrement. Le terroriste était un champion d'arts martiaux. Milan avait un poignard dans une gaine de mollet mais il n'aurait jamais le temps de l'atteindre. Trop dangereux. « Il va me tuer avec ses mains quand je me baisserai pour le prendre. » Il devait continuer à mains nues.

L'autre avait exactement le même poignard au mollet, et le même dilemme, mais il ne pouvait pas le savoir. Le tueur se lança brutalement, enchaînant une série de moulinets du tranchant de la main, suivis de coups de pied directs cherchant à atteindre la gorge, le bas-ventre et le plexus. Là encore, Milan évita les coups de justesse. Riposte foudroyante par un coup de pied enveloppant en demi-lune, destiné à casser le crâne du terroriste. Surpris, l'autre recula, manquant tomber. Il était visiblement aussi étonné que Milan de trouver un adversaire à sa taille. Les deux hommes s'observèrent quelques secondes, respirant profondément pour reprendre leur souffle.

Le tueur était en sueur maintenant. Il n'avait jamais rencontré aucun adversaire de ce calibre. L'autre se battait aussi bien que lui. Pourtant, il avait été dans les meilleures écoles d'arts martiaux, et avait battu en *kumite* des champions de toutes les disciplines : karaté, boxe thaïe, full-contact. Il venait de trouver aussi fort que lui. En une fraction de seconde, il se rappela ce que lui disait son instructeur : « Le combat à mains nues requiert quatre qualités : l'agilité, la puissance, la rapidité, la précision. » Il bougea, bloquant une attaque ; les mots revenaient à toute vitesse, absurdes, gênant sa concentration. « Tu dois être agile dans l'esquive, rapide dans les assauts, puissant dans l'attaque, précis dans les coups. »

Les deux hommes se firent à nouveau face, épuisés par ce combat aussi bref qu'intense. Milan allait porter une nouvelle attaque lorsqu'il vit brusquement une ombre s'encadrer dans le fond du couloir. Son adversaire se rejeta en arrière et deux coups de feu crevèrent le silence. Milan eut le temps de voir le plâtre jaillir assez loin de lui, mais déjà le nouvel arrivant corrigeait la position de son arme. Il n'en eut pas le temps. Comme un serpent, le bras droit de l'Américain se détendit. Le petit *shaken,* poignard japonais de jet, jaillit de sa gaine de mollet. Il traversa l'air avec un bruit soyeux et se planta dans la gorge de l'homme au pistolet. Dans le même temps, Milan avait effectué une pirouette en arrière, vers le balcon. Il atterrit souplement sur le sol, dans un roulé-boulé parfait, réalisant au même moment que l'homme qu'il venait de toucher semblait âgé. Il regarda autour de lui. Il y avait un vieux AK-47 sur le balcon. Il ramassa le fusil, vérifia qu'il y avait bien une balle dans le canon et passa un œil discret par la porte. L'inconnu avec qui il s'était battu disparaissait par l'escalier. Il avait dû profiter des quelques secondes où Milan était hors de vue pour vérifier l'état de santé du blessé. Impossible de se lancer à sa poursuite. La priorité était de s'occuper du blessé. Pour autant qu'il ne soit pas déjà mort. S'assurant qu'il n'y avait pas de danger, Milan s'accroupit à côté de lui. C'était bien un vieillard. Il avait pris le couteau en pleine gorge. Il était en train de mourir. En plein milieu du désert, il était clair qu'il n'y avait rien à faire pour lui. Milan se pencha.

— Parlez-vous anglais ?

L'autre eut un râle, presque un murmure.

— Oui.

Un autre râle.

— J'ai mal.

— Ne vous en faites pas. On va vous soigner si vous coopérez. On va vous sauver. Un silence. Vous êtes le chef du réseau « Vengeance et Châtiment » ?

Nouveau râle, plus fort.

— Oui.

— Qui êtes-vous ?

Dans un souffle, un nom.

— Aaaaazouz.

— Vous avez la formule du professeur Appleton ?

L'autre agrippa son treillis.

— Pas, pas... ici.

— Où alors ? Où ?

— Pas... pas moi.

— Qui ?

Les yeux du terroriste commencèrent à diverger et sa respiration se fit sifflante. Il était en train de mourir.

— Autre.

— Qui, bordel ? Qui ?

— Go... Gooolem.

Et il mourut.

— Merde.

Au même moment, un bruit de rotor déchira l'air. Un petit hélicoptère agricole biplace s'élevait lentement. À environ cent mètres derrière le bâtiment. Il devait être planqué sous un camouflage dans le désert. Trop loin pour qu'il puisse faire quelque chose. À côté d'une silhouette massive sur le siège passager, il eut le temps de reconnaître celle du terroriste avec lequel il s'était battu. Aux commandes. Un instant, il lui sembla que le pilote lui faisait un signe ironique de la main, avant que l'appareil ne bascule sur le côté et ne file dans la direction opposée. Il poussa un glapissement de rage et commença à tirer des rafales en direction de l'hélicoptère. Peine perdue. L'appareil était hors d'atteinte. Même pour un tireur comme lui.

Un bruit de course le fit se retourner. Foster et Samuel arrivaient. Pas besoin de leur faire un dessin. Ils avaient compris en voyant le cadavre et l'appareil qui s'enfuyait. Foster se pencha sur le corps, vérifiant qu'il était mort, puis il se redressa pour s'arrêter à deux mètres de lui, essoufflé.

— Où est Vic ?

Ils se ruèrent vers la seconde entrée du bâtiment.

— Restez derrière moi. Samuel, tu protèges le professeur.

— Les coups de feu venaient du premier tout à l'heure.

Ils la trouvèrent prostrée, dans un coin. Couverte de sueur. Le professeur se précipita vers elle, suivi de Milan.

— Vic, tu es blessée ?

— Non, je ne pense pas qu'elle ait été touchée. Le professeur l'examinait sous toutes les coutures. C'est autre chose.

— Quoi ?

Il les regarda gravement et ils eurent aussitôt le pressentiment d'une catastrophe.

— Dites-nous, professeur. On a le droit de savoir.

— Vic a été contaminée. Elle va développer un Creutzfeldt-Jakob. Ce sont les premiers symptômes.

— Merde, Vic.
— Portons-la jusqu'au minibus.
En sortant de l'école, Milan fouilla le ciel malgré lui. Une seconde, il avait été tenté de poursuivre le tueur avec leur hélicoptère, mais c'était impossible. Comment rejoindre dans le noir et sans radar un appareil dont ils ne connaissaient même pas la destination ? Ils regagnèrent le bus en courant, portant Vic, qui avait repris conscience mais semblait incapable de marcher. Les deux Ukrainiens les attendaient.
— Le Hind est piégé ?
Mouvement de tête affirmatif.
Samuel prit le volant et démarra en trombe. À l'arrière, Milan jeta un regard atterré à Foster.
Le chef du réseau terroriste était mort.
Ils avaient laissé échapper deux complices.
Ils n'avaient plus de piste.
Ils n'avaient pas la formule.
Ils avaient perdu.

7

Scott, assis dans un des canapés du salon de Foster, se leva brusquement lorsque le professeur entra.

— Excusez-moi, Jeremy, j'étais au téléphone avec mon associé de la clinique.

— Content de vous revoir, Francis. Même si les nouvelles ne sont pas toutes excellentes.

Milan, Vic et Samuel étaient assis autour de Scott, l'air sévère.

Le professeur se dirigea vers le bar, apparemment très serein.

— Que prendrez-vous ? Un cognac ?

— J'en ai bien besoin.

Il se retint d'ajouter « et vous aussi ».

Foster lui versa un doigt dans un verre ballon. Un XO hors d'âge. Scott prit le verre d'une main, ouvrant sa serviette de l'autre ; il en sortit un dossier. Des photos et une série de rapports.

— Votre attaque sur la base terroriste nous a permis d'apprendre beaucoup de choses. Nos enquêteurs ont pu aller photographier ce qui reste du bâtiment. Nous cherchons des empreintes, mais il y en a des milliers. En tout cas, nous avons identifié le chef des terroristes.

— Connu ?

— Dans un sens. Abdallah Redah Azouz. Un grand

universitaire égyptien, qui a toujours été proche des frères musulmans. Un fanatique, totalement nouveau dans l'action violente. Les Égyptiens ne l'avaient jamais soupçonné.

— Et les autres ?

— L'identification se fait lentement. Nous en avons reconnu deux autres. Des terroristes très dangereux. Abdul Lokta. Un Palestinien. Recherché dans cinq pays. Et Amar Minou. Également recherché. Surtout par les Israéliens. Un spécialiste de l'infiltration au Sud-Liban. Il s'éclaircit la voix. Nous avons trouvé dans leur chambre des faux passeports, français pour le premier, espagnol pour le second, ainsi que des tickets de métro et de cinéma de Londres. Ils étaient chez nous trois jours avant l'attentat de Milton.

— Vous en concluez ?

— Qu'ils ont fait partie du commando. Vous avez tapé dans le mille. Il prit une seconde pochette dans sa serviette. Par ailleurs, il y a une facture pour des achats de vêtements féminins chez Harrod's dans la veste de l'un des terroristes.

Foster leva un sourcil, tandis que Scott continuait, imperturbable :

— Cela me fait penser qu'une femme aurait pu également faire partie du commando. Or, justement, la police égyptienne a retrouvé le cadavre d'une Syrienne près du Caire. Amena Zemel, vingt-huit ans. D'après l'autopsie, elle a été égorgée. Son décès remonte au jour de l'assassinat de notre chef de station au Méridien.

— Il doit y avoir un lien entre les deux.

— Sans doute. Selon moi, elle connaissait notre informateur et a dû lâcher par erreur une information vitale. Celle qu'il a voulu donner à notre chef de station en priorité. Ils l'ont tous les trois payée de leur vie.

Nouveau raclement de gorge. Cette fille était très dangereuse. Mon homologue israélien a sauté de joie quand je lui ai annoncé sa mort.

— D'autres infos ?

— Pour le reste, je vous avoue que je suis un peu... déçu. Vingt-sept autres personnes tuées dans l'attaque ; dans l'ensemble, ce n'est que du menu fretin. Il y avait du monde dans votre école, mais aucun autre terroriste reconnu et chevronné. Nous cherchons aussi des documents... Nous n'avons encore rien trouvé. Visiblement, c'était une base d'entraînement, rien de plus. Ce qui est sûr, c'est que la formule du professeur Appleton n'y est pas.

— Et que pensez-vous des derniers mots du chef terroriste ?

— Nous n'avons aucun Golem dans nos fichiers. Ni personne avec un nom qui ressemble à ça. Vince et Delage ont également fait chou blanc. C'est peut-être un pseudo ; pour l'instant, nous n'avons rien. Ou alors, il divaguait peut-être. Après tout, il était en train de passer l'arme à gauche. Il referma sa serviette d'un geste sec. Je suis désolé, mais, pour moi, la piste s'arrête en Égypte.

— Pas pour moi.

Ils se tournèrent tous d'un coup vers le professeur. Il était assis confortablement dans son fauteuil ultramoderne en cuir jaune, l'air calme, semblant ignorer l'effet produit par sa remarque. Vic fut la première à réagir.

— Peut-on savoir ce que vous entendez par là ?

— Deux membres du réseau nous ont parlé de Golem. Ça ne peut pas être une coïncidence. Il s'agit du même personnage.

— Mais nous ne connaissons personne de ce nom.

— Parce que ce n'est pas un nom.

Scott s'inclina un peu en avant.

— Et si ce n'est pas un nom, à votre avis, de quoi s'agit-il ?

— Je penche pour un titre. Puis-je vous relire l'un des paragraphes de ma dernière note au Premier ministre ? Je disais très exactement... Hum. Il prit une note sur le bureau. Une des hypothèses à retenir est que « le réseau terroriste égyptien travaillait en sous-traitance d'un tiers, lors de l'attentat de Milton. Il l'a revendiqué sur un plan opérationnel mais n'en est pas l'inspirateur. C'est la thèse que je privilégie, à titre personnel, à ce stade ».

Il releva la tête et posa ses lunettes sur une commode.

— J'ai une certitude depuis le début de cette affaire. L'attentat de Milton est trop différent dans sa substance pour qu'il ait été imaginé par les mêmes personnes que celles qui ont réalisé l'attentat de Dhahran et contre l'avion d'Égyptair.

— Et quelles sont vos déductions ?

— Nos adversaires ont un objectif ultime. Stratégique. Ils l'ont atteint en dérobant la formule du professeur Appleton. Le temps est leur allié. Quoi que nous fassions, les morts s'accumuleront au fil du temps. Des millions de morts. Beaucoup plus de décès que tous ceux pouvant être provoqués par des attentats classiques. Vous êtes d'accord ?

Tous opinèrent du chef.

— Imaginez que les instigateurs de cette opération n'aient pas les compétences techniques pour réaliser seuls l'opération de Milton. Ils chargent alors un tiers de le faire pour eux.

— Azouz aurait agi comme mercenaire ?

— En quelque sorte. L'objectif lui convenait puisqu'il s'agissait de frapper l'Occident. Ce n'est cependant pas lui qui a eu l'idée de l'attentat de Milton. Azouz a accepté le travail qu'*on* lui a demandé. Sans doute contre de l'argent. Pris par le temps, il s'est adressé à Zayed Amir pour le matériel et en a profité pour se constituer un stock. Nous avons remonté toute la filière à partir des armes. Mais ce n'était pas la bonne filière. Ceux que nous poursuivons depuis plus d'un mois ne sont que de banals exécutants. Le chef ultime est ce Golem.

— Pourquoi les avoir laissés revendiquer l'attentat alors ?

— Il y a deux possibilités. Soit l'instigateur réel a voulu nous mettre sur une piste islamiste pour nous induire en erreur. Tentation dangereuse. Par le réseau « Vengeance et Châtiment », nous pouvions éventuellement remonter jusqu'à lui. La seconde hypothèse, c'est qu'Azouz l'a revendiqué par fierté déplacée, parce que ce sont bien ses hommes qui ont réalisé l'opération. Même si c'est pour le compte de quelqu'un d'autre.

— Ce serait absurde.

La voix de Vic ne semblait pas très assurée.

— Non. Le propre d'un groupe terroriste, c'est d'être reconnu pour les actes qu'il commet. C'est dans sa logique.

— Très bien, Francis. Tout ce que vous dites est parfaitement cohérent. Pourtant il manque un élément. Le nom des instigateurs de l'attentat de Milton. Qui est ce Golem, selon vous ? Un agent d'un gouvernement étranger. Iranien ? Irakien ?

Foster eut un regard triomphant et se leva, son verre à la main. Puis, sans crier gare, il le jeta dans la cheminée où il se brisa.

— Rien de tout cela. Je pense certes que le vrai instigateur déteste suffisamment l'Angleterre et l'Occident moderne pour souhaiter leur destruction. Qu'il est animé par une forme mystique de croyance. Je pense que notre ennemi est un fondamentaliste mais pas islamiste.

— Qui alors ?

— Je pense au gourou d'une secte.

Un silence s'était abattu sur la petite assemblée. Scott fut le premier à réagir.

— Une secte ? Mais Scotland Yard a examiné toutes les hypothèses. Ils sont persuadés qu'aucune secte n'aurait pu monter une opération aussi sophistiquée. Comment pouvez-vous penser une chose pareille ?

— Vous vous souvenez de l'interrogatoire de l'homme que nous avions enlevé au Caire ?

— Ça n'a rien donné. Il est mort sans avoir rien dit.

— Faux. Il a parlé.

Scott éleva un peu la voix.

— Ce qu'il a dit était absurde !

— Absolument pas. Il nous a donné deux mots. Barsom et Golem. Golem, le mot repris par le chef terroriste.

— Nous avons vérifié au fichier.

— Vous avez vérifié dans la mauvaise direction. La réponse n'est pas dans vos fichiers de police. Je pense que nous avons affaire à une secte qui adore des divinités anciennes. Et qui, d'une façon ou d'une autre, doit également faire la part belle à un « Golem », qui est sans doute le titre que se donne le chef de cette secte. Écoutez mon raisonnement :

« Point un : celui qui a organisé toute cette manipulation n'a pas les compétences militaires pour la mener à bien. Donc il se tourne vers Azouz. Comment l'a-t-il rencontré ? Nous ne le saurons peut-être jamais. Cela pourrait être par un de ses proches qui connaît le monde du renseignement et l'a branché sur ce réseau terroriste "Vengeance et Châtiment". Parce qu'il est nouveau, indépendant, donc moins vulnérable.

« Point deux : notre homme est un érudit, qui doit avoir créé une sorte de syncrétisme de diverses religions, faisant appel à des éléments moyen-orientaux, comme le Barsom, et de la tradition judéo-chrétienne, comme le Golem. Il a probablement un haut degré d'éducation.

« Point trois : c'est forcément un extrémiste dangereux. Il doit être connu comme tel. Il se tourna vers Scott. Il faut chercher à nouveau. Son discours doit être centré sur la destruction du monde moderne, sur l'isolement par rapport au monde occidental corrompu, sur le retour à une religion pure et originelle.

« Point quatre : cet homme a une raison impérieuse d'en vouloir à l'Angleterre. Une raison si forte qu'elle guide toutes ses actions et même, désormais, toute sa vie. C'est peut-être d'un traumatisme de l'enfance qu'il s'agit. Un événement qui a bouleversé sa vie, dans un sens négatif, et dont les autorités britanniques doivent être directement, ou indirectement, responsables. Cet homme est anglais ou a un vieux compte à régler avec nous.

Foster se tourna lentement vers la fenêtre, les yeux brillants.

— Nous avons à mon sens assez d'éléments pour retrouver notre Golem. C'est lui. Il existe. Je le sens.

Scott se leva.

— Je vais demander une liste de tous les responsables de sectes qui répondent aux conditions que vous avez énumérées. Vous aurez ces éléments dans les trois jours. Vous avez une note pour le Premier ministre ?

Foster opina du chef. Il se leva et prit une feuille sur son bureau qu'il tendit à Scott sans un mot.

— Votre hypothèse me paraît géniale et pourtant incroyable. Si vous êtes d'accord, je ne passerai votre note au Premier ministre que demain.

Foster leva l'index, comme un professeur devant un de ses élèves.

— Je suis sûr de moi. L'homme que nous cherchons pense et agit comme un Occidental, mais avec une connaissance profonde et intime des religions anciennes et des religions du livre. Et il est le gourou d'une secte.

Scott ne répondit rien. Le visage fermé, il sortit, les épaules voûtées, comme si on venait de lui annoncer qu'il avait le cancer. Réaliser que l'on travaille sur une fausse piste depuis des semaines n'est jamais agréable à découvrir...

« *La mythomanie a été décrite en 1905 par Dupré, un médecin français. Il s'agit d'une tendance plus ou moins volontaire ou consciente au mensonge et à la fabulation. La mythomanie se développe généralement sur un fond de perversion, ce qui explique que la constitution perverse se retrouve chez la plupart des mythomanes. Le sujet 9-122 n'est pas mythomane, au sens clinique du terme, même s'il montre dans certains de ses délires une propension à des formes de mythomanie.* »

Une sonnerie. Intrigué, Foster regarda sa montre. Minuit vingt. Il décrocha son téléphone. C'était Scott.

— Bonjour, professeur. Excusez-moi de vous déranger à une heure aussi indue.

— Vous ne me dérangez pas. J'étais en train de lire. Je suppose que vous êtes à votre bureau ?

— Presque. En fait, je suis dans le hall de Thames House[1].

— Ah, vous me rappelez des souvenirs ! Le pendule de Foucault notamment.

— Je suis pile dessous. Je sors d'une réunion de travail avec mon homologue du 5. Nous avons travaillé ensemble sur les recherches toute la journée.

Foster poussa les papiers posés devant lui, attendant que Scott se dévoile.

— Nos services ont trouvé une personne qui pourrait être celle que nous cherchons.

Un frisson d'excitation parcourut la nuque de Foster. Ainsi, il ne s'était pas trompé !

— Je voudrais vous en parler.

— Je vous attends.

Le professeur se leva. D'abord prévenir les autres de cet événement nouveau. Bien entendu, Milan était déjà debout. Il avait passé un jean et un T-shirt en entendant le téléphone sonner. Son instinct de chasseur l'avait prévenu qu'il s'agissait d'un appel important.

Samuel ronflait comme un phoque au fond de son lit. Il avait visiblement bu plus que de raison. Des mégots traînaient dans un cendrier et il flottait une abominable odeur de cigarette. Foster fronça un peu le nez. Une odeur de tabac normal, pas de marijuana. C'était déjà ça. Il dut secouer l'ancien taulard pendant plusieurs secondes avant qu'il ne daigne émerger.

— Huuuum.

— Allez, debout. Scott a trouvé notre homme.

La nouvelle réveilla Sam d'un coup.

Un bruit de douche dans la chambre de Vic. Le professeur tapa prudemment à la porte.

1. Siège du MI5, à Lambeth Bridge.

— Vic ?

La porte s'ouvrit immédiatement. Vic était là, debout.

— Je vous attendais, professeur. Je me doutais qu'il se passait quelque chose.

Malgré lui, le professeur resta paralysé. Vic était enveloppée dans une serviette de bain qui découvrait une partie de ses cuisses. Ses cheveux et sa peau ruisselaient d'eau. Il essaya d'éviter de la regarder.

— Scott arrive. Il faut vous habiller.

Elle lissa sa serviette.

— Il faut que je vous dise un mot.

— Oui ?

Brusquement, elle se pencha vers lui et l'embrassa. Violemment.

Cela dura une seconde à peine. Elle recula, essoufflée.

— Comme psychiatre, il n'y a sans doute pas mieux. Cependant pour comprendre la psychologie féminine, je pense qu'un collégien serait plus futé que vous.

Puis elle lui tourna le dos et s'enferma dans la salle de bains.

Il en resta interdit, se demandant s'il venait de rêver. Mais il y avait ce très léger goût sur ses lèvres, cette sensation qu'il n'avait pas connue depuis de longues années. Comme si un courant électrique l'avait fouetté. Une voix moqueuse lui parvint derrière la porte :

— Si vous êtes encore là, je vais croire que vous êtes amoureux de moi. Attention ! je vais revenir et, je vous préviens, je suis toute nue...

Foster s'ébroua, s'empressant de prendre du champ.

Lorsque la Rover du SIS se gara devant la porte, ils étaient tous dans la cuisine en train de boire un café. Le professeur osait à peine lever les yeux sur Vic, qui rayonnait. Milan et Samuel ne disaient rien, même s'ils s'étaient rendu compte du changement subtil d'attitude entre le psychiatre et la petite Française.

Le carillon rompit cette ambiance étrange. Scott était là. Habillé aussi parfaitement que s'il eût été 2 heures de l'après-midi, bien coiffé, les joues fraîchement rasées. Il émanait de lui une discrète odeur d'eau de toilette. « Eau sauvage », de Dior, se dit Vic, qui avait le nez fin. Scott posa son habituelle serviette en cuir sur la table du salon, après en avoir extrait un dossier. Sans un mot, Milan lui tendit un verre de Perrier. L'espion en but une gorgée, observant ses interlocuteurs à la dérobée. Tous le regardaient avec un faux détachement. Foster rompit le silence :

— Alors, mon cher ! Vous voulez que nous ayons une crise cardiaque ?

Scott baissa la tête sur son dossier. Ses yeux brillaient d'excitation.

— Vous aviez raison, professeur. Nous avons examiné à nouveau la liste de toutes les sectes apocalyptiques dans le monde. En cherchant plus particulièrement laquelle pourrait avoir un chef qui ressemble à la figure que vous nous avez brossée. Et il y en a une qui pourrait coller.

Son visage se rembrunit.

— Cette secte faisait partie de l'une des treize organisations les plus dangereuses que nous avions repérées au tout début de l'enquête. Mais, au dernier moment, les enquêteurs du MI5 ont décidé de réduire leur liste à dix. La secte que nous soupçonnons maintenant était l'une des trois sectes exclues. Je me souviens parfaitement avoir vu son nom barré sur la feuille de mon collègue du 5, lors d'une réunion au 10, Downing Street.

Vic siffla entre ses dents.

— Putain ! C'est pas vrai !

— C'est la vie. On n'y peut rien. De toute façon, on ne croyait pas vraiment à cette piste à l'époque.

Ménageant son effet, Scott sortit une série de photos et de fiches de sa serviette.

— Les Kahanistes. Voilà la secte qui pourrait coller.

— Les Kaha quoi ?

— Les Kahanistes forment une secte assez mystérieuse. On les connaît très mal. Ils s'appellent ainsi du nom de leur chef. Cyrus Kahan. Un personnage prodigieux. Il a été trouvé errant alors qu'il avait une douzaine d'années dans un jardin public, avec une plaque portant ce nom autour du cou. Mais les autorités de l'époque n'ont jamais pu identifier une seule famille Kahan dans tout le Royaume-Uni, ni dans les registres d'entrée sur le territoire. On ne connaît même pas son âge exact.

Vic se leva, nerveuse.

— Je ne comprends rien. Ce gamin avait une douzaine d'années, dites-vous. Il avait bien une histoire à raconter.

— Non. Son dossier parle d'amnésie totale. Ce type de cas arrive environ une dizaine de fois par an. On retrouve presque toujours leur identité grâce à la famille. Dans ce cas d'espèce, ça ne s'est pas vérifié.

— C'est incroyable.

— Effectivement. C'est comme si Kahan était tombé du ciel. C'est un individu prodigieusement intelligent, semble-t-il. Il est devenu un homme d'affaires très puissant et très riche, spécialisé dans le négoce international. Ensuite, il semble qu'il a commencé à... — il cherchait le mot juste — diverger. Il s'est rapproché de l'occultisme. Puis il a inventé une nouvelle religion. Le Kahanisme, dont il est l'annonciateur.

— Ils adorent quoi ?

— C'est un syncrétisme polythéiste. Ils adorent un dieu supérieur, qui ressemble à une sorte de négatif du Dieu juif, chrétien, ou musulman. C'est le dieu de la création et, en même temps, celui du domaine des morts. Ils l'appellent Ilak. Mais ils croient aussi à des divinités païennes, sortes de sous-dieux de leur panthéon. Il se racla la gorge. C'est assez complexe.

— En quoi sont-ils dangereux ?

— Les Kahanistes ont un dada : la théorie de la régénération. En clair, leurs dieux ont besoin de sacrifices permanents pour maintenir à un certain niveau de qualité la race humaine, qui est leur œuvre. Or, selon Kahan, le progrès permet à des individus tarés de subsister, allant contre la volonté de ces dieux créateurs. Il faut donc des événements capables de provoquer artificiellement la régénération de la race.

Foster hocha la tête.

— Je commence à comprendre. Avec la maladie de Creutzfeldt-Jakob, Kahan pense pouvoir réaliser un grand exercice de régénération.

— Sans doute. D'autant que cette maladie est le produit mal maîtrisé du progrès technologique. Elle est donc la conséquence directe du processus qu'il dénonce.

— C'est pain bénit pour lui, si je puis m'exprimer ainsi.

— Pourquoi personne n'a buté ce taré avant ?

— Calmez-vous, Vic. Les théories de Kahan tiennent plus de la réflexion en chambre que du débat public. Les Kahanistes sont peu nombreux et discrets. Personne n'a pensé qu'ils pourraient être dangereux.

— Il se fait appeler Golem ?

Scott prit un air triomphant, laissant passer quelques secondes pour ménager son effet.

— J'ai trois cents hommes qui ont enquêté toute la journée. Ils ont fini par trouver un enquêteur du fisc américain qui avait contrôlé les comptes de la secte aux États-Unis. Comptes parfaitement exacts d'ailleurs. Selon lui, Kahan se fait appeler « Golem » par ses fidèles. Plus précisément, il serait le septième Golem, venu pour sauver les hommes. Ça, c'est notre premier indice sérieux le concernant. Quant au second...

Il farfouilla quelques secondes dans sa mallette avant d'en sortir un rapport de police.

— Nos recherches sur les entrées et sorties du territoire britannique dans les semaines qui ont précédé l'attentat de Milton. Kahan est venu à Londres. Il n'y est resté qu'une journée. Bizarre non ? Alors, qu'est-ce que vous pensez de tout ça ?

Vic jeta un regard rapide à Foster.

— J'en pense que je ne mettrai plus jamais en doute le professeur.

— Cette secte est-elle importante ?

— D'après nos renseignements, Kahan ne compte qu'un petit nombre de fidèles de par le monde, moins de deux cents apparemment, mais il recrute surtout dans les classes supérieures, les intellectuels. Cela le rend sans doute redoutable. Il ne délire pas sur Internet, ne saute pas les gamines de ses fidèles et paie ses impôts. Bref, personne ne s'est vraiment intéressé à ses affaires. On ne connaît que le minimum. Et encore...

Foster se leva, se frottant les mains machinalement.

— Kahan a-t-il été déjà impliqué dans une affaire criminelle ?

— Je me suis posé la même question, professeur. Et

nous avons trouvé quelque chose de très ancien. Il leva ses yeux derrière ses lunettes. Je peux vous dire que mes hommes n'ont pas chômé aujourd'hui. Il reprit sa lecture. Kahan a étudié au collège de Barons Court entre 1942 et 1945. Il y est entré quelques semaines après avoir été trouvé dans Hyde Park. J'ai moi-même appelé le directeur de l'école il y a quelques heures pour qu'on regarde s'il y avait encore un dossier au nom de Kahan. Il y en avait bien un. Scott plissa les yeux. Tous les regards étaient tournés vers lui. Son dossier est archivé à part. Personne ne peut y avoir accès à part le directeur lui-même.

— Pourquoi ?

— C'est une procédure rare, qui ne concerne que les élèves particuliers. Les enfants de la famille royale ou de chefs de gouvernement étrangers, de diplomates. Des choses de ce genre. Dans le cas de Kahan, la raison est toute différente.

— Judiciaire, je suppose ? Foster avait juste levé un sourcil. Viol ou agression violente sur des camarades ?

— Bravo, professeur. C'est exactement cela. Kahan est suspecté d'avoir assassiné un de ses camarades de classe. Un jeune garçon de treize ans.

— Que s'est-il passé ?

— L'enfant a été retrouvé égorgé. Chez lui, on a découvert son journal intime. Il avait juste écrit une phrase le jour de sa mort.

— Laquelle ?

— Une phrase terrifiante. « *J'ai trouvé le diable.* » D'après l'enquête de police, la seule personne qu'il avait vue ce jour-là était Kahan.

Un silence glacial s'abattit sur la petite assemblée. Seul Foster semblait avoir conservé le sourire.

— On n'a pas arrêté l'assassin ?

— Jamais. Kahan a été interrogé : il a nié. C'était la guerre. Ils n'avaient pas le temps. Kahan était mineur. L'affaire a été classée.

— Vous pensez que c'est lui, Jeremy ?

— Oui. Je pense aussi qu'il n'était pas amnésique.

La phrase planait maintenant au-dessus d'eux comme une ombre malfaisante. « *J'ai trouvé le diable.* »

— Parlez-nous de Kahan ?

— Il a monté toutes sortes d'affaires brillantes, mais il ne s'est jamais marié et n'a pas eu d'enfants.

— Où est le quartier général de la secte ? Vous parliez du fisc américain tout à l'heure. Ils ne sont pas à Londres ?

— Non, à Miami. C'est pour cela qu'elle nous avait échappé, même si Kahan a la nationalité britannique. Il se leva, rassemblant rapidement ses documents. Je me suis permis de vous faire des réservations d'avion. Vous partez pour Miami à 14 heures. Il regarda sa montre. Il était 1 h 20 du matin.

— 14 heures aujourd'hui évidemment...

8

Miami. Selon les dossiers de Scott, Kahan y habitait six mois sur douze. Le reste du temps, il vivait à New York. Foster regarda ses chaussettes. Ses chaussures avaient glissé sous le siège et il se sentait négligé. Il n'aimait pas cela. Ce n'était pas professionnel. Pourtant, il devait convenir en son for intérieur que cela ne voulait rien dire. Il y a autant de malades mentaux soignés de leur personne que de débraillés. La voix métallique du pilote résonna désagréablement à ses oreilles. L'avion n'avait pas encore de créneau pour atterrir. Ils devaient encore tourner pendant une bonne demi-heure. Agacé, il relut son travail. Sa note pour le Premier ministre était brève :

*« **NOTE POUR LE PREMIER MINISTRE***
(sous couvert de Jeremy Scott)

Objet : Enquête relative à l'attentat de Milton.

Les opérations réalisées en Égypte nous ont permis de détruire le centre névralgique du réseau « Vengeance et Châtiment ». Ces terroristes n'étaient que des sous-traitants dans l'opération de Milton. Je suis désormais sur la piste de la secte kahaniste, dirigée par le gourou qui lui a donné son nom. Jeremy Scott vous expliquera en détail l'analyse qui nous conduit à nous concentrer sur cette secte mystérieuse, sur laquelle les services de police ne disposent que de très peu d'informations. La secte kahaniste est établie aux États-Unis, dans la ville de Miami. L'étau se resserre. Pour la première fois depuis des semaines, j'ai désormais bon espoir d'aboutir à des résultats rapides et concrets.

Pr Francis Foster. »

Foster rabattit l'écran de son ordinateur et se laissa aller. Certains détails de la vie de Kahan le tourmentaient. Pourquoi cette phrase troublante, dans la bouche d'un petit garçon ? « *J'ai trouvé le diable.* »

Un rang derrière lui, Milan était accoudé au hublot. Il n'aimait pas Miami. Trop près d'Indialantic. Il ferma les yeux, revoyant le corps de la fillette étendu sur la chaussée, la flaque de sang. Il n'y avait plus pensé depuis des semaines. Lorsqu'il rouvrit les yeux, il y avait les mêmes sièges anonymes devant lui. Et la nuque de Foster. Brusquement, Milan prit sa décision. Sa vie actuelle était sans issue. Plus d'amis, la mort comme compagne en permanence, la tension. Il fallait qu'il arrête. Nerveusement, il se passa la main dans les cheveux. Pouvait-il vraiment s'arrêter ? « La mort est comme une drogue », lui avait un jour dit Foster en Égypte. Il se pencha vers Vic pour discuter, mais elle était perdue dans ses pensées.

« Espèce d'idiote, se disait-elle, comment as-tu pu tomber amoureuse d'un type pareil. Il a trente ans de plus que toi. Pas dix, pas vingt, trente ! » Pourtant, elle ne pouvait s'empêcher de le trouver séduisant. Non, séduisant, le terme était trop réducteur. Elle le trouvait... beau. Pas seulement brillant, intelligent, différent de tous les hommes qu'elle avait rencontrés jusque-là. Non, c'était autre chose. Foster était vraiment beau. À la dérobée, elle l'examina de haut en bas. Un vrai homme, pas un gadget. Elle réajusta le petit masque en Nylon sur ses yeux. Sa dernière crise en Égypte avait été violente. Elle avait passé plusieurs longues minutes paralysée. Machinalement, elle déplaça à nouveau le masque, regardant la carte de navigation projetée sur l'écran. La maladie allait plus vite qu'eux. Il fallait qu'ils accélèrent.

Voyant que toute conversation avec Vic était à exclure, Milan s'était tourné vers Samuel, mais l'Anglais sommeillait. Après le décollage, l'ancien taulard avait écouté en silence le programme de musique proposé par la compagnie aérienne avant de jeter son écouteur sous son siège en grommelant. L'oubli de son lecteur personnel de CD à Londres l'avait mis dans une humeur épouvantable. Il bougea un peu, étira ses jambes ankylosées, tâtonna pour retrouver l'écouteur sous son siège. Il le plaça sur son oreille gauche d'un geste atone. Une version médiocre du *Winterreise*. « De la merde. » Il ricana tout haut en se redressant et prit une fiole de cognac.

— Encore un cognac ?

— Putain, Milan ! Robocop la morale. Fous-moi la paix et occupe-toi plutôt de tes flingues.

— Tu as trop bu.

— Et alors ? Ça n'a jamais été une raison suffisante pour que je m'arrête de boire.

Milan le regardait si fixement que Sam avoua :

— OK ! J'ai les pétoches en avion. Ça arrive à tout le monde, non ?

Il avala le cognac d'un trait et se tourna du côté opposé. Cette mission durait depuis trop longtemps. Courir au bout du monde derrière un dingue dont ils ne connaissaient même pas le visage. Saloperie de Golem. En plus, sa femme lui manquait. Il soupira. Qu'est-ce qu'il foutait dans cette équipe de pros ? Il n'était qu'un raté. Un voyou, un minable qui piquait le fric des autres. Ses mains comme des battoirs posées sagement sur ses genoux lui apparurent bizarrement incongrues. « Casse-tête ». Le mot trottait dans son esprit sans qu'il puisse l'empêcher. Tout un programme...

C'était décidé. Après cette mission, il arrêterait les frais. Il s'achèterait un petit bar. En France ou en Espagne.

Une voix dans le micro. Le commandant de bord annonçait l'atterrissage imminent.

Foster se pencha sur Vic.

— Ça va ?

— Oui, professeur.

— Vous êtes coriace, hein ?

— Il paraît que je suis une vraie dure, professeur. Une tête de mule avec des biceps de gouinasse.

Il sourit.

— Quel vocabulaire ! Je vous trouve merveilleusement féminine. Je vous signale par ailleurs que je n'ai toujours pas progressé sur votre prénom.

Elle plissa les yeux malicieusement sous le masque en Nylon.

— Allez-y. Tentez quand même quelque chose.

— Victoire ou Victoria.

— Raté. Victoria !

— Dites-le-moi, Vic, ça me ferait plaisir de savoir.

Elle enleva le masque et se redressa sur son siège.

— Je vous l'ai dit. Je vous le donnerai quand vous trouverez la formule. C'est un bon deal, non ?

L'avion glissa sur le côté et accéléra la descente dans des turbulences, empêchant Foster de répondre.

Samuel posa sa fiole d'alcool vide et boucla sa ceinture nerveusement. « Saloperie d'avion. »

Quelques minutes plus tard, les roues touchaient le sol avec un choc sourd tandis que le pilote inversait les réacteurs. Juste au moment où Samuel décidait qu'il s'installerait dans le sud de l'Espagne plutôt qu'en France. Sa femme avait toujours préféré l'Espagne. L'avion roula le long du tarmac avant de s'immobiliser devant une porte de débarquement. Les passagers commencèrent à se lever. Ils descendirent la passerelle, se dirigeant vers les stands de location de voitures. Milan avait réservé un gros van. Les papiers remplis, ils purent quitter l'aérogare. Une corvette démarra devant eux dans un grondement sourd et Vic la suivit des yeux avec envie.

— C'est ce machin pétaradant qui vous fait tourner la tête ?

— Vous ne respectez rien, professeur. Ce machin comme vous dites est une...

— Corvette 1977 ? avança Milan.

— Pas une 1977. C'est un modèle 1979, une L82 Pace Car spécialement construite pour Indianapolis. Moteur V8 5,7 litres avec boîte *kick-down*.

Samuel siffla doucement entre ses dents.

— Je renonce avec cette nénette. Elle en connaît plus sur les bagnoles que moi sur la ganja.

Vic éclata de rire et agrippa le professeur par le bras. Il la laissa faire, troublé. Était-elle inconsciente ou faisait-elle semblant d'être indifférente à son sort ?

Elle se pencha à son oreille.

— Arrêtez d'avoir l'air aussi inquiet, professeur. Vous allez finir par me foutre les chocottes.

Foster sursauta. « Tu deviens mauvais, Foster. Tu n'arrives même plus à tromper un malade. »

— Je ne suis pas inquiet. Je suis fatigué par le voyage.

Leur véhicule était garé sur un parking extérieur, où un minibus les amena. À peine descendu, Milan balaya l'endroit du regard avant de se fixer sur une Ford garée à l'écart. Un homme seul attendait à l'intérieur. Sans un mot, Milan quitta le petit groupe pour aller à sa rencontre. Vince avait prévu un contact avec le représentant local de la CIA.

— Bob Gabler ?

— Exact, mon gras. Vous êtes à l'heure.

L'homme avait une cinquantaine d'années, du ventre, les cheveux courts et le regard calme de ceux qui en ont beaucoup vu. Il déplia son mètre quatre-vingt-dix en dehors de la voiture, ouvrit le coffre et prit deux sacs, dont un très grand et très lourd, qu'il tendit à Milan.

— Il y a de quoi gagner une petite guerre là-dedans, je suppose que vous savez ce que vous faites. Nous avons suivi vos spécifications lorsque nous avons pu le faire.

Milan ne répondit pas. Il n'aimait pas travailler avec les membres officiels de la CIA. Il n'aimait pas qu'on entende sa voix. Et surtout, il n'aimait pas qu'on voie son visage. Après un petit salut de la main, il empoigna les deux sacs et traversa le parking dans l'autre sens. Avant de refermer le coffre du van, il ouvrit le plus petit des deux sacs, y farfouilla deux secondes avant d'en sortir trois automatiques, dans des holsters de ceinture. Exactement ce qu'il avait demandé : deux Glock et un Mateba M2007S en 357 Magnum, une arme redoutable et très rare. Il prit le Mateba et tendit les Glock à Vic et Samuel. Personne n'était censé connaître leur venue à Miami, mais cette histoire était compliquée depuis le début et un accident était toujours possible. L'expérience lui avait appris qu'un excès de prudence est préférable à un excès d'optimisme. Au pire, les prudents finissent en prison et les optimistes au cimetière. La Chrysler décolla du trottoir et mit le cap sur Miami Beach.

« Il existe dans les maladies mentales chroniques deux grands groupes. Les maladies constitutionnelles, qui aboutissent au délire, et les maladies dégénératives, qui aboutissent à la démence. Dans le cas du sujet 9-122, le délire, état pathologique mental dominé par une idée-force, est avéré. Comme dans la plupart des cas délirants, le sujet 9-122 a gardé une forme de normalité sociale attestée par son aura et l'audience qu'il a su se créer au fil des ans. »

— Encore à lire votre manuscrit, professeur ? Je vais finir par croire que c'est votre propre psychothérapie.

Foster ferma le livre.

— Je ne suis pas fou. Pas encore. Vous avez récupéré du jet lag ?

— Rien à foutre du jet lag. Après cinq ans en taule, il m'en faut plus. Samuel siffla. Pas mal votre suite, professeur.

— Sans doute. Mais je vous avoue que j'ai d'autres préoccupations. Vic, vous avez la carte de Miami ?

— La voilà.

— Vous êtes allée repérer la villa de Kahan avec Milan ?

Milan inclina la tête.

— Affirmatif.

Vic s'assit à côté de l'Américain.

— La villa de Kahan est située dans le quartier de Miami Beach. Elle pointa le doigt sur la carte. Très exactement là. Sur Alton Road, en face de Sunset Islands. C'est une grande maison blanche à colonnades, entourée d'un parc et ceinte de hauts murs protégés par des pointes acérées. Il y a des caméras et des cellules photosensibles à tous les angles. Elle fit claquer sa langue. Super-protection. On dirait la baraque d'un baron de la drogue colombien.

— La maison est gardée par une équipe de veilleurs spécialisés, reprit Milan. Très discrets. J'ai compté une voiture dans chacune des rues qui la bordent, avec deux hommes à l'intérieur. La maison est mitoyenne avec un golf, mais on n'a pas eu le temps de faire une reconnaissance de ce côté-là.

Il regarda Vic et elle poursuivit :

— A priori, on pense que c'est par le golf que nous aurons les meilleures chances de pénétrer chez lui. Mais ça ne va pas être du gâteau. J'avoue que je ne me m'attendais pas à une telle sécurité. Il faut absolument que Samuel voie ça.

Le professeur se tourna vers l'ancien taulard.

— Il faut que vous alliez inspecter cette maison de très près. Faites au plus vite et dressez-nous un plan pour nous introduire.

« *Crrrrrrr. Crrrrrrr. Crrrrrrr.* »

Le directeur de l'hôpital St. Thomas marchait rapidement dans le couloir brillamment éclairé. Il avait décidé deux semaines auparavant de créer un service spécialisé pour les malades atteints de Creutzfeldt-Jakob. Dix étaient d'ores et déjà perdus. Déments, ils ne pouvaient rien faire d'autre que pousser des grognements de bête. On les nourrissait à la cuillère.

« *Crrrrrr. Crrrrr. Crrrrrr.* »

Il entra dans une chambre, s'arrêta devant un lit où un jeune homme était couché. Ses draps, changés quelques minutes avant, étaient déjà souillés. Ses yeux étaient rouge sang. Son bras droit tremblait sans discontinuer et il crissait abominablement des dents par intermittence.

C'est à ce moment-là qu'on entendait le bruit. « *Crrrrrrr. Crrrrrrr. Crrrrrrr.* »

Il résonnait de manière sinistre dans la chambre.

Une interne était plantée devant le lit, des cernes sous les yeux, l'air atterré. Le médecin se hâta vers la sortie pour échapper à cet enfer, mais la voix de sa collègue le poursuivit dans le couloir.

— Ce n'est que le début, monsieur le directeur. Seulement le début.

Vic, Milan et Samuel jouaient au golf. Ou, du moins, faisaient semblant. Vic avait dissimulé un télémètre laser et un Caméscope dans son caddie. Depuis près de trente minutes, ils se promenaient sur le green à proximité de la villa de Kahan. Le dispositif de protection côté golf était impressionnant. Un double grillage en barbelé électrifié, une grande étendue vide qui présageait de défenses électroniques et, en amont, des gardes. Deux fois, ils avaient aperçu des silhouettes dans le jardin. Notamment celle d'un homme âgé, visiblement un peu voûté. Celui qui se faisait appeler le Golem, d'après les photos transmises par Vince. L'homme qu'ils étaient venus détruire.

Assis dans la voiture, Foster regardait les trois silhouettes avec des jumelles, le regard impénétrable.

De loin elles semblaient minuscules, presque ridicules au vu de la situation. C'est pourtant sur eux que le monde devait maintenant compter. Il reposa ses jumelles avec un soupir, détachant le regard de la silhouette de Vic.

Une épidémie monstrueuse menaçait l'Europe et lui tombait amoureux comme un collégien. Car il avait bien dû se rendre à l'évidence : il était amoureux de la petite Française. Follement. Il pensait à Vic en se levant le matin. En prenant son café, en s'habillant, en se couchant. Même dans ses rêves. Pas une minute où elle ne fût présente. Il ne pensait plus qu'à elle au lieu de penser uniquement à la mission.

Les silhouettes s'étaient arrêtées au bout du golf, près d'un petit lac artificiel. « Est-ce que je dois faire l'amour avec elle ? » Cette question aussi le hantait. Pas pour ses implications charnelles. Des aventures nombreuses avaient calmé ses pulsions sexuelles. Mais, dans ce cas précis, il s'agissait d'autre chose. L'image du corps de Vic le troubla, et il la chassa de son esprit. Lui qui n'avait pas éprouvé quelque chose qui ressemblait à l'amour depuis près de trente ans. Brusquement, il eut l'impression d'avoir gâché sa vie. D'être passé à côté de l'essentiel. « Faire l'amour avec Vic ou pas ? » Là-bas, sur le green, les silhouettes obliquèrent dans sa direction. Foster, lui, avait pris sa décision. Pour de bon.

Lorsque les portières s'ouvrirent, c'est un homme apaisé qui se tourna pour leur parler. Seule Vic remarqua le changement.

— Professeur ?

— Oui, Sam ?

Le grand métis dansait d'un pied sur l'autre, mal à l'aise.

— J'ai un truc à vous demander.
— Un truc ? Allez-y toujours.
Sam soupira et se lança :
— Voilà, vous savez que je suis marié.
Regard de Foster par en bas.
— Je sais.
— Ma femme avait l'habitude de venir me voir chaque semaine à la prison. Ça fait plus de six semaines qu'elle n'a plus de nouvelles. Je voudrais l'appeler.
— C'est interdit, vous le savez.
Hésitation de Sam.
— C'est pour ça que je vous demande. Pour pouvoir l'appeler.
— OK, appelez-la. Ne lui dites pas où vous êtes, ni ce que vous faites. Dites-lui juste que vous allez bien et que vous serez bientôt avec elle.
— Merci, professeur.
Foster lui mit la main sur l'épaule.
— Ça n'est rien. Foster sourit. C'est bien la première fois que j'ai du mal à mettre la main sur l'épaule de quelqu'un. Vous êtes vraiment incroyablement grand.
Regardant ses affaires, il s'aperçut qu'il devait rappeler son associé à la clinique. Trois jours déjà qu'il aurait dû le faire. Sa secrétaire décrocha au bout de deux sonneries.
— Bonjour, Barbara, c'est Foster. Passez-moi le docteur Finley.
Des grésillements sur la ligne, puis la voix forte de son associé.
— Francis, enfin !
— Salut, Patrick. Comment va mon fidèle associé pendant mon absence ?
— Trois jours que tu dois me rappeler. Quant à ton absence, elle dure depuis plus de six semaines, je te

signale. La clinique a besoin de toi. Pour l'instant, je m'en sors, mais tu nous manques et je n'arrive plus vraiment à suivre tout seul.

— Je suis certain que si. Je suis obligé de rester encore un peu à Miami.

— Je ne te demande pas ce que tu fais. Cela fait trop longtemps que je te connais, vingt ans si je ne m'abuse, pour m'étonner de ton attitude. Mais je dois savoir quand tu comptes revenir. Sinon, je vais devoir prendre certaines dispositions.

— Ça y est. Un coup d'État ! Remarque, par définition, on ne peut être trahi que par ses amis.

— Arrête tes conneries, s'il te plaît, et sois sérieux une minute. Je te dis cela parce que j'ai rencontré un jeune sorti de l'internat que je trouve très prometteur. Je voudrais le recruter. En ton absence, il pourrait m'aider grandement.

— De mieux en mieux ! Voilà que tu veux me remplacer par un interne. Je pensais valoir mieux.

— Francis, excuse-moi de te le dire, mais là, tu me fatigues. La voix se fit presque implorante. Je ne m'en sors plus. Je suis crevé, je n'arrive plus à superviser toute la clinique et à faire les expertises tout seul. Tu ne vois pas la quantité de travail que tu abats quand tu es là. Alors, je te le demande, je fais quoi ?

— On est associés dans cette clinique, non ?

— Il paraît.

— Donc les choses me semblent claires. En mon absence, c'est toi qui diriges comme tu le sens. J'ai entièrement confiance en toi. Embauche qui tu veux, du moment que je ne le trouve pas assis à mon bureau quand je rentre.

— Tu rentres quand ?

— Je serai bientôt de retour, je te le promets. Mon

petit pèlerinage touche presque à sa fin. Donne-moi encore quelques semaines.

— Quelques, ça veut dire combien ?

— C'est un pluriel, Patrick. Ça veut dire plus de deux.

Il raccrocha. Son absence de la clinique allait commencer à faire jaser dans la communauté scientifique londonienne. Certes, il s'en moquait, mais il sentait le trouble de son ami et associé. Pour tout le monde, il était officiellement parti se reposer. La plupart des gens devaient penser qu'en réalité il avait rencontré une jeune femme. Après tout, les psychiatres, aussi, ont le droit de tomber amoureux. Et d'ailleurs, conclut-il, songeant à Vic, est-ce que ce n'était pas précisément le cas ?

Il se massa la nuque quelques instants et se dirigea d'un pas un peu hésitant vers le minibar, ses pieds nus sur la moquette en laine épaisse.

« Manquait plus que cela ! Prendre plaisir à marcher pieds nus. Comme un enfant. Grotesque. Tu deviens grotesque, Foster. »

Il se servit un jus de tomate avec des glaçons et plusieurs tranches de citron.

Deux coups légers à la porte.

— Entrez, Vic.

Elle était habillée à la garçonne, avec un jean, des baskets et un petit chemisier transparent qui laissait apercevoir sa poitrine nerveuse. Pas de soutien-gorge. Il détourna le regard.

— Comment avez-vous fait pour deviner que c'était moi ?

— La façon de frapper à la porte. Les femmes le font toujours avec plus de retenue que les hommes. Sans doute parce qu'elles sont plus pudiques. Et vous avez une façon bien à vous d'appuyer sur le deuxième coup. J'aime beaucoup.

Puis, sérieux :

— Vous avez trouvé quelque chose ?

— Milan arrive. Mais je voudrais que nous parlions avant.

— Parler ? Pourquoi pas ?

Elle s'assit devant lui, le regard grave.

— Oui. De choses importantes.

Il se tourna vers la fenêtre.

— Vous devriez prendre un verre. Un Perrier. Ne faites pas comme moi. J'ai pris au moins trois kilos depuis le début de cette mission. Je ne pensais pas qu'elle me ferait grossir.

— Bordel de merde, Francis, vous allez arrêter de parler et m'écouter enfin ?

Il se retourna comme à regret et vint s'asseoir en face d'elle. Son regard était doux mais il sembla, à Vic, y voir comme une lueur, qu'elle n'avait jamais aperçue. Enhardie, elle se lança :

— Francis, je vous aime. Je crois que je suis tombée amoureuse de vous depuis le premier jour. Je voudrais vivre avec vous. Elle secoua la tête. Voilà. Je suis une idiote mais je ne pouvais plus garder ça pour moi. Surtout depuis... — sa voix se cassa — depuis que vous m'avez appris pour ma maladie.

Il ne dit rien, le regard soudain lointain.

Un long silence. Beaucoup trop long.

Elle se leva puis recula lentement, comme si elle voulait s'enfoncer dans le mur. Bien sûr. Elle savait ce qu'il allait lui répondre. Leur différence d'âge, qu'elle se trompait sur lui. Qu'il avait déjà été marié et que cela ne s'était pas bien passé, etc. Bref, toutes ces conneries qui lui permettraient de ne pas avoir à lui dire que *lui* n'éprouvait pas de sentiments.

Foster leva la tête. Il avança la main et, d'un geste inattendu, lui caressa la joue.

— Je ne veux rien vous dire, Vic. Pas en plein milieu de cette mission. Elle est essentielle. Des centaines de milliers de vies sont entre nos mains. Peut-être des millions. Y compris la vôtre. Nous ne pouvons pas nous laisser distraire.

Il se leva pour sortir de la pièce et elle eut soudain l'impression d'un grand vide.

— Le soir de notre victoire, nous parlerons d'avenir. Rien que nous deux. Jusqu'à ce moment, gardez vos sentiments tout au fond de votre cœur.

Il se pencha vers la rue en contrebas avant de se retourner vers elle.

— Mais je ne les oublie pas. Ils me touchent beaucoup.

Elle le bouscula en quittant la chambre, les larmes aux yeux, ne sachant pas pourquoi elle avait envie de pleurer. Courant presque, elle ne vit pas son air bouleversé et les larmes dans les siens.

La phrase, reprise par près d'une vingtaine de fidèles, faisait trembler les vitraux de la pièce.

— GolemGolemGolemGolemGolemGolemGolem.

Le vieillard était silencieux, le visage totalement immobile. Debout face à ses fidèles, Kahan laissait les *mots* envahir son esprit. Les *mots.* C'était le moment qu'il préférait. Lorsque les siens scandaient les *mots.*

La transe continuait, par saccades animales de plus en plus violentes. Elle atteint son paroxysme lors de la dernière litanie.

— GolemGolemGolemGOLEMGOLEMGOLEMGOLEM.

Les *mots* étaient presque des cris et Kahan sentait le

plaisir monter en lui. Le plaisir. Le plaisir après les mots. Le silence s'instaura et il laissa le calme revenir en lui. Il rouvrit les yeux. Ses fidèles étaient toujours là, les plus fanatiques, ceux qui appartenaient au cercle des initiés. Machinalement, il les détailla un à un. Ils étaient vingt-trois. Il les connaissait tous personnellement. Peu de femmes, peu de jeunes, tous habillés normalement. Kahan avait toujours eu horreur des déguisements. Lui-même portait un costume Mao sobre et une chemise blanche sans col, boutonnée.

La voix de Kahan s'éleva soudain dans la crypte, avec une force et une puissance inouïes.

— Où suis-je ?

Ils répondirent en chœur :

— DANS LE KRAL. LE TEMPLE DES FIDÈLES.

— Qui suis-je ?

— LE GUIDE, L'INSPIRATEUR. LE FILS D'ILAK.

— Et encore ?

La voix cristalline d'une femme s'éleva dans l'air :

— Le prophète. Celui qui vient.

Le silence. Kahan semblait planer au-dessus de l'assistance, nimbé de lumière dans l'obscurité de la crypte où étaient plongés les fidèles. Son regard écarquillé les transperça un à un. Il leva le bras, indiquant la direction d'une petite porte de bois donnant sur l'extérieur.

— LA PORTE.

Foster feuilletait un livre ennuyeux. Il le ferma d'un geste sec et le jeta dans la poubelle. D'une main ferme, il lissa son pantalon et ferma les yeux. Il était assis sur un banc au bord de la plage de Miami Beach. Il était parti se promener pour réfléchir un peu, pendant que Samuel et Vic allaient à la chasse aux informations.

C'était sa méthode. Faire le vide, penser à autre chose, pour mieux se *concentrer* sur le problème principal. Un large chapeau le protégeait du soleil. Avec son costume en lin impeccablement repassé et ses chaussures en daim retourné, Foster ressemblait à un retraité respectable.

« Vic. Qu'as-tu fait avec Vic ? Pourquoi ne lui as-tu pas dit que tu l'aimais ? » Il se tapota le front. « Idiot. Tu es idiot. Elle est là, en face de toi. Elle te fait une déclaration de cinéma et toi, tu lui caches tes sentiments. »

Absorbé par ses pensées, il ne remarqua pas un groupe de trois jeunes hommes qui s'avançait dans sa direction. Deux Noirs et un Blanc. Très jeunes. Grands. En passant, l'un deux s'arrêta devant le professeur et, d'une chiquenaude, fit tomber son chapeau. Les deux autres s'arrêtèrent et se mirent à rire grassement. Effrayés, plusieurs passants se détournèrent.

Foster leva les yeux vers eux.

— Ce que vous avez fait est stupide, jeune homme.

L'autre le toisa de haut et agrippa son col de chemise. Foster attrapa la main du voyou et tira brusquement deux doigts en arrière, les brisant net. Le garçon poussa un hurlement de douleur et se laissa tomber à genoux, les yeux pleins de larmes, tenant sa main blessée. Foster s'était levé, faisant face aux deux autres, indécis. Au même moment, il entendit un léger raclement de gorge. Il n'avait pas vu arriver Milan. Les trois agresseurs tournèrent la tête, virent les yeux froids comme la mort, la main négligemment rentrée à l'intérieur de la veste, posée sur la crosse de l'automatique.

— Barrez-vous.

Ils filèrent sans demander leur reste. Discrètement, Milan remit le clip de sécurité de son holster.

— Pas mal, professeur.

— Sous-entendu, pour un vieillard cacochyme comme moi ?

— Non. Pas mal tout court. Les doigts brisés. C'est une méthode commando.

— Ah bon ? Foster s'étira, écartant les bras. C'est un de mes malades qui me l'a apprise. Un spécialiste de l'évasion des maisons de placement. Il m'a dit qu'il avait toujours réussi à s'échapper en brisant les doigts de ses gardiens.

Ils rirent de concert.

— Je n'ai pas grand mérite. Ces beatniks n'étaient guère impressionnants. Bêtes et prévisibles. Si vous pouviez voir les psychotiques auxquels je suis parfois confronté...

Il loucha vers la bosse, sous la veste de Milan.

— Dites-moi, pourquoi portez-vous toujours votre arme à la hanche et pas sous le bras comme on le voit dans beaucoup de films ?

— Mettez-vous en face d'une glace et faites semblant de sortir une arme. Vous comprendrez tout de suite.

— Dites-moi quand même. Je ne mourrai pas idiot.

— Sous l'aisselle, vous balayez forcément une zone à côté de la cible avant de l'avoir en ligne de mire alors que, quand vous sortez l'arme d'un holster de hanche, elle va de haut en bas. Vous avez la cible aussitôt en ligne, au niveau des jambes. Ça veut dire plus de rapidité, moins de risques de tirer à côté, et la capacité d'atteindre la cible dans les jambes quasi immédiatement avant de doubler dans un organe vital.

— Impressionnant. Vous voyez, vous m'apprenez plein de choses qui ne me serviront jamais.

D'un geste paternel, Foster ébouriffa les cheveux de Milan.

— Je vous aime bien, fils. Vous allez mieux, on dirait ?

— Plus de cauchemars, professeur. Plus de visages grimaçants. Depuis un mois déjà. J'ai cru que ça allait revenir hier dans l'avion, en revenant à Miami, mais non, rien. Je revis. C'est grâce à vous que j'ai tenu le coup.

— Vous ne voulez plus qu'ils reviennent, ces visages ?

Milan allongea un peu le pas, puis s'arrêta brusquement en face d'un glacier. « *Double cream for 50 pence* », annonçait un écriteau peint à la main.

— Non, je ne veux plus.

— Alors, après la mission, il faudra prendre une grande décision.

— Laquelle ?

Sourire finaud de Foster.

— Vous le savez très bien.

— Arrêter. Tout arrêter après la mission.

— Vous voyez. Vous avez trouvé seul. D'ailleurs, la plupart des gens trouvent la solution seuls. Mais ils n'ont pas le courage de l'appliquer. Le vrai problème, mon garçon, c'est de changer *vraiment* de vie, pas de comprendre dans quelle direction elle doit changer.

L'affiche du glacier dansait légèrement devant les yeux de Milan.

— Je suis sûr que vous vous demandez ce que vous pourrez faire, après vos années de mercenariat. Ce n'est pas vraiment la question. Faites quelque chose qui n'a rien à voir avec l'action violente.

— Souvent, dans des missions difficiles, je me disais : « Lorsque tout sera terminé, j'irai travailler dans un parc animalier, ou un zoo. » J'aime les animaux.

— Les animaux. Excellent pour l'équilibre personnel. C'est une très bonne idée.

Ils marchèrent lentement pendant quelques minutes. Milan avait envie de jeter son arme dans une poubelle, de crier « c'est fini » et de partir en courant. Une vague de mélancolie le submergea soudain. La voix de Foster le dégrisa.

— Ne vous laissez pas aller, mon jeune ami. Je devine que vous avez brusquement envie de tout lâcher. Mais ce ne sera pas si facile. Il faut continuer cette mission jusqu'au bout.

Milan eut un rire nerveux.

— Vous êtes un sorcier. Vous savez ce que je me dis souvent, quand je vous vois ?

« Comme tous mes malades, tu te dis : j'aimerais être psychiatre », pensait Foster. Il leva un regard candide vers Milan.

— Que vous dites-vous ?

— Que j'aimerais bien être comme vous. Psychiatre, je veux dire.

— Ah bon ?

Ils marchaient maintenant le long de la plage. Milan enleva ses chaussures.

— Comment allons-nous coincer Kahan ?

— La formule est probablement chez lui. Il faut entrer discrètement et la voler. Je ne veux pas de bataille rangée avec ses hommes. Ils sont innocents.

— Ils font partie de son organisation.

— C'est peut-être une secte, mais ce n'est sans doute pas une organisation criminelle. Beaucoup de ses fidèles doivent être de bonne foi. Il faut trouver un moyen. Si nous agissons comme eux, nous ne valons pas mieux.

— Sa maison est une véritable place forte.

— Avez-vous parlé avec Sam ?

— Pas encore.

— Il est capable de miracles, disait Scott. C'est le moment d'utiliser ses talents cachés. Il le faut.

Le Kral des Kahanistes était totalement silencieux. La petite porte de bois s'ouvrit, sur le côté du bâtiment. Une cour en terre battue, une cage au milieu. Les fidèles sortirent à la file. La chaleur moite et étouffante des Everglades et le bruit des insectes étaient presque insupportables. Le Kral était situé dans un grand parc de vingt hectares, à quarante kilomètres de Miami. Dans une zone inhabitée, où nul ne les dérangeait. Bien sûr, la police était déjà venue deux fois, mais les Kahanistes ne faisaient pas vraiment peur. Ils étaient habillés et coiffés normalement, roulaient dans des voitures parfois luxueuses. Fiscalement, l'IRS avait regardé les comptes sans rien y trouver. Et pour cause : la secte était parfaitement en règle.

Les fidèles se rassemblèrent devant la cage où une femme et un homme étaient attachés et bâillonnés, nus, comme deux volailles plumées prêtes à rôtir.

Un bourdonnement de murmures malsains emplit l'air. Kahan leva brusquement les bras vers le ciel, faisant taire les fidèles. Son regard semblait avoir encore augmenté d'intensité. Quelques fidèles frissonnèrent à cette vision. Comme si Kahan se consumait de l'intérieur.

— Ces créatures ont fauté. La femme est une prostituée. Une créature abjecte, qui fait commerce de son corps. L'autre est un clochard, épris de boisson. Un débris immonde. Il laissa les mots imprégner ses fidèles. La présence de ces deux insectes souille cette terre. Elle attire sur nous la colère d'Ilak. Nous devons les sacrifier. Les détruire pour mieux nous recréer.

Les deux suppliciés commencèrent à gémir et à s'agiter en tous sens, mais ils étaient solidement attachés.

Solennellement, Kahan s'approcha. Des armes blanches étaient posées sur un établi. Sa main se referma sur un couteau de boucher à l'épaisse lame luisante.

Il ouvrit la cage, le couteau dressé.

Le restaurant de l'hôtel Astor était un des endroits à la mode de Miami. Cadre design et carte compliquée pour clients nouveaux riches. Foster avait d'autres idées en tête. Il poussa nerveusement son assiette à moitié pleine et mit sa main sur l'avant-bras de Sam.

— Avez-vous préparé le plan pour entrer chez Kahan ?

Le métis se gratta machinalement le torse, au travers de la chemise trop fine. Des touffes de poils noirs dépassaient du col ouvert.

— Ouais. Je pense pouvoir. Leur système est sophistiqué, mais il y a une faille. Je l'ai étudié toute la journée.

Il prit un stylo dans son blouson et commença à dessiner sur la nappe en papier.

— Leur système est organisé sur le principe de la double muraille. D'abord un mur peu élevé, environ un mètre cinquante. Il est surmonté de pointes tranchantes comme des rasoirs. Il eut un petit geste de la main, balayant l'air à l'horizontale devant son cou. Il te touche et hop, tu saignes comme un porc. Au-dessus, il y a un fil électrifié. Vu l'épaisseur du fil, l'intensité électrique doit être balèze. Énorme même.

Ignorant le trouble suscité par ses propos, Sam se replongea sur son dessin.

— Ensuite, il y a un no man's land d'environ cent mètres. J'ai aperçu des pylônes d'environ cinquante centimètres tous les vingt mètres. Là, là, là et là. Ils sont camouflés par des buissons ou des massifs de fleurs.

Ils l'écoutaient tous, suspendus à ses paroles.

— Ces pylônes supportent des appareils de détection infrarouge. Du matériel super-sophistiqué à impulsion. Il ne réagit pas à une chaleur modérée, comme celle émise par un chat ou un oiseau, mais déclenche l'alarme pour un gros animal ou un homme. Enfin, derrière les détecteurs, ils ont en permanence deux hommes qui patrouillent le jardin. Armés de fusils à pompe et de revolvers.

— Le point faible, ce sont les pylônes, à ton avis ?

C'est Vic qui avait parlé.

— Leurs appareils de détection ne balayent que devant eux, avec un angle de 180 degrés. Si quelqu'un arrive à les passer, c'est bon. Il n'aura plus qu'à tromper la vigilance des deux gardes qui sont trop peu nombreux pour surveiller efficacement un jardin aussi grand.

— Comment tu comptes faire, superman ? Te faire parachuter derrière ?

Samuel semblait ne pas avoir perçu l'ironie dans la voix de Vic. Il continua, imperturbable :

— J'y ai pensé, mais c'est pas une bonne idée. Trop compliqué pour une grande ville comme Miami. J'ai une chance sur deux de me tromper de baraque ou de me griller sur une ligne électrique. Non, mon idée, c'est de tromper la vigilance thermique des caméras.

— En les détruisant ?

— Surtout pas. Elles sont sans doute équipées d'une alarme de deuxième sécurité. Je pense qu'il doit être possible de s'infiltrer, revêtu d'une combinaison absorbant ma chaleur.

Milan siffla entre ses dents.

— Une sorte de combinaison réfrigérante ?

— Parfaitement. Certaines unités de pompiers en possèdent pour les interventions sur les incendies industriels. Ce sont des combinaisons équipées d'un système de refroidissement intégré au Fréon. Il faudrait en récupérer une et éventuellement la modifier pour supprimer toute signature thermique.

— Ça doit être massif, non ?

— Tu peux le dire. Le cauchemar du sprinter. Dans mon souvenir, ça ressemble un peu à un scaphandre de plongée. Mais les distances à franchir sont courtes.

Il reprit son dessin.

— Juste derrière la barrière de caméras thermiques, il y a un grand massif d'arbustes fleuris. Je pourrais enlever la combinaison et l'y cacher. Puis revenir après avoir exploré la maison et repartir par la même voie...

— Bon plan. Vic et moi, on assurera la couverture.

Foster tapotait sur la table avec sa fourchette.

— Il faut agir dans le secret. Au cas où Kahan aurait caché la formule ailleurs. Le coffre doit être ouvert sans effraction.

— OK. Mais il me faudra un équipement complet.

— C'est-à-dire ?

Foster avait pris un petit calepin.

— Un ordinateur portable gonflé pour essayer toutes les combinaisons possibles en un minimum de temps si c'est un coffre électronique. Un micro ultrasensible, un casque d'écoute stéréophonique, un amplificateur 5 watts de petite taille. Il me faut aussi un soft analyser. Un programme qui s'appelle Sound Forge. Je le modifierai moi-même.

— Vous aurez tout ça. Mais revenons un peu en arrière. Comment ferez-vous pour passer le premier mur d'enceinte sans déchirer votre combinaison thermique sur les lames de protection ?

— Merde. Vous avez raison, professeur, y a un bug. Un vrai bug. Sam hésita quelques secondes. Il faut que je réfléchisse. Il doit y avoir une solution.

Kahan était affalé sur les coussins, à l'arrière de la luxueuse limousine. Un peu de sang maculait encore l'une de ses chaussures. Il se pencha et l'essuya négligemment, comme il aurait enlevé de la cendre de cigarette. Il se pencha sur l'oreille du chauffeur.

— Il reste du sang.

Puis il éclata de rire !

La voiture venait de quitter le Kral et roulait sur une petite route de campagne mal goudronnée. Dix kilomètres plus loin, elle rejoignait une route plus importante. Encore trois kilomètres et c'était la 41. Le chauffeur prit vers l'est, en direction de Miami. Kahan ne se détendit vraiment qu'en arrivant à son domicile, trois quarts d'heure plus tard. Il n'aimait pas les trajets en voiture. Distraitement, il salua les fidèles qui assuraient sa garde et l'entretien de la maison, et rejoignit son bureau. Il s'assit derrière une table de bois sombre de grande taille. La pièce était spacieuse mais austère. Meublée en style espagnol, avec de profondes bibliothèques dans lesquelles étaient rangés des milliers de livres. Il ouvrit un dossier posé devant lui. « État des dégâts occasionnés à l'organisation du cheikh Azouz en Égypte. » Le rapport avait été préparé par Dan, son bras droit. Il n'avait pas besoin de le lire pour en connaître le résultat. L'autre lui avait déjà tout raconté. La fuite avec Risliri, le bras droit de l'Égyptien, qu'il avait récupéré. Le vol en rase-mottes à travers le désert pendant une heure, avant de revenir sur Le Caire par l'ouest. Le voyage en car jusqu'à Alexandrie d'où ils avaient pris l'avion pour Tunis puis Rome. Avec des faux passeports jordaniens parfaitement imités. Douze heures plus tard, ils étaient de retour à Miami. Sains et saufs. A priori, ils n'avaient pas été démasqués. Il n'avait noté aucune surveillance particulière de la maison ni du Kral. Ses téléphones n'étaient pas sur écoute. Personne d'autre n'avait survécu à l'attaque en Égypte. Le réseau terroriste qui avait effectué contre monnaie sonnante et trébuchante l'opération de Milton était décapité. Il soupira, tendit les mains, faisant craquer ses jointures une à une. Dans un sens, c'était mieux. Il était débarrassé du seul homme extérieur à son organisation qui connaissait son vrai rôle dans l'affaire de Milton. Il pouvait maintenant se consacrer à plein temps à sa tâche. Il se versa un grand verre d'eau. Un coup discret à la porte et le chef de la sécurité de la secte entra. Son visage tuméfié rappelait les derniers événements en Égypte.

— Vous m'avez appelé.

— Entre, Dan. Je voulais parler un peu avec toi.

L'homme s'assit, faisant bien attention à rester suffisamment à distance. Kahan ne supportait pas la promiscuité, encore moins les contacts physiques. Il avait un jour tué devant lui, à coups de bâton, une fidèle parce qu'elle lui avait *touché la main*.

— Je suis inquiet. Je pense qu'ils ont remonté la filière à partir des armes.

— C'est la faute de ce crétin d'Azouz. Revendiquer l'opération ! Le fou.

— Il n'a pas pu s'en empêcher. C'était dans sa logique de terroriste minable. J'aurais dû le tuer.

— Ils l'ont fait pour nous. Et ils n'ont rien qui nous lie à Azouz. Kahan eut un rire sec. Rien du tout. Nous sommes des fantômes pour eux.

Son second ne répondit rien et Kahan répéta plus bas :

— Oui, des fantômes.

Puis, brusquement :

— Détends-toi. Ils n'arriveront jamais jusqu'à nous. *Personne* ne peut me vaincre.

Une nouvelle gorgée d'eau fraîche. Sa glotte fit un bruit désagréable, mais son second n'en fit pas la remarque. Le gourou se détendit un peu, repensant à la mise en place de son réseau terroriste. Une opération géniale et plus facile qu'il n'y paraissait. Avec la disparition du bloc soviétique et sous la pression des pays occidentaux, les pays arabes avaient dû abandonner leur soutien trop visible aux organisations terroristes. Ces dernières dépérissaient lentement. Et des hommes hier parmi les plus puissants de la planète en étaient arrivés à ne plus savoir où se réfugier. Le terroriste Carlos en avait fait l'amère expérience. Aussi, lorsque Kahan avait envoyé Dan chez Azouz, il avait été accueilli en sauveur. L'envoyé de la secte leur avait dit : « Je travaille pour un milliardaire peu connu mais influent. Je veux vous proposer une mission contre l'Occident païen. Elle vous offrira les moyens de poursuivre votre combat. » Azouz avait accepté, évidemment, et Kahan avait pu bénéficier de l'expérience de ses hommes pour l'opération de Milton. La fille avait été assassinée par ses complices et les deux autres avaient été tués en Égypte. Une excellente nouvelle. Bon débarras !

Le gourou allongea les jambes sous le bureau, s'étirant comme un matou. Son regard glissa une seconde sur son bras droit avant de fixer le plafond. La conversion de Dan à son mouvement avait été un moment décisif. Un des meilleurs tueurs du monde, redoutablement efficace. Il avait parfaitement planifié le vol de la formule. Et s'activait maintenant à former une équipe de choc au sein des membres de la secte. Kahan resta immobile de longues minutes, comme statufié. Puis il tourna lentement la tête, trop lentement, comme si elle était indépendante du reste de son corps. Le regard se posa sur son second. Dan avait beau être un dur, il tressaillit. Il n'aimait pas ce regard. Aussi loin qu'il remontât dans sa vie, il n'avait jamais rien vu de tel. Kahan ne lui faisait pas seulement peur. Il avait un regard *terrifiant*.

Ses yeux semblaient le fouiller maintenant, comme deux étoiles de mer noirâtres, et le tueur eut soudain l'impression que l'oxygène manquait dans la pièce, avalé par *quelque chose*.

La voix du gourou s'éleva dans l'air, d'une douceur totalement incongrue :

— Laisse-moi à présent.

Seul, Kahan se détendit. Les images défilaient dans sa tête, sans qu'il puisse les arrêter. Et les *mots*. Le destin était en marche. Rien n'arrêterait le Golem.

3 heures du matin. Un ciel totalement noir, comme une couverture jetée sur Miami. Une zone pluvieuse traversait la Floride. Foster avait proposé d'en profiter pour agir. Ils n'auraient pas une si bonne occasion de sitôt. Leur dernière réunion datait de moins de deux jours. Ils avaient récupéré tout le matériel nécessaire à l'opération.

Milan était étendu sur le sable du practice du golf. Vêtu d'une combinaison de combat marron foncé, il se confondait parfaitement avec le sable mouillé par la pluie. À ses pieds, un McMillan, calibre 12,7, posé sur un trépied. Le fusil le plus puissant du monde. Il couvrait tout l'arrière de la maison. Vic était postée beaucoup plus au contact, sur une petite bosse couverte d'herbe humide, armée d'un fusil d'assaut L1A1 et d'une lunette infrarouge Litton. Elle ne couvrait qu'une partie du champ d'opération, car sa vision était gênée par les arbustes et les bosquets. Mais elle savait que Milan était là. Immobile, inquiétant, mortel.

Il y eut un mouvement devant elle. Tel un extraterrestre, Samuel se rapprochait du premier mur d'enceinte. Le métis avait repeint sa combinaison de protection, normalement orange, en vert foncé, puis y avait collé de l'herbe synthétique dans le dos et à l'arrière des jambes. Il était ainsi totalement invisible une fois allongé sur le sol. Samuel portait deux gros sacs. L'un contenait tout son matériel, l'autre une sorte de matelas. Un matelas très spécial, composé de plaques superposées de Kevlar et de fil d'acier. La « couverture » qui lui permettrait de passer le mur d'enceinte sans se blesser sur les pointes en acier. L'ensemble de son équipement devait peser plus de cinquante kilos et il titubait sous la charge, malgré sa stature exceptionnelle. Arrivé devant le mur, il fit la grimace. Vue de près, l'enceinte semblait encore plus impressionnante. L'écouteur collé à son oreille droite grésilla. La voix de Milan.

— Attends une minute. Il y en a « un » juste dans ton angle.

Le garde maintint sa position quelques instants puis alla retrouver son collègue pour fumer une cigarette.

— Tu peux y aller. La voie est libre.

Samuel commença par établir une dérivation sur la ligne électrique. Comme toutes celles qu'il avait rencontrées au cours de sa carrière, celle-ci ne servait à rien. Tout juste bonne à effaroucher les voleurs de poules. La petite batterie qu'il avait posée à côté de lui prit le relais lorsqu'il coupa les fils, empêchant une chute de tension. Il empoigna son matériel et le fit passer par-dessus le muret d'une puissante poussée. Puis il déplia rapidement sa « couverture », qu'il posa sur le mur. Il prit son élan mais n'arriva pas à se hisser. Il tenta une seconde fois sans plus de succès.

« Merde. Qu'est-ce qu'il fout ? se demandait Milan. Pourquoi il n'escalade pas ce foutu mur ? » Puis, brusquement, il comprit. La combinaison était trop lourde. Et le mur était trop haut. À ce moment, la voix de Vic éclata dans son écouteur :

— Il est trop lourd avec sa combinaison. J'y vais ?

Milan réfléchit une seconde. Il était plus puissant que Vic mais il était le seul à avoir toute la propriété dans son champ de vision. Il valait mieux que ce soit elle qui y aille.

— Affirmatif. Il chuchotait dans son micro. Fais-lui la courte échelle.

— Bien compris.

Elle posa son arme et courut rejoindre Samuel. Appuyée contre le mur, les deux mains croisées, elle le propulsa sur la couverture. Roulant sur lui-même, il bascula de l'autre côté.

Au moment où Samuel passait le muret, Milan eut une sueur froide. Comment allait-il repasser le mur de l'autre côté sans aide. Il empoigna son micro.

— Sam ?

— Ouais. L'Anglais chuchotait. C'est à propos du mur que tu m'appelles ? Le passage dans l'autre sens ?

— Affirmatif.

— J'y ai pensé aussi en le passant. J'essaierai de piquer un fauteuil de jardin ou une échelle.

— Reçu. La voie est libre. Tu peux y aller.

Machinalement Milan regarda Vic et eut l'impression de recevoir un coup de poignard. La petite Française était couchée dans l'herbe, à cinquante mètres de sa position.

— Vic, qu'est-ce que tu as ?

Pas de réponse.

— Vic, tu réponds ?

Il entendit une sorte de grincement dans l'écouteur.

— Vic, tu veux que je vienne ?

Voix hoquetante.

— Non. Ça ira. C'est passé.

— Tu as quoi ?

— Un étourdissement. Ça ira, je te dis. Laisse-moi une seconde.

Déjà, elle s'était relevée et avançait en titubant vers son poste.

— Tu décroches. Je couvre seul.

Sa voix, déjà plus ferme, dans le micro.

— Petite crise passagère. Je suis remise.

— Négatif. Crise passagère, mon cul. Tu décroches.

Pas de réponse. Elle avait coupé son micro. Foutue entêtée. Il ne la ferait pas changer d'avis. Elle reprit sa position et son arme et il reporta son attention sur la maison.

Samuel avait atterri sur une pelouse aussi soignée qu'un golf anglais. Il était maintenant accroupi derrière un massif de rhododendrons qui le masquait aux yeux d'éventuels gardiens. Cependant, occupées à discuter, les deux sentinelles n'étaient guère dangereuses malgré leurs armes. Courbé en deux, l'Anglais commença à avancer vers la maison. Tantôt il marchait en crabe, tantôt il devait ramper sur le sol, lorsqu'il était obligé de traverser une zone de pelouse. Mais, dans la nuit, il était invisible. Les caméras thermiques étaient en action, silencieuses. Il les passa sans encombre et rampa encore une cinquantaine de mètres pour atteindre un grand fourré. Il s'y cacha et se débarrassa de sa combinaison, prenant bien soin de la dissimuler au milieu d'un massif d'épineux. Puis, vêtu d'un simple treillis noir, il se dirigea vers la maison. Il trouva vite ce qu'il avait repéré dans la journée. La fenêtre d'un petit cabinet de toilette, au rez-de-chaussée. Comme précédemment, elle était ouverte pour aérer. Le gourou devait faire tellement confiance à son dispositif de sécurité externe qu'il avait omis de respecter les précautions de sécurité les plus élémentaires pour protéger la maison elle-même. Il n'y avait aucune grille aux fenêtres. Il escalada la paroi, fit passer son sac dans les toilettes, en prenant garde à faire le moins de bruit possible, puis se glissa lui-même dans la pièce étroite. Une forte odeur de désinfectant, des revues périmées et une pile de rouleaux de papier-toilette posés à côté de la cuvette. Il ouvrit précautionneusement la porte du couloir. Aucun bruit. Pas de lumière. Par l'entrebâillement de la porte, il passa un détecteur de rayonnement. Aucune réaction. Il n'y avait pas de dispositif de sécurité dans la maison. À moins que le propriétaire n'ait été particulièrement vicieux et qu'il n'ait fait installer un détecteur de vibrations dans le sol. Auquel cas Samuel n'avait aucun moyen de le savoir. Vaillamment, il se lança dans le couloir. Son cœur battait à 120 pulsations/minute. C'est le moment qu'il préférait. Celui où il pénétrait dans une maison inconnue, à la recherche de la pièce où se trouvait le coffre-fort. « Le mystère de la profession est là, lui avait dit un jour un vieux cambrioleur, qui partageait sa cellule. Trouver instinctivement la bonne pièce, celle où se trouve le coffre-fort. Seuls les grands le sentent. Ils devinent à l'atmosphère intérieure comment le propriétaire pense, où il cachera son fric. » Samuel atteignit un grand séjour. Il était meublé dans un style particulièrement lourd. Meubles dorés et tentures épaisses. « Un connard de nouveau riche », se dit-il. Donc grand bureau attenant et coffre-fort derrière un faux tableau de maître. Il longea un nouveau couloir, tous ses sens en alerte. Une lourde porte à deux battants lui faisait face, presque en face de la porte d'entrée. « Son bureau. » Il l'ouvrit. Un grand bureau complètement sombre. Seule une mince lueur filtrait de l'extérieur. C'était suffisant pour lui. Bourré de carotène, il y voyait comme en plein jour. Il balaya les murs d'un regard rapide. Une série de portraits anciens, des vues stylisées de cités anciennes : Babylone, Athènes, Jérusalem. Un David. Ce devait être là. Le tableau était à droite du bureau. Il regarda rapidement derrière. Une porte de coffre était encastrée dans le mur. D'un geste assuré, il décrocha le tableau et le posa par terre, veillant à ne pas enlever la poussière du dessus. Ne rien faire qui puisse le trahir. Le coffre était d'un modèle récent. Réputé inviolable mais seulement pour les caves. Il lui faudrait à peine dix minutes. Il posa son ordinateur et l'amplificateur, prit le micro miniaturisé qu'il introduisit dans la serrure et commença à tourner les molettes. Dans les entrailles de l'ordinateur, le soft analyser acheté à prix d'or se mit au travail, décryptant les infimes changements sonores produits par les crantages sur les molettes.

— « 9 », « 5 », « 4 », « 9 ».

9549. Prestement, il enleva le micro et ouvrit le coffre. Il était plus haut, plus profond et plus large qu'il ne l'aurait imaginé, et contenait des liasses de dollars et plusieurs dossiers. Il les sortit et les posa sur la table. Le petit Minolta à la main, il photographia patiemment chaque document, page à page. L'appareil était chargé avec une pellicule ultrasensible. Il lui fallut quand même près d'une demi-heure. Quand il reposa le tableau devant le coffre, il était 3 h 45. Personne ne pourrait jamais savoir qu'il s'était introduit dans la maison.

Lorsqu'il vit Sam émerger de la fenêtre du cabinet de toilette, Milan ne put s'empêcher de pousser un petit soupir de soulagement. Vic eut la même réaction. Elle avait retrouvé tous ses esprits maintenant que la crise était passée. Ils le suivirent dans leur lunette tout au long de sa retraite. Même chemin et même procédure qu'à l'aller. Samuel prit bien soin d'emprunter au passage un fauteuil de jardin en bois. Il l'attacha à son bras par une ficelle et le fit basculer avec lui dans le golf lorsqu'il passa le muret, toujours vêtu de sa combinaison antithermique. Dix minutes plus tard, ils étaient tous dans le van.

— Alors, lui demanda Vic immédiatement, tu as la formule ?

— Je n'ai pas l'impression. Il y avait plein de documents, mais je n'ai rien vu qui ressemble à ça. J'ai bien peur que cette ordure ne cache ses petits secrets ailleurs qu'ici.

Vic pâlit et Milan explosa.

— Merde, merde et merde.

Vic lui jeta un regard abattu.

— J'ai eu une nouvelle crise et, pour la première fois, j'ai vraiment peur. Regardez. D'un geste violent, elle releva la jambe de son pantalon. Le muscle de sa cuisse tremblait par petites secousses.

— Myoclonie du quadriceps. Le symptôme terminal, d'après ce que j'ai lu dans les journaux. Si on ne trouve pas ce médicament, je serai au fond d'un lit dans moins d'un mois, en train de pousser des grognements de bête.

Elle se détourna, ouvrit la portière et vomit brusquement à longs jets. Bouleversés, Milan et Sam restaient silencieux. Il n'y avait rien à dire à Vic.

Foster était très pâle, le regard fixé sur Vic.

— Nous avons fait chou blanc. Il n'y a aucun document relatif à la maladie de Creutzfeldt-Jakob dans le coffre de Kahan.

Sa voix était aussi douce et calme qu'à l'accoutumée. Les échecs ne semblaient pas avoir de prise sur lui. Pourtant, son cœur battait à tout rompre. Désormais, il devait compter en jours et non en semaines s'il ne voulait pas que Vic se transforme en une forme démente, grimaçant au fond d'une chaise roulante. La vision d'horreur le fit tressaillir et sa main se crispa sur la liasse de documents posée sur une table.

— Attention, professeur. Tout tombe.

— Je suis maladroit.

— Qu'y a-t-il là-dedans ?

— Je n'ai pas encore tout lu, loin de là. Je n'ai les tirages photographiques que depuis une demi-heure. Pour l'instant, j'ai surtout vu un descriptif complet de son organisation. Un historique. Une liste des personnalités qui le soutiennent, au Moyen-Orient, en Europe mais surtout aux États-Unis où est concentré l'essentiel de ses fidèles. Il y avait aussi les copies de deux articles très agressifs sur lui, écrits dans la presse américaine.

— Pourquoi il les garde ? Il est maso ?

— Non. Il est rancunier. Il veut se venger de ceux qui ne reconnaissent pas son génie. Bon. Il me faut un peu de temps pour synthétiser tous ces documents. Le professeur regarda l'énorme tas de papiers. J'en ai vraiment pour plusieurs heures. Et il faudra que je dorme un peu, après la nuit que j'ai passée.

Le professeur avait les yeux rouges et l'air fatigué lorsqu'il entra dans la chambre de Vic, trois heures plus tard. Ils étaient tous assis autour d'une table basse. La discussion s'arrêta instantanément.

— Vous avez le droit de m'offrir un café.

Vic fut la première à réagir.

— Vous avez trouvé quelque chose ?

— Oui.

Elle lui servit une tasse de café fumant.

— Notre visite n'aura pas été inutile.

Il but une gorgée de café.

— D'abord, à la lecture de ces documents, il est clair que Kahan est très dangereux. Sa théorie de la régénération est effroyable. Il organise régulièrement des séances sacrificielles avec une petite élite sélectionnée parmi ses fidèles. Les autres membres de sa secte ignorent ces cérémonies. Le fondement de sa « pensée », je mets des guillemets au mot, est le culte du hasard. Selon lui, l'ordre moderne bouleverse l'ordre naturel, qui est celui du hasard, en permettant à des individus tarés de subsister. Il en résulte un abaissement général de la valeur humaine qu'il juge inacceptable. Il avala encore une gorgée de café. L'ordre naturel est, selon lui, décidé par leur dieu guerrier. Ilak. Ce dieu joue un peu le rôle de répartiteur de hasard entre les hommes, selon sa théorie.

— C'est débile.

— Non. C'est plutôt moins idiot que beaucoup

d'autres sectes. Il s'adresse à une clientèle de bon niveau social. Il flatte leur sens de la hiérarchie sociale.

Il but une nouvelle gorgée de café et fit la grimace. Sa voix se transforma en un souffle, avant de se tarir brutalement.

— J'ai été bouleversé par tout ce que j'ai lu. Cet homme est un malade mental particulièrement dangereux. Il se prend vraiment pour le Golem.

— Mouais. Sam semblait dubitatif. Ce mec est taré, mais ça on le savait. Il a quand même découpé en rondelles un de ses potes à la maternelle.

— Professeur, est-ce qu'il y avait un document qui pourrait nous donner une piste dans ce coffre ?

Foster but une nouvelle gorgée de café, regardant Vic avec intensité. « Mon Dieu, donnez-moi un mois et je la sauve. Ensuite, il sera trop tard. »

— Oui. Il sentit la tension soudaine créée par sa phrase. Il y a un document différent de tous les autres. Il s'agit d'une note interne. Écrite sans doute par un de ses fidèles. Un ancien militaire, d'après le style. Elle date de deux ans environ. Elle lui recommande d'embaucher un homme comme responsable de la sécurité de la secte.

— Elle donne son nom ?

— Juste un prénom. « Dan ».

— Un prénom ? Mais on ne peut rien faire avec un prénom.

— Il y a un élément en plus. D'après le rédacteur de la note, ce Dan est un des meilleurs mercenaires du monde. Sinon le meilleur. Il aurait été l'élève d'un maître dans ce type d'activité. Un certain Moss Bergman, ancien instructeur du Kidon.

— Le Kidon ?

Samuel leva un sourcil interrogatif.

— Moi non plus, je ne sais pas ce qu'est le Kidon. Mais je suppose que nos deux amis doivent connaître.

Vic jeta un coup d'œil entendu à Milan, qui répondit :

— Le Kidon, littéralement baïonnette, est la branche la plus secrète du service action du Mossad. Une douzaine d'hommes triés sur le volet. Les meilleurs d'Israël. Le nom même de cette unité est un secret.

— Comment une unité d'élite israélienne pourrait-elle avoir un lien avec un homme de Kahan ?

— Les Israéliens ont fait beaucoup de coopération technique. Ce Dan a pu travailler dans une unité occidentale. Moi-même, j'ai participé à des entraînements effectués par certains de leurs hommes. Et je suis sûr que c'est la même chose pour Vic.

— Ouais. Une fois.

— Je connais aussi ce Moss Bergman de réputation. C'est une sorte de maître incontesté dans ce métier.

— Bon. Son ancien élève a accepté, semble-t-il. Il y a une annotation manuscrite non datée qui dit : « accord de Dan ». Foster se tourna vers Milan. C'est sans doute l'homme avec qui vous vous êtes battu en Égypte.

— Oui. Ça collerait assez. C'était un très bon. Il déglutit. Le meilleur que j'aie jamais rencontré.

Vic se tourna vers le professeur.

— Cela nous donne une nouvelle piste. Nous devons rencontrer ce Moss Bergman. Il nous aidera à retrouver son ancien élève.

Il hocha la tête en signe d'approbation.

— Nous allons lui rendre une petite visite. Mais ce « Dan » m'intrigue. Il a forcément travaillé pour des services officiels s'il a été l'élève d'un officier du Mossad. Et il porte un prénom anglais.

— Il pourrait être aussi bien américain, néo-zélandais ou australien.

— Pensez-vous qu'il puisse travailler pour Kahan tout en étant membre d'une agence gouvernementale ?

— Non. Réponse sèche et sans appel de Milan. C'est impossible. Aucun membre d'une unité d'élite ou des services spéciaux ne peut être membre d'une secte en même temps. Il serait démasqué très rapidement et renvoyé.

Vic se massait machinalement la cuisse.

— Mais qui d'autre que ce Dan aurait pu mettre en contact Kahan avec Azouz ? Il n'y avait aucune chance qu'un mec comme Kahan puisse avoir un accès direct à un chef terroriste égyptien, inconnu de tous. Quelqu'un a forcément dû faire le lien. Et ce Dan me semble la personne parfaite pour cela.

— Je pense la même chose. Il peut aussi avoir organisé l'attentat de Milton. Milan ?

— C'était une opération menée de main de maître. J'ai un peu de mal à imaginer qu'elle ait été montée directement par les hommes du réseau « Vengeance et Châtiment ». Ils n'ont été que des exécutants. Celui qui a conçu l'opération est un grand professionnel qui a obligatoirement suivi un entraînement militaire.

— Bon. Foster se leva. Je vais appeler nos amis. Nous avons besoin d'un peu d'aide.

Il se dirigea vers un téléphone mural, prit le combiné et, de mémoire, composa le numéro du directeur adjoint de la CIA. Deux sonneries avant qu'une voix ne réponde brusquement.

— Vince.

Au moins, l'Américain ne perdait pas son temps en paroles inutiles.

— Bonjour, c'est Foster. J'avance. Nous touchons presque au but.

— Si c'est le cas, je vous offrirai le plus beau gueuleton de toute votre vie. Vous avez besoin d'aide ?

— J'ai besoin des coordonnées d'un homme. Il est employé par des services connexes aux vôtres, chez un de nos alliés. Israélien.

— Son nom ?

— Moss Bergman. Ce n'est pas un ennemi. Mais le bras droit de Kahan a sans doute été son élève.

— Je vais voir ce que je trouve. Nos amis schlomos n'aiment pas trop qu'on leur pose des questions sur des hommes à eux. Vous êtes toujours à Miami ?

— Oui.

— Un de mes hommes viendra à votre hôtel avec les informations. Vous avez des tuyaux sur ce... bras droit ? C'est un militaire ?

— Nous n'avons que son prénom. « Dan ».

— C'est court. Je risque de ne rien avoir. Pas d'autre information ?

Foster se tourna vers Milan :

— Comment était-il ?

— Difficile à dire. Il avait une combinaison, des gants et une cagoule. Je dirais : type européen, entre quarante et cinquante ans à la corpulence, environ un mètre soixante-dix, au moins soixante-cinq kilos, des yeux en amande, noirs. Expert en arts martiaux. Un expert exceptionnel.

— Vous avez entendu ?

— Ouais. Je ne pourrai probablement rien faire avec des renseignements aussi succincts.

— Nous pensons qu'il a travaillé dans un grand service de renseignements, et qu'il connaît bien le terrorisme islamiste. Il a peut-être des antécédents de relations avec une secte.

— Je vais voir.

— Bonne chance. Et à plus tard.

Foster raccrocha.

Milan se leva. La boucle de son holster se dessinait sur sa hanche.

— Vous pensez qu'il va trouver quelque chose ?

— Je ne sais pas. Mais je vous fiche mon billet qu'il sera dans cette pièce dans les heures qui viennent, pour une petite discussion.

Il était 10 heures du matin le lendemain lorsqu'on frappa à la chambre du professeur. Trois coups sourds. Il cria à la cantonade :

— Une minute, Paul, j'arrive.

Il ouvrit la porte. Vince était derrière.

— Du diable si je comprends... Vous m'avez vu arriver ?

— Non. Mais j'étais sûr que vous voudriez me parler de notre inconnu. Et de son instructeur. Ce Moss Bergman. Laissez-moi dix secondes. J'appelle nos amis.

Quelques instants plus tard, ils étaient tous réunis dans la suite de Foster. Vince semblait encore plus cramoisi que d'habitude.

— Mauvaise nouvelle : je n'ai trouvé aucun Dan dans nos fichiers qui ressemble à votre gars. Scott et Delage ont également fait chou blanc.

— Et Moss Bergman ?

Vince vit les regards posés sur lui. Il ne s'en tirerait pas par une pirouette. À regret, il sortit un document de sa serviette.

— Tout ceci est classé « Cosmic ». Bon. Il s'éclaircit la voix. Moss Bergman. Né le 23 juin 1934 à Haïfa en

Israël. Fils d'un paysan très pauvre. Nous avons très peu de renseignements sur lui. Entré sans doute très jeune dans le Mossad, probablement pendant son service militaire. Ensuite, c'est le noir presque complet. Moss Bergman est un crack. Il a été l'instructeur de la branche la plus secrète de leur service action. Un machin appelé Kidon : « la baïonnette ». Ça, vous le savez. Bergman est un mec bien. Il a fait de courts séjours aux États-Unis pour apprendre à nos forces spéciales quelques-unes de ses méthodes. Je pense que vous pouvez aller lui parler. Il coopérera.

— Il est où ? En Israël ?

— Il est en France. Depuis un an.

— En France ?

Vic et Milan s'étaient exclamés en même temps.

— Oui. Vu son âge, il a dû prendre sa retraite. Sa femme l'a suivi, mais leurs enfants sont restés en Israël.

— Où est-il exactement ?

— Dans le sud de la Bretagne, près du golfe du Morbihan. Une petite ville avec un château. Ça s'appelle... — il se pencha sur son dossier — Rochefort-en-Terre. Un de nos hommes est passé devant sa maison ce matin. Incognito. C'était la nuit en France. Une villa simple. Tout à fait dans les moyens d'un ancien officier qui décroche et veut se payer un peu de repos.

— Qu'est-ce qu'il fout là-bas ?

— Il a un bateau dans le golfe. C'est tout prêt de la côte. J'ai appelé Véronique Delage ce matin. Elle a passé le nom au fichier. Moss Bergman a déclaré sa nationalité lors de son entrée en France et fait l'objet d'une surveillance de routine de la part des Renseignements généraux, comme il est normal pour un ancien de Tsahal. Ils n'ont rien noté de particulier.

Vince posa ses grosses mains bien à plat sur la table.

— Et maintenant, vous comptez faire quoi ?
Foster se cala dans son fauteuil.
— La piste de ce Dan est prioritaire.
— Pourquoi ?
— Kahan est un illuminé. Il ne nous parlera jamais. Il est âgé et je pense que c'est un malade mental. S'il mourait, nous ne pourrions pas avancer. Il baissa un peu la voix. N'oubliez pas que nous n'avons aucune preuve contre lui. Il n'y avait rien sur Appleton dans son coffre.
— Que voulez-vous faire ?
— Je voudrais parler à ce Bergman. Nous pourrions peut-être le convaincre de nous dire qui est son ancien élève. C'est ce Dan qu'il faut trouver et faire parler.
— Et une action légale contre Kahan ?
— Aucune chance d'aboutir. Il a le droit de se faire appeler Messie ou Golem. Ce n'est pas un délit pénal, surtout aux États-Unis. Et s'il prend peur, il pourrait être tenté de se débarrasser de la formule du professeur Appleton.
— Ce serait pis que tout. Il vaut mieux continuer, discrètement, ajouta Vic. Le temps presse, j'ai l'impression que la vie coule de mon corps comme de l'eau d'une poche percée.
Vince fit craquer ses jointures. Foster l'avait mis au courant pour Vic.
— Voulez-vous que je prévienne le gouvernement israélien ou mes contacts au Mossad pour qu'ils vous accompagnent lors de votre entrevue avec Bergman ?
Foster se pencha légèrement, les mains sous le menton.
— Cela me semble encore un peu prématuré. Je préfère rendre une petite visite seul à ce Bergman. Avec des témoins, je pense que la conversation serait moins...

fructueuse. Il me faut un tête-à-tête avec cet homme pour décider de la suite à donner.

— Et s'il refuse de coopérer ?

Foster se redressa légèrement et regarda Milan à la dérobée. Ce dernier lui fit un signe de tête discret.

— Je suis sûr qu'il coopérera. Il n'a aucune raison de ne pas le faire. Il me faut un avion spécial pour l'ouest de la France. Nous partons *maintenant.*

En soupirant, le Premier ministre britannique posa doucement la note sur son bureau. Une étude ultra-secrète rédigée par le ministère de la Santé sur les conséquences de la possible épidémie de Creutzfeldt-Jakob.

Accablé, il la relut pour la troisième fois. C'était encore pire que ce qu'il craignait. Le moral des Britanniques était au plus bas depuis 1945. L'économie était tombée en récession suite à un effondrement des investissements et de la consommation. Plus grave, les spécialistes du ministère des Affaires sociales notaient la multiplication des comportements désespérés ou aberrants : personnes quittant leur travail afin de profiter de leurs supposés derniers moments de vie, ruptures de couples réputés solides, développement du nomadisme sexuel.

Des comportements de condamnés à mort...

Une annexe au document parlait de tendances similaires, quoique moins marquées, dans d'autres pays européens, notamment en France.

Le Premier ministre croisa les mains derrière la tête, essayant de réfléchir, se demandant pour la millième fois s'il avait pris la bonne décision. Un air de contrariété sur le visage, il empoigna son téléphone.

— Trouvez-moi Gillian Castanedo.

Le téléphone sonna moins de deux minutes plus tard. La spécialiste des prions était en ligne.

Le Premier ministre soupira et s'enfonça dans son fauteuil, redoutant par avance ce qu'il allait entendre.

— Allez-y, Gillian, je vous écoute.

— Monsieur le Premier ministre, le nombre de malades a encore augmenté. Nous en sommes maintenant à 620 pour l'ensemble du pays. Le chiffre peut sembler faible, mais la courbe d'augmentation est impressionnante. Terrifiante même.

— Et... sa voix semblait hésitante, sur le plan médical ?

— Aucune amélioration. Nous n'avons absolument pas progressé.

— C'est-à-dire ?

— 100 % de mortalité.

— Mon Dieu !

— C'est ce que je me dis chaque matin, monsieur le Premier ministre.

— Tenez bon, madame. J'ai bon espoir. L'enquête fait des progrès. Rapidement. Peut-être trouverons-nous quelque chose dans les prochaines semaines.

— J'espère bien. Je vois comment ces gens meurent. Elle s'arrêta brusquement et, sans paraître consciente de la personne qu'elle avait au bout du fil, raccrocha.

Un panneau couvert de géraniums l'annonçait fièrement. « Rochefort-en-Terre ». La grosse Lancia Kappa s'engagea dans une rue pavée, passa la place de la mairie avec ses arbres dans de grands pots en bois, tourna deux fois à droite et s'arrêta après deux cents mètres. La villa de Moss Bergman était nichée dans un creux, un peu à l'écart du bourg.

Lentement, Milan sortit de voiture et ouvrit la portière à Foster. Les dernières nouvelles de Vic l'avaient accablé. La jeune Française avait eu un nouveau malaise en allant acheter le journal. Samuel l'avait ramenée à l'hôtel, mais elle allait mal. État confus. Elle disait ressentir des sensations étranges qu'elle ne parvenait pas à décrire. Foster frissonna. Sa femme avait eu les mêmes symptômes, trente ans auparavant.

Milan prit Foster par le bras.

— Elle va mieux, professeur. Une crise passagère.

Foster serra les dents.

— Il n'y a pas de crise passagère. Allons-y maintenant.

Ils poussèrent la grille du jardin. Un soleil éclatant brillait, la douceur était étonnante.

Sur le perron de la maison, un homme accroupi sur un massif de fleurs se releva. Moss Bergman. L'Israélien était grand et mince, avec des cheveux blancs très courts. Sa chemise à manches courtes laissait entrevoir des biceps puissants et son ventre semblait aussi plat que celui d'un garçon de vingt ans. Le regard impénétrable, il observait les deux visiteurs. L'un avait son âge, petit et bien habillé, avec une lueur d'une prodigieuse intelligence dans les yeux. Ce n'était pas un homme des services secrets, il le sentait. L'autre était comme lui. Un tueur. Décontracté, souple, les épaules larges. Un super-bon. Il se raidit un peu. Il sentait de la tension mais pas d'hostilité chez ses visiteurs.

— Bonjour, monsieur Bergman. Belle journée pour prendre l'air.

— Belle journée en effet. Je m'apprêtais à tailler un peu mes massifs.

Foster se pencha pour humer une fleur odoriférante. Une porte-fenêtre s'ouvrit et une femme fit son apparition. D'un geste rapide de la main, Bergman lui fit signe de le laisser seul. La porte-fenêtre se referma aussitôt. Mme Bergman était une femme discrète.

L'Israélien fit un pas en avant, visiblement sur ses gardes.

— Nous ne nous connaissons pas.

C'était une constatation, pas une question.

— Nous venons simplement bavarder, monsieur Bergman. En amis.

— Enchanté.

Milan fit un pas en avant et la voix de Bergman claqua aussitôt comme un fouet.

— Puis-je vous demander de rester là où vous êtes ?

— Nous n'en avons pas pour longtemps. Pouvons-nous nous asseoir quelques minutes autour de cette table ?

Bergman fixa quelques secondes le professeur dans les yeux, impénétrable. Sans doute favorablement impressionné par cette confrontation silencieuse, il se fendit d'un large sourire et désigna la table et ses chaises en osier.

— Je vous en prie. Profitons du soleil.

Ils prirent place autour de la table. Du coin de l'œil, Milan avait déjà remarqué une arme cachée sous un journal dans un pot vide, à quelques centimètres de la main de l'Israélien.

— Si c'est ma carabine que vous regardez, ne vous en faites pas. Elle restera à sa place.

— Nous avons des intentions pacifiques.

— Pourtant votre ami est armé. Lorsqu'il est descendu de voiture, j'ai vu son pistolet dans un holster de mollet. Un Guardian de North American Arms en 7,65 mm. Matériel CIA. Vous êtes de la CIA.

— Mon ami l'est. Pour ma part, je travaille pour le gouvernement britannique.

— Que voulez-vous ?

La voix était sèche. Visiblement, Moss Bergman n'aimait pas perdre son temps.

— Nous venons vous parler de l'attentat de Milton, monsieur Bergman. Et plus précisément d'une piste qui nous fait remonter à l'organisateur de cet attentat. Le chef d'une secte appelé Cyrus Kahan.

Bergman plissa les yeux.

— Kahan ? Kahan. Non, ça ne me dit rien.

Il semblait sincère.

— Kahan est le chef d'une secte très dangereuse. Nous pensons qu'un de ses fidèles a monté l'attentat de Milton, recrutant des activistes islamistes pour lui prêter main-forte.

— Intéressant.

— Ce qui est le plus intéressant, monsieur Bergman, c'est qu'à notre avis le fidèle de Kahan qui a monté cette opération est l'un de vos anciens élèves.

— Ridicule.

Le ton était sans appel et les traits de l'Israélien s'étaient légèrement tendus. Il se leva à moitié de sa chaise, comme un fauve qui va bondir sur sa proie.

— Je n'ai rien entendu de plus stupide depuis longtemps. Aucun de mes élèves ne ferait partie d'une secte ou d'un groupe de ce genre. C'étaient tous des hommes équilibrés. Les meilleurs du genre. Ils l'étaient lorsque je les entraînais. Ils le sont toujours et ils le resteront jusqu'à leur mort.

Foster tapa du plat de la main sur la table.

— C'est la vérité. Un de vos élèves a trahi. Il est désormais le bras droit de Kahan. Nous n'avons que peu de chose sur cette personne. Mon ami ici présent s'est battu contre lui. Il doit avoir entre quarante et cinquante ans, mesure environ un mètre soixante-dix, pèse près de soixante-dix kilos. Il est de type caucasien, mais avec les yeux en amande. C'est un expert en arts martiaux. Un expert exceptionnel.

— Tous mes anciens élèves sont sportifs et experts en arts martiaux. Les arts martiaux, c'est ma spécialité. Vous devriez le savoir puisque vous êtes si bien renseignés.

Il y eut un long silence. Bergman semblait indécis sur le comportement à adopter.

— Je souhaite vous aider. Mais il me faut plus d'informations.

— L'homme que nous cherchons utilise peut-être un pseudo. « Dan ». Cela vous dit-il quelque chose ?

Un nouveau silence. Mais Bergman semblait transformé en statue de sel, blanc comme un linge. Il détourna le regard.

— Monsieur Bergman ?

— Je connais un Dan en effet.

Il déglutit péniblement

— Un de vos élèves ?

L'Israélien approuva de la tête.

— Un de mes meilleurs élèves.

— C'est un ancien membre du Kidon ?

— Non. Et puis quoi encore ? Aucun membre de Tsahal ne partirait dans une secte. Les tests psychologiques sont trop durs.

— Qui est-ce, alors ?

— Un ancien membre des services de sécurité du shah d'Iran. Bergman regarda Foster droit dans les yeux. Dan n'est pas son prénom. Il s'appelle en fait Zoldan Mezi. Son père était un chrétien d'Iran, sa mère une riche Hongroise.

Foster se tourna vers Milan.

— Vous le connaissez ?

L'Américain approuva.

— Affirmatif. Un indépendant. L'un des meilleurs au monde. Je n'ai pas fait le lien entre Dan et Zoldan parce que je me suis focalisé sur un prénom anglo-saxon. Vince a dû faire la même erreur. Mais Zoldan Mezi est mort.

— Non, il est toujours vivant.

— Comment un homme comme Mezi a-t-il pu être entraîné par Israël ?

Bergman croisa les mains sous le menton.

— Votre nom ?

— Francis Foster. Professeur Foster.

Bergman prit l'air étonné.

— Le psychiatre ?

— Oui.

— Ma femme est psychologue. Elle m'a déjà parlé de vous. Vous avez eu le prix Nobel. Elle a votre livre dans sa bibliothèque. Attendez-moi une seconde. Je vais vérifier votre photo au dos du bouquin.

Il se leva et revint deux minutes plus tard, le visage fermé, reprenant sa place.

— Qui vous envoie du MI6 ?

— Jeremy Scott.

— Et qui est votre contact à la CIA ?

— Paul Vince.

L'Israélien hocha la tête.

— Vous avez des parrains prestigieux, professeur. Bon. Je vais vous raconter une histoire. Une histoire que peu de gens connaissent. Dans les années 60, le gouvernement iranien a décidé de créer une petite unité chargée de la suppression des éléments islamistes les plus radicaux. Il craignait que ces derniers ne remettent en cause les fondements du régime. On était peu d'années après la chute de Mossadegh et l'arrivée au pouvoir du Shah. La suite a montré qu'il n'avait pas tort de se méfier du clergé chiite. Nous avons fourni une coopération technique approfondie en entraînant cette unité composée d'une dizaine d'hommes.

— Que s'est-il passé ?

— L'unité a été supprimée au bout de quelques années après avoir assassiné de nombreux opposants chiites. Plus d'une centaine. Nous avons gardé des contacts avec certains de ses anciens membres, de même que la CIA. Puis je suis moi-même devenu instructeur au Kidon. En 1977, Zoldan Mezi a demandé à bénéficier d'une instruction chez nous. Il était le fils de Ramez Mezi, l'ancien chef de cette unité. Nous l'avons accepté en formation. Il avait vingt-deux ans et il est resté près de huit mois en stage dans un camp spécial du Mossad.

— Et alors ?

— Zoldan Mezi était extraordinaire. Le meilleur dans à peu près toutes les disciplines. Pour les élèves étrangers, j'assurais exceptionnellement une ou deux séances de formation par mois, le reste étant dispensé par des instructeurs normaux de Tsahal. Mais j'ai été ébloui par Mezi. J'ai commis une grave erreur. Je l'ai fait venir à mes côtés pour le prendre spécialement en main.

— Pendant combien de temps ?

Bergman se racla la gorge, gêné.

— Il est resté près de moi pendant toute sa période de formation. Je lui ai tout appris. Tout.

Il s'épongea le front. Visiblement, ces souvenirs semblaient douloureux.

— Évidemment, il a quitté l'armée après la prise du pouvoir par les ayatollahs. Il s'est établi comme mercenaire indépendant, cependant nous avons gardé des contacts avec lui. Et puis, au fil du temps, ces contacts se sont raréfiés. Il m'a semblé que Zoldan Mezi changeait. Tsahal ne veut pas former des tueurs sans âme mais des hommes efficaces pour leur patrie. Vous me comprenez ? Or, peu à peu, le comportement et le discours de Mezi devenaient inquiétants. Il était plus violent, ésotérique même parfois. Il s'est mis à dénigrer l'Occident. Il m'a dit un jour que cela le dégoûtait d'avoir un passeport européen. Que c'était la faute de son père, qui avait couché avec une Hongroise. Que sa mère était une chienne.

— Qu'avez-vous fait ?

— Je lui ai cassé le nez. Je m'en souviens comme si c'était hier. Il a passé deux jours à l'hôpital. Mince sourire. J'avais dû frapper un peu fort. On ne l'a jamais revu.

— Jamais ?

— On sait qu'il a continué à travailler comme mercenaire indépendant. Nous l'avons laissé faire. Du moment qu'il ne travaillait pas contre nous ou contre des pays alliés. Même des pays arabes ont parfois eu recours à lui contre des opposants internes. C'était un spécialiste redoutable. Il a continué à travailler jusqu'à ces deux, trois dernières années. Puis il a stoppé et a disparu dans la nature. Officiellement, il a été tué en Afghanistan. Son dossier a été classé. C'est pour cela que vous ne l'avez pas retrouvé dans vos fichiers.

— Vous saviez qu'il était vivant ?

— Oui. Un agent du Mossad l'a aperçu après sa mort présumée. Au Caire.

Foster et Milan se regardèrent.

— Mezi aurait pu diriger un commando de terroristes égyptiens pour l'attentat de Milton ?

— Bien sûr. C'est le meilleur et il a beaucoup de

charisme. Il peut se faire passer pour un Arabe car il le parle sans accent farsi. Vous connaissez les noms de ceux qui l'ont aidé pour l'opération ?

— Nous en connaissons trois.

Foster se tourna vers Milan, qui énonça :

— Amena Zemel, Abdul Lokta, Amar Minou.

— Bien sûr. Je les connais de réputation. Très dangereux tous les trois. La fille est une méchante, très efficace. Nous avons essayé de la tuer à Beyrouth il y a deux ans, mais on l'a ratée. C'est chose faite ?

Milan confirma l'information d'un geste de la tête. Brusquement, Bergman eut une intuition et le regarda fixement, les yeux brillants.

— Mezi était vraiment un élève doué. Le meilleur que j'aie jamais eu. Intelligent. Superbe dans toutes les formes de combat. Un tueur de première catégorie. Sans doute sans équivalent chez les tueurs indépendants. Il eut un sourire cruel. À part peut-être aujourd'hui un certain Milan. Un agent américain dont on m'a parlé avec enthousiasme et qui travaille en solo pour la CIA. Si je devais en donner une description, je dirais que vous lui ressemblez beaucoup.

Milan ne répondit pas, gêné. Les Israéliens étaient décidément très forts. Trop forts. Personne n'était censé connaître son nom. Et encore moins son apparence.

Bergman éclata de rire.

— Monsieur Bergman, savez-vous où est Zoldan Mezi ?

— Non. Néanmoins, je pense connaître son contact dans la secte.

Foster se redressa sur son siège tandis que Milan sentait un frisson lui parcourir le dos. Il éprouvait de la sympathie pour l'Israélien. Il lui semblait se voir dans trente ans.

— Zoldan allait souvent à New York. Il y avait un petit appartement acheté sous un faux nom. Il ne savait pas que l'Institut[1] était au courant. L'année dernière, un de mes supérieurs a voulu savoir ce que Mezi devenait. Normal. Une équipe de chez nous l'a retrouvé grâce à cet appartement. Ils l'ont suivi pendant quinze jours. On n'a pas pu conserver un contact permanent. Le risque de se faire repérer aurait été trop grand avec un spécialiste comme lui. D'ailleurs, il a fini par se rendre compte de la filature. Je ne vous donnerai même pas son adresse. Il a déménagé brusquement et on ne l'a jamais revu. Mais, pendant que nous le suivions, il a commis une erreur. Il a rencontré un homme dans un café. Notre agent a capté leurs conversations grâce à un micro directionnel. C'était difficile à interpréter. Il en ressortait deux choses. Son interlocuteur était une sorte de comptable. Et il appartenait à ce que j'ai pris, à l'époque, pour une sorte de club ésotérique ou d'Église parallèle, quelque chose comme cela. À la lumière de ce que vous me dites, il pourrait s'agir du comptable d'une secte. Celle de Kahan.

Foster sentit une intense sensation de bien-être l'envahir. Le comptable de Kahan ? C'était mieux que tout ce qu'il pouvait imaginer.

— Pouvons-nous retrouver cet homme ?

Moss Bergman approuva de la tête.

— Je me souviens très bien d'un détail car, à l'époque, je m'étais dit que c'était une piste pour remonter un jour jusqu'à Zoldan Mezi. Le comptable en question lui disait pendant la conversation qu'il se rendait dans ce bar tous les lundis soir. Le bar s'appelait le Rat & Parot. Une franchise de chaîne. Il était situé,

1. Nom donné au Mossad par la plupart de ses membres.

voyons voir... Ah oui ! À Broadway, au bout de la.. hum... 42e Rue, dans Uptown. C'est facile à trouver, c'est à côté d'une boîte de nuit célèbre où il y a des danseuses aux seins nus.

— Pouvez-vous vous souvenir de son apparence physique ?

— Voyons, que je me rappelle. C'était il y a un an, et je n'ai lu que des rapports. Il plissa le front de concentration. Il a une quarantaine d'années. Chauve, très grand, maigre avec un visage émacié. Des sourcils très noirs et très fournis.

— Bien. Foster se leva avec un sourire carnassier. Inutile de vous demander de garder le silence. Vous nous rendez un grand service. À nous, mais aussi à votre pays.

L'Israélien les raccompagna à la porte et leur serra la main. Il retint celle de Foster quelques secondes dans les siennes, rapprochant son visage du sien.

— Zoldan Mezi est une ordure et l'un des hommes les plus dangereux de la planète. Ne vous laissez pas charmer comme je l'ai fait. Si vous pouvez l'avoir, tuez-le. Du coin de l'œil, il désigna Milan. Sans aucune hésitation.

L'Américain plissa les yeux, soudain glacial.

— Je n'ai jamais aucune hésitation.

Ils passèrent la grille et remontèrent dans la Lancia.

— Au moins, il est aux États-Unis. Je commence à en avoir assez des avions.

— Détendez-vous. La victoire est à notre portée. Je le sens.

— Nous aurons le temps de sauver Vic ?

Le visage de Foster se rembrunit.

— Il faut faire vite. Mais nous sommes proches maintenant. Très proches.

Le médecin-chef de la clinique Weinberg ouvrit l'enveloppe que lui tendait son assistant. Les résultats de l'imagerie par résonance magnétique nucléaire d'une jeune Française. Les examens lui avaient été demandés en urgence par le fameux professeur Foster, prix Nobel de médecine. La jeune femme avait grillé toutes les listes d'attente et quitté la clinique moins d'une heure après y être entrée. Le médecin-chef commença à étaler les feuilles sur son grand bureau en verre fumé. La porte de son bureau s'ouvrit et le radiologue qui avait supervisé les examens entra dans son bureau.

— Tu es déjà dessus ?

— Ouais. Vas-y. Dis-moi ce que je ne veux pas entendre.

— C'est mauvais, très mauvais. Un Creutzfeldt-Jakob, en phase très avancée.

Le radiologue s'approcha.

— Tu es d'accord sur le diagnostic ?

— Je confirme. Regarde les gliosis. Il n'y a aucun doute. Mais c'est bien pire que ce que je craignais, vu son état général. Il y a des lésions qui se voient parfaitement à plusieurs endroits.

Le radiologue contourna le fauteuil où son chef était assis, concentré sur les résultats, et se pencha sur son épaule.

— Je vois des taches suspectes, là, là et là. La plupart situées dans la zone tempéro-pariéto-occipitale.

— Il me semble qu'il y en a une autre, ici. Dans le pédoncule cérébral.

— Oui, oui. Tu as raison.

— Et j'ai du mal à interpréter cette petite circonvolution, juste... ici.

Son doigt se posa sur une longue rainure noire.

— Dans la scissure de Rolando ? Le radiologue eut

un claquement de langue. Zut. J'aurais dû repasser une fois là.

— Je ne suis pas certain pour la Rolando, mais pour le reste, c'est évident.

— Elle est foutue ?

— Difficile à dire. Sans médicament, elle sera morte très rapidement à mon avis.

— Combien de temps ?

— Un ou deux mois, Max.

— Et si, par miracle, on trouvait quelque chose ?

Le médecin-chef se rejeta dans son fauteuil. Le cuir noir était fatigué et, sous son poids, de fines bandes de rembourrage blanc semblaient prêtes à jaillir de la peausserie.

— Avec un médicament miracle qui stopperait toute nouvelle diffusion des zones contaminées, c'est possible de la conserver presque intacte. Mais il faudrait faire vite. Je m'étonne qu'elle puisse encore tenir debout.

— Il peut y avoir des miracles, non ?

Le chef de clinique hocha la tête, pensif.

— Un miracle ? Mouais. J'en ai entendu parler d'un, il y a deux mille ans. Mais depuis ?

Le Rat & Parot ressemblait à un pub traditionnel anglais. Étrange pour New York. Les vitres fumées empêchaient de distinguer clairement les clients, occupés à boire. Sam entra, se frayant un passage à coups de coude pour fendre la foule. Le bruit était terrifiant. Il réussit à atteindre le bar et commanda une brune. Un léger mouvement d'yeux lui permit de repérer immédiatement le comptable. C'était l'un des seuls à ne pas être accompagné et le seul conforme à la description faite par l'Israélien. Il était à l'autre bout du bar devant un Coca-Cola, lisant le *New York Times*.

Habilement, Sam évita son regard. Le comptable le regarda quelques secondes grâce à la glace murale avant de se désintéresser de lui. L'ancien taulard s'obligea à boire sa bière à petites gorgées, engageant la conversation avec ses voisins, noirs comme lui. La plupart étaient déjà copieusement imbibés, comme c'est la règle à New York le soir après le boulot. Puis il sortit sans jeter un regard à sa cible. Rapidement, il rejoignit la camionnette garée un peu plus loin. Un van Dodge loué avec une fausse carte de crédit. Il frappa deux coups sur la porte latérale, repensant à ces dernières semaines.

Il avait l'impression qu'une éternité s'était écoulée depuis sa sortie de prison. « Fils de pute », marmonna-t-il à l'adresse des membres de la secte, tout en ouvrant la porte.

Milan était assis à une table scellée dans le plancher, Vic derrière le volant, le professeur à ses côtés. Foster pianotait de la main sur le tableau de bord. Il avait l'air exténué, après une nuit sans dormir, de grands cernes sous les yeux. La situation le minait, même s'il n'en laissait rien paraître, et il avait définitivement perdu le sommeil. Du coup, il faisait vraiment son âge. Vic avait l'air détendue, semblant ne pas se rendre compte de l'inquiétude du professeur. Son visage n'accusait aucune fatigue. Comme si sa maladie n'était qu'un mauvais rêve. Pourtant, elle savait.

— Alors ?

— Il est là.

— On attend. Il partira bientôt, si Bergman a dit vrai.

Ils n'avaient plus qu'à patienter en rongeant leur frein. Une demi-heure passa, puis une autre. Vic commença à s'agiter.

— C'est long. Il fait chier, ce con.

Sam se déplia à moitié, bloqué par le toit trop bas.

— Je vais chercher des cafés ?

— Négatif. On ne bouge pas.

La voix calme et froide de Milan.

Foster se retourna.

— Milan a raison. Il peut sortir d'un instant à l'autre.
20 h 50, la porte s'ouvrit sur le comptable. L'homme jeta son journal dans une poubelle et prit à gauche en direction de la Neuvième Avenue.

Foster le désigna.

— Allez-y. Démarrez.

À l'arrière, Milan se leva, vérifiant son armement.

— On se le paie à la première occasion.

Le comptable marchait rapidement sans se retourner. Il prit la 43e Rue, puis la Dixième Avenue. À deux cents mètres, il tourna dans une ruelle étroite, entre deux immeubles. Coup de chance : elle était vide. Le regard de Milan se figea.

— Maintenant.

Vic accéléra et le fourgon dépassa l'Américain, qui marchait paisiblement, l'obligeant à se coller contre le mur. Lorsque la porte de la camionnette s'ouvrit à la volée, le comptable se rejeta en arrière, mais il était trop tard. Milan appuya sur la détente de son immobilisateur et deux crochets propulsés par une cartouche de gaz se plantèrent dans le thorax du comptable, lui envoyant une décharge de 25 000 volts. Il poussa un cri et tomba sur le goudron.

La décharge l'avait assommé. Prestement, Samuel et Milan le prirent par les aisselles et le jetèrent à l'arrière du van comme un vulgaire sac.

— Allez, on met les bouts.

La camionnette démarra brutalement. Ils roulèrent

une dizaine de minutes jusqu'à un grand parking à étages, situé sur la 50e.

Vic fit tourner le Dodge sur la rampe d'accès. Le dernier étage, à l'air libre, était presque vide, à part quelques rares voitures, dont la Ford Probe qu'ils avaient laissée quelques heures avant. La camionnette se gara sagement à côté du coupé. Vic arrêta le moteur. Habilement, Milan avait lié les mains et les pieds de leur prisonnier. Il le regarda quelques secondes, pensif.

— Professeur, je pense qu'il serait aussi bien que vous sortiez avec Vic et Samuel pour me laisser terminer seul une petite conversation avec notre ami.

Le regard de Foster ne cilla pas.

— Vous avez raison. Vic, Samuel, attendez-nous dans la voiture. Puis à l'adresse de Milan : Je reste évidemment.

— Comme vous voulez.

L'Américain attendit que les portes se referment puis il s'approcha du comptable, toujours assommé. Accroché par des menottes à un anneau scellé dans la carrosserie, il ne risquait pas de s'enfuir. Deux grandes claques assenées avec le plat de la main eurent tôt fait de le réveiller. L'autre ouvrit les yeux, lança un regard peureux autour de lui.

Sans un mot, Milan prit en sifflotant une petite mallette posée sur la table. Il l'ouvrit, mettant son contenu bien en évidence. Un pistolet massif et râblé, et trois poignards : un Bull commando en titane, un skinner, particulièrement impressionnant avec sa lame remontant vers le haut comme un cimeterre, et un petit caper. Le comptable pâlit brusquement en voyant les armes mais ne desserra pas les dents.

Milan prit l'automatique et s'approcha du prisonnier.

— Salut. Je ne sais pas si tu es un dur à cuire mais je

n'ai pas de temps à perdre. Il me faut une information. L'endroit où Kahan a planqué la formule du professeur Appleton. Tu es le comptable de l'organisation, tu le sais forcément.

Il laissa passer quelques instants pour que les phrases se gravent dans le cerveau du comptable. Foster examinait la scène, les mâchoires serrées.

Le comptable n'avait pas nié être membre de la secte de Kahan ! Les Israéliens ne s'étaient donc pas trompés.

Quelques gouttelettes de sueur commencèrent à perler sur le front du prisonnier. Milan s'approcha à le toucher.

— Je serai direct avec toi. Je vais commencer par te tirer une balle dans le genou gauche, puis dans chaque main. Puis dans chaque coude. Puis dans l'autre genou. J'ai mis des balles explosives. Quand je finirai, tu seras estropié à vie. Si tu n'as toujours pas parlé, je passerai aux couteaux. C'est clair ?

L'autre opina du chef. Terrorisé.

— Tu veux parler ?

Pas de réponse mais un violent tremblement de mâchoire du prisonnier. Milan s'approcha de Foster et lui souffla à l'oreille :

— C'est une couille molle. Il va parler avant la première balle.

Il se retourna vers le comptable. Sans un mot, il prit le pistolet et fit monter une balle dans le canon d'un geste sec. Puis il s'approcha d'un pas lent, rigolant intérieurement. L'autre devait avoir l'impression de vivre *Le Parrain 3.*

— Ça suffit. Je vais parler.

Foster se rapprocha du prisonnier.

— Vous êtes le comptable de la secte kahaniste depuis longtemps ?

— Oui. Cinq ans. Je connais Kahan depuis des années. Je l'ai rencontré en 1981, quand il a créé le mouvement.

Le prisonnier commençait déjà à en dire plus que ce qu'on lui demandait. Bon début.

— Kahan a volé la formule du professeur Appleton en Angleterre. Où l'a-t-il mise ?

— Ce n'était pas lui, c'était un commando arabe. La télé l'a dit.

— L'opération était montée par Kahan. Alors ?

Le comptable semblait abasourdi.

— Je ne sais pas. Il cria plus fort. Je ne sais pas, je le jure !

Foster se pencha vers lui.

— Je vais poser ma question différemment. Existe-t-il un endroit complètement sûr où Kahan pourrait cacher la chose la plus importante qu'il possède ?

Le prisonnier secoua la tête sans répondre.

Milan shoota symboliquement dans son genou et le prisonnier poussa un hurlement de goret.

— Réponds, ordure.

— Chez lui. Il a un coffre.

— Ça n'y est pas. On a vérifié.

Le comptable semblait affolé.

— Je ne sais rien d'autre.

Foster tiqua.

— Et un coffre dans une banque ? Est-ce que Kahan possède un coffre ?

— Oui. Deux.

— Où ?

— Un à New York, à la Chase. L'autre en Suisse.

Foster et Milan se regardèrent. Le comptable haletait.

— Ça ne peut pas être celui de la Chase car nous

sommes quatre à y avoir accès. Mais, en Suisse, il est le seul.

— De quand date ce coffre ?

— Moins de deux mois. Maintenant que j'y pense, c'était au moment de l'attentat du laboratoire, en Angleterre. Juste avant ou juste après, je ne sais plus.

— Quelle banque ?

— L'International Swiss Bank à Zurich. Je la connais bien. C'est moi qui ai ouvert le compte. Kahan voulait un coffre. Je lui avais demandé si c'était pour des objets volumineux et il m'avait dit que non. « Juste quelques papiers. » Je me souviens qu'il avait un regard bizarre. Grimace de douleur. S'il a caché la formule, c'est là.

— Vous avez le pouvoir d'ouvrir le coffre ?

Milan avait posé le pistolet et jouait négligemment avec un des poignards.

— Non. Il y a une série d'instructions très complètes pour avoir accès au coffre. Je ne les connais pas. Seul Kahan y a accès.

— Quelqu'un muni de ces instructions peut-il retirer la formule ?

— Oui. Mais je fais confiance à Kahan pour verrouiller le système. Il eut une brusque grimace. Il est le seul à pouvoir donner les instructions, si par extraordinaire il voulait envoyer quelqu'un d'autre chercher la formule.

— Hum hum.

Milan était dubitatif. Foster lui murmura un mot à l'oreille et il acquiesça.

— Kahan t'appelle parfois chez toi ?

— Rarement. Mais cela arrive.

— Alors, tu viens de sauver ta peau, minable. On est obligés de te garder en vie.

Foster se leva, les épaules voûtées. Il prit une petite

trousse de médecin, posée sur le plancher. Il en sortit une seringue et un petit flacon.

— C'est un dérivé de curare, très puissant. Ça va vous endormir une journée.

Il fit l'injection le plus gentiment qu'il put, mais le prisonnier poussa un jappement de douleur lorsque l'aiguille entra dans son bras.

Milan se marrait.

— Quel guignol, ce mec ! Douillet comme une gonzesse.

Foster essuya le point d'entrée de l'aiguille avec un petit coton imbibé d'alcool.

— Ne vous moquez pas. Personne n'est responsable de son seuil de douleur. Mais il est vrai que nous n'avons pas vraiment affaire à un héros. Toutefois, par expérience, sachez que les gonzesses, comme vous dites, sont plus résistantes à la douleur que les hommes.

Foster attendit quelques secondes, le temps que le comptable s'endorme.

— Voilà. On va le faire transférer dans une résidence de la CIA pour qu'ils le gardent au frais quelques jours. Il faudra faire surveiller sa ligne téléphonique. Quant à nous, direction Zurich.

9

Une rafale de vent cueillit Samuel à la sortie du taxi et il se recroquevilla sous son costume trop léger. Le temps était épouvantable sur Zurich. Une fin d'été pourrie en Suisse, les températures dépassant à peine les 15°. Il pénétra en trombe dans le hall de l'hôtel Dolder, sorte de copie de château de Walt Disney.

Leurs chambres étaient au troisième étage. Il frappa deux coups à la porte du professeur. Foster lui ouvrit lui-même, jetant un coup d'œil apitoyé sur les vêtements trempés de l'Anglais.

— Enfin ! Nous vous attendions.

Son imperméable tomba à terre.

— Il y avait des embouteillages. J'ai mis presque une heure pour revenir du centre-ville. Vous avez eu Scott ?

— Oui. Il est d'accord avec mon plan.

Le colosse prit une serviette pour se sécher les cheveux.

— C'est quoi votre plan, professeur ? Je braque la banque ou vous appelez le gouvernement suisse ?

Foster secoua la tête.

— Ni l'un ni l'autre. Il y a un risque minime mais réel que les représentants de la banque refusent de nous donner accès au coffre de Kahan. Même si le gouvernement suisse intervient en notre faveur. Plutôt que de courir ce risque, il vaut mieux essayer de voler la formule en douceur. En cas d'échec, nous repassons les rênes aux services officiels. Scott nous donne une semaine. Et carte blanche.

— Une semaine ? C'est peu.

— Mais non. C'est bien suffisant. De toute façon, je ne peux pas prendre plus.

Il désigna la cloison qui séparait sa chambre de celle de Vic.

— À cause de Vic. Une semaine, Sam, pas plus. Vous avez pu louer un bureau ou un appartement en face de l'International Swiss Bank ?

Samuel posa une liasse de papiers mouillés sur la table.

— Il y a des bureaux vides partout à Zurich. J'ai trouvé quelque chose juste en face de la banque. Trois cents mètres carrés tranquilles. J'ai signé le bail et j'ai déjà installé tous les appareils photo avec trépied. J'ai commencé à shooter.

— Vous aurez assez de clichés ?

— Je sais pas, mais j'en ai pas mal. Je me suis concentré sur le parking. Tous les pontes de la banque roulent en Mercedes classe S, ils sont faciles à repérer. Ils doivent être sept ou huit directeurs.

Il posa deux rouleaux de pellicules sur la table.

— Bravo. Nous allons les envoyer pour identification au SIS dès ce soir.

— Je fais quoi en attendant ?

— Vous retournez au bureau pour continuer votre travail de photographe. Moi, j'ai rendez-vous au bar de l'hôtel dans cinq minutes avec le représentant de la CIA en Suisse. C'est une idée de Vince.

Le professeur se leva et Sam sortit de la pièce. Deux minutes plus tard, Foster était dans la suite de Vic.

La jeune fille était couchée dans son lit. Foster s'approcha et l'embrassa.

— Bonjour. Comment vas-tu ?

Elle lui prit la main.

— Merci pour les fleurs.

Elle désignait un gigantesque bouquet de lys et de roses posé sur une commode. Il lui sourit.

— Je n'ai pas trouvé de forsythias. Une autre fois.

Elle grimaça et Foster songea aux dernières heures. Vic. Vic et lui. Le soir précédent, ils avaient fait l'amour longuement, pour la première fois. Un moment magnifique, qu'ils avaient savouré l'un et l'autre avec la pensée obsédante qu'ils n'auraient peut-être plus beaucoup d'occasions de le faire. Mais le professeur s'était bien gardé de confier à Vic ses sombres pensées. L'état de la petite Française empirait. Elle n'arrivait à se tenir debout que quelques heures par jour. Au-delà, les vertiges étaient insupportables, comme si une main la tirait vers le sol, sans qu'elle puisse s'y opposer.

Doucement, il s'assit sur le lit et lui caressa les cheveux.

— J'en fais une drôle de tête, hein ?

— Tu es superbe.

Il lui déposa un baiser léger sur le front.

— Ça va un peu mieux maintenant. Je voudrais me lever.

Il secoua la tête lentement, l'air désolé.

— Impossible. Je préfère que tu restes couchée. Il faut que tu te reposes le plus possible.

— Tu as eu la clinique Weinberg ?

Les résultats étaient désastreux, mais Foster lui adressa un grand sourire.

— Oui. Les clichés sont bons. Très encourageants.

Aucune atteinte visible. Tu peux guérir rapidement et sans séquelles, dès que j'aurai retrouvé cette formule.

— Tu te donnes du mal.

Oui, elle était forte. Plus forte que lui, dans un sens. Il se leva.

— Il faut que j'y aille. C'est l'heure du rendez-vous.

Vic était toujours alitée lorsqu'il rentra une heure plus tard.

Elle vit immédiatement à sa tête que l'entretien n'avait servi à rien.

— Pas de résultats ?

— Un crétin. Je le dirai à Vince. Qu'il fasse le ménage chez lui.

Il regarda distraitement le paysage, par la fenêtre.

— Que de temps perdu !

Dégoûté, il se coucha tout habillé sur son lit, à côté de Vic, lui prenant la main. Pour la première fois depuis longtemps, il se sentait impuissant. Épuisé. Il avait l'impression de lutter dans le vide. Cela lui faisait penser à ce film sur les insectes. Comment s'appelait-il déjà ? Un film belge ou français. Non, français. *Microcosmos*. On y voyait une sorte de hanneton, stupide, essayer de bouger une brindille cinq fois plus grosse que lui. La bestiole faisait tout ce qu'elle pouvait, mais la brindille était bloquée. À la fin, la brindille cédait, par chance, et l'insecte partait avec son trésor.

« Quelle intelligence dans tout ça ? se demandait Foster. Aucune. La bestiole aurait aussi bien pu mourir d'épuisement. Elle n'a réussi que par le jeu du hasard. » Était-il dans la même situation que le hanneton ? Suivaient-ils la bonne piste ?

Il ferma les yeux, essayant de se concentrer. Il avait presque l'impression physique de sentir son cerveau. Non. Ça ne venait pas. Les idées semblaient le fuir.

C'était trop pour lui. Il s'endormit tout habillé. Plus tard, Vic bougea dans son sommeil, se blottissant contre lui, mais il dormait toujours.

« On réunit les différents états de diminution ou de faible intelligence sous le terme générique d'oligophrénie. Cette dernière couvre trois états : l'idiotie (c'est-à-dire l'impossibilité de maîtriser le langage écrit et même parlé) qui se situe à l'échelle la plus basse du développement humain d'un point de vue intellectuel, l'imbécillité, et la débilité mentale, qui est la plus proche de l'état intellectuel "normal". Cette segmentation est impossible à appliquer au sujet 9-122, qui possède en effet une intelligence supérieure, prouvant une nouvelle fois que les pathologies mentales sont indépendantes du quotient intellectuel des sujets atteints. »

Foster referma le manuscrit. Un jour nouveau. Il descendit l'escalier quatre à quatre et entra à grands pas dans la salle à manger de l'hôtel. Milan, Vic et Samuel prenaient leur petit déjeuner, sans grand appétit vu leur mine. Seule la jeune Française semblait enjouée, paraissant aller un peu mieux, mais Foster savait que c'était un leurre, une cruauté de la nature. Chaque jour qui passait creusait en fait un peu plus sa tombe. L'Américain tendit une cafetière.

— Je vous verse du café, professeur ?

— Oui, merci. Vous avez eu le retour du SIS sur les photos ?

— On l'aura avant 11 heures. Samuel s'apprêtait à y aller.

L'Anglais se leva pesamment. Un sweat-shirt aux couleurs d'Arsenal, le fameux club de foot, sur le dos, il détonnait au milieu des autres clients.

Foster le regarda passer la porte de sa démarche chaloupée.

— J'espère que Scott aura été efficace.

Samuel entra en trombe dans la suite.

— Je les ai.

— Superbe.

Le professeur lui prit l'enveloppe des mains. Une courte note accompagnait les photos. Milan s'approcha.

— Alors ?

— Ils ont identifié six des huit directeurs photographiés par Sam.

— Pas mal. On fait quoi maintenant ?

— Laissez-moi une heure. Je vais discuter de la stratégie avec Vic.

Il sortit de la pièce pour rejoindre la jeune femme. Elle s'était recouchée, vêtue d'un caleçon à fleurs et d'un T-shirt trop court, les draps repliés au bout du lit. Une pile de journaux français et de magazines était posée sur la table de nuit. En dépit de la tension, elle lui adressa un sourire malicieux en le voyant entrer et, malgré lui, il en eut le cœur serré.

Il s'assit sur le bord du lit. Elle l'avait visiblement cru lorsqu'il lui avait dit que son imagerie était bonne. Pouvait-il cacher la vérité à la femme qu'il aimait ? La question le taraudait depuis deux jours. En théorie, chacun a droit à la vérité. Mais ses années de pratique l'avaient conduit à adopter une attitude de plus grande prudence. Lorsqu'ils apprenaient qu'ils allaient mourir, beaucoup de malades arrêtaient de lutter. Certains tombaient dans une terreur sans nom. D'autres faisaient des crises mystiques. D'autres enfin se suicidaient. Son expérience lui avait enseigné qu'il valait mieux mentir. Pour l'instant, Vic était prête à se battre et il allait la pousser dans cette voie. En attendant qu'ils trouvent la formule dans les profondeurs de cette banque.

— À quoi penses-tu ?

Il lui sourit.

— À un certain coffre.

Il se laissa aller quelques secondes à la regarder. Elle était magnifique. Pourquoi fallait-il que Vic endure les mêmes souffrances que son épouse ? Était-il maudit ou le destin était-il tout simplement malin ? Un instant, il sentit l'accablement le gagner, puis il se reprit. Elle y croyait. Il pouvait encore la sauver.

Elle lui prit la main.

— Tu sais, même si je meurs, je m'en fous. Je t'aime. Je suis bien.

— Arrête. Il avait élevé la voix. Ne dis pas des choses comme ça.

— Ne t'énerve pas. Je le pense vraiment.

Il se détourna à nouveau pour cacher son trouble. Il avait entendu les mêmes paroles trente ans auparavant. Il inspira profondément pour se calmer, mais il sentait son cœur battre à tout rompre. Il l'embrassa.

— Tu es une petite coriace.

— Je préfère ça. Tu as les photos ?

Sans un mot, il les lui tendit.

— Je les ai regardées attentivement. Je voudrais que tu me dises sur qui tu proposes de nous arrêter.

Elle prit l'enveloppe en sifflotant.

Les informations sur chacun des cadres de l'International Swiss Bank de Zurich étaient succinctes mais précises. Écrites au dos de chacune d'entre elles par une main anonyme du SIS. Le président de la banque était un homme de soixante ans, de nationalité suisse. C'était un banquier classique, qui avait fait toute sa carrière à Zurich et Genève. Sa renommée de banquier était bonne, même s'il avait la réputation de savoir s'arranger avec les lois lorsqu'il le fallait. Le directeur général était anglais. Un ancien de la Barclays. Il n'avait jamais fait parler de lui. Le directeur de la clientèle, totalement inconnu, était d'origine pakistanaise. Celui en charge de la sécurité et de l'informatique était suisse. Un admirateur de voitures anciennes qui en possédait près d'une quinzaine. On n'en savait pas plus à son sujet, sinon qu'il avait été condamné pour fraude fiscale quelques années avant. Seuls les Suisses auraient pu donner des informations plus précises. Enfin, il y avait un directeur financier, dont le seul élément exceptionnel de biographie était sa sœur, gogo danseuse dans un bar topless.

Vic regardait attentivement chacune des photos, lisant les commentaires, les prenant une à une, touchant avec attention la surface lisse comme si elle avait pu s'imprégner de la personnalité de chacun des hommes photographiés. Finalement, elle en prit une et lut à voix haute la mention qui figurait au dos :

— Mokta Wallouf, directeur de la clientèle, d'origine pakistanaise. Né le 28 janvier 1952 à Islamabad d'un père boulanger. Diplômé de l'université d'Islamabad et de l'université du Texas. Marié à une riche héritière suisse, deux enfants. Aucun élément négatif sur lui dans aucun fichier.

Foster la regarda avec calme.

— Bravo, Vic. Excellent choix. Je dois d'ailleurs te dire que c'est aussi le mien. Il reprit le jeu des photos. Il y a au moins trois bonnes raisons de le choisir : d'une part, il est directeur de la clientèle, donc il connaît forcément tous les clients, et a accès à leur dossier, ce qui n'est pas forcément le cas des deux directeurs généraux adjoints ni même du directeur financier.

« En deuxième lieu, il est d'origine pakistanaise mais travaille dans une banque assez sélecte. Il s'est introduit par hasard dans ce monde qui n'est pas le sien. Connaissant la Suisse, il ne doit pas s'amuser tous les jours.

Vic regardait le psychiatre. Ses longues mains trop blanches s'agitaient au fur et à mesure qu'il parlait et il débitait son discours avec autant de chaleur qu'un ordinateur, ses sourcils montant et descendant au rythme des phrases.

— En troisième lieu, il a le profil physique le plus intéressant, continua le professeur comme s'il parlait à un de ses étudiants et non plus à la femme qu'il aimait. Je ne crois pas une seconde à la morphopsychiatrie et ne lui accorde aucun crédit. Mais regarde ses yeux. Je suis sûr que c'est un grand sensuel. Il y a même une photo où il se retourne sur une fille devant la banque. J'apprécie aussi la bouche charnue. Cet homme est un jouisseur. Il est sans doute prêt à faire une grosse bêtise pour une fille.

Vic se leva à moitié.

— Tu veux faire quoi ?

— Lui envoyer une fille qui va lui faire perdre la tête.

— Qui ? Moi ?

— Il faut que tu te reposes. J'ai eu Delage tout à l'heure. Il paraît que ton auguste maison utilise de temps en temps les services de dames très particulières. Je vais la rappeler et lui demander la plus exceptionnelle de toutes. Une jeune femme capable de faire instantanément perdre la raison à un banquier. Je veux qu'elle soit en Suisse ce soir.

Il était presque 20 heures lorsque Mokta Wallouf referma l'épais dossier en cuir concernant un client, une société libyenne de négoce spécialisée dans l'équipement pétrolier. Il enfourna le dossier dans un des tiroirs de son armoire blindée et mit sa veste. Il éprouvait l'envie d'aller se promener du côté de la gare centrale, où officiait une jeune prostituée colombienne d'à peine vingt ans. Mokta Wallouf avait de gros besoins sexuels, mais ce n'était pas avec sa femme qu'il les aurait assouvis. Le résultat de près de trente ans d'inactivité était qu'avec quatre-vingt-dix kilos environ pour une taille d'un mètre soixante-trois Mme Wallouf semblait être la copie conforme, quoique suisse, de l'entonnoir renversé.

Mokta Wallouf soupira en descendant à pied — il avait toujours eu peur des ascenseurs. Il songeait aux vraies raisons qui l'avaient conduit à épouser cette femme laide et plus vieille que lui de près de dix ans. Il était pauvre, pakistanais, habité d'une rage de réussir inextinguible. Il l'avait séduite et, très vite, la jeune Suisse était tombée folle amoureuse de lui. Deux mois plus tard, il avait obtenu son permis de séjour.

Il soupirait toujours en montant dans sa Mercedes 500. Il prit la rampe du parking et tourna à gauche, en direction de la poste centrale. La grande avenue était bordée d'établissements bancaires, déjà tous fermés. Il était à moins de vingt mètres du premier feu tricolore lorsqu'une petite Lotus Elise décolla du trottoir, sur sa droite. Il n'eut pas le réflexe de freiner assez rapidement et la lourde berline s'enfonça dans la petite voiture de sport comme dans du beurre...

L'accident se produisit à peine à quarante kilomètres/heure, mais la Lotus fut projetée comme une toupie. Sa roue avant heurta durement l'arête du trottoir, dans un fracas de tôle froissée et de verre brisé. Bouleversé, Mokta Wallouf sortit de sa voiture, tout en regardant autour de lui. Il n'y avait personne dans ce quartier d'affaires, déserté par les employés des banques depuis une bonne heure. Wallouf enleva sa ceinture, s'apprêtant à s'expliquer virilement avec l'autre conducteur, lorsque la portière de la Lotus s'ouvrit sur une extraordinaire blonde ! La jeune femme semblait choquée par l'accident. Elle claqua sa portière machinalement et s'appuya contre un réverbère en fermant les yeux. Mokta Wallouf l'examina avidement. Au moins un mètre soixante-quinze, un pantalon serré sur des jambes interminables, un chemisier volontairement trop court laissant apparaître une bande de peau dorée. Une princesse ou un mannequin.

La fille ouvrit les yeux. Des yeux d'un bleu comme il n'en avait encore jamais vu.

— Je suis désolée. Vous n'êtes pas blessé ? lui demanda-t-elle en français d'une petite voix flûtée.

Il faillit en tomber de stupeur. Non seulement il avait manqué écrabouiller cette beauté, mais en plus, au lieu de l'insulter, elle avait assez de cran pour lui demander si *lui* allait bien.

— Je n'ai rien, parvint-il à articuler. Je suis navré pour votre voiture.

Elle eut un geste désinvolte de la main qui signifiait qu'elle s'en désintéressait.

— Je m'en achèterai une autre demain, fit-elle, l'air assuré, en regardant sa Lotus dont l'aile gauche semblait être passée par une essoreuse.

« Et en plus elle est riche », se dit Mokta Wallouf.

Elle intercepta le regard du banquier sur ses bijoux et bomba un peu le torse pour faire ressortir encore un peu plus ses seins. Il était laid, mais elle avait vu bien pire. En fait, ses clients étaient toujours riches et laids. La routine...

Mokta Wallouf décrocha ses yeux des seins de la

jeune femme et prit son air le plus soumis pour annoncer solennellement :

— À cause de moi, votre voiture est sérieusement abîmée. Plutôt que de faire le constat sur le bord de la route, pourquoi n'irions-nous pas oublier toutes ces émotions devant une bouteille de champagne au Klerst Club ?

La fille prit un air profondément inspiré. Le Klerst Club était l'un des clubs les plus chers de Suisse. Ses deux derniers clients zurichois l'y avaient aussi amenée.

— D'accord, dit-elle d'un air détaché.

Galamment, Mokta Wallouf lui ouvrit la portière de sa voiture et elle s'installa confortablement dans la grosse limousine, masquant un sourire. Ses derniers clients suisses *aussi* roulaient en Mercedes. Mokta Wallouf courut presque pour aller se mettre à son volant. Il en tremblait d'excitation. Tomber sur une fille pareille. C'était le coup de l'année ! Il démarra rapidement, en direction du centre-ville. Derrière la mairie, il trouva facilement le Klerst Club et se rangea devant. Un voiturier se dirigea vers le véhicule. Sans ostentation. À Zurich, les Mercedes 500 sont aussi communes que les taxis. Mokta Wallouf laissa passer la fille devant lui pour entrer dans le club, sans savoir que l'étiquette européenne commande l'inverse. On n'avait pas ces subtilités dans la banlieue d'Islamabad...

Le dîner fut, pour lui, un émerveillement. D'abord distante, la jeune femme se dérida peu à peu. Elle était française et pas suisse, et s'appelait Pauline de Chataigna. Pauline pour les amis, avait-elle ajouté avec un délicieux sourire. En fait de titre de noblesse, la fille était née à Romorantin et avait commencé le trottoir à l'âge de quatorze ans, avant de « monter » en devenant call-girl. Elle continua son histoire avec conviction tandis que le banquier l'écoutait, fasciné. « Fille d'un riche homme d'affaires, d'origine princière », elle était modèle à ses heures, n'était pas mariée, et lui avait déclaré en minaudant qu'elle n'avait pas d'homme dans sa vie. « Du moins, pas en ce moment », avait-elle précisé. Du coup, Mokta Wallouf avait commandé une deuxième bouteille de Moët et Chandon millésimé. Il était sur un petit nuage, racontant n'importe quoi. Soi-disant ancien colonel dans l'armée, il s'était couvert de gloire au cours de la guerre de 1973 contre Israël, avant de décider de devenir banquier. Il était maintenant le *président* de l'International Swiss Bank et pouvait espérer devenir, un jour, ministre des Finances dans son pays d'origine. La call-girl écoutait ces sornettes en retenant une énorme envie de pouffer. Tous ces clients lui débitaient les mêmes idioties, alors que la DGSE lui passait toujours une fiche individuelle particulièrement précise avant les missions. Souriant au banquier de toutes ses dents, elle songea brusquement que les faux héros étaient les plus nombreux, juste devant les faux sportifs. Elle cligna rapidement des yeux. Mme Delage lui avait demandé de mettre le paquet avec ce client. Elle devait se surpasser.

— C'est merveilleux d'avoir fait la guerre, fit-elle d'une voix énamourée. Moi je ne pourrais même pas tenir une arme. Comment avez-vous pu ?

Mokta Wallouf prit l'air mystérieux, lissant sa bedaine.

— Il faut rester toujours calme, ne penser qu'à la mission.

Mais tout cela est bien loin, ajouta-t-il d'un air dégagé. Maintenant, je suis un paisible homme d'affaires.

— Je suis certaine que vous pouvez encore être dangereux, que vous pourriez tuer des gens, dit-elle en prenant l'air inspiré — une phrase qui marchait toujours —, je le sens.

Et elle posa sa main douce sur la poigne velue de Mokta Wallouf avant de l'embrasser doucement sur la bouche !

Il était maintenant près de 11 h 30. La call-girl et Mokta Wallouf dansaient un slow, tendrement enlacés. Elle lui prit la main.

— Si nous allions prendre un verre ailleurs ? fit-il d'une voix mourante.

— Oui, mais je ne veux pas aller chez un inconnu. Quoique vous êtes un inconnu extrêmement désirable, ajouta-t-elle immédiatement en voyant sa tête. Pourquoi ne pas aller dans ma suite au Dolder ?

Il accepta. Aucun de ses « clients » n'avait d'ailleurs encore refusé de la suivre dans une chambre d'hôtel. Quelques minutes plus tard, ils étaient partis pour le palace. Dans la voiture, il posa sa main sur la cuisse de sa compagne et l'y laissa. La call-girl babillait tout en griffant parfois « distraitement » le pantalon du banquier, pensant à sa prime pour cette soirée : 10 000 francs français payés cash plus un billet aller-retour pour les Antilles. À peine arrivés dans la suite, elle l'embrassa longuement sur la bouche et dans le cou. Caresses modestes qui provoquèrent pourtant un gémissement chez le banquier. Mokta Wallouf n'était pas difficile. Lentement, la prostituée se dénuda, aidant le banquier à faire de même, tout en le poussant devant la grande glace de la chambre.

Il résista, avec un sourire un peu gauche.

— Pourquoi la glace ?

Difficile de lui répondre qu'une caméra y était cachée. Elle se pencha à son oreille.

— Tu m'excites, mon chéri, tu es tellement puissant. Je veux te voir deux fois. En vrai et dans cette glace.

Délicatement, elle lui enleva un caleçon estampillé « fruit of the loom » et lui tendit un préservatif pour qu'il l'enfile, en faisant toujours très attention à ce qu'il soit bien face aux caméras. Elle laissa échapper un sourire carnassier. Les caméras et les micros... Il y en avait toujours beaucoup pour suivre ses performances.

Alors que le banquier allait l'entraîner vers le lit, elle se dégagea habilement et prit une petite boîte en or dans une trousse de toilette, posée sur la commode de la chambre. Le clou habituel de son numéro. Elle s'approcha de Mokta Wallouf à pas lents et ouvrit la boîte, qui contenait une poudre blanche.

— Qu'est-ce que c'est ? demanda-t-il, l'air horrifié. De la drogue ?

— Tsitt-tsitt. Tu oublies que je suis de sang princier, mon amour. Elle parlait le plus distinctement possible à cause des micros. C'est la cocaïne la plus pure du monde. En provenance directe du Triangle d'or. Tu verras, quand tu auras fait l'amour avec ça, rien ne sera plus pareil. Il faut essayer au moins une fois dans sa vie. Elle prit sa voix la plus câline. Fais-le, mon héros.

Puis, sans crier gare, elle sniffa une pincée de poudre blanche. En fait de cocaïne, c'était de la poudre de riz microgénée et parfumée, additionné d'un puissant tonicardiaque. Totalement inoffensive, même si elle faisait battre le cœur à 150 pulsations pendant une demi-minute.

Le banquier regarda la jeune femme, son corps nu, son air de béatitude après avoir inspiré la poudre blanche, et brusquement tout son cadre mental craqua. Il s'empara de la boîte qu'elle lui tendait.

— Ferme bien les yeux pendant que ça monte.

Il inspira une large pincée de « cocaïne » et baissa les paupières, laissant la poudre faire son effet, sentant son cœur s'emballer sous l'effet du tonicardiaque. Lorsqu'il les rouvrit, il manqua défaillir. Devant lui, la jeune femme avait disparu et avait été remplacée par un jeune homme aux cheveux courts. L'inconnu pointait sur lui un immense pistolet comme il n'en avait jamais vu...

Mokta Wallouf recula lentement et sentit sa gorge prise dans un étau tandis qu'on lui tordait le bras derrière le dos. Il essaya de tourner la tête mais n'y arriva pas, devinant que son second adversaire était un homme nettement plus grand que lui. Un Noir avec un bouc et le crâne rasé, qui venait de sortir du placard. Qui étaient ces inconnus ? Où était passée Pauline ?

Sans ménagement, l'homme qui le ceinturait le retourna et lui broya le bras. Mokta Wallouf poussa un cri de douleur. On était bien loin du glorieux guerrier palestinien...

Il se sentit entraîné dans le couloir puis vers une chambre attenante où un homme attendait, confortablement assis dans un fauteuil. On le fit asseoir dans une bergère, toujours nu. L'inconnu le regarda fixement sans bouger pendant quelques secondes. Il était relativement âgé, petit, très bien habillé. Il portait un pantalon en flanelle et un col roulé gris foncé. Il ne tenait pas d'arme, mais il émanait de lui une grande impression d'autorité, accentuée par un regard presque magnétique.

L'homme lança à ses complices une interjection dans une langue que le banquier mit une seconde à comprendre. De l'hébreu. Il était dans les mains d'une équipe du Mossad ! Il se mit à transpirer abondamment. Il connaissait de réputation les services israéliens et savait que ses chances de survie étaient nulles, sauf si les hommes en face de lui en décidaient autrement. Il prit un air soumis et attendit.

Foster se leva : dominer l'adversaire est toujours un atout dans un interrogatoire, c'est un truc vieux comme le monde, connu de tous les psychiatres et des bons flics. Il avait parlé hébreu à dessein, langue qu'il connaissait d'ailleurs très peu, devinant que son adversaire devait le comprendre ou, tout du moins, l'identifier. Il connaissait la terreur atavique de tous les musulmans pour le Mossad et savait que c'était un moyen de briser sa résistance.

Pour l'instant, le banquier n'en menait pas large. Le professeur le regardait avec à peu près autant de considération que l'on regarde un insecte. Conditionnement normal pour ce qu'il voulait faire.

— Monsieur Mokta Wallouf, nous savons tout de vous. Vos origines, le mariage d'intérêt avec votre femme, vos goûts sexuels. Tout. Nous avons besoin d'une information dont vous êtes le détenteur.

Mokta Wallouf restait muet, comme hypnotisé par le regard de son adversaire.

— J'avais d'abord décidé de vous enlever et de vous torturer pour obtenir cette information. Nous pouvons utiliser un sérum de vérité qui brise toutes les volontés. Personne ne peut y résister. Le seul problème, c'est qu'il réduit les neurones en bouillie. Une dizaine d'heures après l'injection, le sujet traité est transformé en une sorte de légume.

Mokta Wallouf en resta coi, la bouche ouverte.

— Après avoir étudié votre dossier, j'ai décidé de vous donner une chance de ne pas mourir cette nuit. Je pense que vous êtes un homme intelligent et un brillant banquier. Vous êtes d'origine pakistanaise et musulman mais vous ne pratiquez pas, donc vous n'êtes pas forcément notre ennemi.

En disant cela, Foster confirmait implicitement qu'il était israélien. Il savait que ça ne pouvait pas échapper à Mokta Wallouf.

— Je voudrais vous proposer une collaboration. Nous avons besoin d'un certain renseignement concernant un certain client de votre banque. Il nous le faut immédiatement. Si vous acceptez de collaborer, nous prendrons ultérieurement contact avec vous. Soit une fois ou deux par an, soit jamais. Personne ne pourra vous soupçonner.

Le professeur vit une lueur rapide briller dans l'œil du Pakistanais, vite éteinte. Cette lueur, il l'avait vue mille fois lors d'entretiens avec des malades. Mokta Wallouf était ferré. Il fallait porter le coup de grâce.

— En outre, vous savez que nous avons le bras long. Si vous nous donnez..., il hésita sur le mot, *satisfaction*, nous pourrons vous aider à monter en grade dans cette banque, et éventuellement à en devenir président. Vous ne le savez pas, mais votre actuel président est cardiaque.

Réprimant un sursaut de surprise, Mokta Wallouf digéra l'information en silence. Elle était fausse, ce qu'il ne pouvait pas deviner.

— Nous pouvons faire en sorte que vous preniez sa place. Mais il faut jouer le jeu. Vous avez le choix. Soit vous acceptez de travailler avec nous, soit votre femme et vos employeurs recevront demain matin une cassette vidéo, avec le son. Elle vous montrera nu avec une prostituée française, en train de sniffer de la cocaïne. Je ne suis pas certain qu'ils adorent.

Foster laissa passer deux secondes puis il ajouta :

— Nous avons peu de temps. Je vous donne une minute pour vous décider.

Mokta Wallouf semblait avoir été frappé par la foudre. Habilement, le professeur avait mélangé les menaces et la perspective, pour le banquier, de profiter de la situation nouvelle. En spécialiste du comportement, il savait qu'il ne fallait pas pousser à bout cet homme, ne pas l'humilier, car il pouvait alors réagir violemment, voire se suicider. Sa proposition était beaucoup plus subtile puisqu'elle jouait sur ses contradictions.

Mokta Wallouf réfléchissait, les yeux au plafond. Foster décida de lui donner un coup de main.

— Nous ne vous avons pas contacté par hasard, dit-il d'un ton plus chaleureux. La vie n'a pas été tendre avec vous. Vous avez réussi à vous en sortir et nous vous *respectons* pour cette raison. Il n'y a de place que pour les meilleurs chez nous.

En disant cela, il modifiait le positionnement psychologique de Mokta Wallouf. Le chantage disparaissait. On se retrouvait entre hommes, pour une collaboration. D'un seul coup, le Pakistanais prit sa décision.

— J'accepte.

Foster aurait pu être joueur de poker. Le meilleur. Pas une fraction de seconde son visage ne manifesta le moindre sentiment. Impassible, il planta son regard dans celui du banquier, qui venait de consentir à trahir ses employeurs.

— Nous savons qu'une personne a ouvert un coffre chez vous. Nous voulons le code d'accès pour y... prélever un document.

Mokta Wallouf poussa un gémissement. Ouvrir un coffre ! Le mal absolu pour un banquier suisse.

— Mais comment voulez-vous faire ça ?

— Avec un bordereau de retrait, répondit sadiquement Foster. Le détenteur de ce compte ne sera, de toute façon, bientôt plus en mesure de se plaindre. Il n'en a plus que pour quelques jours à vivre.

Le professeur mit la main dans la poche intérieure de son costume. Il en sortit un bristol sur lequel étaient inscrits le nom de Kahan et son adresse à Miami. Il le tendit simplement au banquier.

— Renseignez-vous demain discrètement sur le titulaire et surtout sur les différentes instructions nécessaires pour effectuer une opération sur le coffre. Personne ne doit savoir que vous vous y êtes intéressé. Ensuite, nous procéderons au transfert des documents. Qui s'occupe normalement d'une ouverture de coffre ?

— Cela dépend. Si c'est un client important, c'est uniquement le président de la banque. Mais j'ai accès à l'ensemble des dossiers personnels qui donnent la liste des instructions.

— Parfait. Ce sera donc le président qui nous ouvrira le coffre. Nous éviterons ainsi tout soupçon vous concernant.

Le géant qui lui avait tordu le bras dans la chambre se leva. Samuel eut un bon sourire pour Mokta Wallouf en lui tendant une montre et un stylo. La montre ressemblait à un gros chronomètre Breitling, très lourd. Le stylo était un Montblanc classique, avec le traditionnel trèfle de couleur banche sur le sommet du capuchon. Matériel DGSE.

— Prenez cette montre. Il y a un objectif photo caché dans le boîtier, à la place de l'indicateur de date. Tenez votre main un peu pliée, de manière naturelle, comme cela, afin que l'objectif soit bien en face de la feuille que vous voulez photographier.

Le professeur parlait lentement à Mokta Wallouf, comme il aurait parlé à un enfant.

— Penchez-vous en vous tenant le menton en avant, de sorte que personne ne puisse imaginer que vous êtes en train de prendre une photo. Pour déclencher la photo, appuyez sur le capuchon du stylo.

Il se tourna vers Samuel, qui poursuivit :

— Tu vois, Mokta, les choses vont être faciles.

Dans une manip, il faut toujours un mec sympa qui tutoie et appelle par le prénom.

— Le stylo envoie un signal à très haute fréquence à ta montre. Le récepteur est le bouton de changement des heures. Lorsque tu as les documents, tu appuies une seule fois sur le capuchon du stylo et la photo est prise. Tu peux faire six photos, pas une de plus.

— Il y aura au maximum deux feuillets, dit le banquier.

— Bien. Tu as tout compris.

Foster se leva, signifiant la fin de l'entretien. Il salua le banquier d'un léger mouvement de tête, puis lui tendit la main. L'autre la prit. Foster le tira vers lui d'un geste sec, le visage à quelques centimètres du banquier.

— Ce soir, vous êtes devenu notre ami. Ne devenez jamais notre ennemi, monsieur Wallouf.

Il relâcha la pression et le banquier tituba pour reprendre son équilibre.

Le métis au crâne rasé le poussa gentiment en dehors de la chambre. Une seconde plus tard, Mokta Wallouf était dans le couloir, toujours tout nu, ses affaires à la main, ébahi. Il n'avait même pas revu la fille.

Mokta Wallouf arriva à la banque à 8 h 30, comme tous les matins. Il avait passé une nuit épouvantable, peuplée de rêves bizarres, où se mélangeaient des créatures étranges et nues. Il s'était réveillé couvert de sueur au petit matin. À côté de lui, sa femme dormait en ronflant, sa poitrine molle se soulevant en cadence, comme si de rien n'était.

Il s'était habillé rapidement, incapable d'avaler quoi que ce soit. Surprise, en sortant de l'ascenseur menant à son parking, il était tombé sur un des membres de l'équipe du « Mossad », le grand métis. Le géant lui avait barré le chemin une seconde et lui avait lâché :

— Tu as dû très mal dormir. C'est le contrecoup de l'émotion. Essaie maintenant d'avoir l'air normal. Ne fais rien qui puisse éveiller les soupçons. Si on te demande ce que tu as, dis que tu as une intoxication alimentaire. On te contactera tout à l'heure.

Puis il s'était effacé et Mokta Wallouf s'était retrouvé devant sa voiture, tout bête, les clefs à la main, en se demandant s'il venait de rêver.

En arrivant dans son bureau, le banquier se dirigea vers son coffre personnel. Il ouvrit la porte blindée, mit sa main sur un lecteur optique, qui reconnut l'empreinte de son pouce, de son majeur et de son index. La seconde grille s'ouvrit avec un bruit métallique. Il s'empara de son dossier de clientèle, le document de base pour son travail. Il lui fallut trois minutes pour retrouver le propriétaire du compte dont on lui avait fourni les références. Cyrus Kahan.

« Jamais entendu parler », se dit Mokta Wallouf. Il lut la fiche signalétique et, soudain, il comprit. Kahan était le chef de cette secte américaine. Les Kahanistes ! Brusquement il fut submergé par une vague de peur irrésistible. Le piège venait de se refermer sur lui. Il avait le choix entre voir sa vie brisée par l'équipe du Mossad, ou bien attendre sans rien dire, avec le risque d'être découvert par les membres de la secte, qui ne devaient pas aimer qu'on les trahisse. Il se mit à trembler de tous ses membres, sans pouvoir s'en empêcher.

À ce moment, son téléphone sonna. Il décrocha.

— Wallouf à l'appareil.

C'était la voix froide et coupante du chef du commando du Mossad.

— Vous venez sans doute de découvrir l'identité du titulaire du compte. N'oubliez pas ce que je vous ai dit. Il sera mort dans quelques jours. Puis il raccrocha.

Mokta Wallouf resta sur place, paralysé dans son fauteuil. Ces hommes étaient des sorciers. Comment avaient-ils su qu'il venait juste de découvrir le nom ?

Comme tous les gens qui n'ont aucune expérience du monde du renseignement, Mokta Wallouf ne savait pas qu'il n'est pas difficile de recréer une situation sur le papier. De manière à la chronométrer. Ce qu'avait fait Milan avec l'aide de Vic, indiquant au professeur que le banquier mettrait entre quatorze et dix-neuf minutes pour trouver le nom, à partir du moment où sa voiture passerait la rampe du parking de la banque. Foster avait appelé à la dix-huitième minute.

Le moment de surprise passé, Mokta Wallouf se détendit un peu. Sans savoir pourquoi, il avait une confiance aveugle dans le chef du commando israélien. Il était sûr qu'il tiendrait parole, et qu'il tuerait le détenteur du compte. Il se cala un peu mieux dans son fauteuil et nota les références exactes du compte. Ensuite, il prit le bristol et descendit à la salle de clientèle, celle où étaient inscrits les codes de sécurité de tous les clients de la banque. Seules quatre personnes y avaient accès. Dont lui. Le système de sécurité de la salle de clientèle était similaire à celui de son propre coffre, sauf que la porte de la salle devait peser une tonne. La pièce elle-même faisait une vingtaine de mètres carrés, était recouverte de parois d'acier et ne comportait aucune fenêtre. Elle était éclairée par des néons qui jetaient une lumière glauque. Mokta Wallouf prit le cahier de sécurité et inscrivit le nom du dossier qu'il était venu consulter. Il mit le nom d'un de ses clients habituels, pour lequel il devait effectuer un virement le jour même, et prit le dossier de Cyrus Kahan. Il ouvrit le dossier, d'une main qui tremblait légèrement. Un historique de la location du coffre. Diverses pièces administratives. Une chemise plastifiée avec, à l'intérieur, une photo en couleurs, un papier rose et un objet enrobé dans du papier kraft. Les instructions de sécurité pour le coffre. Il sortit le tout, incrédule. Il n'en avait jamais vu d'aussi complexes. Il prit les clichés avec la montre, en se tenant penché comme s'il réfléchissait, exactement de la manière expliquée par l'homme, la veille au soir.

Puis il rangea le tout dans la chemise, la chemise dans le dossier et le dossier à sa place, au milieu des autres. La caméra était toujours en action au-dessus de la porte. Il fit un petit salut à l'opérateur de faction en passant devant la caméra, puis sortit de la salle, couvert de sueur. Il ne se souvenait pas avoir été soumis au cours de sa vie à une tension nerveuse semblable à celle des dernières heures.

Le reste de la matinée se passa normalement. À midi, il était plus calme et il décida d'aller déjeuner dans un petit restaurant italien, qui se trouvait trois rues derrière son bureau. Il n'était pas assis depuis cinq minutes dans la salle peinturlurée et décorée de guirlandes qu'un homme entra dans le restaurant en le fixant. C'était à nouveau le géant, le métis. Il s'assit à une table à l'autre bout du restaurant, puis se dirigea lentement vers les toilettes en lançant un regard sans équivoque à

Mokta Wallouf. Ce dernier se leva à son tour et rejoignit « l'espion » devant les lavabos.

— Salut, Mokta. Tu as les photos ?

— Oui, je les ai faites. Tenez, prenez la montre, dit-il en la détachant de son poignet.

Samuel l'empocha rapidement.

— Le stylo.

L'autre le lui tendit.

— On te recontactera.

Il sortit rapidement des toilettes, laissant Mokta Wallouf interdit devant le lavabo.

Samuel ne prit même pas la peine de s'arrêter dans le restaurant. Il rejoignit rapidement sa voiture et partit en trombe vers le Dolder.

Attendant Sam, Milan faisait un jeu de société avec Vic, afin de l'occuper un peu. Assis dans un fauteuil légèrement en retrait, le professeur jouait les encyclopédies vivantes tout en lisant un nouveau rapport du SIS sur la secte kahaniste. Milan tira une carte.

— Qui a peint *La Cathédrale de Salisbury* ? Et en quelle année est né ce peintre ?

Vic haussa les épaules.

— Sais pas.

La voix claire s'éleva du fauteuil, pour la vingtième fois depuis qu'ils jouaient.

— John Constable, né en 1776.

Vic se retourna, boudeuse.

— Il n'y a jamais de questions sur les bagnoles dans ce jeu de merde.

— C'est un jeu de merde. Je confirme.

La porte s'ouvrit sur Samuel. Foster se leva précipitamment.

— Alors ?

Samuel agita le rouleau de microfilm.
— Notre gros baiseur a pu faire les photos.
Vic prit la petite boîte.
— Je les développe ?
Sam l'arrêta d'un geste.
— Arrête de dire des bêtises. Tu vas te recoucher. C'est moi qui vais les développer.
La jeune fille fit un pas puis chancela brusquement. Foster commençait à jaillir de son fauteuil lorsqu'elle s'effondra sur le sol, comme un tas de chiffon.
— Vic !
D'un bond, Milan s'était déjà penché sur elle.
— Elle respire ?
— Mal, bordel, mal ! Professeur, vite !
Vic avait les yeux révulsés, inconsciente. À la volée, le professeur avait traversé la pièce. Il se pencha sur elle, prit son pouls.
— Combien ?
— 40.
Il examina ses pupilles, puis entreprit d'examiner ses réactions vitales.
— C'est grave ?
— Oui. Très grave. Ses pupilles ne se dilatent pas. Et elle ne réagit presque plus. Appelez une ambulance, vite. Avec une assistance respiratoire. Prévenez les urgences de l'hôpital le plus proche. Il me faut un spécialiste en réanimation et un cardiologue. *Tout de suite.*
Milan se précipita vers le téléphone.

Sam ouvrit la porte de la salle de bains. Vic était en réanimation et avait repris brièvement connaissance, avant de replonger dans le coma. Le professeur était avec elle, surveillant les soins médicaux qui lui étaient prodigués.

Il lui avait fallu un peu plus de trois heures pour développer les photos, dans la salle de bains de la chambre, dont il avait aussi fermé les volets et les rideaux afin d'assurer une obscurité totale.

Milan attendait allongé sur le lit, un colt 45 passé dans la ceinture, pensif. Samuel ouvrit les volets, faisant brusquement jaillir la lumière dans la pièce, et l'Américain se dressa sur son lit. Sam le regardait en souriant. Il brandit les photos au-dessus de sa tête et les feuilleta comme on le ferait de cartes à jouer.

— Regarde ça. On a les instructions.

— Bon Dieu. Juste à temps. On va les sauver.

Samuel regardait alternativement le mercenaire et les photos, l'air émerveillé. C'était presque trop facile. Ils allaient vider le coffre de Kahan et partir avec la formule, laissant l'autre aussi raide qu'un joueur après une nuit à Las Vegas...

Sam posa les photos sur la table. La première page du document photographié expliquait la procédure. Milan releva la tête, atterré. C'était un véritable rébus. Horriblement complexe. Il était temps d'appeler le professeur.

Foster était dans la chambre d'hôpital de Vic, aux urgences. Plus prostré sur sa chaise qu'assis. Tout cela lui semblait brusquement odieux. Vic dans le coma. Le cerveau ravagé de Vic. Un coup discret à la porte coupa court à ses réflexions.

— Entrez.

Une infirmière passa la tête par la porte entrebâillée.

— Un message du Dolder, professeur. Un certain Milan. Il vous informe que les documents sont développés et qu'il vous attend de toute urgence pour les examiner.

Foster jeta un regard triste à Vic, endormie. La crise était terminée, mais l'hôpital désirait la garder la nuit, par précaution. Pour l'heure, elle dormait, épuisée.

— Très bien. Pouvez-vous m'appeler un taxi, s'il vous plaît ?

Ni Milan ni Sam n'osèrent demander à Foster des nouvelles de Vic. Son air abattu tenait lieu de réponse.

Foster prit les clichés que Sam lui tendait, l'air soucieux, fronçant les sourcils au fur et à mesure qu'il les découvrait.

— Qu'est-ce que c'est ?

— Les consignes de sécurité pour l'accès au coffre de Kahan. Incroyable, n'est-ce pas ? Jamais vu un truc pareil.

— Hum. Le positif, c'est que n'importe quel envoyé de Kahan peut avoir accès au coffre.

— Le vrai merdier, c'est cette saloperie de mosaïque que l'envoyé doit apporter avec lui pour s'identifier.

— La photo ressort relativement bien. C'est une chance.

Foster tournait la photo dans tous les sens.

— Mais ces motifs géométriques sont horriblement compliqués.

— Vous pensez qu'on peut refaire un truc pareil, professeur ?

— Seuls, c'est impossible, même avec un appareillage sophistiqué. Mais Vince ou Delage peuvent sans doute nous arranger ça.

— Et le reste ?

Foster se pencha sur les photos.

— L'identification, on vient de la voir. Seul le président de la banque traite ce compte. L'envoyé de Kahan doit lui remettre le premier morceau de la mosaïque, qui s'emboîte dans le second morceau que la banque possède. Pour le reste, c'est plus habituel. L'ordinateur posera une série de questions préenregistrées. Il faut répondre correctement pour passer à la suivante.

Il prit ses lunettes et s'assit dans un fauteuil.

— Alors, voyons ces questions. La première est : « date importante ? » Il faut répondre 570.

Samuel lui jeta un regard interrogatif.

— C'est l'année de naissance de Mahomet, précisa Foster.

— Pourquoi ça ? Il est pas musulman.

— Sa religion est un syncrétisme. Il admire peut-être Mahomet. La deuxième question est « quel est le bon sens ? ». Il faut répondre par une phrase, « le sens que connaît celui qui connaît le sens, toujours autour du centre du Kral ». Ce doit être une allusion à une procession liée à leur rite. Leur temple s'appelle un Kral. La troisième question est « code ? ». Le code à inscrire est : 668899563421. Ensuite, il y a une question politique : « Qui gagnera ? » et il faut répondre : « Les infidèles périront par le feu et le sang, et l'ordre sacré sera instauré par le Golem, jusqu'à la fin des temps. » À ce moment, l'ordinateur demande si l'opérateur veut bien effectuer une opération de transfert et il y a un piège. Il faut répondre « non ». Le système est alors déverrouillé. Bon, le seul problème, c'est la mosaïque. J'appelle Vince.

Par chance, Vince était à son bureau. Il demanda deux heures à Foster pour une réponse. On lui avait déjà demandé des choses bizarres, mais jamais encore un spécialiste de mosaïque !

Juste après le coup de fil du professeur, Vince décida de se rendre lui-même au département « documentation » de la CIA. Il prit l'ascenseur, passa une série de portes de sécurité avant d'atteindre le bureau du chef de service, un vieux copain qui avait fait la guerre du Viêt-nam avec lui. L'ancien marine était affalé dans un fauteuil en train de siroter mollement un Pepsi. Il sursauta en voyant entrer Vince dans son bureau, tentant de prendre une pose plus officielle.

— Merde. Paul, tu m'avais pas prévenu.

— Relax, Warren. J'ai une urgence. Il me faut un spécialiste de la mosaïque, quelqu'un qui puisse reconstituer une mosaïque ancienne d'ici demain soir. Je veux que tu me trouves ça et dare-dare.

L'ancien marine regarda son chef comme s'il venait de lui annoncer que l'homme de Roswell était derrière la porte.

— Un spécialiste en mosaïque ? Attends, je vais me renseigner.

Il partit à grands pas vers une vaste pièce où officiaient une quarantaine de personnes et revint triomphant au bout de cinq minutes.

— J'ai ton gars. On a un dessinateur professionnel au département qui est un dingue de mosaïque. Il paraît même qu'il donne des cours à Georgetown. Tu veux que je te l'appelle ?

— Et comment !

Quelques instants plus tard, un jeune homme frappait à la porte. Il avait des cheveux noirs très courts, presque rasés, avec des pattes, le visage étroit et l'air un peu précieux. De toute évidence, il était plus fait pour la mosaïque que pour les cours de survie en pleine jungle...

— Bonjour, monsieur, dit-il d'une voix décidée, qui contrastait avec son air timide. Je m'appelle Mark Rafaeli.

— Bonjour, Mark. Tu me reconnais ?

— Oui, monsieur.

— J'ai besoin de la copie d'une pièce de mosaïque. Tu peux faire ça ?

— Comment est-elle, monsieur ?

Vince sourit et sortit de sa poche une feuille de papier A4. Une copie de la photo numérisée.

Mark Rafaeli examina attentivement la photo avant de relever la tête, les yeux brillants d'excitation.

— Il s'agit d'un morceau de mosaïque provenant d'une des portes d'accès aux anciens jardins de Babylone. Ces mosaïques sont peu connues mais magnifiques. Très appréciées dans le milieu des spécialistes, car elles sont parmi les plus anciennes que l'on connaisse.

Le chef de service lança à Vince un regard triomphant, comme s'il était absolument naturel qu'un gamin sachant tout des mosaïques fasse partie de son équipe.

— Peux-tu reconstituer une mosaïque comme celle-ci ? demanda Vince au jeune artiste.

L'autre inclina la tête rapidement.

— Oui, monsieur.

— En combien de temps.

— Un bon mois, peut-être un peu moins.

— Il me la faut pour demain soir, ajouta Vince d'une voix calme. Warren, tu peux l'aider ?

— Je mets toute l'équipe dessus en priorité.

Il se tourna vers le jeune faussaire.

— Mon garçon, il va falloir montrer de quoi tu es capable. Je dois avoir cette mosaïque pour demain 17 heures. Tu te débrouilles comme tu veux...

Il était 16 h 58 le lendemain lorsque le chef du service « documentation » entra dans le bureau de Vince. Mark Rafaeli le suivait, une boîte de la taille d'un carton à chaussures à la main. Il la posa lui-même sur le bureau. Vince l'ouvrit et poussa un sifflement admiratif.

La mosaïque reconstituée était tout simplement extraordinaire. L'ensemble était vert clair et beige, avec des incrustations de couleur rouge et bleu composées de petits cristaux de stuc, de marbre, d'argile et de pierres semi-précieuses. Les pierres étaient striées par divers motifs en forme de trapèze.

— Splendide, ne put s'empêcher de dire Vince. Absolument splendide. On est sûr que ça ressemble parfaitement à l'original ?

— Ça devrait être bon, monsieur. Nous n'avons utilisé que des matériaux usités au Moyen-Orient à cette époque. Par exemple, les éclats beiges proviennent de roses des sables qu'on a récupérées au Muséum d'histoire naturelle. Mais ils ne savent pas encore qu'on les a broyées pour les utiliser...

Vince balaya le Muséum d'histoire naturelle d'un geste ample de la main.

— Qu'ils aillent se faire foutre. Je leur en apporterai des tonnes de roses des sables à ces bureaucrates. Et pour les couleurs ?

— J'ai utilisé des pigments naturels. Le vert provient de fleurs séchées, le bleu est de l'indigo. Le rouge provient du sang coagulé de gerboises, ces petites souris à longues pattes du désert d'Arabie. C'étaient aussi les gerboises du zoo du Muséum d'histoire naturelle, monsieur, ajouta-t-il avec son air timide. Elles étaient vivantes quand on me les a prêtées.

Vince éclata de rire.

— Des gerboises ! Il a transformé en bifteck des gerboises pour faire sa mosaïque. J'aurai vraiment tout vu dans ce métier.

Encouragé, l'artiste poursuivit sur sa lancée :

— La patine a été faite artificiellement, grâce à une solution d'acide chlorhydrique très diluée et j'ai martelé une petite partie de la mosaïque pour accroître encore l'impression de vieillissement.

Vince se cala dans son fauteuil moelleux, en regardant ses deux visiteurs avec un contentement non dissimulé.

— Vous êtes la preuve vivante que nous méritons tous les beaux dollars que ces congressistes minables veulent nous piquer. Et le pire, c'est qu'aucun ne saura jamais ce que vous avez fait aujourd'hui.

— Tu caches ce qu'on fait à la Commission du congrès ? demanda le responsable de la documentation, d'un air faussement étonné.

— Qu'est-ce que tu crois ? rugit Vince. Qu'on va aller révéler tous nos secrets à ces inutiles ? À peine rentrés dans leur propriété à la campagne avec leurs enfants gâtés, ils raconteraient ça à leurs bonnes femmes ou à leurs maîtresses, sans se rendre compte des implications. Allez, merci pour le coup de main. Je suis fier de ce que vous avez fait. Je vous dirai plus tard à quoi ça a servi et, croyez-moi, vous serez contents de vous.

Il tendit la main vers son téléphone, signifiant que l'entretien était terminé. Les deux hommes sortirent sur la pointe des pieds. Le professeur répondit à la première sonnerie de son portable.

— Professeur, c'est Vince.

— J'attendais votre coup de fil, Paul.

— Je parie que vous êtes en train de lire une de vos ennuyeuses expertises psychiatriques en pestant contre l'inefficacité de la CIA.

— Quelle clairvoyance !

— J'ai raison ?

— Non. Je lisais le dernier bulletin de santé de Vic.

La réplique coupa la parole à Vince. Foster ajouta :

— Elle va mieux. Son état est très cyclique. Aujourd'hui, elle est consciente. Il me reste quelques jours pour la sauver. Après, ce sera trop tard, même avec un médicament.

Vince souffla dans le combiné, sans savoir quoi répondre.

— Alors, Paul, dites-moi plutôt quel bon vent vous amène.

— Le vent du salut, professeur. La mosaïque arrivera cette nuit par porteur spécial.

Foster serra le combiné de toutes ses forces.

— Merci.

Après avoir raccroché, Vince regarda longuement la mosaïque dans son couffin, ses grosses mains posées sur son bureau.

— On fait quand même un foutu métier, murmura-t-il, puis il descendit pour aller prendre un verre à la cafétéria.

Le soleil brillait généreusement lorsque la grosse Renault Safrane noire s'arrêta devant l'International Swiss Bank de Zurich. Il était 8 h 30 du matin. Un jeune homme en descendit. Un garde du corps, de toute évidence. Souple, la main près de la boucle de la ceinture, une oreillette et des lunettes noires. Il ouvrit la portière arrière. Un homme d'une soixantaine d'années sortit lentement de la limousine. Il était habillé d'un costume noir à col Mao, de chaussures vernies noires, et portait des lunettes de myope. Il tenait une grosse mallette en veau souple dans la main droite. Précédé par Milan, qui jouait à merveille son rôle de composition de garde du corps « show off », le professeur monta lentement les marches menant dans le hall de la banque, sous le regard de la responsable de l'accueil, qui avait déjà pris son téléphone pour prévenir que quelqu'un d'important arrivait.

À l'accueil, l'étrange visiteur demanda à parler au président de la banque. Il parlait anglais parfaitement, avec toutefois un léger accent, indéfinissable.

— Qui dois-je annoncer ? demanda d'une voix aigrelette la responsable de l'accueil.

— Je suis envoyé par le titulaire du coffre 50066602, indiqua simplement l'homme.

Puis il alla s'installer dans un des fauteuils de l'entrée, sous l'œil vigilant de son garde du corps.

Quelques instants plus tard, une secrétaire vint le chercher pour l'amener au bureau du président. Ce dernier attendait sur le pas de la porte ; il jaugea Milan d'un bref coup d'œil professionnel. Les gardes du corps étaient légion dans sa clientèle, mais peu d'hommes pouvaient se payer un spécialiste comme celui qui était dans le couloir : sec, inquiétant, très différent des armoires à glace qu'on voyait le plus souvent. Celui-là était un vrai dur, ça se remarquait immédiatement. Quant à son client, il ressemblait à un dignitaire religieux en civil avec son costume sombre Mao et son air grave.

Le président fit entrer le professeur et ferma soigneusement la porte. Puis il s'installa derrière son bureau, scrutant de son œil vif son visiteur. Calme, serein, ce dernier avait l'attitude d'un homme puissant qui n'a pas l'habitude qu'on lui résiste.

— Alors, que puis-je pour vous, monsieur ?... commença le président.

— Je viens déposer un document dans un coffre. Le coffre n° 50066602.

— À votre service. Avez-vous l'ensemble des éléments nécessaires pour l'ouverture de ce coffre ?

— Je dispose effectivement de ces éléments, répondit Foster du tac au tac, du même ton tranquille.

— Je vais chercher les instructions d'ouverture et je reviens dans quelques minutes.

Le banquier ouvrit la porte de communication avec son secrétariat et s'éclipsa. Il permettait ainsi à sa secrétaire de vérifier discrètement que son client restait bien sur son siège, sans pour autant le froisser. Cinq minutes plus tard, il était de retour avec une grosse enveloppe en papier kraft. Celle que Mokta Wallouf avait ouverte deux jours avant.

Il ferma soigneusement toutes les portes, s'installa à son bureau et décacheta l'enveloppe. Il en sortit une liste d'instructions et une seconde enveloppe en papier kraft blanc, plus petite, contenant visiblement l'autre morceau de mosaïque, d'après son poids.

— Nous allons donc procéder aux instructions prévues pour l'ouverture du coffre, commença le banquier avec un ton professionnel. La première étape est celle de l'identification formelle. Vous possédez l'autre moitié d'un objet qui se trouve dans l'enveloppe posée à côté de moi. Vous devez sortir votre moitié le premier, puis j'assemblerai les deux morceaux, qui doivent correspondre et reconstituer l'objet dans sa totalité.

Sans dire un mot, Foster ouvrit la serviette posée près de lui. Il en sortit le morceau de mosaïque, qu'il posa délicatement sur la table. Le banquier décacheta la seconde enveloppe et en sortit son propre morceau de mosaïque. Il prit les deux morceaux, bien à plat sur la table, et les ajusta.

— Parfait, dit-il. Nous allons donc passer à la suite de l'identification. Je vais vous poser une série de questions, auxquelles vous devrez apporter les réponses *ad hoc*. La première question est (il lut lentement à haute voix la feuille posée devant lui) : date importante ?

— 570.

— C'est cela, en effet. La seconde question peut paraître elliptique. La voici : quel est le bon sens ?

— Le sens que connaît celui qui connaît le sens, toujours autour du centre du Kral.

— C'est exact. Vous devez maintenant me donner un code. Quel est-il ?

— 6-6-8-8-9-9-5-6-3-4-2-1, récita de mémoire le professeur.

— J'ai maintenant la dernière question. Qui gagnera ?

— Les infidèles périront par le feu et le sang, et l'ordre sacré sera instauré par le Golem, jusqu'à la fin des temps, répondit Foster d'un ton si pénétré qu'il fit frissonner le banquier.

— Bon, tout est parfait. Voulez-vous toujours effectuer une opération de transfert ?

— Non, poursuivit Foster avec un sourire.

Le banquier leva les yeux vers le professeur.

— Vous pouvez avoir accès à la salle du coffre. Un de mes collaborateurs va vous y accompagner.

Il prit une souche et commença à remplir les formalités de signature et d'enregistrement, qui demandèrent encore quelques minutes, puis il donna la feuille signée à Foster.

— J'espère que nous nous reverrons très bientôt, monsieur, car notre banque sera toujours heureuse de vous offrir ses services.

— Vous pouvez compter sur moi, le rassura Foster. De toute façon, nous conservons notre coffre dans votre établissement. Vous avez donné toute satisfaction à notre mouvement et je suis sûr que vous pourrez continuer à le faire à l'avenir. Si les esprits le veulent.

— Si les esprits le veulent, répondit l'autre en écho.

Surtout, ne pas se mettre mal avec cette secte remplie de tarés. D'ici qu'ils deviennent agressifs...

Un léger coup à la porte. Un employé de la banque, soigneusement habillé et coiffé, se tenait au garde-à-vous. Foster le suivit au sous-sol. Trois portes blindées. Puis la salle principale. Foster sentit son cœur battre plus rapidement. Une rangée impressionnante de coffres s'alignait. Des milliers de portes. Ils s'arrêtèrent devant l'un d'eux et, machinalement, il lut le numéro : « B3B3 ».

Après un sourire convenu, l'employé introduisit une longue clef dans la serrure, ouvrit la porte blindée et en sortit une boîte, fermée. Il amena ensuite Foster jusqu'à un isoloir après lui avoir remis la boîte. Le professeur ferma soigneusement le rideau de l'isoloir, posant ses mains à plat deux secondes avant d'ouvrir la boîte. C'était le moment de vérité. L'image du visage de Vic passa fugitivement devant ses yeux. Il la chassa de son esprit et ouvrit le couvercle. Il sortit une cinquantaine de feuillets dans une pochette plastique. En première page était inscrit le titre suivant : « Un médicament efficace contre la maladie de Creutzfeldt-Jakob. Projet de discours devant les représentants des Royal Colleges of Medicine, et annexes scientifiques. » Malgré lui, Foster se sentit envahi par une bouffée de joie. Ils avaient réussi !

Il parvint à prendre l'air dégagé en refermant le couvercle sur la boîte vide. La main crispée sur la serviette dans laquelle il avait enfoui le précieux document, il remonta l'escalier lentement. Milan l'attendait dans le hall. Ils franchirent rapidement la porte de la banque.

Pour la première fois de sa vie, le professeur était surexcité. Il avait envie de courir. La voiture attendait devant la banque, le moteur ronronnant doucement, Samuel au volant. Ils s'engouffrèrent par les portières arrière et la limousine démarra. Samuel rompit le silence le premier :

— Alors, elle y était, cette putain de formule ?

Foster se pencha et approcha les lèvres de son oreille.

— Ils sont sauvés.

Ils explosèrent de joie en même temps.

Lorsque le professeur entra dans le bureau du 10, Downing Street, toutes les personnes présentes se levèrent précipitamment. Y compris le Premier ministre, souriant de toutes ses dents. Le ministre et le directeur général de la Santé, Robert Smith, étaient là, visiblement très nerveux, ainsi que Gillian Castanedo. Et Scott. Ce dernier avait les joues roses de plaisir. Il fit un clin d'œil à Foster. Sans un mot, le professeur tendit le document au Premier ministre, ainsi que deux copies. Le Premier ministre les prit, les regarda pensivement quelques secondes et les passa aux deux scientifiques. Foster les avait déjà regardés dans l'avion et s'était fait son opinion.

Pendant cinq minutes, on n'entendit plus que le bruit des feuilles tournées par Gillian Castanedo. Elle assise, Smith debout, regardant par-dessus son épaule. Le document fini, ils levèrent les yeux. Castanedo parla la première :

— Extraordinaire. C'est tout ce que je peux dire. Appleton a bien trouvé un moyen de détruire le prion.

— Je ne pensais pas qu'il avait autant progressé. C'est fantastique ! renchérit Smith.

— Vous pouvez nous éclairer ? demanda le Premier ministre d'une voix sèche.

— Tout d'abord, les résultats. Appleton a essayé son remède sur huit espèces d'animaux atteintes de la nouvelle variété de Creutzfeldt-Jakob. Y compris des porcs et des chimpanzés Bonobo, dont le système immunitaire est très proche du nôtre. Il a obtenu 100 % de guérison. Puis il a essayé sur deux personnes atteintes, deux hommes d'une trentaine d'années. Ceux qui se trouvaient dans l'annexe du laboratoire. Il a obtenu aussi une rémission totale. Ce qu'il ne savait pas avant d'être assassiné et qu'il n'a pas eu le temps d'étudier, c'est la capacité de récupération du cerveau, la maladie endommageant des zones entières chez les personnes atteintes. Mais il est parvenu à réduire à néant la charge de prion. C'est un espoir immense chez les malades qui ne sont qu'asymptomatiques.

— Comment a-t-il réussi là où tout le monde a échoué ?

— Je vais essayer d'être le plus claire possible. Vous savez que, selon la théorie, le prion est une copie « déformée » d'une molécule naturellement présente dans l'organisme. De récentes études en microscopie électronique ont montré qu'elle est colocalisée avec les protéines synaptiques et...

Le Premier ministre tapa sur la table avec son stylo.

— Gillian. S'il vous plaît. Vous ne pourriez pas faire un tout petit peu plus simple ?

— Excusez-moi, monsieur le Premier ministre. Je vais essayer. En gros, nous savons que le prion a une résistance exceptionnelle aux protéases cellulaires, mais aussi une résistance aux procédés classiques d'inactivation des micro-organismes. Appleton est parti de là. Puisque le prion est si fort et si mystérieux, il faut contourner le problème. Au lieu de comprendre comment fonctionne la protéine, il a eu l'idée de regarder les moyens par lesquels la nature pouvait faire disparaître cette résistance sans intervention humaine.

— Et alors ?

— C'est là qu'il a eu une idée géniale. Il s'est dit : « Y a-t-il eu des endroits au Royaume-Uni où aucune maladie n'a été enregistrée ? » Des aires de petite taille, dont les résultats seraient englobés dans les résultats de régions plus grandes. Il a trouvé plusieurs sites, mais l'absence de cas était due soit à l'inexistence de cheptel bovin, soit à la mauvaise qualité des services vétérinaires, qui avaient mal fait le recensement. Et puis il a fini par trouver une petite vallée isolée dans l'est de l'Écosse. Dans le Grampian, pour être précis, pas très loin du port de Peterhead. Il s'est rendu compte qu'aucun cas n'avait été observé sur ce site de dix kilomètres sur huit, alors que les services vétérinaires régionaux étaient normalement très vigilants.

Le Premier ministre était suspendu à ses paroles, les yeux brillants d'excitation.

— Il a envoyé son vétérinaire faire une étude clinique sur le bétail. Il s'avère qu'un puceron très particulier infeste les bêtes dans cette vallée. Il sévit de manière quasi endémique. Il a donc eu l'idée d'élever ces parasites en laboratoire et de voir s'ils ne sécrètent pas une molécule capable d'inactiver le mécanisme de développement du prion.

— Et le résultat ?

— Ce parasite sécrète une molécule très spéciale : une protéine, qu'il a appelée « PrP-2 ». Selon lui, cette protéine est très proche de celle du prion responsable du Creutzfeldt-Jakob. Une sorte de duplicata. Elle se fixe sur les mêmes récepteurs et détruit la protéine humaine modifiée, responsable du Creutzfeldt-Jakob. Puis elle disparaît d'elle-même car sa durée de vie est de quarante-huit heures seulement. Elle ne laisse apparemment aucune séquelle, à part des crises d'eczéma géant, qui s'estompent au bout de quelques jours.

— Extraordinaire.

— Oui. Appleton a eu une idée vraiment géniale. Ensuite, il a étudié les moyens de fabriquer cette protéine à grande échelle par génie génétique. Il a essayé la méthode d'élevage simple au moyen de bactéries *Escherichia coli*. Ça a marché. Vous connaissez la suite.

Le Premier ministre se leva.

— Il faut immédiatement commencer à fabriquer cette molécule et en vérifier l'efficacité. Il se tourna vers son ministre de la Santé. Je vous donne une semaine. Le secret doit être absolu. Si vos résultats convergent avec ceux du professeur Appleton, j'annoncerai officiellement que toute cette affaire est close et que nous possédons un médicament. Je vous remercie.

Alors que ses invités s'apprêtaient à partir, il se reprit :

— Jeremy, professeur, je souhaiterais que vous restiez quelques minutes.

Gillian Castanedo ferma soigneusement la porte en sortant. Le Premier ministre alla vérifier qu'elle était bien verrouillée, puis il vint s'asseoir dans un fauteuil, en face de Scott. Foster était toujours debout devant la fenêtre. Il vint rejoindre Scott sur le canapé en cuir.

— Francis, laissez-moi vous appeler Francis. Je n'ai pas de mot assez fort pour vous remercier. Vous et vos trois... collègues. Au nom du peuple britannique. Votre enquête restera secrète, mais je ferai en sorte que tout soit consigné dans nos archives historiques. La vérité sera connue dans cinquante ans. Il le regarda avec intensité. Sachez aussi que la jeune Vic sera la première à recevoir le médicament. Où est-elle ?

— On l'a transférée dans un hôpital militaire parisien. Au Val-de-Grâce.

— Un avion spécial lui apportera le médicament dès que nous en aurons reconstitué une dose. Elle sera la première à la recevoir.

Foster s'inclina légèrement.

— Merci.

— Parlons maintenant de la suite de cette affaire. Où est Kahan en ce moment ?

— À ma connaissance, toujours aux États-Unis.

— Que me conseillez-vous ?

Scott se tourna vers Foster, qui lui fit un signe de tête discret.

— Nous sommes confrontés à un dilemme. Il me semble impossible de révéler au monde les responsabilités de Kahan avant qu'il ait été châtié. Nous risquerions d'être confrontés à une vague de violences contre sa secte. Beaucoup de gens sont sans doute prêts à faire justice eux-mêmes.

— Continuez.

— Nous ne pouvons pas non plus tirer un trait sur ce qui s'est passé. Kahan est un monstre et il est toujours dangereux. Dieu sait quelle idée il pourrait encore avoir, même en prison. Je vous suggère donc une action visant à nous en débarrasser. Définitivement. Avant l'annonce publique de la découverte du médicament.

Le Premier ministre se pencha dans son fauteuil.

— J'approuve. Je ne permettrai pas que cette personne continue à vivre tranquillement après ce qu'elle a fait. Kahan doit mourir. Même s'il se repentait, je ne peux pas passer l'éponge. Je pourrais donner mon pardon à titre personnel. Mais je ne peux pas le faire comme Premier ministre, dirigeant de ce pays. C'est ma responsabilité.

Scott eut un sourire froid.

— Le professeur Foster et moi pensons comme vous, monsieur le Premier ministre. Il se tourna vers le psychiatre. Je dois d'ailleurs vous dire que le professeur avait prévu que telle serait votre réaction.

— Félicitations. Je me pensais moins prévisible.

— Vous ne l'êtes pas, monsieur le Premier ministre. C'était une simple supposition de travail.

— Je suis heureux que vous soyez dans notre camp, professeur. Faites comme nous venons de décider. Et rendez-moi compte dès que *ce* sera fait.

Il faisait nuit sur Miami. Trois silhouettes sombres étaient allongées dans l'herbe du golf longeant la propriété de Kahan. Il n'était que 11 heures, mais tout était calme. Milan et Moss Bergman, en treillis gris foncé et blouson. Foster en retrait, habillé normalement. Milan se pencha à l'oreille de Bergman pour lui dire quelque chose. Les deux hommes semblaient étrangement proches. Foster les avait regardés se déplacer sur l'herbe mouillée du green. Mêmes yeux méfiants, même démarche féline, même manière de se mouvoir en cherchant les zones d'ombre.

Foster était nerveux. Vic avait reçu sa première dose de médicament à 14 heures le jour même et il ignorait encore comment elle avait réagi. Les médecins étaient prudents. Personne ne savait si elle pourrait se rétablir ou si les lésions au cerveau étaient trop irréversibles. Ils étaient sans doute plusieurs milliers en Europe dans son cas, mais, quelque égoïste que soit sa position, il s'en moquait presque maintenant. Seule comptait sa guérison à elle.

Le crissement d'une fermeture Éclair interrompit ses réflexions.

Milan était en train de sortir une arme étrange d'une housse en plastique. Un fusil d'assaut Steyr, au design futuriste, avec son chargeur en plastique transparent de 35 balles rejeté derrière la crosse. Milan arma le fusil et vissa lentement un long silencieux.

Ils se rendaient sur le golf tous les soirs depuis quatre jours. Avec l'Israélien, dont le rôle était d'identifier formellement Zoldan Mezi. Car le tueur, dont il n'existait aucune photo récente, devait mourir en même temps que son patron. Les écoutes téléphoniques avaient montré que Kahan n'avait eu aucun contact avec sa banque et n'avait pas cherché à joindre son comptable. Quant aux autorités britanniques, elles demeuraient silencieuses en attendant le résultat de la production du médicament du professeur Appleton. Pour le gourou, tout était donc normal.

Milan enleva le cache de la lunette de visée. À environ trois cents mètres de là, une petite silhouette se dessinait dans une pièce illuminée. Kahan travaillait à son bureau. Comme tous les soirs. Mais, pour la première fois depuis trois jours, il n'était pas seul. Un homme était debout, légèrement en retrait à côté de lui. Petit, râblé, les cheveux presque rasés. Foster se tourna vers Bergman, qui reposa ses jumelles.

— Zoldan.

— Vous en êtes certain ? À 100 % ?

Bergman approuva de la tête en silence.

Foster tapa sur l'épaule de Milan, qui avait déjà identifié son adversaire. Il aurait reconnu la silhouette entre mille, depuis leur combat singulier en Égypte. Bergman tendit un téléphone portable à Foster. Il était « propre ». Milan l'avait acheté le matin, cash, avec une fausse carte d'identité. Ils le détruiraient le soir même. Le téléphone sonna trois fois avant que Kahan ne réponde :

— Oui ?

Une voix dure et autoritaire.

— Bonjour, Kahan.

— Qui êtes-vous ?

— Vous ne me connaissez pas, Kahan. Mais moi je vous connais.

Bip bip bip. Kahan avait raccroché. Le gourou n'aimait pas la plaisanterie. Foster refit le numéro.

— Je ne sais pas qui vous êtes mais...

— J'étais en Égypte il y a quelques jours, Kahan.

Silence brutal dans l'écouteur. Foster masqua un sourire. Sa réplique avait désarçonné le gourou.

— Je me trouvais dans une soi-disant école pour handicapés. Mes amis l'ont détruite.

Dans sa lunette de visée, Milan vit le visage de Kahan se crisper.

— Je ne vois pas de quoi vous voulez parler. Vous devez faire erreur.

— J'étais aussi à Zurich il y a cinq jours. À l'International Swiss Bank. Le contenu de votre coffre est sur le bureau du Premier ministre britannique. Nous avons la formule du professeur Appleton.

— Quoi ? ! !

— Vous avez très bien entendu, Kahan.

— Vous bluffez.

— Vous croyez ? Il n'y avait qu'une pochette en plastique dans le coffre. Avec le projet de discours du professeur Appleton.

— Alors, vous êtes fou. Fou ! ! !

La voix était montée d'un cran.

— S'opposer au Golem ! Personne ne peut contrer ma volonté !

— Si, moi. Puisque je l'ai fait.

Brusquement, le visage de Kahan se décomposa. Les hurlements sortirent du combiné comme des projectiles.

— Je vous tuerai. Je vous écorcherai vivant. Je vous arracherai le cerveau avec mes doigts.

Foster eut un ricanement bref.

— Vous êtes un malade mental. Et vous ne ferez rien du tout. Parce que vous avez perdu, Kahan. Vous êtes fini.

La voix de Kahan éclata à nouveau dans le combiné.

— Rendez-moi ma formule !

Foster eut un nouveau ricanement et la voix de Kahan se fit plus aiguë, la respiration sifflante.

— Ma formuuuuule. R-e-n-d-e-z m-o-i m-a formuuuuuuuuuuule.

La voix du gourou passa dans le suraigu.

— Je vous détruirai. Tous. Vous allez vous rendre vraiment compte de ce que je suis. Pauvre idiot.

Nouveau rire de Foster en écho.

Kahan jeta violemment le téléphone sur le tapis, avant de se précipiter vers la fenêtre, les yeux injectés de sang. Malgré lui, Milan tressaillit. Il sentait le regard de Kahan traverser l'étendue noire comme un laser pour se ficher dans le sien, à travers la lunette. C'était impossible puisqu'ils étaient invisibles dans la nuit. Pourtant, Kahan les avait repérés. Un sentiment de malaise l'envahit.

Zoldan Mezi se baissa et s'empara du combiné. Malgré le choc du téléphone sur le sol, la ligne n'avait pas été coupée.

Foster eut un mince sourire.

— Zoldan, vous nous avez rejoints ?

Il y eut une seconde de blanc sur la ligne et ils entendirent la voix du tueur. Basse, tendue.

— Qui êtes-vous ?

— L'ami qui est près de moi s'est battu contre vous en Égypte. Vous vous souvenez ?

Pas de réponse.

— Et j'ai quelqu'un d'autre qui vous connaît à côté de moi.

Mezi sentit que Foster ne bluffait pas.

— Qui ?

— Votre ancien instructeur. Moss Bergman.

Instinctivement, le tueur tourna la tête vers l'étendue noire du golf.

— Où êtes-vous ?

— Pas très loin. Mon ami a votre tête dans son viseur.

Mezi mit moins d'une seconde à réagir. D'un bond prodigieux, il se jeta derrière le bureau. Mais Milan était concentré et parfaitement prêt. Son index avait déjà pressé la détente. La balle de 5,56 à haute vélocité pénétra dans la tête du tueur, juste au-dessous du nez. Un tir fantastique de précision. Le corps du tueur poursuivit sur sa lancée et tomba lourdement sur le parquet du bureau.

Instantanément, Milan tourna le buste et lâcha une seconde balle en direction de Kahan.

C'est alors que *cela* arriva.

Comme prévenu de ce qui allait se passer, Kahan pivota sur lui-même à la vitesse d'un serpent, si vite que la balle qui devait le frapper passa à quelques millimètres de son crâne, pour aller se ficher dans la bibliothèque. Un quart de seconde plus tard, il avait plongé à terre et rampait, protégé par l'aplomb de la fenêtre. Fou de rage,

Milan lâcha une dizaine de balles, criblant le sol, faisant éclater les lattes du parquet, projetant des morceaux de bois dans toutes les directions. Peine perdue. Kahan était hors d'atteinte. Impuissants, ils virent la porte du bureau s'ouvrir. Le gourou en sortit, toujours rampant, puis il disparut au cœur de la maison.

Les détonations avaient été couvertes par le réducteur de son, cependant il valait mieux ne pas s'éterniser. Sans un mot, Milan tendit le fusil à l'Israélien, qui le laissa tomber par terre. Il portait des gants, comme Milan.

— Extraordinaire tir. Un des plus beaux que j'aie jamais vus.

— Je n'ai pas eu Kahan. Putain, je l'ai raté. Ce n'est pas possible. Il était en plein dans mon viseur. Milan haletait. On dirait qu'une voix lui a soufflé de tourner la tête au moment où je tirais.

Un silence, puis Milan, encore plus blanc :

— C'est de la sorcellerie.

Bergman semblait mal à l'aise lui aussi.

— Non, Kahan a eu de la chance. Ce n'est pas votre faute. À votre place, j'aurais aussi commencé par Zoldan puisqu'il était le mieux entraîné.

Il regarda Foster à la dérobée.

— Mais je ne comprends pas bien comment Kahan s'en est sorti.

Gêné, il porta le regard vers la maison qui commençait à s'illuminer.

— Notre ami s'agite, on dirait.

Foster fronça les sourcils.

— Ne vous en faites pas pour Kahan. Il ne s'agitera pas longtemps. Il a eu de la chance une fois. Il n'en aura pas une seconde.

Ils quittèrent précipitamment la pelouse, bien que

Foster doutât que le gourou appelle la police. Il enterrerait probablement son bras droit discrètement quelque part. Des bruits de moteur rompirent bientôt le silence. Ils entendirent une voiture démarrer en trombe, suivie d'une autre. Kahan quittait sa tanière. Milan prit son portable.

— Sam, tu m'entends ?

— Fort et clair.

— Tu les vois ?

— Oui. Je suis juste au-dessus d'eux. Ils seront faciles à tracer. Il y a peu de trafic à cette heure.

— OK. Terminé.

Foster leva les yeux. On entendait à peine le moteur de l'hélicoptère. Il avait pensé à un plan de secours, au cas où Kahan quitterait la maison avant qu'ils ne l'abattent. Sage précaution.

Foster s'appuya un instant contre la portière de sa voiture. Kahan avait paniqué et s'enfuyait. Ils allaient le poursuivre. Le Premier ministre leur avait demandé de faire le ménage. Ils allaient le faire. Ils serrèrent la main de Bergman sur le parking du golf.

— Adieu.

— Non. Au revoir. Le professeur lui tapa sur l'épaule. J'espère que nous pourrons nous revoir très vite. Je vous appellerai.

Milan regardait les feux de position de la voiture de Kahan disparaître progressivement dans le lointain. Il se tourna vers le professeur.

— Il va s'en sortir ?

— Non. Je ne lui laisserai aucune chance. *Vae victis*[1].

Milan resta de glace. Pour la première fois depuis qu'il était dans le métier, une cible venait d'échapper à

---

1. Malheur aux vaincus.

son fusil et il n'arrivait pas à comprendre comment. Une phrase revenait, s'insinuant insidieusement dans son esprit. « *J'ai trouvé le diable.* »

La Jeep Cherokee avait quitté l'autoroute depuis plus d'une heure. Elle roulait sur des sentiers de plus en plus impraticables. Milan conduisait, silencieux, concentré sur l'action à venir. La zone en limite des Everglades dans laquelle ils roulaient était une des plus isolées qu'il ait vues aux États-Unis.

— On va où, professeur, à votre avis ?

— D'après les notes de Vince, le Kral de Kahan est dans les Everglades. Je pense qu'il va s'y réfugier.

— J'appelle Sam.

Foster avait vu juste. De loin, Samuel avait aperçu la voiture qui entrait dans une sorte de complexe. Mais il ne l'avait pas survolé, pour ne pas donner l'alerte, et s'était posé à distance. Le professeur et Milan le prirent sur la route.

Ils avaient maintenant atteint la zone marécageuse. Milan stoppa la voiture.

— Mieux vaut attendre un peu, le temps qu'ils se calment là-bas.

— OK.

Une heure passa. Ils descendirent de voiture, chaussant les lunettes de vision nocturne. Puis ils repartirent à pied, dans le noir. Grâce aux lunettes, ils y voyaient quasiment comme en plein jour. Elles donnaient une couleur verdâtre au paysage mais rendaient parfaitement les contrastes et les distances.

Ils marchèrent pendant un kilomètre. Enfin, d'un geste, Milan les arrêta et montra du doigt une haute clôture située à environ cinq cents mètres. Le repère des Kahanistes.

Un trou dans le grillage à ras du sol et ils se retrouvèrent tous dans le parc. Un grand bâtiment surmonté d'une tour ronde en bois sombre leur faisait face, massif, inquiétant. Au milieu de la cour, une sorte de cage, vide. Tout semblait endormi. Ils restèrent une bonne dizaine de minutes à attendre dans le noir, scrutant les environs à la recherche de silhouettes suspectes. Bientôt, leur patience fut récompensée. Il y avait un garde en amont de la propriété, caché sous un arbre. Il avait un gros sac à ses pieds, et, posée dessus, une arme automatique. Un autre était installé à environ deux cents mètres, un fusil à pompe sur les genoux.

Visiblement, Kahan avait donné des consignes de vigilance. Milan donna une petite tape sur l'épaule de Sam, qui se retourna, surpris. Pour la première fois, Milan arborait un vrai sourire. Un sourire d'homme *normal*.

— C'est la dernière ligne droite. Ensuite, tout sera fini. Alors, bonne chance, « casse-tête ». Et fais gaffe à toi.

Samuel lui serra la main, sentant la chaleur de sa paume à travers le gant fin.

Silencieusement, ils se relevèrent, effrayants avec leurs casques à visière teintée, leurs longs imperméables sombres, leurs pantalons de treillis gris foncé et leurs fins gants de cuir noir coupés au niveau des phalanges. Un peu en retrait, le professeur leur fit un signe amical de la main et se dirigea en courant vers un petit bâtiment carré. Pour la première fois depuis des années, il portait un fusil. Une carabine US M1 équipée d'un viseur laser.

Milan et Samuel se séparèrent. Leurs semelles de crêpe spéciales ne faisaient aucun bruit sur le sol légèrement humide. Milan arriva le premier sur sa cible, silencieux comme un cobra. Un coup sec du plat de la main à la tempe. Le Kahaniste s'écroula, K.-O. L'autre garde n'avait rien entendu. Il dormait à moitié, couché sur un flanc. Le poing de Sam percuta son crâne. Foudroyé, le garde s'affaissa sur le côté, maintenu par la poigne de l'Anglais.

L'abord de la propriété était dégagé. Il fallait maintenant entrer dans la cour, gardée par une autre sentinelle. Le Kahaniste sommeillait, une cigarette à la main, appuyé contre un mur. Un léger craquement de brindille sur sa droite le fit se retourner. Il eut seulement le temps de voir une grande ombre noire avant de s'effondrer avec l'impression soudaine que son cœur venait d'exploser. Coup de poing direct au plexus. Milan l'acheva d'un atémi à la nuque. Assommé, le garde tomba en arrière. La voie était libre. Ils entrèrent dans la cour du Kral. Le vaste chapiteau était vide. La grande tour en bois sombre se dressait devant eux, encore plus menaçante de près. Ils filèrent en silence vers le grand bâtiment, mais brusquement l'Américain s'accroupit. Depuis quelques secondes, il sentait un danger, sans pouvoir encore en déterminer la raison. C'était un sentiment diffus et inexplicable, mais qui ne l'avait jamais trompé au cours de ses longues années d'aventures. Quelque chose clochait. Une anomalie qu'il n'avait pas localisée. Sam leva la visière de son casque et lui jeta un regard interrogatif. Milan lui fit un signe de la main pour lui signifier qu'il fallait attendre encore un peu et Sam rabaissa sa visière.

L'Américain reprit les jumelles, balayant pour la dixième fois la zone de combat et, brusquement, il le vit ! Un guetteur posté sur le toit, équipé lui aussi de lunettes de vision nocturne. Au même moment, le guetteur regarda dans leur direction et Milan put voir la crispation de son visage, derrière la lunette IL chinoise d'ancienne génération. Le guetteur se redressa en hurlant, épaulant un fusil Armalite AR-15.

Entraîné par des années d'opérations clandestines et de combat, Milan avait déjà pivoté derrière un arbre en une fraction de seconde, entraînant Sam derrière lui. La rafale fit jaillir des éclats tout autour d'eux sans les toucher. Déjà, Milan relevait le canon de son fusil d'assaut, balayant la rambarde, tirant volontairement trop bas. Terrorisé, le garde plongea à terre en lâchant son fusil.

Encore choqué d'avoir failli être abattu, Sam releva sa visière.

— Putain, ils sont méchants, les Kahanistes ! Aucune sommation.

Milan regardait fixement le bâtiment sans le voir. Sa dernière mission. Il allait la finir proprement.

Une lampe s'alluma à l'étage.

— Tu attends. J'y vais.

Kahan éructait. Ils étaient venus ! Ils étaient là, souillant son domaine de leur présence. Ils ne le laisseraient plus jamais tranquille désormais. Il se redressa dans son lit, hurlant, en pleine crise furieuse. « Je vous briserai ! J'arracherai la viande sur vos os ! » Sa voix retentit dans le couloir vide avant de lui revenir en écho. Calmé, il se leva et s'habilla rapidement, entassant ses documents les plus secrets dans une sacoche, tout en marmonnant des imprécations. Il n'avait pas perdu. Pas encore. S'il parvenait à atteindre la cave, il pourrait s'enfuir par un passage souterrain qui donnait sur les marais. Un puissant hors-bord y était parqué en permanence, prêt à partir. Il pourrait se cacher et se venger. Il aurait de l'argent et du temps pour cela. Beaucoup de temps. Plus qu'ils ne l'imaginaient. Le gourou eut un sourire mauvais. Ses yeux luisaient dans l'obscurité comme ceux d'un fauve. Il n'avait pas encore dit son dernier mot. Il ouvrit la porte de sa chambre. Le couloir était sombre. Il le prit, glissant sur les lattes du parquet comme un fantôme.

Milan venait d'atteindre le palier du second étage lorsqu'il la vit. La silhouette. Celle d'un homme âgé, un peu voûté, enveloppé dans une parka noire avec la capuche baissée, tel un moine de l'horreur.

Le Mateba 357 Magnum se releva un peu.

— Stop.

Sa voix retentit avec force sur le palier désert.

Kahan s'arrêta net. L'ordre était irrévocable, il l'avait senti avec son instinct d'animal. Lentement, il se retourna.

Milan ne vit d'abord que deux yeux. Deux yeux brillants d'une lueur mauvaise. Puis le visage crispé et la bouche ouverte sur des dents trop brillantes.

Son doigt resta paralysé sur la détente. Au même moment, un mince point rouge apparut sur le torse de Kahan. Le viseur laser du fusil de Foster. Le professeur aussi venait de retrouver le gourou, arrêté en face d'une fenêtre.

Kahan baissa les yeux sur le grand pistolet de Milan puis sur le laser et regarda au loin devant lui, dans le vague. Un sourire cruel se dessina sur ses lèvres trop minces. D'une brusque poussée, il sauta en arrière dos contre le mur, qui se désagrégea instantanément. Un instant, le gourou sembla planer dans le vide puis il bascula en poussant un grand rire. Un rire qui fit froid dans le dos de Milan. Il eut soudain l'impression d'émerger d'un rêve. Retrouvant tous ses réflexes, il leva le bras, l'arme tendue, tandis qu'une explosion trouait l'air, faisant exploser la vitre. Foster aussi avait réagi trop tard. Milan jeta un œil par le trou. Kahan était tombé d'une hauteur de près de six mètres dans le marais. Il fouilla l'eau noire du regard. Mais il n'y avait rien, que la puanteur des végétaux en décomposition. Les cercles concentriques occasionnés par la chute du corps étaient déjà en train de mourir doucement contre les piliers de soutènement. Il brandit son arme et tira cinq fois. Sans conviction. Cinquante centimètres d'eau suffisent à arrêter n'importe quel impact. Les lourds projectiles frappèrent la surface du marais, les détonations crevant le silence.

Son écouteur grésilla.

— C'est Sam. Ça va ?

La voix de Foster éclata aussi dans l'écouteur.

— Je l'ai eu ?

— Non. La balle est passée au-dessus.

— Dans quoi est-il tombé ?

— Il est tombé dans le marais, professeur.

Silence dans les écouteurs.

Voix nerveuse de Sam :

— Il est tombé où dans le marais, ce fils de pute ?

— Je ne sais pas. Quelque part dans l'eau.

Le regard sans cesse en mouvement de Milan fouillait la surface gluante. Il se décida d'un coup.

— J'y vais. On reste en contact radio.

Voix de Sam :

— J'arrive.

Milan posa son équipement sur le plancher, ne gardant qu'un poignard, et enleva ses chaussures. Il passa le doigt sur la paroi éventrée. Le mur était très fin, moins de deux millimètres de plâtre. Une simple poussée violente de Kahan l'avait brisé, sur une hauteur d'environ deux mètres et une largeur d'un mètre. Une sortie d'urgence prévue à l'avance.

L'Américain passa la tête dans le trou. Il réalisait maintenant que tout l'arrière du bâtiment était attenant au marais. Prudemment, il passa l'ensemble du corps dans l'ouverture béante et sauta dans l'eau croupie. Ce n'était pas vraiment de l'eau, plutôt une matière étrange, entre liquide et sables mouvants. Il essaya de poser le pied, mais la profondeur était trop importante. Avisant une tige qui flottait dans l'eau, il essaya de sonder le fond. Rien. Et la tige faisait bien trois mètres de long ! Il commença à nager, en réalisant des cercles de plus en plus larges autour de sa position initiale. Il n'y avait aucun indice d'une quelconque présence humaine. Puis les pas de Foster et de Sam résonnèrent sur le plancher, au-dessus de lui. La tête de Foster passa par l'ouverture.

— Vous avez trouvé quelque chose ?

— Non. Il s'est volatilisé.

— Impossible. Le corps doit être au fond.

— C'est beaucoup plus profond que ce que je pensais. Je n'ai pas pied.

— Remontez maintenant. La police enverra des dragueurs dès demain.

— Attendez encore un peu. Je continue à chercher.

— Alors faites attention aux bêtes. C'est infesté d'alligators par ici.

Foster se tourna vers Sam.

— Allez chercher les gardes et ramenez-les à la voiture. Puis revenez.

Milan resta dans l'eau une heure, aidé par Foster, qui le guidait avec sa torche. Tout ce qu'il trouva fut une chaussure qui flottait mollement sur l'eau noire, entre deux roseaux.

— Vous ne voyez pas sa sacoche ?

— Non. Elle a forcément coulé.

Foster regarda sa montre, poussa un soupir las.

— Il faut y aller.

— Je sais.

— Je vais appeler Vince pour qu'il envoie le FBI fouiller.

Avec difficulté, Milan escalada l'un des piliers, puis se hissa dans le bâtiment.

— Qu'est-ce qu'on fait maintenant ?

— Mettons le feu à cet endroit et partons.

Milan arracha les goupilles des quatre grenades incendiaires qu'il avait prises avec lui. Cinq minutes plus tard, des flammes gigantesques commencèrent à monter vers le ciel.

Le temps qu'ils rejoignent la voiture, tout était en feu autour d'eux, sur plus d'un kilomètre : entrepôts, bâtiments, véhicules. La grande tour de bois du Kral n'était plus qu'une immense flamme, sans doute visible de très loin. Il était temps de partir. Malgré l'incendie, la rumeur du marais était devenue encore plus intense à l'approche du jour : grenouilles, insectes divers, bruits d'eau. Sans compter le crépitement des flammes, au loin. Ils coururent jusqu'à la Jeep. Les gardes étaient menottés à un grand arbre, encore sonnés.

— On les laisse là. La police les récupérera tout à l'heure.

Les portières claquèrent. Comparé au vacarme extérieur, le silence de l'habitacle leur apparut presque irréel. La voix de Foster le rompit le premier :

— Il n'y a plus de Golem.

— Vraiment ?

— Il est mort. Personne ne survivrait dans un endroit pareil.

Il jeta un regard par la fenêtre, fouillant la surface noire du marais.

— Enfin, j'espère.

La voiture dérapa légèrement au démarrage puis s'enfonça dans le sentier.

Épilogue

La réunion se tenait à Paris, au restaurant L'Arpège, le dernier trois étoiles de la capitale. Le jeune chef passait de temps en temps entre les convives, parlant avec les habitués, serrant quelques mains, discutant d'une de ses dernières inventions culinaires. Il jeta un coup d'œil rapide à la table dressée un peu à l'écart des autres, au fond de la salle aux murs crème décorés d'incrustations Lalique, et décida de l'éviter. Les trois hommes et la femme qui parlaient à voix basse n'avaient visiblement pas envie d'être dérangés.

Après un dernier regard ému à son assiette vide, Vince sortit une série de photographies d'une grande enveloppe, ainsi qu'une copie d'un rapport du FBI.

— Alors, je vous fais le point. On n'a pas retrouvé le corps de Kahan, mais ça ne veut rien dire. Personne ne peut survivre dans un enfer pareil, infesté de serpents et autres bestioles de cet acabit. Son cadavre doit pourrir quelque part.

Foster regardait pensivement son carpaccio de langoustines. Il n'avait pas faim et n'avait touché à rien. Delage but une gorgée de rieussec et posa sa fourchette.

— J'aurais préféré être sûre de la mort de Kahan. Il y a eu trop de choses bizarres autour de cet homme. De sa naissance à son décès.

Scott hocha la tête.

— J'ai le même sentiment de malaise. Comme s'il y avait un truc que je ne m'explique pas sur ce type. Un côté un peu... démoniaque.

Vince regardait le reflet de son crâne chauve dans un couteau en argent.

— Vous allez arrêter vos conneries ? Vous allez finir par me foutre la trouille. Ce fils de pute est mort, un point c'est tout. En ce moment, il est probablement en train de pourrir dans le ventre d'un alligator. Professeur ?

Foster eut un sourire triste.

— Je crois que la vérité est plus prosaïque. L'apparence de surnaturel dans la vie et la personnalité de Kahan n'est que la conséquence de la manipulation d'un dangereux malade mental. Je voudrais vous montrer un document qui vous intéressera *beaucoup*.

Il se pencha sur sa serviette et en sortit un dossier médical qu'il ouvrit. Sur la couverture était inscrit :

> *« Dossier 9-122.*
> *Clinique psychiatrique de Baltimore.*
> *Analyse psychiatrique du sujet Cyrus KAHAN*
> *(résultats de psychothérapie). »*

Vince écarquilla les yeux.

— Je ne comprends pas. C'est quoi ce truc ?

— Ce que Milan m'a dit du regard de Kahan m'a frappé. Le regard d'un schizophrène. J'ai donc fait des recherches personnelles pour savoir si un de mes confrères américains n'avait pas suivi Kahan pour des problèmes psychiatriques.

Il brandit le dossier.

— Depuis quelques semaines, je relis à sa demande

un manuscrit du docteur Marion Laurence, une grande psychiatre. Elle vient de terminer un projet de livre destiné au grand public sur l'évolution de la psychiatrie. Elle l'illustre en montrant comment sont ou auraient été traités des cas réels de malades mentaux, des débuts de la psychiatrie à nos jours. Elle a répondu à mon « e-mail » presque immédiatement. Non seulement Kahan est son patient depuis près de vingt ans, mais, en plus, elle le cite dans son ouvrage, parmi d'autres, sous un numéro d'emprunt évidemment. Kahan apparaît dans son livre à dix reprises sous l'identifiant *9-122*.

Scott se leva à moitié sur sa chaise, livide, comme pris d'une crise d'apoplexie.

— Vous êtes en train de nous dire que vous aviez le dossier psychiatrique de Kahan avec vous sans le savoir ?

Foster approuva.

— Oui. Kahan est l'un des principaux cas d'études examinés dans l'ouvrage de ma consœur. On n'a pas des sujets comme Kahan très souvent dans sa vie. Il est normal qu'elle en ait été frappée.

— Tout cela est incroyable ! Alors, dites-nous qui était Kahan.

Foster hocha la tête en direction de Delage, se redressa un peu sur son siège et chaussa ses lunettes.

— Kahan est un cas très intéressant. C'était un très grand schizophrène. Comme vous le savez, les schizophrènes souffrent de dédoublement de la personnalité. Ils sont eux et un autre. Vous vous souvenez du film de Hitchcock où un jeune homme croyait être sa mère en même temps ?

— Oui.

— Dès sa naissance, Kahan s'est pris pour une sorte de démon ou d'être surnaturel. C'est un trait que l'on rencontre chez la quasi-totalité des schizophrènes : ils pensent qu'ils ont des pouvoirs magiques. Maintenant, revenez cinquante ans en arrière. Imaginez le cas d'un petit garçon très intelligent mais qui se révèle être un dangereux malade, totalement incontrôlable. Un jour, il entend des voix. Il décide alors de quitter le domicile familial de lui-même. Peut-être même après avoir tué ses parents, comme les schizophrènes les plus redoutables le font souvent.

— Il a avoué ?

— Non. C'est une supposition du docteur Marion Laurence. Il est aussi possible qu'il soit issu d'un milieu familial très difficile, comme des gens du voyage, ou que ses parents aient été tués dans un bombardement allemand, ce qui expliquerait que personne n'ait jamais fait de recherches sur lui. Mais je n'y crois guère.

— Kahan n'a jamais voulu aborder ce point avec votre confrère ?

— Jamais, malgré vingt ans de psychothérapie. Ce qui montre une force mentale hors du commun.

— Et la plaque autour de son cou ?

— Un objet très banal. Il a décidé lui-même de sa nouvelle identité et a choisi le nom de Cyrus Kahan. Il a fait graver ce nom sur la plaque, s'est enfui de chez lui et a fini par être recueilli dans Hyde Park, en se faisant passer pour amnésique. Simple comme bonjour.

Scott siffla entre ses dents. Foster poursuivit :

— Ensuite, Kahan fut placé d'office dans une école, mais sa folie n'a pas été détectée. C'était la guerre. Les recherches pour trouver sa famille s'interrompirent très vite. Il bascula à nouveau en commettant un meurtre sur un de ses petits camarades. Sans doute après l'avoir assez effrayé pour que l'autre croie vraiment être tombé sur le diable. La légende de Kahan commence. Foster poussa un petit soupir. Tout cela n'aurait rien d'extraordinaire. La plupart des grands tueurs en série commencent très jeunes. Parfois même avant dix ans. Regardez Ted Bundy [1].

— Et le regard ?

— Les schizophrènes peuvent avoir des regards d'un magnétisme véritablement hallucinant et d'une froideur qui vous glace le sang. D'après les témoignages recueillis par la police chez les fidèles arrêtés à Miami, Kahan présentait aussi d'autres signes cliniques caractéristiques : des ralentissements moteurs, que nous appelons catatonie en jargon médical, une réticence à entrer en contact avec les autres, qui se manifestait par son refus de serrer la main de quiconque. Il y a aussi un autre élément marquant.

— Lequel ?

— Toujours selon le rapport de la police, Kahan ne tolérait aucun animal dans son Kral. Il détestait les animaux. Or nous savons depuis des années que certains malades mentaux font peur aux animaux. Mettez un chien devant un schizophrène : il se mettra à aboyer comme un fou, sans que son maître parvienne à l'arrêter. C'est souvent très impressionnant.

Delage posa son verre.

— Phénomène curieux. Et son insensibilité à la douleur ?

— C'est aussi le cas de beaucoup de malades mentaux. D'où les phénomènes d'automutilations. Leur cerveau bloque la douleur. S'ils la ressentaient comme monsieur Tout-le-monde, croyez-vous qu'ils se couperaient des membres comme on les voit souvent faire ? Foster ouvrit les bras comme un prédicateur. Non, je

1. Célèbre tueur en série américain.

suis désolé, mais il n'y a aucun mystère chez Cyrus Kahan. Ce n'était ni un démon ni un extraterrestre. Juste un malade mental très intelligent, et extraordinairement pervers.

Delage poussa un soupir.

— Compris. C'est dommage, je préférais presque l'autre solution. Votre collègue n'a jamais transmis son dossier à la police ?

— Secret médical. Dans la plupart des États américains, même si un malade avoue dix meurtres par semaine, son médecin n'a le droit d'en parler à personne. Kahan le savait.

— Jeremy, vous pourriez peut-être retrouver son nom parmi les dossiers de disparitions d'enfants à cette époque ? Ses parents ont dû porter plainte. Ça nous permettrait de connaître son vrai nom.

Scott secoua la tête.

— Désolé, Véronique. C'est trop ancien. Et beaucoup d'archives de ce type sont parties en fumée pendant la guerre. Je pense que nous ne saurons jamais la vérité. D'ailleurs, l'essentiel, c'est que nous n'en entendions plus jamais parler.

— Puisque le cas de Kahan est réglé, qu'en est-il des structures de la secte ?

— Je ne sais pas. Paul ?

Vince avait de nouveau le doigt dans le nez. Une sale habitude décidément.

— Le Kral a été entièrement détruit par le feu. Il brandit le rapport du FBI. Ça a chauffé. Nous avons aussi récupéré au domicile de Kahan la liste des adeptes partout dans le monde. Une grande opération de police est en cours. Y compris en Europe, à ce que je comprends ?

— Affirmatif, confirma Scott d'une voix posée. Nous

allons demander à tous nos collègues européens d'interdire cette secte. Qu'elle disparaisse à jamais avec son gourou.

— Et le médicament ?

Scott afficha un sourire ravi.

— Son efficacité est totale. Toute la population britannique va subir un test de dépistage d'ici la fin de l'année. Le médicament sera distribué gratuitement et sa formule remise à tous les pays qui en font la demande. Des unités de rééducation seront mises en place spécialement pour soutenir ceux qui conserveront des séquelles neurologiques. Il se tourna vers le professeur. À ce propos, où en est Vic ?

Foster piqua du nez dans son assiette.

— État stationnaire. Elle est à nouveau dans le coma.

Un brouillard silencieux enveloppa soudainement les convives. Foster poussa légèrement son assiette sur le côté.

— Vous êtes inquiet, professeur ?

Il leva les yeux vers Delage. Pour la première fois, Foster lui apparut désemparé, presque vulnérable.

— J'ai peur pour Vic, Véronique. Très peur. Les spécialistes qui s'occupent d'elle sont pessimistes. Elle a fait un SDMV ce matin.

— Un quoi ?

— Un syndrome de défaillance multiviscérale. Très rare dans les cas de Creutzfeldt-Jakob. C'est ce que les médecins craignent le plus dans les comas prolongés. Les fonctions vitales sautent les unes après les autres, sans qu'on puisse en comprendre la cause étiologique. La mort survient rapidement dans quasiment tous les cas.

Bouleversé, Scott se gratta discrètement la gorge.

— Si vous voulez le soutien de n'importe quel

médecin du Royaume, un avion militaire enverra qui vous voulez en France, sans préavis.

— Malheureusement, on ne peut rien faire de plus. Il secoua la tête. Parlons d'autre chose.

— Où sont Milan et Samuel ?

Foster prit la bouteille d'eau minérale.

— Pour eux, les choses se passent mieux. Samuel va partir habiter en Espagne avec sa femme, près de Séville. Il veut ouvrir un bar musical. Tapas et musique classique, à ce qu'il m'a dit. Quant à Milan...

Paul Vince poussa un grognement similaire à celui d'un ours à qui on a retiré un pot de miel.

— Il arrête tout ! Mon meilleur agent. Il veut monter un parc animalier en Californie. Impossible de le faire changer d'avis.

Foster réussit à esquisser un mince sourire. Au moins, ces deux-là étaient sauvés !

Scott s'essuya délicatement la bouche avec sa serviette.

— Les deux virements depuis votre compte-titres leur étaient destinés, je suppose ?

Foster approuva de la tête.

— Vous êtes très généreux, professeur. J'insiste pour que la Couronne vous rembourse.

— Merci, je préfère le leur offrir. Je suis un homme riche et c'est la meilleure utilisation que je puisse faire de mon argent.

Scott sourit plus largement.

— J'en avertirai le Premier ministre. Quant à eux, eh bien, chacun doit suivre sa voie. Leur rôle sera rendu public dans cinquante ans, comme le vôtre, professeur.

Scott posa sa serviette, jetant un regard désolé à la carte des desserts posée sur la table.

— Je pense que nous pouvons nous passer de dessert, n'est-ce pas ?

Delage régla l'addition et ils sortirent sur le trottoir. Une queue s'allongeait devant le musée Rodin. Foster regarda avec détachement sa Clio de location, garée sur un passage clouté. Un papillon avait été glissé par un policier sous l'essuie-glace. Delage s'approcha et mit l'amende dans sa poche. Puis elle prit Foster par le bras. En dépit de sa minceur, elle avait une force étonnante.

— Je tiens beaucoup à Vic. C'est une fille extraordinaire. Elle baissa un peu la voix, comme si elle avait honte de ce qu'elle allait dire. C'est un peu ma fille spirituelle à la DGSE. Je ne devrais pas l'avouer, mais je me sens mal depuis quelques jours. Inutile, idiote, nuisible même.

Elle tourna la tête vers une des œuvres de Rodin, visible derrière le mur d'enceinte du musée. *L'Enfer.*

Foster avait le visage fermé, le regard perdu dans le vide. La nouvelle maladie de Creutzfeldt-Jakob était vaincue, et pourtant Vic allait mourir. Il en avait eu la révélation pendant ce déjeuner.

Il se tourna lentement vers Scott.

— Il y a un compte que Jeremy et moi n'avons pas encore réglé. Car vous le saviez depuis le début, n'est-ce pas, qu'elle était malade ? Vous l'avez utilisée pour me manipuler.

Delage avait blêmi. Foster se tourna vers elle.

— Scott vous a demandé de faire un test avant qu'elle ne parte pour l'Angleterre, comme il l'a fait pour Milan et Sam, au cas où. Vous vous êtes rendu compte de la maladie de Vic et lui avez proposé de la remplacer. Je suppose qu'il vous a dit non.

Elle approuva.

— Il a attendu pour m'en parler. Plusieurs semaines.

Scott tressaillit.

— Quelle différence, professeur ? J'ai fini par vous le dire.

Foster avait le regard dans le vide. Il ignora la remarque de Scott.

— Je me suis posé plusieurs fois la question. Pourquoi Scott voulait-il que l'équipe fasse un test de Creutzfeldt-Jakob ? C'était idiot, ça ne servait à rien. Sauf s'il en connaissait le résultat. Évidemment.

Delage s'approcha de Scott, livide.

— Mais pourquoi ?

— Vous ne voulez pas répondre, Jeremy ? Alors, je vais le faire à votre place. Lorsque vous lui avez annoncé la nouvelle, notre bon ami Scott a instantanément réalisé que la maladie de Vic pouvait être un atout inespéré pour me motiver, en l'utilisant à bon escient. Il n'a pas voulu que je sache Vic condamnée dès notre première rencontre. Il fallait d'abord que je tombe amoureux d'elle. Le vieux scientifique solitaire pleurant sa femme depuis trente ans, la jeune flic, dure mais romantique. Il avait tout prévu, comme dans un mauvais scénario. Et ça a marché ! Ensuite seulement, une fois qu'il m'a senti amoureux, il m'a annoncé l'horrible vérité. J'ai revécu le même cauchemar qu'il y a trente ans. Et j'ai décidé que cette fois je gagnerais. Grâce à Vic, je me suis engagé comme jamais je ne l'aurais fait. Je ne pensais qu'à la sauver, donc je ne pensais qu'à la mission. J'ai foncé tête baissée.

Il laissa passer quelques instants de silence.

— Il y a des jours où je souhaiterais être naïf. Toutes les vérités ne sont pas bonnes à comprendre. Au fait, Jeremy, je suppose que Vince n'était pas au courant non plus ?

Le chef du SIS secoua la tête.

— Non.

— Vous n'avez même pas osé lui dire...

— Même si je l'avais fait, il m'aurait approuvé. Il n'aurait pu faire autrement. J'ai préféré lui éviter ce cas de conscience, ainsi qu'à Delage.

— Vous pouvez toujours le penser, si ça vous rassure. Vous comprenez pourquoi j'ai quitté le service, il y a trente ans ?

Silence.

— Je m'en vais maintenant. Il n'y a plus grand-chose à dire.

— Je ne voulais pas vous blesser, Francis, mais l'enjeu était trop important et ça ne changeait rien pour elle.

— Et alors ? C'était ignoble de vous servir ainsi d'une jeune femme innocente, et d'utiliser mes sentiments pour elle.

— Elle a reçu le médicament, elle va guérir.

Pour la première fois depuis des années, Foster haussa le ton.

— Non. C'est trop tard pour elle, Jeremy, et vous le savez très bien. Elle va mourir dans les heures qui viennent.

— Je suis désolé, Francis.

Foster le regarda fixement.

— Moi aussi, Jeremy, croyez-le. Moi aussi.

8 heures du soir dans la chambre d'hôtel de Foster.

Il faisait doux, comme souvent en septembre dans la capitale française. Une douceur insolente, vulgaire, alors que Vic était toujours dans le coma.

Le coma, un cachot dont personne ne sort jamais indemne.

Debout devant la fenêtre, Foster regardait les gens

déambuler dans la rue, flânant sans but précis. Ils étaient heureux. Lui n'avait même plus la force de les envier. Il resta longtemps ainsi, figé dans l'attente.

Son portable sonna à 21 h 12. Une voix neutre et professionnelle. Celle qu'il redoutait d'entendre.

— Professeur Foster ?

— Oui.

— Professeur Kéjiner, du Val-de-Grâce. Mlle Violette Delanoy, dite Vic, est morte il y a une demi-heure. Impossible de la ranimer. Je suis désolé.

Comme dans un cauchemar, Foster écouta sans les entendre les paroles de circonstance de son confrère. Des paroles... Il avait si souvent prononcé les mêmes. Aussi creuses et fragiles que des coquilles d'œuf. Il bredouilla quelques mots incompréhensibles et raccrocha. Il pleuvait sur Paris maintenant. Non, le ciel était clair. C'est lui qui pleurait.

Lorsqu'il sortit de l'hôtel, les yeux embués, le soleil avait presque totalement disparu, mais la nuit n'était pas encore tombée. Machinalement, il prit la direction des quais, marchant sans but précis. *Violette.* Une semaine auparavant, il lui avait donné rendez-vous sur le Pont-Neuf, lorsqu'elle serait guérie. « Pourquoi le Pont-Neuf ? » avait-elle demandé. « Parce que c'est une nouvelle vie qui commence, lui avait-il répondu. Et vous me donnerez votre prénom pour que je prépare la cérémonie du mariage. » L'air lui apporta brusquement l'odeur de son parfum, Chanel N° 5... c'était une illusion. Un délire cruel. Il pleurait toujours, sans pouvoir s'en empêcher, et les pensées s'entrechoquaient dans son esprit, sans cohérence apparente. Il marchait toujours. Le Pont-Neuf se dessinait déjà, à quelques longueurs de bras devant lui. La Seine semblait immobile, comme cristallisée. Les lumières du Pont-

Neuf se reflétaient dans l'eau noire comme autant d'yeux écarquillés. Brusquement, il *la* vit. Il ne pouvait se tromper. C'était bien *elle,* accoudée à la rambarde en pierre. *Elle* portait un tailleur blanc, de grand couturier, et son cou était rehaussé d'un discret collier en or et pierre de jade. *Elle* était sublime. En courant, il s'approcha pour lui baiser le front, la prendre dans ses bras. Mais ce n'était pas *elle.* La jeune femme se tourna vers un homme, accoudé lui aussi à la rambarde, un peu plus loin. Puis sa voix, vulgaire et haut perchée :

— *Should we go, darling ? We're late.*

Foster la bouscula presque.

Elle était morte.

Sa silhouette hagarde et sanglotante traversa le pont, marchant au hasard, sans but, se confondant un instant avec les piliers de la rue de Rivoli, avant de se perdre dans la nuit.

Composition réalisée
par S.C.C.M. (groupe Berger-Levrault)
*Paris XIVe*

Achevé d'imprimer en janvier 2000
sur presse Cameron
par ***Bussière Camedan Imprimeries***
à Saint-Amand-Montrond (Cher)
pour le compte de France Loisirs

Cet ouvrage a été imprimé
sur du papier sans bois et sans acide

N° d'édition : 32748. N° d'impression : 000073/1
Dépôt légal : janvier 2000.

Imprimé en France